O triunfo dos leões

A saga da família Florio – II

Stefania Auci

Tradução
Michaella Pivetti

Rio de Janeiro, 2023

Copyright © Stefania Auci
Copyright © 2021 Casa Editrice Nord s.u.r.l.
Gruppo editoriale Mauri Spagnol
Copyright de tradução © 2022 por HarperCollins Brasil. Todos os direitos reservados.
Título original: *L'inverno dei Leoni*

Todos os direitos desta publicação são reservados à Casa dos Livros Editora LTDA. Nenhuma parte desta obra pode ser apropriada e estocada em sistema de banco de dados ou processo similar, em qualquer forma ou meio, seja eletrônico, de fotocópia, gravação etc., sem a permissão do detentor do copyright.

Diretora editorial: *Raquel Cozer*

Gerente editorial: *Alice Mello*

Editora: *Lara Berruezo*

Copidesque: *Isabela Sampaio e Bruna Sales*

Revisão: *Vanessa Sawada*

Capa: *Osmane Garcia*

Imagem de capa: *Osmane Garcia Filho*

Diagramação: *Abreu's System*

Dados Internacionais de Catalogação na Publicação (CIP)
(Câmara Brasileira do Livro, SP, Brasil)

Auci, Stefania
 O triunfo dos leões : a saga da família Florio : vol. 2 /
Stefania Auci ; tradução Michaella Pivetti. -- Rio de Janeiro :
HarperCollins Brasil, 2023.
 (A saga da família Florio ; 2)

 Título original: L'inverno dei leoni : la saga dei Florio :
romanzo
 ISBN 978-65-5511-466-9

 1. Ficção italiana I. Título.

22-139502 CDD-853

Índices para catálogo sistemático:

1. Ficção : Literatura italiana 853

Inajara Pires de Souza - Bibliotecária - CRB PR-001652/O

Os pontos de vista desta obra são de responsabilidade de seu autor, não refletindo necessariamente a posição da HarperCollins Brasil, da HarperCollins Publishers ou de sua equipe editorial.

HarperCollins Brasil é uma marca licenciada à Casa dos Livros Editora LTDA.
Todos os direitos reservados à Casa dos Livros Editora LTDA.
Rua da Quitanda, 86, sala 218 – Centro
Rio de Janeiro, RJ – CEP 20091-005
Tel.: (21) 3175-1030
www.harpercollins.com.br

Para Eleonora e Federico,
por toda ternura e afeto.
Tenho muito orgulho de vocês.

Já vivi muito; minha vida inclina-se para o outono de folhas amarelas, e a nada do que deve vir no rasto da velhice: amor, honras, obediência, amigos, poderei eu aspirar. E lugar disso, maldições, não ditas em voz alta, mas fundas; homenagens à flor da boca apenas, que, de grado o pobre coração contestaria, conquanto não se atreva...

MACBETH, WILLIAM SHAKESPEARE

Aqui todo o céu é claro e límpido, raramente vi um céu tão claro. Abra os olhos, capitão, e diga você mesmo. Você vê uma única nuvem no horizonte, mesmo a menor?

A HISTÓRIA DA 1.002ª NOITE, JOSEPH ROTH

OS FLORIO

1799-1868

Originários de Bagnara Calabra, os irmãos Paolo e Ignazio Florio desembarcam em Palermo, em 1799, decididos, em busca da sorte. São *aromatari* — comerciantes de especiarias —, e a concorrência é cruel, mas logo se vê que a ascensão deles não conhece limites, as atividades se expandem rapidamente: começam o comércio de enxofre, adquirem casas e terrenos de nobres destituídos de Palermo, criam uma companhia de navegação... E esse impulso, alimentado por uma teimosa determinação, persiste inclusive quando Vincenzo, filho de Paolo, toma as rédeas da Casa Florio: nas cantinas da família, um vinho para pobres, o marsala, é transformado em néctar digno da mesa de um rei; na Favignana, um método revolucionário para conservar o atum — em óleo e guardado em latas — reativa seu consumo... Acompanhando tudo isso, Palermo observa o sucesso dos Florio com uma mistura de admiração, inveja e desprezo: seja como for, aqueles homens continuam sendo "estrangeiros", "carregadores de piano" cujo sangue "fede a suor". E é justamente um desejo ardente de resgate social que está na base da ambição dos Florio, marcando, para o bem e para o mal, a existência pública e privada deles. Porque os homens da família são indivíduos excepcionais, mas também frágeis e, apesar de não admitirem, precisam ter ao lado mulheres igualmente excepcionais: como Giuseppina, a esposa de Paolo, que sacrifica tudo — inclusive o amor — para a estabilidade da família, ou Giulia, a jovem milanesa que entra como um vórtice na vida de Vincenzo, tornando-se seu porto seguro, a rocha inexpugnável.

Vincenzo morre em 1868, com menos de setenta anos, deixando o destino da Casa Florio nas mãos do único filho homem, Ignazio, de trinta, o qual, dois anos antes, casara-se com a baronesa Giovanna d'Ondes Trigona, trazendo finalmente "sangue nobre" à família. Ignazio cresceu no culto do trabalho, na consciência de que os Florio precisam sempre olhar para além do horizonte. E está prestes a escrever um novo capítulo da história da família...

MAR

setembro de 1868 — junho de 1874

Aceddu 'nta l'aggia 'un canta p'amuri, ma pi' raggia.
"O pássaro na gaiola não canta por amor, mas por raiva."

Provérbio siciliano

Passaram-se sete anos desde que, no dia 17 de março de 1861, o Parlamento proclamou o nascimento do reino da Itália, com Vittorio Emanuele II como soberano. As eleições do primeiro Parlamento unitário aconteceram em janeiro (de 22 milhões de habitantes, pouco mais de quatrocentos mil tiveram direito ao voto) e viram triunfar a Direita Histórica, composta predominantemente de proprietários de terras e industriais e orientada a uma pesada fiscalização, considerada necessária para sanar as dívidas contraídas pelo país durante o processo de unificação. Esse ressentimento desperta o chamado "imposto sobre o solo" (1º de janeiro de 1869), ou seja, sobre o pão e os cereais, um ataque direto aos mais pobres, e desencadeia violentos protestos. Apesar de ser considerado por alguns políticos um "tributo medieval, um imposto do tempo dos Bourbon, feudal", permanecerá em vigor até 1884. E, em 1870, o ministro das finanças, Quintino Sella, apresenta outra série de duras providências, decidido a impor "restrições econômicas até o osso".

O fim do Segundo Império (1852-1870) e início da Terceira República francesa (1870-1940) têm uma importante consequência também para a história italiana: privado do sustento francês, o Estado Pontifício cai em 20 de setembro de 1870. Após uma breve salva de tiros de canhão, ao grito de "Savoia!", as tropas italianas entram em Roma através de uma brecha na altura da porta Pia. Em 3 de fevereiro de 1871, Roma se torna oficialmente a capital da Itália, depois de Turim (1861-1865) e Florença (1865-1871). Em 21 de abril de 1871, o governo italiano aprova a chamada Lei das Garantias, destinada a assegurar ao papa a soberania pessoal e a liberdade de cumprir o ministério espiritual, mas Pio IX — que se considera "prisioneiro do Estado italiano" — a rechaça, por meio da encíclica Ubi Nos *(15 de maio de 1871). Em 10 de setembro de 1874, a Santa Sé decreta em seguida o chamado* non expedit, *ou seja, o veto aos católicos de fazer parte da vida política italiana, veto este que será com frequência contornado até sua queda, em 1919.*

A progressiva redução do déficit, a conclusão de grandes obras na Itália (da ferrovia de Moncenisio, inaugurada em 15 de junho de 1868, ao túnel do Fréjus, aberto em 17 de setembro de 1871), no mundo (o canal de Suez é inaugurado em 17 de novembro de 1869) e o afluxo de capitais estrangeiros fazem com que o período de 1871 a 1873 seja o "triênio febril", decisivo para o nascimento da indústria italiana. Um impulso que, no entanto, se interrompe em 1873, após a crise financeira que atinge a Europa e os Estados Unidos; a "grande depressão", causada por uma série de especulações e de investimentos ousados, continuará, entre altos e baixos, até 1896, e decerto não ajudará a preencher o fosso profundo entre o Norte e o Sul da Itália, este último penalizado também pelo fato de que os notáveis investimentos na rede ferroviária do Norte não encontram respaldo no Sul, onde o governo concentra os esforços nas atividades marítimas.

"O mar não tem nem igrejas e nem tabernas", dizem os velhos pescadores. No mar, não há lugares onde seja possível refugiar-se, pois de toda a criação é o elemento mais majestoso e fugidio. O ser humano não tem escolha a não ser submeter-se ao querer dele.

Desde sempre os sicilianos entenderam uma coisa: o mar respeita apenas quem o respeita. É generoso: fornece o peixe e o sal para a nutrição, o vento para as velas das embarcações, o coral para as joias dos santos e dos reis. Mas é também imprevisível e, a cada instante, pode tomar de volta com violência todos os presentes que deu. Por isso, os sicilianos o respeitam; por isso, deixam que o mar defina a essência do que são: que forje o caráter deles, que lhes marque a pele, que os sustente, que os alimente, que os proteja.

O mar não tem fronteiras, segue em movimento contínuo. Eis o motivo pelo qual quem vive na Sicília é inquieto, procura o tempo todo a terra além do horizonte e quer fugir, buscar alhures aquilo que, frequentemente, ao fim da vida, descobre ter estado sempre ao lado.

Para os sicilianos, o mar é pai. E se dão conta disso quando estão longe, quando não podem mais sentir aquele cheiro forte de algas e sal que os envolve, quando o vento levanta, arrastando-o até os becos das cidades.

Para os sicilianos, o mar é mãe. Amado e ciumento. Imprescindível. Por vezes, cruel.

Para os sicilianos, o mar é forma e limite de sua própria alma.

Corrente e liberdade.

No início é um sussurro, um murmúrio trazido por uma lufada de vento. Nasce no coração da Olivuzza, protegida por cortinas fechadas, em cômodos imersos na penumbra. O vento capta a voz, elevando a intensidade dela, misturando-se ao pranto e aos soluços de uma mulher de idade que aperta a mão fria.

— Morreu... — diz a voz em siciliano, e treme, incrédula.

A palavra forja a realidade, sela o acontecimento, declara o irreversível. O sussurro alcança os ouvidos dos empregados, passa em seguida aos lábios, sai, entrega-se novamente ao vento, que o leva através do jardim, em direção à cidade. Vai de boca em boca, reveste-se de surpresa, pranto, temor, susto, ódio.

— Morreu! — repetem os palermitanos, com o olhar voltado à Olivuzza. Não podem acreditar que um homem como Vincenzo Florio tenha morrido. Sem dúvida estava velho, doente há muito tempo, já tinha confiado a gestão da casa comercial ao filho, mas, mesmo assim... para o povo da cidade, Vincenzo Florio era um titã, um homem tão poderoso que nada nem ninguém teria condições de enfrentá-lo. E, no entanto, foi embora, levado por um ataque apoplético.

Há, também, quem se alegre. Faz anos que, em certas almas, a inveja, o ciúme e a sede de vingança dirigidos a ele criaram raízes. Mas é uma vã satisfação. Vincenzo Florio morreu em paz, na própria cama, confortado pelo amor da esposa e dos filhos. E morreu rico, cercado de tudo aquilo que, por vontade ou por sorte, conseguira obter. Mais ainda: aquela morte parecia ter reservado a Vincenzo uma piedade que ele mesmo não reservara aos outros.

— Morreu!

Agora, a voz — carregada de estupor, pena, raiva — adentra o coração de Palermo, sobrevoa a Cala e cai de cabeça no meio das ruelas que rodeiam o porto. Chega na rua dos Materassai, levada pela boca de um empregado esbaforido. Uma corrida inútil, porque aquele grito, aquele "Morreu!", já havia invadido as portas, e das janelas rolou por sobre as majólicas do assoalho, até adentrar o quarto de dormir de Ignazio, onde se encontra a esposa do novo dono da Casa Florio.

Ao ouvir os gritos e as explosões de pranto na rua, Giovanna d'Ondes Trigona levanta subitamente a cabeça, fazendo balançar a longa trança preta, agarra os braços da poltrona e olha com ar de interrogação dona Ciccia, que foi sua governanta e agora é dama de companhia.

Batem à porta com força. Por instinto, dona Ciccia protege a cabeça do recém-nascido que segura nos braços — Ignazziddu, o segundo filho de Giovanna — e vai abrir. Ela para o empregado na soleira e pergunta secamente:

— Quem foi?

— Morreu! Acabou de morrer dom Vincenzo.

Ainda ofegante, o empregado fixa o olhar sobre Giovanna.

— Seu marido, senhora, me mandou avisá-la, dizendo para se preparar e dispor para que arrumem a casa para as visitas dos parentes.

— Morto, hein…? — pergunta ela, mais surpreendida do que triste.

Não é capaz de sentir pena pelo falecimento daquele homem a quem nunca quis bem e que, pelo contrário, sempre lhe provocava um mal-estar tão profundo que dificilmente conseguia falar perto dele. Sim, é verdade, há alguns dias o estado dele havia se agravado — até por isso deixaram de festejar o nascimento de Ignazziddu —, mas ela não esperava um fim assim, tão rápido. Levanta-se com dificuldade. O parto foi sofrido; ficar de pé, apenas, lhe provoca cansaço.

— Meu marido está lá?

O empregado assente.

— Sim, dona Giovanna.

Dona Ciccia enrubesce, ajeita um cacho de cabelos pretos que escapou da touca e se vira a olhá-la.

Giovanna abre a boca para falar, mas não consegue. Então, estende os braços, toma o recém-nascido e aperta-o contra o peito.

Dona Giovanna Florio. Assim a chamarão de agora em diante. Não mais "senhora baronesa", como pediria o título que lhe cabe por nascença, o título que tanta importância teve para que fosse admitida naquela casa de ricos mercantes. Agora, já não conta mais ser uma Trigona, pertencer a uma das famílias mais antigas de Palermo. Conta, apenas, o fato de ser *a patroa*.

Dona Ciccia se aproxima, retira dos braços dela o menino.

— Deve se vestir para o luto — murmura. — Daqui a pouco chegarão os primeiros convidados para as condolências. — Na voz, uma nova deferência, um tom que Giovanna nunca ouvira antes. O sinal de uma mudança irreversível.

Agora, ela desempenha um papel preciso. E terá que se demonstrar à altura.

Sente a respiração sufocar no peito, o sangue fluir do rosto. Agarra as abas do penhoar e aperta.

— Deem ordem para que sejam cobertos os espelhos e abram os portões pela metade — diz, em seguida, com voz firme. — Feito isso, venham me ajudar.

Giovanna põe-se a caminho do vestiário, além do baldaquim da cama. Tremem-lhe as mãos, sente frio. Na cabeça, apenas um pensamento.

Sou dona Giovanna Florio.

A casa encontra-se vazia.

Nada além de sombras.

Sombras que se alongam entre os móveis de nogueira e mogno, para além das portas encostadas, entre as dobras das pesadas cortinas e drapeados.

Há silêncio. Não tranquilidade. Há uma ausência de barulho, uma imobilidade que sufoca, que tira o fôlego, que inibe os gestos.

Os moradores da casa dormem. Todos, menos um: Ignazio, de pantufas e robe, vaga pelos quartos da rua dos Materassai, no escuro. A insônia que o torturou durante a juventude estava de volta.

Faz três noites que não dorme. Desde a morte do pai.

Sente os olhos úmidos, esfrega-os com força. Mas não pode chorar, não deve; as lágrimas são coisa de mulher. No entanto, experimenta uma sensação de estranheza, de abandono e solidão tão potentes a ponto de aniquilá-lo. Sente na boca o sofrimento, que engole e retém. Anda pela casa, passa de um cômodo a outro. Para em frente a uma janela, olha para fora. A rua dos Materassai se encontra imersa no breu, interrompido apenas por raros fragmentos de luz vinda dos postes. As janelas das outras casas parecem olhos vazios.

Cada respiro tem um peso, uma forma, um sabor, e é amargo. Ô, se é amargo…

Ignazio tem trinta anos. Faz tempo que o pai lhe entregara a gestão da cantina de Marsala e, mais recentemente, a procuração geral de todos os negócios também. Há dois anos está casado com Giovanna, que lhe deu Vincenzo e Ignazio, os filhos homens que asseguram o futuro da Casa Florio. É rico, estimado e importante.

Mas nada pode apagar a solidão do luto.

O vazio.

Paredes, objetos e móveis são testemunhas silenciosas dos dias em que a família era completa, intacta. Em que a ordem do mundo era sólida e o tempo marcado pelo trabalho, compartilhado. Um equilíbrio que explodiu em mil pedaços, deixando uma cratera no meio da qual se encontra ele, Ignazio. Ao redor, somente destroços e desolação.

Continua caminhando pela casa, percorre os corredores, passa pelo escritório do pai. Por um instante cogita entrar, mas se dá conta de que não conseguiria, não naquela noite em que as lembranças são tão consistentes que parecem feitas de carne. Então, segue em frente, sobe as escadas e alcança o quarto onde o pai recebia os sócios para as reuniões informais ou isolava-se para ficar a sós e pensar melhor. É um ambiente pequeno, forrado de madeira e de quadros. Permanece parado na entrada, com os olhos baixos.

Das janelas abertas chega um feixe de luz branca que ilumina a poltrona capitonê em pele e a mesinha, na qual encontra-se um jornal — o mesmo que o pai lia na noite antes do ataque apoplético que o havia reduzido à imobilidade. Ninguém teve coragem de jogar fora, embora já tivessem se passado diversos meses. Em um canto da mesinha estavam o pincenê dele e a caixa de rapé. Está tudo ali, como se o pai fosse voltar a qualquer momento.

Tem a impressão de sentir o perfume dele, uma água de colônia com cheiro de sálvia, limão e ar de mar, e depois a respiração, uma espécie de murmúrio gasto, e por fim, o andar pesado. Ele o revê concentrado na leitura de cartas e documentos com um resquício de sorriso a emprestar-lhe um toque de ironia no rosto, em seguida, erguendo a cabeça e resmungando um comentário, uma consideração qualquer.

O sofrimento devora-o. Como prosseguirá sem ele? Teve meses para se preocupar, se preparar, mas agora não sabe de que jeito.

Parece estar prestes a se afogar, exatamente como naquela vez em que, quando criança, correu perigo e quase morreu em Arenella. Então, fora justamente o pai que mergulhara para salvá-lo. Ele se lembra da sensação da falta de ar, da água do mar queimando a traqueia... como agora queimam as lágrimas que se esforça em reprimir. Mas precisa resistir. Porque agora é ele o chefe de família e deve tomar conta da Casa Florio. Mas, também, da mãe, que ficou sozinha. E, claro, de Giovanna, bem como de Vincenzo e de Ignazziddu...

Toma fôlego de boca aberta, enxuga os olhos. Teme o esquecimento: não se lembrar de como o pai era, de esquecer as mãos e o cheiro dele. Mas ninguém deve saber. Ninguém deve ler o sofrimento nos olhos de Ignazio. Ele não é um filho que perdeu o pai. É o novo patrão de uma casa comercial afortunada, em plena expansão.

Porém, naquele momento de sofrida solidão, precisa admitir. Gostaria de poder esticar a mão e encontrar a do pai, pedir-lhe conselho, trabalhar ao lado dele, em silêncio, como haviam feito tantas vezes.

Ele, que agora é pai, gostaria de voltar a ser somente filho.

— Ignazio!

Foi a mãe, Giulia, que o chamou com um sussurro. Viu a sombra do filho atravessar o feixe de luz no vão da porta do quarto, onde dormem Vincenzino e Ignazziddu. Está sentada em uma poltrona, embalando nos braços o recém-nascido, vindo ao mundo enquanto o avô estava prestes a deixá-lo.

Giulia veste um penhoar em veludo preto, e os cabelos brancos estão amarrados por uma trança. À luz da luminária, Ignazio nota as mãos retorcidas pela artrose e as costas curvadas. As dores nos ossos a perseguem há anos, mas até pouco tempo sempre conseguia permanecer ereta. Agora, no entanto, parece estar encolhida sobre ela mesma. Aparenta muito mais do que seus 59 anos, como se subitamente tivesse que arcar com todo o cansaço do mundo. Também porque os olhos — tão serenos e plenos de curiosidade — tornaram-se opacos, apagados.

— *Maman...* que faz aqui? Por que não chamou a babá?

Giulia olha para ele em silêncio. Volta a embalar o recém-nascido e, sobre os cílios, aparece uma lágrima.

— Ele teria ficado feliz com essa criança, e por você ter tido meninos. Sua esposa foi sábia: com 25 anos já lhe deu dois herdeiros.

Ignazio percebe no coração uma nova fissura.

Senta-se em frente à mãe, na poltrona próxima ao berço.

— Eu sei. — Aperta-lhe a mão. — O que mais me entristece é que ele não poderá vê-los crescer.

Giulia engole em seco.

— Poderia ter vivido mais tempo. Mas ele nunca se poupou, nunca. Jamais tirou um dia de descanso, até nas festas ele trabalhava... aqui — diz, com um leve toque na têmpora. — Não conseguia parar. No fim, foi isso que o tirou de mim. — Ela suspira e, em seguida, aperta a mão do filho. — Jura. Me jura que nunca colocará o trabalho acima de sua família.

O aperto de Giulia é enérgico, uma energia desesperada que surge da consciência de que o tempo apenas toma, nunca devolve; muito pelo contrário, queima e restitui em cinzas as lembranças. Ignazio cobre a mão da mãe com a dele, percebe os ossos sob o véu da pele. O rasgo no coração aumenta.

— Sim, sim.

Giulia balança a cabeça; não aceita aquela resposta mecânica. Ignazziddu faz pequenas bolhas nos braços dela.

— Não. Você precisa pensar na sua esposa e nesses pequeninos.

Com um gesto muito siciliano — ela, milanesa, que chegara na ilha quando tinha pouco mais de vinte anos —, ergue o queixo acenando à caminha no fundo, onde dorme Vincenzino, de um ano.

— Você não sabe, não tem como se lembrar, mas, realmente, seu pai não viu suas irmãs, Angelina e Peppina, crescerem. Mal conseguiu acompanhar seu desenvolvimento, e, ainda assim, porque você era o filho homem que ele queria. — O tom da voz diminui, vibra com as lágrimas escondidas. — Não cometa o mesmo erro. Entre as coisas que perdemos, a infância dos nossos filhos é uma das mais doloridas.

Ele faz que sim, oculta o rosto com as mãos. Anos de olhares severos emergem da memória. Somente adulto aprendera a decifrar o orgulho e o afeto nos olhos escuros do pai. Vincenzo Florio não fora um homem de palavras, mas de olhares, no bem e no mal. Tampouco fora homem capaz de demonstrar afeto.

Não se lembra de abraços. Talvez de alguns carinhos. Mesmo assim, Ignazio lhe quisera bem.

— E Giovanna, sua esposa... não descuide dela. Ela te quer bem, pobre estrela, e procura sempre conseguir sua atenção. — Giulia observa-o com um misto de censura e arrependimento. Suspira. — Se casou com ela é porque deve sentir algo por sua mulher.

Ele mexe a mão, quase como se quisesse afugentar um pensamento desagradável.

— Sim — murmura. Mas nada acrescenta e baixa os olhos para evitar o olhar da mãe, que sempre lera até o fundo da alma dele.

Aquela dor pertence somente a ele.

Giulia se levanta e, a passos lentos, devolve Ignazziddu ao berço. O recém-nascido vira a cabecinha com um suspiro satisfeito e se entrega ao sono.

Ignazio espera por ela na porta. Apoia a mão sobre o ombro dela e acompanha-a ao quarto.

— Estou contente que tenha decidido vir aqui, pelo menos nesses primeiros dias. Não podia pensar na senhora sozinha.

Ela faz que sim.

— A casa da Olivuzza é grande demais sem ele.

Vazia. Para sempre.

Ignazio sente a respiração se tornar sólida.

Giulia entra no quarto que o filho e a nora reservaram para ela, o mesmo onde, anos antes, havia vivido a sogra, Giuseppina Saffiotti Florio. Uma mulher severa, que perdera o marido ainda jovem, criara Vincenzo junto com Ignazio, o cunhado, e que por muito tempo havia se oposto ao ingresso de Giulia na família, considerando-a pouco confiável e uma alpinista social. Agora, ela também é uma viúva. Permanece no meio do quarto enquanto o filho fecha a porta, depois pousa o olhar sobre a cama de casal.

Ignazio não ouve as palavras dela. E tampouco poderia compreender a dor de Giulia, que é diferente da dele: mais visceral, mais aguda, sem esperança.

Porque ela e Vincenzo haviam escolhido um ao outro, se quiseram e se amaram, a despeito de tudo e de todos.

— Como vou conseguir viver sem você, meu amor?

A porta raspa apenas o chão, e fecha novamente sem fazer barulho. O colchão ao lado dela dobra-se, o corpo de Ignazio volta a invadir o espaço, emitindo um calor tépido que se mistura ao dela.

Giovanna diminui a respiração, simula um sono que na verdade foi embora no instante em que o marido se levantou. Sabe perfeitamente que Ignazio sofre de insônia, e ela, que tem o sono leve, com frequência fica acordada sem se mexer. Além disso, acredita que a morte do pai atingiu Ignazio mais do que ele gostaria de admitir.

Está com os olhos arregalados no escuro. Lembra-se bem da primeira vez que viu Vincenzo Florio: um homem maciço, com ar rabugento e respiração pesada. Olhara para ela como se olha para um animal na feira.

Ela, por temor, não pudera senão baixar os olhos, fixando-os no chão do salão na Villa delle Terre Rosse, logo fora dos muros de Palermo.

Em seguida, virara-se para a esposa com o que deveria ser um sussurro, mas que retumbara no salão dos d'Ondes.

— Não é magra demais?

Giovanna havia levantado de novo a cabeça em um movimento súbito. Devia ser censurada por ter passado a vida inteira procurando não ficar igual à mãe, quase informe de tão gorda? Queriam talvez dizer que ela não podia ser uma boa esposa? Ferida por aquela acusação de ser inadequada, olhara para Ignazio, esperando que dissesse algo em sua defesa.

Mas ele ficara indiferente, com um sorriso vago nos lábios.

Fora o pai dela, Gioacchino d'Ondes, conde de Gallitano, que tranquilizou Vincenzo.

— *Fimmina sana*, é uma moça saudável — declarara com orgulho.
— E dará filhos fortes à sua casa.

Pois é, porque a capacidade de gerar filhos era a única coisa que realmente interessava a dom Vincenzo: não o fato de que fosse gorda ou magra e nem que Ignazio estivesse apaixonado por ela.

Porém, apesar de tudo, ela entrara na Casa Florio com o coração cheio de amor por aquele marido, tão controlado e dono de si.

Era entusiasta, sim, pois apaixonara-se logo por ele — desde o primeiro momento em que o tinha visto no Cassino das Damas e dos Cavalheiros, quando ainda ia fazer dezessete anos —, e havia sido conquistada pela calma que ele sabia transmitir-lhe, pela força, que parecia jorrar diretamente de uma inviolável convicção de superioridade. Pela pacatez das palavras.

O desejo aparecera depois, quando trocaram intimidades. Mas fora justamente o desejo a enganá-la, a fazê-la acreditar que o casamento deles fosse diferente daquele descrito pelos outros, a pensar que poderia haver afeto, ou, pelo menos, algum respeito. Todos a tinham avisado, começando pela mãe, com obscuras alusões ao fato de que precisaria "fazer sacrifícios" e "suportar" o marido, encerrando com padre Berto que, no dia das núpcias, preveniu: "A paciência é o dote principal de uma mulher".

"Mais ainda casando-se com um Florio", parecia acrescentar o olhar do padre.

E ela fora paciente, havia obedecido, procurando o tempo todo um sinal de aprovação, ou ao menos de reconhecimento. Por dois anos tinha vivido entre a gentileza contida de dona Giulia e os olhares pungentes de dom Vincenzo, sentindo-se diminuída pelo dote — não particularmente generoso — e a instrução dela, de longe inferior à da cunhada, perdida em uma casa e uma família que se revelaram estranhas. Fizera apelo ao seu orgulho nobre, ao sangue dos Trigona. Mas, principalmente, àquilo que sentia, porque naquela casa e família havia Ignazio.

Tenaz e determinada, aguardara que ele a notasse. Que olhasse para ela, de verdade.

Mas obtivera apenas uma afetuosa gentileza, um calor tépido e fugaz.

Distingue o leve roncar do homem atrás dos ombros dela. Vira-se, observa o perfil dele no escuro. Deu-lhe dois filhos. Ela o ama, mesmo que de maneira cega e irracional, sabe disso.

No entanto, sabe também que não é o suficiente.

A verdade, pensa Giovanna, *é que nos acostumamos a tudo*. E ela, por muito tempo, se acostumou a contentar-se com as migalhas. Mas agora quer mais. Agora quer ser a esposa dele, de verdade.

Na manhã de 21 de setembro de 1868, o tabelião Giuseppe Quattrocchi é quem anuncia "as últimas vontades" de Vincenzo Florio, negociante. Ignazio, metido em roupa escura de corte inglês e uma gravata em lã crepe preta, ouve os capítulos do testamento, divididos segundo os interesses da Casa Florio. Na mesa, diversos fascículos, dispostos em pilhas ordenadas. O secretário do tabelião recolhe, controla a lista dos bens. Uma ladainha de lugares, nomes, cifras.

Ignazio se deixa estar, impassível. Ninguém pode ver as mãos trêmulas, que ele mantém sob a mesa.

Sempre soube que a rede dos negócios dele era muito extensa, mas é como se somente naquele momento se desse conta, *de fato*, do quanto era complexa e articulada. Até poucos dias antes, ocupara-se apenas de alguns setores, e, especificamente, da cantina de Marsala. Amava passar os dias da vindima no estabelecimento e aguardar o fim do dia para ver o sol que desaparecia atrás da silhueta das Egadi, além da lagoa do Stagnone.

Agora, no entanto, se agiganta à frente dele uma montanha de papéis, dinheiro, contratos e compromissos. Precisará escalá-la, chegar em cima, e ainda não será o bastante: terá que submetê-la ao desejo dele. Os Florio precisam *sempre* olhar além. Assim fez o avô Paolo e seu tio Ignazio, quando deixaram Bagnara por Palermo. Assim fez o pai quando criou a cantina de Marsala, quando assumiu a gerência da almadrava de Favignana, para a pesca do atum, ou quando encasquetou — contra a opinião de todos — em querer a Fonderia Oretea, que agora dá pão e trabalho a dezenas de homens. E nunca houve dúvida quanto a caber a ele continuar o caminho construído pelo pai. É o homem da casa, o herdeiro, quem deverá levar adiante o nome da família e consolidar poder e riqueza.

Com um único gesto, Ignazio ergue as mãos entrelaçadas, que finalmente pararam de tremer, e as apoia na mesa. Em seguida, fita o dedo anular; ali, debaixo da aliança, tem o anel de ouro batido que o pai lhe dera no dia do casamento com Giovanna, dois anos antes; pertencia ao tio de quem leva o nome e, antes ainda, à bisavó, Rosa Bellantoni. Nunca lhe pareceu tão pesado como agora.

O tabelião prosseguiu a leitura: a essa altura, chegou nas disposições relacionadas à mãe e às irmãs, para quem foram deixados alguns legados. Ignazio ouve, assente, em seguida assina os atos para o aceite da herança.

Por fim, levanta-se, olha ao redor. Sabe que todos aguardam dele algumas palavras. Não quer e não deve decepcioná-los.

— Agradeço que tenham vindo. Meu pai era um homem extraordinário: não tinha uma personalidade fácil, mas sempre foi leal com todos e corajoso nos empreendimentos dele. — Faz uma pausa, escolhe as palavras. Mantém as costas eretas e a voz firme. — Confio que trabalharão para a Casa Florio com o mesmo empenho que já demonstraram a ele. E tenho intenção de prosseguir o legado dele, tornando nossas empresas mais sólidas, mais fortes. Mas não esqueço que, antes de tudo, a Casa Florio é um sustento para muitas pessoas, a quem oferece pão, trabalho e dignidade. Prometo que terei um cuidado especial com essa gente… com vocês. Todos juntos tornaremos essa Casa o coração de Palermo e da Sicília inteira.

Aponta para os fascículos em frente e apoia as mãos sobre eles.

Alguém faz que sim com a cabeça. As rugas de preocupação relaxam, os olhares suavizam-se.

Pelo menos por enquanto não precisam de outros encorajamentos, pensa Ignazio, e percebe a tensão soltar-lhe as costas. *Mas já amanhã, vai ser diferente.*

As testemunhas levantam-se e abrem espaço: renovam as condolências, alguém até procura marcar um encontro. Ignazio agradece e acena ao secretário para que se ocupe dos agendamentos.

Vincenzo Giachery é o último que se aproxima, junto a Giuseppe Orlando. São amigos de família, antes mesmo de serem colaboradores e conselheiros da Casa Florio. Vincenzo é irmão de Carlos Giachery, o braço direito do pai, bem como o arquiteto da casa dos Quattro Pizzi, morto três anos antes. Outro daqueles lutos que Vincenzo sofrera, reagindo de maneira impassível e fechando-se em si. Giuseppe, no entanto, é um hábil engenheiro mecânico, especialista em marinha mercantil, com um passado garibaldino e um presente de tranquilo funcionário e bom pai de família.

— Precisamos conversar, dom Ignazio — começa Giachery, sem preâmbulos. — A questão das embarcações a vapor.

— Eu sei.

Não, não amanhã, hoje, considera Ignazio, entredentes. *Não há tempo, não tive, e nunca mais terei.*

Ele olha os dois homens, prende a respiração por um instante antes de soltar. Acompanha-os fora do salão, onde os da casa estão devolvendo luvas e chapéus aos parentes que compareceram ao funeral e à leitura do testamento. Cumprimenta a irmã Angelina e o marido, Luigi De Pace; aperta a mão de Auguste Merle, sogro da irmã Giuseppina, que vive em Marselha há anos.

Os três homens se dirigem ao escritório de Vincenzo. Na entrada, Ignazio hesita, como perante um muro, do mesmo jeito que havia acontecido na noite anterior. Entrou várias vezes naquele cômodo, mas somente quando o pai estava vivo, quando era ele quem tomava as rédeas da Casa Florio.

E agora, com que direito o filho adentra aquele espaço? Quem é ele, sem o pai? Todos dizem que é o herdeiro, mas, ao contrário, não será um impostor?

Fecha os olhos e, por um instante longuíssimo, imagina abrir a porta e vê-lo sentado ali, na poltrona dele em pele. Vê a cabeça do pai se erguendo, os cabelos grisalhos em desordem, a testa enrugada, o olhar indagador, a mão que aperta uma folha de papel...

Mas é a mão de Vincenzo Giachery que se apoia no ombro dele.

— Coragem — diz em um sussurro.

Não, não hoje: agora, pensa Ignazio, procurando afastar o temor que o oprime. A morte levou-lhe o pai; a eles, tirou um guia. *Agora, e não depois*, porque chegou a hora de demonstrar que será o digno sucessor do pai. Que a vida dele — consagrada à Casa Florio desde o momento em que veio ao mundo — não é inútil. Que a fragilidade da dor não lhe pertence e que, mesmo pressentindo-a, deve escondê--la. É ele quem precisa tranquilizá-los. O tempo das confirmações e do conforto já acabou para ele. Aliás, tem a impressão de que jamais começou.

E, então, supera aquele muro. Adentra o cômodo, ocupa o espaço. O escritório volta a ser o que é: um lugar de trabalho, revestido de lambris em madeira escura, com móveis maciços, duas poltronas em pele e uma escrivaninha em mogno, abarrotada de documentos, cartas e relatórios de contas.

Senta-se àquela escrivaninha, sobre aquela poltrona. Por um instante, o olhar fixa-se no tinteiro e na bandeja onde se encontram um abridor de envelopes, carimbos, uma régua, algumas folhas de papel absorvente. Sobre uma dessas há a marca da ponta de um dedo.

— Então. — Respira fundo. Sobre a pasta de couro vê os cartões de condolências. Em cima, tem o de Francesco Crispi. *Terei de lhe escrever logo, também*, pensa. Crispi e o pai de Ignazio se conheceram no momento da chegada dos garibaldinos em Palermo e, entre os dois, nascera uma relação direta e de confiança recíproca, que se consolidara ao longo dos anos. Fora o advogado dos Florio e agora parecia ter-se encaminhado para uma luminosa carreira política: tinha sido eleito, há pouco, pelo Colegiado das Maglie e por aquele de Castelvetrano.

— Antes, temos que tranquilizar a todos. Devem continuar a confiar na gente como fizeram até agora.

— E como enxerga a questão dos subsídios estatais? Dizem por aí que o governo está relutante em renovar as concessões, e seria perigoso para a Casa Florio perder esse apoio. O Mediterrâneo está cheio de companhias que afundariam os adversários a tiros de canhão para conseguir obter mais uma rota...

Logo de primeira, pensa Ignazio. *Aí está, a questão mais espinhosa*.

— Sei perfeitamente, e não tenho a mínima intenção de permitir algum tipo de entrave. Tenho em mente ir ter com o diretor geral do Correio dos Barcos a Vapor, Barbavara: penso ser oportuno confirmar que temos ideias precisas a respeito da fusão da nossa Vapores Postais com o Accossado e Peirano de Gênova, que, como sabem, juntamente à Rubatino, possui mais da metade da tonelagem a vapor nacional. Um lance que levaria a uma indiscutível melhora das linhas de transportes, em geral, e a um reforço de nossa frota, em particular. Mas, sobretudo, reivindicarei com ele a revogação dos tratados de Livorno: para nós é um dano enorme, pois impede a ponte direta entre Sicília e Itália central. Para entregar-lhe a carta, contarei com o apoio do nosso intermediário no ministério, o cavalheiro Scibona, que cuidará de interceder a favor de nossa causa.

Orlando massageia as coxas e suspira.

— Scibona não passa de um *despachante*, e a única vantagem dele é estar dentro do ministério. Mas é sempre um despachante e nada mais do que isso, não sei quanto o ouvirão. Necessitamos de alguém mais acima.

Ignazio assente lentamente. Arqueia as sobrancelhas.

— Por isso quero como interlocutor o diretor do Correio em pessoa — esclarece. — Ele poderá fazer pressão quando for preciso... Se bem que... — Agarra um abridor de envelopes e gira-o no côncavo da mão. — O problema se encontra na origem: o governo decidiu cortar despesas. No Norte estão construindo estradas e ferrovias, e pouco interessa a eles o comércio com a Sicília. Somos nós que precisamos oferecer uma boa razão para justificar as subvenções aos transportes e, portanto, tornar convenientes as trocas comerciais.

Giachery apoia os cotovelos sobre o tampo da escrivaninha e Ignazio o encara: naquela luz débil, o rosto encavado e os cabelos escuros manchados de cinza fazem-no parecer o irmão dele de modo quase inquietante. *É como se eu estivesse em uma reunião de fantasmas, único vivo entre os mortos. Fantasmas que não querem ir embora*, pensa Ignazio.

— O que o senhor acha, dom Vincenzo? — pergunta em seguida. — Por que se cala?

O outro sacode os ombros e olha para ele de viés.

— Porque já sei que se decidiu e nada vai fazê-lo mudar de ideia.

Aquela frase arranca-lhe uma risada, a primeira em muitos dias. É uma abertura de crédito.

— Exato. Questão de *vestiri u' pupo*, fazer com que Barbavara entenda que lhe convém ser conciliador com a Casa Florio e com nossos interesses.

Giachery abre os braços. Esboça um sorriso que não se completa.

— É isso.

Ignazio apoia-se no espaldar da poltrona, olha para longe. Na mente já está construindo a carta que escreverá. Não, não é coisa que se confie a um secretário. Cuidará dela pessoalmente.

— De qualquer maneira, em nossa casa, temos que nos proteger da concorrência — diz Giuseppe Orlando. — Chegou aos meus ouvidos que Pietro Tagliavia, o armador, pretende construir uma frota apenas de embarcações a vapor para fazer comércio com o Mediterrâneo Oriental.

Esconde um bocejo atrás da mão fechada em punho. Foram dias pesados para todos, e o cansaço é aparente.

— Quando o canal dos franceses, o Suez, for aberto, ir para as Índias será bem mais simples e rápido...

Ignazio o interrompe:

— Disso, também, precisamos falar. O comércio de especiarias trouxe muita riqueza a meu pai, mas não representa mais a importância de antigamente. Agora é necessário concentrar-se no fato de que as pessoas desejam se locomover de forma rápida e sem abrir mão do conforto. Querem se sentir modernas, em suma. É isso que temos que garantir, cobrindo as rotas do Mediterrâneo com barcos mais velozes do que os de nossos concorrentes.

Os dois convidados se entreolham, alarmados. Desistir do comércio de especiarias, uma das principais atividades da casa comercial? Eles têm idade avançada e viram acontecer muitas coisas. Sabem que uma mudança de direção assim, tão brusca, pode implicar em consequências catastróficas.

Ignazio levanta-se, vai até a parede onde fica pendurada uma grande carta geográfica do mundo. Abre a mão ali, no lugar do Mediterrâneo.

— É das embarcações a vapor que virá nossa riqueza. Delas e da cantina. Nosso objetivo principal será proteger e favorecer essas duas atividades. Se não tivermos ajuda do governo, haveremos de buscá-la sozinhos, lutando com unhas e dentes. Precisaremos identificar os amigos, mas, principalmente, conhecer os inimigos, saber como combatê-los, sempre de olhos abertos, porque ninguém nos perdoará se errarmos. — Fixa-os, falando com calma e firmeza. — Temos que ampliar a rede de transportes. Por isso, precisamos que homens de poder, como Barbavara, estejam do nosso lado.

Os dois homens trocam outro olhar tenso, mas não ousam falar. Ignazio nota o gesto e dá um passo na direção deles.

— Confiem em mim — murmura. — Meu pai sempre olhou para a frente, além do horizonte. E eu quero fazer o mesmo.

É Giachery que faz sim com a cabeça, após alguns segundos. Levanta-se, estica a mão.

— O senhor é dom Ignazio Florio. Sabe o que deve ser feito — diz, e naquela frase há tudo aquilo que Ignazio poderia desejar, ao menos por ora. Reconhecimento, confiança e apoio.

Orlando também se levanta e se dirige à porta.

— Passa no Banco amanhã? — pergunta.

— O mais rápido possível. — Ignazio indica uma pasta sobre a mesa. — Precisamos fechar logo a gestão do meu pai e abrir a minha.

O outro apenas confirma.

A porta se fecha atrás dos dois homens.

Ignazio apoia a cabeça no umbral. *O primeiro obstáculo foi enfrentado,* diz a si mesmo. *Agora, virão os próximos, um após o outro.*

As cartas sobre a mesa olham para ele, cutucam-no. Ignazio volta a sentar-se, ignora-as. *Aguardem mais um pouco,* implora, enquanto passa a mão no rosto. Em seguida, recolhe os bilhetes e telegramas de condolências. Chegaram de toda a Europa: reconhece as assinaturas e fica orgulhoso, pensando em quantas pessoas importantes conheciam e estimavam o pai. Tem até um telegrama vindo da corte do czar, testemunho de um apreço construído ao longo dos anos.

Além disso, entre as últimas mensagens, encontra um envelope com um carimbo francês. Vem de Marselha.

Conhece aquela caligrafia. Abre com vagar, quase temeroso.

Soube da sua perda.
Estou sinceramente triste por você. Imagino o quanto esteja sofrendo.
Um abraço.

Nenhuma assinatura. Não há necessidade.

Vira o cartão em papel de Amalfi: no verso estão estampados dois nomes. Um foi apagado com um decidido traço à caneta.

Pelo rosto dele passa um véu de amargura que nada tem a ver com a dor pela morte do pai. Um pesar sobreposto a outro. Uma lembrança que tem sabor de arrependimento, de saudade de uma vida jamais vivida, mas apenas sonhada. Um daqueles desejos que trazemos dentro de nós por toda a vida, mesmo sabendo que não poderemos satisfazer.

Não.

Junta os bilhetes em um canto. Pensará neles depois.

Mas aquele sem assinatura coloca em um bolso do paletó, próximo ao coração.

Giovanna, vestida para dormir e calçando pantufas, apenas se debruça na janela. O tempo de Palermo é zombeteiro, com uma umidade fria que corta os ossos pela manhã e um calor ainda de verão nas horas centrais do dia.

Olha as carruagens que passam e somem, ouve os cumprimentos trocados na rua. Com esforço, volta para dentro e se deixa cair na poltrona com uma careta de dor. Olha ao redor. A porta ligada ao quarto de dormir de Ignazio fica semiescondida por uma pesada cortina de veludo verde, o baldaquim esculpido e dourado, com uma cabeceira em osso de tartaruga e madrepérola, que representa um Cristo na cruz. Sobre a mesinha em pluma de mogno, embutida com latão, encontra-se um dos presentes de núpcias da sogra: um conjunto de toalete em prata com contornos de flores, de manufatura inglesa.

Tudo é refinado. Luxuoso.

Mas, além das paredes, tem o mandamento de Castellammare, a antiga Loggia dei Mercanti, cheia de depósitos, lojas e habitáculos de trabalhadores. Um mundo a essa altura inadequado ao nível dos Florio. Diversas vezes tentara explicar a Ignazio, mas ele não parecia querer escutar.

— Ficaremos bem aqui — dissera. — Deixamos a Olivuzza aos meus pais, que são de idade e precisam de ar bom e tranquilidade. Além do mais, o que é que não te agrada? Minha mãe nos deu esta casa, mais confortável para nós, próxima à praça Marina a aos escritórios. Tem até iluminação a gás, que mandei instalar pouco tempo atrás. O que te falta?

Giovanna distorce um pouco os lábios da pequena boca e bufa, irritada. Não entende por que Ignazio cisma em viver ali, enquanto a Olivuzza, que ele também queria, permanece nas mãos da sogra, especialmente agora, que a senhora ficou sozinha. Detesta a promiscuidade daquela rua popular. Não pode nem abrir as cortinas, que logo a vizinha da frente aparece na sacada, como se quisesse entrar no quarto. Por vezes, até ouviu a dona comentar em voz alta o que via, para benefício de toda a vizinhança.

Falta-lhe o ar livre das Terre Rosse, a ampla zona rural próxima à igreja de São Francisco de Paula, onde os pais têm uma *villetta*, um edifício com alguma pretensão de elegância e com um pequeno jardim. Ali, Giovanna cresceu. Na rua dos Materassai, com as casas grudadas umas nas outras e com aqueles cheiros fortes de sabão e cozinha, falta-lhe o ar. Nem intimidade, nem reservas, naqueles becos apertados.

Não importa que as escadas sejam feitas em mármore, que nos tetos haja afrescos e que a mobília tenha vindo dos quatro cantos da Terra. Ela não quer viver ali, em uma casa de negociantes endinheirados. Podia ser bom para o sogro, mas casando-se com ela, Ignazio passou a fazer parte da nobreza palermitana e precisa morar de forma condizente à nova classe social.

Afinal, não é por isso mesmo que ele se casou comigo?, pergunta-se, fechando com raiva os cantos do penhoar. *Por conta do sangue nobre que eu lhe trouxe como dote, para apagar a poeira dos sapatos e aquele epíteto de "carregador de piano" de que meu sogro jamais conseguiu se livrar? Queria ter ao seu lado a baronesinha Giovanna d'Ondes Trigona. E conseguiu.*

Um pensamento amargo, seguido de uma consideração ainda mais amarga.

Mas, então, por que tudo isso não lhe basta?

Naquele momento, alguém abre a porta. Ignazio entra e se aproxima.

— Ah, está acordada. Bom dia.

— Levantei agora da cama, aguardo dona Ciccia para me preparar. — Pega a mão dele e a beija. — Como foi?

Ignazio senta-se no braço da poltrona, abraça a esposa pelos ombros.

— Enervante. — Não pode dizer mais: ela não entenderia. Não pode sequer imaginar o que significa ter sobre si toda a responsabilidade da Casa Florio. Ele acaricia de leve o rosto dela. — Está pálida...

Ela faz que sim com a cabeça.

— Está faltando o ar, aqui. Gostaria de ir para o campo.

Mas Ignazio não a ouve mais. Pôs-se de pé, e se dirige ao vestiário.

— Subi para trocar o paletó. Voltou a fazer calor. Preciso ir à sede do Banco para controlar a lista de credores e das notas após o aceite da herança. Além do mais...

— Você precisaria de um criado — interrompe a esposa.

Ele para, suspendendo o gesto das mãos.

— Como?

— De um criado que arrume sua roupa — diz, em siciliano, Giovanna, fazendo um sinal amplo, indicando a cidade fora da janela. — Meus parentes têm um criado e uma camareira, esposa deste — acrescenta, ainda em dialeto.

Ignazio contrai levemente os lábios. Mas Giovanna compreende logo o quanto ficou contrariado. Baixa os olhos e aperta o lábio, aguardando a reprimenda.

— Eu preferiria que você falasse em italiano, sabe disso — rebate Ignazio, em tom seco. — Vez ou outra, tudo bem, embora nunca na frente dos outros. Não é decoroso. Lembre-se sempre de quem você é... — Ele veste um paletó leve, retira do outro um bilhete e o guarda em uma gaveta do armário. Em seguida, passa a chave.

Não é a primeira vez que eles têm essa discussão. Logo após o casamento, ele havia contratado uma espécie de preceptor que ensinasse à esposa aquele tanto de francês e de alemão suficiente para um mínimo de conversação com os convidados estrangeiros e sócios dos negócios da Casa. Se tivessem que viajar juntos, ela precisaria ter condições de compreender e se fazer entender, explicara o marido. E ela obedecera, de acordo com as normas de uma boa esposa.

Sempre obedecera, até agora.

A mortificação de Giovanna transmuta-se em incômodo. Ignazio nem se dá conta: um beijo distraído de raspão na testa e sai.

Giovanna levanta-se rapidamente e, ignorando a súbita tontura, anda em direção ao vestiário. Passa a mão sobre o ventre ainda inchado e disforme pela gravidez recente. Os mal-estares pouco se reduziram após o parto e isso, segundo a parteira, é por conta do estado da magreza em que se encontra. Deveria comer mais, admoestou: carne vermelha, pratos de massa, caldo de carne... Chegaram até a ameaçar obrigá-la a beber sangue de animais recém-abatidos, se não conseguisse recuperar as forças. Claro, não se trata de esforços causados pelo aleitamento, já que o recém-nascido foi logo deixado aos cuidados de uma camponesa, vinda propositalmente da Olivuzza para *nutricare u' picciriddu*, nutrir o pequeno. Mas alimentar-se bem é um dever para quem acaba de dar à luz.

Só de pensar, Giovanna sente um aperto de desgosto no estômago. A comida provoca-lhe náuseas. A única coisa que consegue ingerir são gomos de laranja ou de tangerina.

— Ainda está assim? — É justamente carregando um pratinho de fruta que dona Ciccia entra no cômodo e olha para ela com ar de reprimenda. Continua, em siciliano: — Está na hora de se vestir — diz, dando um tapa no balde cheio de água que carrega consigo. — Sua sogra a espera.

* * *

À espera de Ignazio, fora do portão, não há apenas o insólito calor daquele dia de verão tardio, mas também um homem, que se aproxima dele e beija-lhe a mão.

— Que Deus o abençoe, dom Ignazio — murmura em siciliano.

— Há de me perdoar. Sou Saro Motisi, preciso falar com o senhor. Por isso estou vindo do Banco.

— Estou indo para lá — responde Ignazio com um sorriso, procurando esconder a irritação. O trajeto da rua dos Materassai ao Banco Florio é breve e ele esperava percorrê-lo sozinho, para refletir. No entanto, aquele pequeno comerciante de vinhos da gestão dos Tribunais se aproxima, decidido a acompanhá-lo.

— O senhor deve me perdoar — repete e se esforça para falar em italiano. — Tenho papéis em suspenso, notas que vencem na próxima semana, mas encontro-me em apuros e agora chegaram mais contas de última hora... — E acrescenta, em dialeto: — Que, aqui, todos os cristãos querem dinheiro...

Ignazio apoia a mão no braço.

— Vamos ver como resolver, senhor Motisi — diz. — Vá ao Banco, estarei lá daqui a pouco. Se tiver garantias para oferecer, estou certo de que poderemos pensar em uma prorrogação da dívida.

Motisi para, curva-se até o chão. E fala novamente em siciliano:

— Claro, claro, o senhor sabe, nós somos precisos... afinal, trata-se de uma mesada...

Mas Ignazio não o ouve mais. Diminui o passo, deixa que Motisi se afaste e em seguida para e observa, vagarosamente, San Giacomo, repleto de uma luz que empresta ao caminho ladrilhado uma claridade quase ofuscante. Parece que o tempo não transformou aquela praça que ele atravessou incontáveis vezes na companhia do pai. No entanto, muitas pequenas coisas mudaram ao longo dos anos: o solo, antes sempre tomado por poças de lama, agora costuma estar limpo; não há mais a corte de mendigos em frente à igreja de Santa Maria La Nova; lá onde havia um verdureiro agora se encontra uma pequena oficina e, mais adiante, alguém abriu uma loja de cerâmicas. Mesmo assim, a alma do lugar permaneceu igual: caótica, alegre, cheia de vozes e de sotaques. É a sua rua e a sua gente. Uma gente que agora vai ao encontro dele, beija-lhe a mão e oferta-lhe as condolências, mantendo os olhos baixos.

Como pode Giovanna não amar este bairro?, ele se pergunta. É tão cheio de vida, um dos corações pulsantes de Palermo. Ignazio sente que o bairro lhe pertence, é como se fosse dono de cada pedra, cada portão, cada filete de sol e poça de sombra. Percorreu centenas de vezes o trajeto que vai da casa dele ao Banco e conhece uma a uma as pessoas que agora chegam nas portas para cumprimentá-lo.

Sim, as conhece, mas também existe algo de diferente nelas: pois agora ele é *u' patruni*, o patrão.

Por um instante, saboreia a melancolia da solidão. Tem consciência de que, deste momento em diante, não terá descanso, não terá salvação. E não é apenas a responsabilidade da família que pesa sobre os ombros, já que da sorte do Banco Florio depende a vida de muitas pessoas que confiam nele, em suas capacidades, no seu poder econômico.

Responsabilidades, diz a si mesmo. O pai utilizava essa palavra com frequência. Instilou-a na alma do filho, plantou-a como semente, dcixando que germinasse na consciência dele. Agora, a palavra está crescendo, está se tornando uma árvore poderosa. E Ignazio sabe que as raízes daquela árvore acabarão por sufocar seus desejos e seus sonhos, em nome de algo maior. A família. O nome dos Florio.

Sabe e anseia por não ter que sofrer além da conta. Por não mais sofrer.

— Dona Giovanna, bom dia.

A ama cumprimenta-a, inclinando a cabeça. Está dando de mamar ao recém-nascido. Giovanna observa o filho, que mama avidamente naquele peito branco, cheio, luxurioso.

Compara-o ao dela, imprensado no espartilho que vestiu sobre a camisola, insistindo com a camareira para que apertasse os laços até quase ficar sem ar. Pensa que jamais iria querer um peito como aquele. Acha-o repugnante.

— Giovannina, vem. — Giulia está sentada na poltrona e segura nos braços Vincenzino. Acena à poltrona em que na noite anterior Ignazio havia sentado.

— *Comu siti*, como está, dona Giulia? — Não teme falar em dialeto quando conversa com a sogra, que sempre fora gentil com ela. Uma mulher reservada, sem dúvida, mas nunca repreensiva e até capaz de pequenos gestos de cortesia quando estão juntas. Giovanna, porém, nunca entendeu se aquela gentileza é sincera ou nasce de uma estranha, íntima, compaixão. Será que fica tão evidente o fato de Ignazio não a ter em conta de fato, a ponto de a mãe reservar apenas um morno afeto pela nora?

A outra não responde de imediato.

— Me sinto como alguém de quem arrancaram um braço — diz em seguida. Acaricia a cabeça do netinho e beija-o por sobre os cabelos claros.

Giovanna não sabe o que fazer. Deveria apertar-lhe a mão, dizer uma palavra de conforto, porque é assim que nos comportamos entre parentes. Mas não consegue, e não porque não sinta pena de Giulia, não por isso.

Demasiada é a dor que enxerga nela nesse momento. A intensidade da perda assusta-a. Jamais teria pensado que um homem duro como Vincenzo Florio pudesse provocar um apego daqueles em uma mulher tranquila e paciente como Giulia.

— Não era para tanto, boa alma — murmura em siciliano. É verdade, por mais que seja dolorido.

Giulia engole as lágrimas feito um caroço.

— Eu sei. Vinha observando o comportamento dele. Sabe, nos últimos dias, enquanto você estava prestes a ter o Ignazziddu e ele se afastava... — Parece que enquanto fala, sua voz se parte ao meio. — Quando vi que ele não conseguia mais falar, que não olhava mais para mim, pedi a Deus que o levasse. Preferia saber que estava morto a vê-lo sofrer por mais tempo.

Giovanna disfarça o embaraço fazendo um sinal da cruz. Em seguida, prossegue em dialeto, em voz baixa:

— Ele está com o Senhor, pense nisso agora. Fez tantas coisas boas...

Giulia sorri, amarga.

— Quem dera fosse verdade... Ele fez muitas coisas, nem todas boas. Especialmente comigo. — Ela ergue o olhar. Giovanna fica surpreendida pela energia que consegue ler nele. Quase um fogo. — Você sabe que por um longo período eu e ele vivemos em condição de... pecado. Que nossos filhos nasceram fora do casamento.

Com um leve constrangimento, Giovanna confirma. Quando chegara a proposta de Ignazio, a mãe dela torcera o nariz justamente por aquele motivo: apesar de todo o dinheiro, aquele homem nascera bastardo. Giulia e Vincenzo casaram-se somente após o nascimento do menino.

— Lembro de uma vez... — A voz adoça, o rosto parece relaxar. — No começo, quando ele já tinha decidido que eu deveria ser dele e eu... não sabia como resistir, um dia, me encontrava próxima à loja de aromas, aqui, no andar de baixo. Precisava comprar umas especiarias, e ele, encontrando-se no escritório e escutando minha voz, veio me atender no balcão. Algo bastante inusitado, visto que já não atendia no balcão fazia anos. Queria me presentear com alguns pistilos de açafrão, me dizendo que eram um desejo de boa sorte e serenidade: eu recusei, mas ele os colocou na minha mão, me obrigando a aceitar. As pessoas na *putìa* não tiravam os olhos dele, atônitos, pois Vincenzo Florio jamais dava presentes... — Solta um suspiro. — Mas eu não era como *os outros*. Ele me queria, a *mim* e a mais nenhuma outra. E, quando me teve, tomou para si toda a minha vida. E eu a ofereci para ele com alegria e nunca me importei com aquilo que os outros pensavam a meu respeito, que me considerassem uma qualquer. Porque para mim ele era tudo. — Aperta ao peito a criança, que se desvincula. — E agora, como pensa que eu possa sobreviver sem o homem que amei mais do que a mim mesma, apenas porque Deus o levou embora?

Vincenzino começa a choramingar e se estica na direção dos brinquedos espalhados pelo quarto, em seguida começa a tossir. Giulia solta o menino.

— Contei tudo isso porque Ignazio, a mim, não escuta mais. Houve um tempo em que eu era tudo para o meu filho, mas, depois, o pai o levou para perto... e Ignazio se tornou *dele*. — Suspira novamente. — E eu, agora, sem Vincenzo, não significo mais nada. — Giovanna ensaia um protesto, mas Giulia a interrompe com a mão e abaixa o tom de voz. — Claro, sou a mãe dele, e ele me quer bem, mas... Agora existe você, a esposa dele, e é você a dona de tudo. Você pode me ajudar. Deve falar com ele, dizer que eu desejo ir viver na casa dos Quattro Pizzi. Já sei que ele não quer, que pensa ser melhor eu ficar aqui, mas eu... não quero. Era aquela nossa casa, e lá pretendo ficar, junto com ele e com nossas lembranças. Você faz isso?

Giovanna gostaria de responder que Ignazio raramente a ouve, mas a surpresa provocada por aquele pedido a emudece. Se a sogra deixasse a casa da rua dos Materassai, então, talvez, ela pudesse convencer Ignazio a se mudar para a Olivuzza. Poderia dispor para que arrumassem o jardim e a casa e incrementar a mobília em estilo francês com outros móveis, mais do gosto dela.

É um presente inesperado, esse que Giulia está lhe oferecendo.

E não é o único. Está, inclusive, confiando-lhe a casa.

Giovanna se limita em assentir. Aperta a mão da sogra.

— Eu falo com ele — confirma, já sabendo o que fazer. Porque, se é verdade que o marido não a ouve, existe algo a cujo chamado ele não consegue resistir: o prestígio ligado ao nome da família. Nisso, Ignazio é idêntico ao pai, refém de uma ambição que o consome por dentro.

E nada pode ser mais prestigioso do que aquilo que ela tem em mente para a Olivuzza.

Silenciosos, invisíveis, homens armados supervisionam a segurança do grande parque, da casa e dos seus habitantes. Ser um Florio significa também estar vigilante: Vincenzo já sabia disso, mas para ele, como proteção, bastara apelar à amizade ou a uma série de troca de favores. No entanto, quando Ignazio se transferira para a Olivuzza, no outono de 1869, alguém lhe fizera notar — suave e discretamente —

que precisaria ter algo a mais para "dar tranquilidade" à família. Porque Palermo é uma cidade vivaz, em que o comércio, em particular aquele dos agrumes, promete riqueza, e, portanto, atrai, em seus municípios, não só operários, carreteiros, camponeses e jovens que sonham com uma vida longe da escravidão da terra, mas, também, contrabandistas e ladrões, bandidos ocasionais e de profissão. E esses homens deram vida a uma rede de relações "particulares" cujas tramas foram ficando cada vez mais densas, tornando-se impenetráveis às forças da ordem. E, além do mais, não há necessidade de envolver a polícia "piemontesa" quando as coisas podem ser arranjadas de forma autônoma. Uma injustiça? Endireita-se prejudicando certa entrega de limões prestes a embarcar para a América. Uma ofensa? Repara-se fazendo explodir um incêndio em determinada casa. Uma desavença? Atira-se nas costas de quem não demonstrou "respeito".

Tornava-se, portanto, óbvio qual a forma de proteção: bastava dirigir-se a "certos cavalheiros", os quais teriam ficado "bem contentes" em fornecer proteção em troca de alguns favores ou do pagamento de uma quantia "simbólica". Era uma praxe aceita, que todos, aristocráticos ou não, costumavam seguir.

E é justamente sob os olhares daqueles "cavalheiros" que um coche de linhas ágeis e modernas chega em frente à parte mais antiga do complexo de construções da grande residência da Olivuzza. Ninguém o parou e nem revistou, porque dom Ignazio disse que os convidados são sagrados e não devem ser incomodados. E aquele é um convidado muito importante.

Do coche desce um homem de olhos penetrantes e testa larga, com mechas de cabelo cacheado. Movimenta-se com graça, mas não consegue esconder um certo desconforto.

Ignazio, em frente à entrada do palacete, está à espera dele. Aperta a mão do convidado e diz simplesmente:

— Venha.

O homem acompanha-o. Atravessam o vestíbulo, em seguida uma fileira de quartos e salas mobiliados com esmero. É possível reconhecer o toque de Giovanna na aproximação das cores na tapeçaria, nos móveis adquiridos em Paris e na Inglaterra, nos sofás em damasco e nos grandes tapetes persas. Ela renovou o interior da residência, escolhendo cada decoração, cada objeto.

Os dois chegam à sala do escritório. O homem se demora na entrada, estuda o ambiente e, em seguida, nota um grande quadro a óleo representando a cantina de Marsala dos Florio, com os altos muros brancos, submersa em uma luz minguante. Quem quer que seja o autor, conseguiu fixar sobre a tela tanto o clarão de luz quanto o verde profundo das águas em frente à costa.

— Fascinante — murmura. — De quem é?

— De Antonino Leto. — Ignazio se aproxima. — Gosta? Representa meu *baglio di Marsala*. Leto me entregou o quadro poucas semanas atrás. Ele me fez esperar, mas o resultado é magnífico, me provoca serenidade. O mar, principalmente, é figurado de um jeito maravilhoso. Ainda fico indeciso se devo deixá-lo aqui, no meu escritório, ou em outro lugar. Mas, agora, vamos nos acomodar.

Ele mostra as poltronas e se senta. Fita o homem por alguns segundos, antes de falar. No rosto aparece um sorriso escondido apenas pela barba espessa e escura.

O outro agita-se, desconfortável.

— O que se passa, dom Ignazio? Alguma coisa não vai bem? A realização do mausoléu para vosso pai, em Santa Maria de Jesus, procede segundo os tempos estabelecidos. Penamos para escavar a cripta na rocha, mas agora estamos avançando rapidamente, e sei que De Lisi finalizou o esboço para a escultura...

— Não é por isso que o chamei para vir até aqui. — Ignazio junta as mãos em forma de pirâmide, em frente ao rosto. — Tenho uma proposta para lhe fazer.

Giuseppe Damiani Almeyda, professor de Desenho de Ornamentos e Arquitetura Elementar na Universidade de Palermo, encosta-se no espaldar da poltrona.

— Para mim? E como posso lhe ser útil? — O sotaque napolitano é disfarçado por uma inflexão levemente estrangeira, herança da mãe portuguesa, a bela Maria Carolina Almeyda, afilhada da rainha Maria Carolina de Borbone, uma nobre por quem se apaixonara loucamente o palermitano Felice Damiani, coronel do Exército Bourbon.

— O senhor é também um engenheiro da cidade de Palermo, não somente um arquiteto pelo qual tenho grande estima. E é um homem de cultura: conhece e aprecia o passado, mas não se deixa amedrontar pelo futuro. Pelo contrário.

Damiani Almeyda apoia o punho cerrado sobre os bigodes. No momento, sente-se cauteloso. Os elogios colocam-no à espreita, sempre. Não faz muito tempo que convive com aquele homem de ar pacato, mas sabe bem que é poderoso, e não somente porque é rico. Sabe que é também inteligente, muito, mas tem o tipo de inteligência do qual é bom resguardar-se.

— O que deseja me pedir, dom Ignazio?

— Um projeto.

— Para quê?

— Para a fundição.

O outro arregala os olhos. Aparece à frente dele a imagem de um galpão de blocos de tufo sujos de fuligem e apinhado de operários.

— A Oretea?

Ignazio esboça uma risada.

— Pelo menos até o momento, não tenho outras fundições.

Uma pausa. Os dois se observam, se estudam. Damiani Almeyda inclina-se para a frente, cruzando as mãos sobre os joelhos.

— Me ajude a entender. Do que precisa, exatamente?

Ignazio se levanta e caminha alguns passos pelo tapete que ocupa quase todo o chão. É um Qazvin, e ele o escolheu não tanto por ser de extrema elegância, mas pela atenção excepcional que, naquela região da Pérsia, é dada à trama dos nós, à qualidade da lã e à coloração natural.

— O senhor sabe que meu pai desejou a fundição com uma determinação excepcional até para ele, que nunca carecera de vontade. Todos diziam que seria um projeto que lhe traria prejuízo, mas ele insistiu, mesmo contra o parecer dos amigos, como Benjamin Ingham, que Deus o tenha em sua glória.

Ele para em frente ao vitral. Lembra-se do funeral de Ingham e do pai, com o rosto petrificado, acariciando o caixão. Ben Ingham fora para o pai amigo e rival, mentor e adversário. Eram ligados por uma amizade tão anômala quanto forte, um sentimento que ele lamentavelmente desconhece.

Volta a se recompor, bate as juntas da mão no palmo da outra.

— A situação mudou. Hoje, a fundição precisa lidar com as empresas do Norte, muito mais competitivas. Foi um dos... presentes que nos deu o reino da Itália: empresas que produzem o que produzimos nós. Não posso tirar-lhes a razão: a Sicília não é uma prioridade do reino e nada faz para tornar-se uma. Aqui, para obter alguma coisa, é preciso brigar ou ameaçar ou operar por vias paralelas ou fazer apelo aos santos do paraíso. E, às vezes, nem eles são suficientes. Ganha quem tem a carta mais forte, como em um jogo, e aquele pouco que se consegue vai perdido, *a schifiu*. Pronto, é isso que me tira do sério: em Palermo, os capitais existem e precisam ser investidos de maneira inteligente, do contrário, terminaremos todos esmagados pela concorrência. No Norte, as fábricas vão crescer e se tornar ricas, enquanto aqui continuaremos cultivando o grão, moendo o sumagre e extraindo o enxofre. Não adianta ficar dando voltas: agora não conseguimos competir. É a isso que precisamos remediar. A todos os custos.

Ignazio se vira. Damiani Almeyda quase prende a respiração. Aquele jovem com ar quieto e de modos gentis deixou espaço para um homem de negócios, aparentando uma dureza surpreendente.

— Como posso ajudá-lo, então? — pergunta. Sente-se quase obrigado a dizer aquilo.

— O senhor, engenheiro, se quiser, poderá me ajudar na transformação dessa situação. Por enquanto, pergunto se está disposto a trazer a fundição para a época atual, torná-la uma estrutura moderna. Poderia começar pela fachada. — Ignazio recomeça a caminhada para a frente e para trás, sob o olhar atento de Damiani Almeyda. — O senhor se lembra da Oretea, certo? É pouco mais do que um galpão, um depósito, que tem por teto dois eixos. É preciso inventar uma estrutura moderna, justamente começando pela parte externa, como vi em Marselha, onde as oficinas mecânicas para o conserto dos navios ficam a pouca distância das bacias do porto. A fundição trabalha sobretudo com os barcos a vapor que precisam de reparos, e é isso que precisamos ter em conta.

— Portanto, o senhor gostaria de um projeto para...?

— Para a fachada, em primeiro lugar, e depois para a reconstrução das partes internas. — Nada acrescenta: não chegou o momento, ainda, de falar sobre a ideia de construir casas para os operários ou de repensar os espaços para os escritórios da fundição, como é normal na Inglaterra ou na França. Ele é um patrão, um bom patrão, e pensará no bem-estar de sua gente, dos operários e de suas famílias. Antes, porém, há muito o que fazer.

Conversam longamente, sob a luz outonal que acende com o tom dourado do cômodo. Falam sobre o que Ignazio gostaria para a fábrica e de como Damiani Almeyda a imagina: luminosa, com amplos espaços para os trabalhadores e com um teto elevado que permita dispersar o calor... Eles se ouvem, se reconhecem e se entendem. Compartilham da mesma visão, desejam o mesmo futuro para Palermo.

Desse momento em diante, o destino de Giuseppe Damiani Almeyda — que será responsável pela edificação do Teatro Politeama, renovação do palácio Pretório e construção do Archivio Storico da cidade de Palermo — ficará ligado ao dos Florio de maneira indissolúvel.

E, para os Florio, ele realizará em Favignana sua obra-prima.

É de noite. Na lareira arde uma gigantesca lenha e o perfume de resina paira ao redor. Absorta, Giulia esboça um sorriso cansado. *Como é estranho estar novamente naquele quarto*, pensa, onde Vincenzo morreu, a essa altura quase um ano e meio antes.

É a véspera do Natal de 1869. Ignazio e Giovanna a convidaram para festejar junto deles na Olivuzza, até porque, como disse Ignazio, nos Quattro Pizzi há muitas escadas e faz demasiado frio. Todavia, nem na metade do jantar, Giulia dirige o olhar a Giovanna, que entende, como sabe entender uma mulher que reconhece na outra o cansaço de viver aprisionada entre rugas profundas e pálpebras pesadas. Confirmando o olhar da sogra, Giovanna faz sinal à governanta para que ajude Giulia a se levantar da cadeira e chegar ao quarto de dormir.

Ignazio a segue com um olhar indeciso entre preocupação e tristeza.

Deve ter imaginado que, para mim, havia risada demais, barulho demais, comida demais, pensa Giulia. *A verdade é que nada mais me importa. Quero ficar aqui, onde ele esteve.*

Levanta os olhos em direção à janela, ao breu que envolve o parque da Olivuzza.

Não se sente completamente à vontade naquela residência. Lembra como, na origem, o local pertencia aos Butera, uma das mais antigas famílias nobres palermitanas, e que fora uma nobre russa, a princesa Varvara Petrovna Šachovskaja, segunda esposa do príncipe de Butera-Radalì, que ampliara e enriquecera a construção. A czarina Alexandra, esposa do czar Nicolau I, se hospedara por lá até durante um inverno inteiro. Obcecado em mostrar a riqueza da família, Vincenzo com certeza não poupara dinheiro e esforços para ficar com a propriedade. E agora cabia a Ignazio e à esposa engrandecê-la e embelezá-la. Recentemente, o filho havia adquirido, também, alguns edifícios próximos, de modo a tornar o conjunto ainda mais imponente.

É a casa deles, agora.

Palermo — a sua Palermo, aquela das ruas de pedra e dos becos escuros — está longe, para além de uma estrada poeirenta que corre entre as propriedades nobres e as hortas. É em direção às montanhas que a cidade procura espaço, depois que os muros foram abatidos, após a unificação do país. As novas habitações devoram os campos, os jardins à italiana substituem hortas e pomares de citrinos; edifícios de dois ou três andares, parecidos uns com os outros, com lintéis quadrados e janelas em madeira marrom, aparecem costeando as novas estradas que levam ao campo. A rua dos Materassai, Castellamare, a Kalsa pertencem a outro mundo, a outra vida. A cidade está mudando e talvez nem se dê conta.

Suspira mais uma vez. O ar fica estagnado no tórax; o peito dói. Vincenzo não teria aprovado certas estranhezas. Mas Vincenzo faleceu.

E ela sente a vida esvair-se, e não faz nada para retê-la.

* * *

Os criados começaram a tirar a mesa. Mãos eficientes recolhem os talheres de prata e os colocam nas cestas que são levadas para a cozinha. As bandejas com doces e *cassatine* são recobertas com panos de linho. Os copos de cristal e os samovares de prata para o chá, esvaziados e recolocados nos aparadores, após terem sido enxugados e polidos. As luzes são diminuídas ou mesmo apagadas. No ar, fica o perfume do louro e do viburno que murcham nos cachepôs chineses de porcelana, junto com aquele mais resistente da colônia masculina e do pó de arroz.

— *Giuvannina! Giuvannina!*

Giovanna está dando ordens para que sirvam um pouco de marsala na sala de estar em frente ao jardim — que todos chamam de sala verde por conta da cor da tapeçaria — quando a voz petulante da mãe a obriga a se virar na direção dela. Foi Ignazio que insistiu para que no almoço de Santo Stefano estivessem presentes ela e o pai junto com Angelina e Luigi De Pace, a irmã e o cunhado de Ignazio. Naquela manhã chegaram também Auguste e François Merle, o sogro e o marido de sua irmã Giuseppina, que ficou em Marselha: o menino dela, Louis Auguste, tem uma saúde pelo menos tão frágil quanto à do priminho Vincenzo, e ela não teve coragem de colocar a criança no barco e enfrentar uma viagem pelo mar, no inverno. Para Ignazio, em todo caso, o que interessava era mostrar ao mundo que os Florio eram uma família unida, e o resultado fora de qualquer jeito alcançado.

Giovanna vê a mãe seguir meio saltitante na direção dela, apoiada nas duas bengalas que utiliza para caminhar. Os cabelos grisalhos estão arranjados em um coque alto, que sublinha a redondeza do rosto. Tudo nela é redondo: dos dedos onde os anéis parecem afundar, ao seio mal contido na roupa, às anáguas quase dispensáveis, pois há muita, demasiada carne para vestir.

Eleonora d'Ondes Trigona, irmã de Romualdo Trigona, príncipe de Sant'Elia, é uma mulher de meia-idade que está envelhecendo mal, também porque padece de diversos achaques e não se cuida como deveria. Com o rosto avermelhado, a senhora avança ofegante e transpira, até para dar aqueles poucos passos.

A filha permanece imóvel. Espera a mãe se aproximar e, em seguida, se embrenham juntas pelas pequenas alamedas do jardim.

— Nossa Senhora, estou cansada. Venha aqui, vamos nos sentar — queixa-se de repente Eleonora, em siciliano.

Giovanna vai na frente, espera a mãe sentar-se no banco de pedra, de frente para o aviário, e coloca-se ao lado dela, no canto, enquanto os pequenos, com as babás, circulam pelo jardim e cutucam os papagaios na gaiola, fazendo-os esvoaçar. Pouco longe dali, os homens da casa fumam charutos e discutem à meia-voz.

Sobre a saia da roupa da mãe, manchas de gordura. *Estou certa de que deve ter comido antes de vir para cá almoçar*, pensa Giovanna, com uma mistura de espanto e incômodo. *Come pôde ela, uma princesa, se descuidar dessa forma?*

— Então, você está grávida de novo e não me conta nada? Diga-me, dona Ciccia sabe disso? Sua sogra acaba de me contar que agora você está de novo nesse estado.

Giovanna não responde. Fixa os dedos finos e nota que a aliança está quase deslizando para fora. Em seguida, observa o brilhante e a esmeralda que Ignazio lhe deu de presente naqueles quatro anos de casamento. No Natal, presenteou-a com uma pulseira de ouro maciço com uma flor de pedras preciosas, confeccionada exclusivamente para ela.

— Queria ter certeza. Além do mais, mãe, a senhora sabe — diz, no dialeto. — Dá azar contar as coisas muito cedo.

Eleonora segura a mão da filha e toca sua barriga.

— Quando nasce? — pergunta, ainda em siciliano.

Giovanna se afasta, retira a mão da mãe e sacode a cabeça. Ela prossegue em dialeto:

— Como vou saber? Maio, junho... — Em seguida, estica o vestido com suavidade. Precisou soltar o espartilho, que apertava o ventre de maneira incômoda. Está crescendo mais depressa do que nas gestações anteriores, e dona Ciccia — *Maldita seja ela que não manteve a boca fechada!* — diz que o motivo poderia ser que desta vez ela estaria grávida de uma menina.

— Agora não fique se preocupando se seu marido vai procurar outras mulheres. Porque depois de dois filhos não se é mais uma rosa... você deve se mostrar bonita — adverte a mãe em siciliano.

— Sei disso. Mas meu marido não deve olhar para outras mulheres. — Giovanna é abrupta na resposta. Ignazio é sério, não a trairia jamais com outra mulher, principalmente agora que está grávida. E, mesmo que acontecesse, ela não ia querer saber.

Pense por você, reflete, cheia de rancor. *Desde quando seu marido não consegue nem sequer te olhar?*

Faz alguns dias que tudo a irrita. E sua mãe certamente não é uma exceção.

Eleonora parece notar. Um raio de pena desperta nos olhos dela:

— Está comendo?

— Estou.

— Vê que se não come, encara todo mundo com esse olhar triste. Além do mais, a carne torna a gata bonita — responde em siciliano.

— A carne torna a gata bonita. — Como se ela fosse um animal de estimação! — *Eu como, já disse!* — reage a filha.

Giovanna nota que levantou o tom de voz porque as babás se viram para olhá-la. Sente que o rosto ficou vermelho. Lágrimas de contrariedade queimam as pálpebras.

— Vê só por que a pessoa não pode te contar nada? Porque depois você começa a latir como uma... uma lavadeira — queixa-se Giovanna, em siciliano.

A voz treme, e por isso Giovanna se odeia: porque tudo nela — garganta, vísceras, o corpo inteiro — faz com que se lembre do que significou ser filha daquela mulher. A irmã de um príncipe que falava sempre em um tom de voz muito alto, que amiúde trazia as mãos cheias de comida e que ficava de boca sempre aberta porque não conseguia respirar. Relembra os olhares que os parentes lhe dirigiam, a ela e ao pai: olhares de escárnio ou embaraço ao verem uma princesa naquelas condições. Se pelo menos tivesse tido um irmão com quem desabafar, a quem pedir consolo, com quem compartilhar a pena. No entanto, nada disso: a vergonha daquela mãe havia recaído toda sobre ela.

Escapa-lhe um soluço. Ela se põe de pé, enquanto a mãe procura retê-la: chama, grita que volte, pede perdão.

Os passos a levam à densidade do parque. Agarra-se a uma árvore de peras, soluça ruidosamente, e um punhado de folhas secas despenca em sua cabeça. Farpas de madeira enfiam-se sob as unhas.

Uma parte dela sabe que é o bebê que a torna assim tão frágil e nervosa, tirando-lhe o controle. Mas outra, mais profunda, aquela que se esconde no fundo do estômago, fermenta e procura extravasar lembranças e humilhações.

Inclina-se, provoca o vômito com dois dedos na garganta, consegue. Uma lufada, outra de novo. A comida arrasta para fora do corpo a raiva, purifica-a, libera-a, e pouco importa se deixa um sabor ácido na boca, se as mucosas da garganta queimam. Instintivamente, puxa para trás o vestido para não sujá-lo. Aprendeu a fazer isso quando era mais jovem e observava a mãe empanturrar-se, tornando-se cada vez mais gorda, enquanto ela comia cada vez menos, como se quisesse desaparecer aos olhos do mundo.

Em determinado momento, haviam começado os desmaios. Desconcertada, a mãe obrigou que ficasse na cama, servindo-lhe massa, carne, tortas e doces, impondo que comesse e engolisse à força. Giovanna obedecia e depois botava tudo para fora. O médico sentenciara que, àquela altura, o estômago dela tinha se tornado pouco maior do que uma xicrinha, e ela não poderia mais comer normalmente. Giovanna agarrara-se àquele diagnóstico com todas as forças, evocando-o — com um vago sorriso de desculpas — cada vez que alguém reparava no escasso apetite.

Foi preciso Ignazio para colocar em xeque a situação: após os primeiros meses de casamento, cansara de ter que insistir para que a esposa comesse "um pouco mais" e levara-a até Roma, para consultar um médico famoso. Após um longo colóquio e uma visita ainda mais comprida, o luminar declarara sem meias palavras que Giovanna devia "deixar de lado aqueles caprichos de menina mimada" e que um filho reconduziria o corpo dela a funcionar "conforme manda a natureza".

Ela se limitara a assentir, e Ignazio, tranquilizado, sorrira ao pensar na vinda daquele filho que haveria de ajeitar tudo. E, no fundo, o médico tinha razão, pelo menos em parte: durante a gravidez, a situação tinha melhorado, até porque ela se obrigara a não vomitar por amor à criatura que aguardava.

Mas hoje a tristeza anuvia seus pensamentos, provoca o breu em sua alma.

Tosse mais uma vez. Percebe a bile subir-lhe pela garganta: a essa altura já não tem nada para botar para fora. Sente-se melhor: livre, leve. Bastante. Cambaleia.

Naquele momento, alguém apoia a mão no ombro dela. É uma pegada forte e gentil que se transforma em um abraço.

— É a criança? Você vomitou?

Ignazio ampara-a, as costas contra o peito. Ele é forte, tem um físico maciço. Entre os braços dele, Giovanna parece desaparecer.

Ela se entrega àquele abraço, acolhe o tepor, o bem-estar que vem do contato.

— Náusea — minimiza, e respira de boca aberta. — Comi demais — completa, em siciliano.

Ele saca um lenço do bolso. Enxuga a testa suada da esposa e limpa os lábios dela sem nada acrescentar. Não vai lhe dizer que ouviu a discussão com a mãe e que por isso a seguiu, nem que a viu colocar os dedos goela abaixo. E nem o fato de não ser a primeira vez que a observa fazer aquele gesto. Não entende, mas não pergunta, não pode perguntar: são coisas de *fimmine*, de mulher. E, além do mais, o médico de Roma tinha sido claro: fora culpa de alguns maus hábitos e da natural histeria feminina, responsável pelo restante.

Abraça-a, tranquiliza-a.

Entendeu faz tempo como Giovanna é frágil e como é grande o medo dela de não estar à altura do nome que carrega. Mas aprendeu, também, a apreciar a tenacidade, a capacidade de reagir dela. Sem aquela coragem ferina, aquele jeito armado, duro, não conseguiria ficar ao lado dele, aceitar não ser o centro dos pensamentos do marido. Porque ele pertence à Casa Florio e a mais ninguém, justamente como havia sido para o próprio pai. E nunca lhe escondera isso.

— Vem — chama ele.

Giovanna se afasta.

— Estou bem — declara, mas a palidez do rosto desmente.

— Não é verdade — retruca baixinho. Acaricia o rosto de Giovanna, em seguida pega a mão dela e beija-lhe a ponta dos dedos. — Lembre-se do que você é.

Insegura? Histérica?, pensa Giovanna, e gostaria de perguntar a ele, mas Ignazio põe um dedo nos lábios dela e inclina-se. Por um instante, ela percebe uma sombra atravessar-lhe o semblante. Um raio de consciência. De arrependimento.

— Você é minha esposa — diz a ela, por fim. E toca a boca dele com os lábios.

Então Giovanna agarra-o pelas lapelas do paletó e puxa-o para si. É isso que ele pode lhe oferecer e isso, ao menos por enquanto, deve ser o bastante para ela.

Voltando, Giovanna e Ignazio encontram os convidados no processo de se despedir. O clima parece mais calmo. Enquanto Ignazio se despede de Auguste Merle e dos De Pace, Eleonora se aproxima de Giovanna e, mesmo com dificuldade, abraça-a, seguida do marido, que, apesar dos modos formais e habitualmente frios, pega a mão da filha, beija-a com ternura e sussurra:

— Se cuide.

Por fim, Giovanna e Ignazio ficam sozinhos na soleira da porta de entrada. Ignazio desliza a mão pelas costas da esposa até a cintura.

— Quer ir descansar um pouco? — pergunta.

— Gostaria, sim.

Ele extrai o relógio do bolsinho, olha as horas.

— Vou para o escritório trabalhar. Encontro você no jantar, se desejar comer alguma coisa. — E, com um beijo na testa da esposa, se afasta.

Giovanna pega Giulia pelo braço e ajuda-a a subir as escadas em direção à parte mais antiga da Olivuzza. Entram em um dos quartos das crianças. Vincenzino estava com um pouco de febre, e Giovanna o confiou à babá, pedindo que o levasse para a cama. De fato, agora, encontra-se debaixo das cobertas, levemente adormecido. Ignazziddu está sentado no chão, descalço, e brinca com alguns soldadinhos. — Fico eu aqui. Você vai descansar — diz Giulia a Giovanna. Ela hesita, em seguida acrescenta: — Percebi tarde demais que sua mãe não sabia que você estava grávida...

Giovanna esboça uma careta com a boca.

— Realmente, ainda não havia contado nada.

— Peço desculpas. — Giulia apoia a mão sobre o rosto da nora e observa-a com ar melancólico. — Com minha mãe também era assim; tinha sempre algo para chamar minha atenção, me repreender... — diz, por fim. — E eu nunca troquei confidências com ela. — Levanta o queixo de Giovanna, forçando-a a olhar nos olhos dela. — As mães são criaturas imperfeitas e, eventualmente, parecem ser nossas piores inimigas, mas não são. A verdade é que, com frequência, não sabem como nos amar. Convencem-se de que podem nos tornar melhores e procuram poupar-nos dos sofrimentos que foram delas... sem dar-se conta de que cada mulher já pede muito a si própria e precisa conhecer a própria dor.

Falou com voz baixíssima, com uma nota de arrependimento que encheu de lágrimas os olhos de Giovanna. É verdade, ela e a mãe se gostam, mas são irremediavelmente diferentes: Eleonora é excessiva, estrondosa; ela é discreta, simples. Por toda a vida bateram de frente porque a mãe queria trazê-la para o lado dela, torná-la igual a si. E, portanto, Giovanna crescera na constante sensação de ser... errada. Um pensamento que nunca a abandonara por completo.

Cabisbaixa, chega ao quarto de dormir. Dona Ciccia está ali, aguardando-a, concentrada no bordado de uma roupinha para bebê.

— Será uma menina — disse-lhe com força, em siciliano; está certa disso porque contou os dias da lua e porque certas coisas ela consegue sentir sob os dedos, atravessando a pele.

Por aquela mulher de traços rudes e severos, Giovanna experimenta temor e afeto juntos. Não gosta que faça "aquelas coisas" porque se sente desconfortável e lhe dá a sensação de perda de controle, aquele mínimo que ainda pensa ter sobre a própria vida. Sem contar que o padre confessor lhe disse e repetiu que precisa ficar longe das superstições, porque o futuro está escrito nos livros que somente Deus sabe ler. Ao mesmo tempo, porém, Giovanna sempre pôde contar com dona Ciccia. Quando criança, caso se machucasse, ela a consolava; adolescente, quando recusava a comida, ela lhe dava os bocados na boca com silenciosa paciência. Fora ela quem lhe explicara o aparecimento da menstruação e do que acontecia entre um homem e uma mulher. Ela a assistira durante o parto dos filhos. Abraçara-a quando Giovanna confessara, entre lágrimas, o medo de ter perdido o afeto de Ignazio. Mais do que a verdadeira mãe, mais do que uma parente de sangue, dona Ciccia sempre lhe dera aquilo de que tinha realmente necessidade. E a ela deve, também, a paixão pelo bordado. Começou quando criança, criando quadradinhos com ponto pequeno, e agora, junto à antiga ama, produz toalhas e lençóis e até um pouco de tapeçaria.

Com o tempo, dona Ciccia até conseguiu o milagre de fazê-la comer um pouco mais; durante as refeições, fixa-a com um misto de firmeza e afeto até Giovanna engolir pelo menos alguns bocados. Quando, então, bordam juntas, uma de frente para a outra, entregues a um silêncio confortável, feito de cumplicidade e hábito, ao lado da cadeira há sempre uma bandeja com um pratinho de laranjas e limões em gomos e um pequeno açucareiro. Assim, de vez em quando, Giovanna imerge um gomo no açúcar e come.

Enquanto a ajuda a se trocar, fala com ela, direta como sempre.

— Está pálida... Vi que comeu, sim, e não como Vincenzino quando está doente. Fique atenta, senão o pequeno não cresce e talvez acabe até provocando algum dano nele.

— Não é coisa para mim, sentar e comer um prato cheio. Ao contrário. Diga mesmo que hoje à noite não tenho intenção de jantar. Não consigo, estou cansada demais — completa em siciliano.

— Comer é coisa certa para cada cristão, dona Giovanna — suspira a outra. Pega os pulsos de Giovanna, aperta-os para que olhe nos olhos dela. — Tem que parar de pensar desse modo mimado de criança, agora a senhora já é uma mulher casada. Tem um marido que a respeita, e não são muitas as mulheres que podem dizer o mesmo. — Entre italiano e dialeto, acrescenta: — Tem dois filhos que são duas flores. Já lhe disse muitas vezes: fazer birra para comer é coisa que enerva o Senhor.

Giovanna concorda, mas não olha para ela. Sabe que tem razão, que não deveria aborrecer o Senhor, mas, realmente, é mais forte do que ela.

— Ele não entende como estou — diz em voz tão baixa que dona Ciccia, que a está ajudando a tirar a saia, precisa aproximar a cabeça para ouvir. — Meu marido é o melhor do mundo — diz em siciliano. — Mas... — Interrompe-se, porque atrás daquele "mas" há um pesar que nunca a abandona, uma sombra em que se agitam fantasmas aos quais não consegue dar um nome. Uma solidão fria como uma lâmina de vidro.

Dona Ciccia levanta os olhos ao céu, começa a dobrar o vestido.

— A senhora tem tudo e não sabe se contentar, já disse. Marido é, e másculo: não entende as coisas das mulheres e nem lhe interessa saber. A senhora tem que fazer sua parte: ser esposa e pensar nos seus filhos. Está casada com um homem importante: não pode pensar que ele vai ficar atrás das suas necessidades.

— Tem razão — responde Giovanna, em siciliano, suspirando.

A outra olha para ela, pouco convencida, mas resignada.

— Chamo a camareira para ajudá-la a se lavar e se preparar para a noite?

— Não, obrigada, dona Ciccia, resolvo sozinha.

A outra replica com um "Como a senhora mandar" entredentes, em siciliano, e sai para avisar à cozinha que a patroa não vai jantar.

Giovanna se apoia no batente, exausta. A imagem que o espelho dourado lhe devolve é aquela de uma mulher frágil, que quase desaparece sob as anáguas. Naquele dia havia vestido uma roupa confeccionada especialmente para ela em Paris, em seda cor de creme com babados de renda de Valenciennes sobre o decote e os pulsos. E havia colocado, também, colar e brincos com desenho de flor, com pérolas, emoldurados por diamantes. Um presente de núpcias de Ignazio.

A família inteira a havia cumprimentado. Ignazio limitara-se a olhar para ela, em sinal de aprovação; em seguida, continuou a conversar com Auguste.

Como se ela tivesse apenas feito o dever.

Aquela palavra — dever — a persegue. Ela tem o *dever* de comer, porque precisa ser forte e fazer filhos. Ela tem o *dever* de ser impecável, porque precisa estar à altura da família que a recebeu. Ela tem o *dever* de falar em bom italiano e de conhecer as línguas.

E, na vida privada, ela tem o *dever* de ficar na sombra e suportar qualquer coisa, porque assim comporta-se uma boa esposa, porque é isso que significa o matrimônio: apoiar e obedecer ao marido, em silêncio. Foi o que ela fez desde a primeira noite deles. Fora dócil, remissiva, seguindo os embaraçosos conselhos da mãe: manter os olhos fechados e cerrar os dentes, no caso de sentir dor. Rezar, no caso de sentir medo.

Mas ele fora apaixonado e atento de um modo cuja lembrança ainda a faz enrubescer. Camisola e rezas tinham sido deixadas em um canto da cama, enquanto ele se apoderava do corpo dela e lhe oferecia sensações que ela jamais imaginaria experimentar.

E assim havia sido nos primeiros tempos, mas após o nascimento de Vincenzino, Ignazio a procurava cada vez menos, e sem paixão. Como se *ela* tivesse se tornado um *dever*, uma tarefa para despachar e não a companheira para dividir cama, corpo e alma.

Por algum tempo, no início, pensou que houvesse outra mulher. Mas, depois do nascimento de Ignazziddu, entendera que a falta de interesse de Ignazio em relação a ela era exatamente contrária ao envolvimento dele com os negócios da família. Havia uma rival, mas ela se chamava Casa Florio.

Sem contar que lhe dera dois meninos, portanto a descendência estava assegurada, logo, ela...

Tentara conversar a respeito com dona Ciccia, mas ela sacudira os ombros.

— Melhor a gravidez do que outra mulher. Também sua sogra era assim, tadinha, sempre com o barrigão. Antes, Casa Florio, depois, ela e seus filhos — disse em siciliano.

Só que ela não é Giulia. Ela gostaria de ter o marido por perto.

* * *

Nem Ignazio janta. Pede que lhe tragam uma xícara de chá preto e continua estudando os fascículos sobre os negócios da loja de aromas da rua dos Materassai. Não rende mais como antes e em diferentes ocasiões até pensou em se desfazer do estabelecimento, mas, no final, a tradição e o apego às origens sempre acabaram prevalecendo. Há, também, um pouco de superstição: a loja pertencia ao pai e, antes disso, ao avô e ao tio que ele nunca conhecera. As poucas luzes que sobraram são poças brancas no preto. É um pedaço da história deles, como o anel que ele traz no dedo, abaixo da aliança.

Apaga a luz, deixa o escritório. Boceja. Talvez consiga dormir.

Os empregados atravessam os quartos em silêncio, apagam as luzes e colocam os protetores de faíscas nas lareiras, enquanto a lenha termina de se consumir, caindo silenciosamente nas cinzas. As portas são fechadas.

A ronda noturna vigia a casa. Ignazio não consegue vê-la, mas é como se sentisse os passos dos homens que caminham para a frente e para atrás no jardim. Nunca se acostumará àquela "necessária" vigilância: quando era pequeno, vagava por qualquer canto com total tranquilidade por toda Palermo, da rua dos Materassai à Arenella. Agora, no entanto, tudo mudou.

A riqueza atrai encrenca.

Enquanto sobe as escadas, tira o paletó e solta a gravata. Passa em frente ao quarto da mãe, mas não para; com certeza está dormindo. Percebe que ela está cada vez mais cansada e frágil. Tentará convencê--la a ficar na Olivuzza.

Chega aos quartos das crianças. Entra no de Ignazziddu e se aproxima da cama. O filho está dormindo com uma das mãos perto dos lábios. Puxou os traços delicados de Giovanna, as cores definidas dela, e é vivaz, gosta de se exibir. Em seguida, vai no de Vincenzino, que, no entanto, dorme com a boca aberta e os braços levantados. Tem os cabelos do pai, mexidos por pequenas ondas, e um corpo sutil que parece quase desaparecer debaixo das cobertas. Ignazio faz uma carícia no menino e desliza para fora do quarto. Quem sabe se a criança que vai nascer será menino ou menina. *Gostaria que fosse uma menina*, diz a si mesmo com um sorriso.

Por fim, refaz os passos e chega ao quarto dele, onde encontra Leonardo, conhecido como Nanài, o ajudante que Giovanna o convenceu a contratar, cochilando sobre um banco. Sacode o rapaz.

— Nanài...

O homem pequeno e robusto, com uma espessa mecha de cabelos pretíssimos, fica de pé em um instante e fecha rapidamente a boca aberta.

— Dom Ignazio, eu...

Ele o interrompe e diz, em siciliano:

Vá dormir. Ainda consigo me preparar para dormir sozinho — diz ele, e o encoraja com um sorriso cúmplice. Com os empregados, Ignazio usa o dialeto, para que não se sintam desconfortáveis. Um pequeno cuidado.

O outro curva-se:

— Sinto-me mortificado, senhor. Estava aqui aguardando...

— Bom. Agora vá descansar, que amanhã de manhã temos que sair pelas cinco...

O servo arrasta os pés e desaparece atrás da porta, ainda pedindo desculpas.

Ignazio alonga os braços sobre a cabeça, boceja novamente. Puxa as cortinas de damasco nas janelas, em seguida deixa o paletó na poltrona. Chuta os sapatos, retira o colete, deixa-se cair na cama e fecha os olhos.

Com a cumplicidade do cansaço, emerge uma lembrança. É tão potente que o pega de assalto, arrastando-o para fora do tempo presente e apagando tudo o que está ao redor. Experimenta até a sensação de deslizar para o corpo dele aos vinte anos, de não sentir mais a fadiga e o peso da responsabilidade.

Marselha.

Uma acácia e uma coberta estendida no chão. O cheiro do feno recém-cortado, o ciciar das cigarras, o torpor do sol. A luz de fim de verão filtrada pelas folhas, o vento que canta entre os ramos. A cabeça apoiada sobre um corpo feminino. Uma mão que lhe acaricia os cabelos.

Ele está lendo um livro, depois pega a mão que o toca de leve e a traz para os lábios. Beija-a.

Alguém bate à porta.

Ignazio arregala os olhos. O sol, o torpor, as cigarras desaparecem subitamente. Está de novo na Olivuzza, no quarto, ao término de um dia de festa que o cansou mais do que um dia de trabalho.

Endireita-se.

— Pode entrar.

Giovanna.

Envolta em um chambre de renda, os cabelos recolhidos por uma trança, parece ainda mais jovem do que seus 21 anos. Apesar da aparente fragilidade, é uma mulher forte, que o honra com a dedicação dela, trazendo sangue novo e nobre.

Giovanna é a certeza de ter escolhido certo, uma vida sem rebeldias, adequada ao que os Florio representam: uma nova aristocracia baseada no dinheiro. No poder. No prestígio social.

E é a mãe dos seus filhos.

É nisso que você deve pensar, censura-se. *Não naquilo que você não pode ter mais. Que nunca poderia ter tido.*

Ela para no centro do quarto.

— Está contente? Foi tudo bem, não?

Ele confirma. Está longe, ainda prisioneiro daquela memória, e não consegue esconder.

Giovanna se aproxima, pega a cabeça dele entre as mãos.

— O que tem? — O tom é preocupado. — Vim falar de sua mãe, que estou preocupada com ela, que come cada vez menos e que se cansa ao caminhar, e isso não é bom. É por isso?

Ignazio faz sinal negativo. Coloca a mão atrás da nuca dela, puxa-a para si para beijar-lhe a testa. Um gesto de ternura.

— Pensamentos.

— Coisas de trabalho? — insiste Giovanna, afastando-se para olhá-lo.

Ignazio está sereno como sempre.

— Sim, nada de mais.

Não quer, não pode acrescentar mais nada, porque a sensação de culpa o devora. Aquela mulher o ama com todas as forças e, desesperadamente, gostaria de ser correspondida. E, no entanto, uma parte dele ainda está, e sempre estará, emaranhada na lembrança. Uma lembrança que lhe corre no sangue. A batida de um coração de pedra que retumba ao lado daquele de carne.

Ele apoia a mão no seio dela, procura seus lábios. O beijo ainda está morno, mas aquele calor o esquenta, transforma-se em desejo.

— Giovanna... — murmura. Ela o acolhe, aperta-o, chama-o pelo nome.

Ignazio, porém, para assustado.

— Podemos ainda? Não sei, com a criança...

Ela sorri, tira-lhe a camisa.

Fazem amor apressados, procurando-se sob a pele, perseguindo um ao outro.

Depois, para Ignazio, chega um sono escuro, sem sonhos.

Depois, para Giovanna, chega a tristeza de um amor que durou poucos minutos. E, junto, a sensação de que jamais conseguirá alcançar Ignazio no seu mundo de sombras.

Na festa da Epifania, a família junta-se novamente na sala de jantar da Olivuzza, que se enche das vozes dos adultos, desejando-se felicidades, e dos gritos das crianças, recebendo os presentes. Na mesa, após o almoço, sobras de frutas cristalizadas e secas e algumas garrafas de licor.

Barulho demais, pensa Ignazio. Ele quer falar de negócios com François, o cunhado, e ali no meio é com certeza impossível. Faz-lhe sinal para que o siga no escritório e, quando a porta fecha-se atrás deles, o silêncio arranca um suspiro de alívio de ambos.

— Os almoços de família podem ser muito barulhentos! — considera François, que fala com pressa, misturando italiano, francês e siciliano. É um belo homem, com bigodes encaracolados e olhos claros e bons. Ignazio sente afeição por ele, inclusive porque sabe que François ama sinceramente Giuseppina. — Como você sabe, vim aqui também a negócios. Tinha uma carga para levar a Palermo, para a loja do meu pai, e precisava receber um dinheiro que...

A propósito: posso deixar sob custódia algumas contas da transação no seu banco?

— Claro. — Ignazio enche um copo de marsala para o cunhado, servindo-se em seguida.

— Queria perguntar se há novidades para o aluguel daqueles armazéns no porto de Marselha.

François abre as mãos e uma gota de licor cai no dedo.

— Identifiquei dois. Ambos adequados, mesmo que aquele maior seja *un peu plus loin*.

Ignazio faz que sim com a cabeça. Dispor de um armazém nas proximidades do porto significaria uma notável economia de tempo e dinheiro.

— Assim que eu voltar a Marselha, passo todas as informações aos seus procuradores. — Suspira. — Tenho intenção de partir logo, pois estou um pouco preocupado com *mon petit*, com Louis. Gostaria que fosse acompanhado por um bom doutor. E vocês, têm bons médicos por aqui? Vincenzino me pareceu estar um pouco frágil...

— E está, lamentavelmente. Anda sujeito a febres que o enfraquecem. E agora voltou de um resfriado que o deixou com uma respiração cavernosa...

— Ah, desgraça, pobre pequeno! — exclama em siciliano. — Por sorte, Josephine, *ta soeur*, não está sozinha com Louis. É hospede de Camille Martin Clermont.

Ignazio não levanta o olhar do copo.

— Deve ter sabido que não se chama mais Darbon, mas Clermont, não é? Casou-se de novo com um almirante, um bom homem.

Subitamente, Ignazio tem a sensação de que a voz de François vem de muito longe.

— Sim — murmura. — Acho que foi no início de 1868.

— Pois é. Ficou viúva com pouco mais de vinte anos. Não teve filhos e parece que agora não podem ter. Sofreu muito, mas talvez tenha acabado resignando-se... — Ele sacode os ombros e termina o marsala. — A vida sabe ser muito injusta. Mas a felicidade não é coisa desta Terra — conclui com um sopro. Apresenta uma nuance de tristeza na voz. Ou talvez seja uma censura indireta ao cunhado?

Os dedos de Ignazio apertam o copo de cristal. Ele se obriga a levantar a cabeça e assumir um olhar destacado. Consegue até concordar.

É naquele ponto que François o surpreende. O rosto relaxa, a tristeza — ou a censura? — se dilui.

— Quando lhe disse que viria a Palermo, ela me pediu que te mandasse uma saudação.

Ignazio respira fundo.

— Entendo — murmura.

E, no entanto, preferiria não entender, nem saber e nem lembrar. Passa a mão na nuca, massageia o pescoço enrijecido. Baixa a cabeça. Um respiro que não consegue sair pelos lábios aperta-lhe o peito, um bolo de sopro e pensamentos que teima em não se soltar.

Ele, dono de quase cinquenta navios, de uma fundição, de uma cantina, de um banco, de dezenas de imóveis, não quer que olhem o roto dele. Não naquele momento.

Em seguida, porém, levanta a cabeça e fixa o olhar em François.

— Diga que retribuo a saudação.

Não tem o direito de pedir nada. Tem apenas o dever de viver o presente.

Fevereiro de 1872 trouxe um pouco de frio a um inverno suave. Ignazio percebe o clima quase por acaso, quando desce da carruagem que parou em frente ao cemitério de Santa Maria de Jesus, aos pés do monte Grifone. O respiro condensa-se em uma pequena nuvem de vapor.

Ao longe, Palermo. Ao redor, verde e silêncio. A luz do dia, cinza, é filtrada pelas nuvens. O barulho da chuva, aprisionada entre os ramos dos ciprestes plantados há pouco, e o gotejamento que desce das folhas das laranjeiras, que rodeiam o cemitério, distraem-no por alguns instantes dos pensamentos sombrios que o acompanharam durante todo o trajeto.

Com os anos, o vazio deixado pela morte do pai se recompôs devagar, como uma ferida que demorou muito tempo a cicatrizar e que lhe deixou de herança uma dor profunda. Ignazio acreditava ter aprendido a conviver com ela, ter encontrado paz na resignação e no trabalho. Continuava falando com o pai, na cabeça dele, perpetuando os pequenos ritos que realizavam juntos, como a leitura do *Giornale di Sicilia* logo após o almoço. E havia mantido certos hábitos, como tomar café pela manhã, no escritório, em completa solidão.

Contudo...

Em uma noite de novembro do ano anterior, a mãe fora dormir e ele se despedira dela distraidamente, com um beijo na testa.

Na manhã seguinte, Giulia não acordara.

Morrera durante o sono. Seu bom coração havia parado de bater. Partira em silêncio, assim como vivera.

Sob a máscara da dor, Ignazio estava furioso. Não conseguia perdoá-la: fora injusta, tinha-lhe negado a possibilidade de dizer adeus, de se preparar para deixar que fosse embora. Agora não podia agradecê-la por tudo o que havia feito por ele: pela gentileza que lhe ensinara, pela calma que lhe transmitira, pelo respeito aos outros que sempre demonstrara. A dedicação ao trabalho, o espírito de sacrifício e a determinação vinham do pai. Todo o resto, começando pela capacidade de resistir às tempestades da vida — tudo aquilo que o tornava realmente um homem —, fora um presente de Giulia. E — dera-se conta somente naquele momento — fora um presente até mesmo aquele amor exclusivo, silencioso, inabalável que ela tivera pelo pai.

Depois, com o passar dos dias, entendera. A mãe se apagara no mesmo dia em que Vincenzo havia morrido. Dela não sobrara senão um fantasma à espera de se dissolver na luz do dia. Uma casca vazia. Passado um tempo, finalmente, aquela luz chegara. E com ela, a paz.

Porque, se o pai era o mar, a mãe era a rocha. E uma rocha não pode existir sem o mar.

Agora, imagina-os em um lugar que não existe e que, todavia, se parece muito com a casa dos Quattro Pizzi. O pai olha o mar e a mãe se apoia ao braço dele. Ela levanta a cabeça, com aquele sorriso leve nos lábios; o pai olha para ela e apoia a testa em sua cabeça. Não falam. Estão próximos, e só.

Sente um nó na garganta. Não sabe nem se é uma lembrança de infância, aquilo que a mente oferece-lhe como consolo. Não quer saber, diz a si mesmo, enquanto percorre os últimos metros que o levam em frente à tumba que mandou construir para os pais. *Não importa: em qualquer lugar que eles estejam, estão juntos, em paz.*

Aí está a capela. Um edifício imponente, cercado por outras sepulturas monumentais, propriedade das famílias nobres mais antigas de Palermo. Em Santa Maria de Jesus, a cidade dos mortos é um espelho da cidade dos vivos.

Em frente ao portão, encontra Giuseppe Damiani Almeyda e Vincenzo Giachery. Os dois estão conversando e, no silêncio, suas palavras ressoam entre o chilrear dos passarinhos que habitam os ciprestes. De primeira, não se dão conta da presença dele.

— As últimas casas que comprou foram todas adquiridas em nome da Piroscafi Postali, Correio dos Barcos a Vapor. O senhor entendeu o que ele quer fazer com elas? — Damiani levanta a gola da camisa para se proteger da umidade.

— Das especiarias ele já não cuida mais. Logo nos disse, após a morte do pai, mas...

Ignazio levanta, de leve, a voz.

— E havia explicado inclusive o porquê: os tempos mudaram.

Os dois homens viram-se subitamente, surpreendidos.

Ignazio pensa nas cantinas de Marsala, no vinho licoroso que produz e que chega em toda a Europa. Nos vapores dele, que levam mercadorias e pessoas por todo o Mediterrâneo e além, na Ásia e na América.

— Tem quem seja rico e quem queira se sentir rico — acrescenta.

Damiani Almeyda dá de ombros.

— A esse respeito tem razão. As pessoas, hoje, aspiram a se sentir ricas mesmo não sendo.

— Sempre foi assim. Os cristãos gostam de se passar pelos Grandes da Espanha. — Giachery apoia-se à bengala que usa faz algum tempo por causa de uma inconveniente dor na anca. — Antes eram os nobres que queriam demonstrar que ainda tinham dinheiro, mesmo vendendo o que não tinham, agora é a pequena gente que se tornou esperta, fingindo ser rica — fala em dialeto e dá uma olhada ao redor: lápides com nomes espalhafatosos alternam-se a outras mudas, à espera. Famílias burguesas associam-se com aquelas de antiga linhagem, tumbas suntuosas erguem-se ao lado de sepulturas sóbrias não por escolha, mas por escassez de dinheiro. A morte retirou a veleidade da riqueza a quem precisou até vender os pregos das paredes para sobreviver, como disse Giachery, enquanto as novas tumbas das famílias burguesas consagram a riqueza obtida com o trabalho, ali, em Santa Maria de Jesus, e em outros cemitérios citadinos, começando pelo mais extenso, aquele de Santa Maria dei Rotoli.

— E, quanto mais formos adiante, mais essa mudança ficará evidente. Já está assim em outros cantos da Europa. É como se certas pessoas quisessem demonstrar que são donas do mundo quando não são donas nem de um buraco qualquer. — Damiani Almeyda desce os degraus que separam a capela da cripta, ali onde pouco tempo antes fora sepultada Giulia, e tira do bolso um molho de chaves. Mede o peso com as mãos, em seguida as passa a Ignazio. — Pronto, são suas.

Ele pega, aperta. São chaves grossas, de ferro, pesadas. Justo como a herança que o pai lhe deixou.

Agora está em frente à porta da cripta. A chave gira na fechadura. No chão, vestígios de tinta e marcas de sapatos.

Para além do breve corredor, encontra-se um sarcófago branco em mármore esculpido. Nos painéis, Vincenzo Florio — o pai — é apresentado como um semideus, com uma espécie de toga por cima das roupas de burguês. A mãe está no nicho, atrás do sarcófago. Discreta na morte como na vida.

Os outros dois homens ficaram atrás. Ignazio apoia a mão enluvada sobre o sarcófago, acaricia-o. A pedra fria está muda, no entanto, no fundo do coração, ele sente a presença do pai, dos pais dele. Um calor doce invade o tórax.

Está fazendo seu melhor. Tenta. Mas faltam-lhe os olhares dos pais, mesmo com a distância do tempo. Nunca se para completamente de ser filho, assim como é impossível deixar de ser pai quando se pôs um filho no mundo.

Fecha os olhos e se vê absorto pelas lembranças, da casa dos Quattro Pizzi ao grande pomar da casa nas colinas de San Lorenzo, onde corria atrás das irmãs; das rodas ao redor da dracena em frente ao portão das aulas de dança com a mãe, que de tão estabanada sempre tropeçava, sem se importar, feliz por ter aquele contato com o filho; ria sempre, com a cabeça jogada para trás, enquanto o professor de dança bufava e Angelina e Giuseppina reviravam os olhos, incomodadas com a cumplicidade entre mãe e filho. E ainda: o pai com a mão apoiada no ombro do filho e falando em voz baixa, explicando a ele como se mexer entre os tubarões da política...

Depois, de repente, aparece um vulto, cercado por uma massa de cachos louros.

Dela, Ignazio nunca conseguiu falar com ninguém. Somente a irmã Giuseppina sabe. E, provavelmente — pelo modo como se comportou, por aquilo que disse —, François também está a par de alguma coisa.

Não, corrige-se. *Outra pessoa sabia.*

A mãe. Perguntara se ele realmente queria se casar com Giovanna, e ele havia respondido que sim, que não podia fazer de outro jeito.

Não só você sabia, mas tinha entendido toda a minha dor, mãe.

É uma ferida que nunca deixará de machucar, porque foi a renúncia mais difícil, o preço imposto para que o pai o considerasse um verdadeiro Florio. Um preço imposto em silêncio, sem que nem uma palavra a respeito fosse dita.

Somente naquela hora se dá conta do outro fio que o liga à mãe. Ambos haviam abdicado de uma parte importante de si próprios para fazer com que a Casa Florio não só continuasse o caminho, mas sobretudo prosperasse. A mãe havia sacrificado o amor e a dignidade para que Vincenzo fosse livre para dedicar corpo e alma ao trabalho. E ele — Ignazio — tinha ido além, abrindo mão da mulher que amava para que os Florio pudessem ampliar as atividades comerciais até onde o pai não havia podido chegar: primeiro, nos salões da nobreza palermitana, e em seguida, na corte dos Savoia. Porque os nobres da Sicília, com o sangue árabe, normando e francês, convenceram-se de que descendiam dos deuses do Olimpo, e eles, os Florio, precisavam mirar em direção àquele Olimpo. E assim fora.

E, no entanto, há dias — e noites — em que tudo isso não basta, pensa.

É então que reflorescem as lembranças de Marselha, daquela que fora a estação mais feliz da vida dele: se revê com vinte anos, relembra os sons e as cores de uma pequena casa de campo, o perfume das rosas, um sabão esfregado sobre um corpo feminino, nu junto ao dele, em uma banheira.

A verdadeira maldição da felicidade é a de não se dar conta do momento em que está sendo vivida. Quando você se dá conta de ter sido feliz, só sobra o eco.

Olha a lápide da mãe, Giulia Rachele Portalupi in Florio. Uma mulher que tudo sabia, que mediava sem demonstrar, que amava sem pedir nada em troca, que permanecia sempre um passo atrás.

A filha, nascida em junho de 1870, traz o nome dela. Giulia Florio. Sua *stidduzza*, sua estrelinha, agora tem um ano e meio.

Passos atrás dele. Ele se vira.

Giachery tem um sorriso bom, em que se leem palavras de conforto que, todavia, permanecem sem expressão.

Ignazio esconde os pensamentos atrás de uma cortina de calma. Ninguém deve entender.

— O trabalho foi bem-feito — murmura. — Verdade que os pedreiros poderiam ter limpado melhor os degraus… — Toca a lápide de Giulia e deita um beijo com a ponta dos dedos; em seguida, faz o sinal da cruz. Giachery o imita.

Damiani Almeyda os esperou na porta, com as mãos entrelaçadas atrás das costas. Encaminham-se para a saída e sobem na carroça.

É Ignazio que rompe o silêncio que recaiu sobre eles.

— Espero que me perdoem por tê-los trazido até aqui, mas queria ver a capela após a sepultura de minha mãe.

— Está satisfeito?

— Muito, engenheiro. — Ele junta os dedos sobre as pernas cruzadas, lança o olhar para fora da janela. O céu alarga-se e mostra rasgos de azul além das nuvens esfiapadas. — Mas queria, também, falar de outra coisa com vocês. Estou avaliando retomar em mãos uma das atividades do meu pai.

Giachery franze a testa.

— Qual, por obséquio? Porque seu pai era um experimentador e era difícil ficar atrás de todas as ideias dele.

— Tem razão. Estou falando da indústria têxtil, aquela que ele queria encaminhar em Marsala, próximo à cantina. Em seguida, porém, nada foi feito... — Ignazio olha para ele com atenção. — Ouvi dizer que o advogado Morvillo procura sócios para a pequena fábrica de algodão dele, aqui em Palermo. É o velho assessor da Instrução Pública e é um homem inteligente. Também gosto dele por certas ideias progressistas que tem a respeito dos operários... Procurem entender quais são as intenções dele, mas sem dar muito na vista, como vocês sabem fazer.

Giachery faz que sim.

— Ele quer fazer o algodão que se produz aqui, mas seu bolso reclama. A concorrência napolitana é forte demais.

— Claro, é loucura que o algodão produzido na Sicília seja enviado a Nápoles ou até ao Vêneto para ser trabalhado, e que depois volte aqui para ser vendido. O preço aumenta desmesuradamente, convém ir atrás de peças inglesas ou americanas. Se há como inverter a situação a nosso favor, por que não fazê-lo?

— Está bem. Farei isso.

Damiani Almeyda observa Ignazio e não comenta. Pela enésima vez, interroga-se sobre aquele homem que o desorienta e, ao mesmo tempo, fascina. Certamente, não fica atrás do pai, embora seja muito diferente dele. Tem uma força íntima, profunda, e uma determinação impiedosa, escondida sob modos afáveis. Em todo caso, Damiani Almeyda tem certeza de uma coisa: eventualmente, há que se temer mais a gentileza do que a crueldade.

— Verduras estufadas na manteiga e pouca pimenta, sim, e coelho à provençal — instrui Giovanna. — Quanto ao vinho... um Alicante pode ir bem — conclui. Faz questão de que Ignazio, ao voltar, encontre um ambiente sereno e que cada coisa seja cuidada nos detalhes.

Dona Ciccia dobra a folha de papel, entrega-a nas mãos da camareira para que leve à cozinha, em seguida dirige a atenção a

Giovanna e aprova, satisfeita, o vestido preto de contornos cor de malva. Passaram-se três meses desde a morte de Giulia, e o luto é ainda rigorosíssimo.

— És uma flor — diz em siciliano.

Giovanna esboça um sorriso. Sabe que não é verdade, que é tudo menos bonita, mas aquela mentira inocente ajuda-a a se sentir melhor. Dona Ciccia aperta o ombro dela em sinal de apoio.

— E pensar que antigamente tinha medo de tudo. Agora, no entanto, se tornou uma ótima dona de casa. Sabe até combinar os vinhos.

— Ma... mamamama...

É a pequena Giulia, a última nascida. A babá entrega a menina a Giovanna, que sorri e beija-lhe as bochechas. A pequena agarra um dedo da mãe e leva-o à boca.

— Como é bonita, meu coração — diz em siciliano, esfregando o nariz no da menina, que tenta apanhar uma mecha de cabelo da mãe. — Você é minha vida — continua.

Dona Ciccia olha aquela cena, e o peso no coração alivia-se. Por tanto tempo pediu a Deus — e não somente — que sua *picciridda* fosse serena. Sim, sua *pequena*, e não sua *patroa*, porque ela fez o papel de mãe, a ajudou a crescer e sempre ficou do lado dela. *Como mudou desde os primeiros tempos do casamento*, pensa, enquanto dobra a anágua que ficou nos pés da cama. Era sempre tão nervosa e insegura, e encontrava refúgio no jejum, como se quisesse desaparecer do mundo. Como se não pudesse se permitir existir. Agora, ao contrário, sente-se à vontade no papel de mãe e esposa. Até ganhou um pouco de peso, o que lhe conferiu mais feminilidade. Dona Ciccia não saberia dizer se a *picciridda* encontrou realmente a paz ou se resignou-se. Claro, a relação entre ela e Ignazio não é comparável à do outro casal que dona Ciccia conheceu profundamente — os pais de Giovanna —, uma relação que nunca foi além da indiferença recíproca. A distância entre a pacatez de Ignazio e o envolvimento de Giovanna podia, com o passar do tempo, revelar-se intransponível. Logo compreendera isso, mas só podia esperar que isso não acontecesse. Assim, sempre cuidara de Giovanna em silêncio, ouvindo, dando conforto, enxugando as lágrimas dela, exatamente como faz uma mãe.

Giovanna dá um último beijo em Giulia e confia a menina à babá.

— Digam a Vincenzino e Ignazziddu que comecem a estudar, pois vai chegar o professor de música. Daqui a pouco vou ter com eles.

A mulher desaparece atrás da porta. Dona Ciccia se vira e começa a pôr os bustiês em ordem, procurando esconder uma careta. Os dois meninos da Casa Florio são vivazes, como é certo que sejam as crianças, todavia, enquanto Vincenzino ouve as recriminações e pede desculpas, Ignazziddu demonstra ser indiferente até aos tapas.

— Endiabrado — escapa-lhe um sussurro.

— O que disse? — pergunta Giovanna.

— Estava pensando no senhorzinho Ignazziddu. — E acrescenta, em dialeto: — Fogo vivo é.

— Meu marido diz que ele é assim porque ainda é pequeno…

— Endireita-se a madeira quando ainda é verde — adverte a mulher, ainda em dialeto.

— Crescendo, colocará a cabeça no lugar, vai ver — replica Giovanna, abrindo o porta-joias para escolher os brincos. Algumas joias (topázios, pérolas, esmeraldas) pertenciam a Giulia, mas a maioria foi para as cunhadas. Por outro lado, não as ama particularmente: considera as joias antiquadas no corte e no encaixe, com molduras pesadas. E, de qualquer maneira, não são adequadas ao luto. Por fim, escolhe dois pingentes em ônix e pérolas. — Quem sabe o que teria dito minha sogra? Pelo que sei, Giuseppina e Angelina eram muito mais irrequietas do que Ignazio, quando pequenas. — Suspira. — Se bem que nos últimos tempos era tão difícil falar com ela. Ficava sempre na janela e fixava a rua como se esperasse alguém…

— Era ele quem a chamava. — Dona Ciccia diz isso com um arrepio e faz o sinal da cruz. — Uma das últimas noites, me pediu para deixar a luz acesa, porque o marido chegaria. Eu pensei que faltava alguma carta do baralho… Mas, quando a encontramos morta, me assustei um pouco — acrescenta em siciliano.

Giovanna aperta os lábios. Não gosta de falar daquelas coisas.

Senta-se ao lado da pequena mesa e pega as cartas que dona Ciccia separou para ela. Na maioria, são convites para jantar ou, eventualmente, festas, convites só de cortesia, dado o luto rigorosíssimo do momento, mas não faltam bilhetes de condolências.

— Ainda chegam... — considera, abanando-se com um deles, enquanto dona Ciccia ajeita a cestinha do bordado para o trabalho de tapeçaria que estão completando.

Um sócio de negócios de Vincenzo que estava viajando e soube há pouco da notícia; um primo que mora na Calábria e de quem ela mal lembra o nome; um fornecedor que esbanja desculpas por conta do atraso, alegando ter ficado muito doente e não...

E então...

Um bilhete em papel de Amalfi, com uma postagem francesa, endereçado a Ignazio. *Quem sabe por que acabou parando aqui?*, pergunta-se Giovanna, virando o bilhete entre as mãos. Repara principalmente na caligrafia delicada, diferente daquela — dura e pesada — das outras mensagens de condolências.

Faz que vai guardá-lo, quando olha, de novo, com atenção.

Hesita por um instante. Então, afasta os outros envelopes, pega um dos grandes alfinetes que utiliza para prender os cabelos e usa-o como abridor de envelope. *Ignazio não vai se chatear se...*

Sua mãe também te deixou: sei o quanto você era ligado a ela e imagino o quanto seja difícil não poder chorar por ela como desejaria. Meu coração chora por você.
Sua dor é a minha, e você sabe disso.
C.

Giovanna sente a respiração ser transformada em lascas de vidro.

Nenhum comerciante, nenhum parente, nenhum amigo escreveria uma frase assim. *Homem algum*, corrige-se. Não naquele tom. Não com aquela escrita elegante. Não naquele papel tão refinado.

Sua dor é a minha, e você sabe disso.

Apenas uma mulher escreveria uma frase daquele tipo.

E somente a um homem que conhecesse bem.

Apenas a um homem a quem se quer bem.

Sacode a cabeça com força. Frases, olhares, gestos. Silêncios, tantos.

Lembranças aglomeram-se em sua mente. Palavras que, de uma hora para a outra, assumem outro significado.

Não.

Levanta a cabeça de repente e quase leva um susto ao ver a própria imagem refletida no espelho. Os olhos estão enormes, vazios e escuros, como se a noite tivesse recaído sobre eles.

Olha para dona Ciccia, que ainda está mexendo com fios e telas de linho. Não se deu conta de nada.

Então volta a fixar o envelope. Quer, precisa saber.

O carimbo está quase ilegível. Inclina a carta em direção à luz da janela. *Marselha.* Aquela mensagem vem de Marselha. Então, é possível que seja uma mulher que Giuseppina e François conhecem? Considera por um instante escrever à Giuseppina, ideia que afasta logo em seguida.

Para perguntar o quê?

Faria apenas papel de ridícula, pontua uma voz maligna dentro de si, com um tom que se parece vagamente com o da mãe.

Olha de novo para o cartão e o cheira. Parece-lhe até reconhecer um vago perfume de flores. De cravo, talvez. Ou, talvez, seja imaginação. Não sabe.

As mãos formigam, o estômago rebela-se e contrai como fosse dotado de vida própria, e volta a sensação que por tanto tempo marcou sua existência. Lá se vai a comida, lá se vão as emoções.

Fecha os olhos até que o impulso de vomitar cesse.

Os medos, *aqueles medos* sem nome, voltam a aparecer, agridem-na.

Deixa cair o bilhete no colo, uma mancha cor de marfim sobre a saia preta. Parece-lhe quase desencadear uma energia maléfica.

Meu coração chora por você.

— Vá a senhora ver as crianças, dona Ciccia — diz com voz firme. — Preciso responder a esses bilhetes. Encontro vocês em seguida. — Levanta, esconde o bilhete na palma da mão e acaba amassando-o, quase sem se dar conta.

Não ouve a resposta da mulher; atravessa a porta que junta os cômodos e chega ao quarto do marido.

Olha ao redor, frenética, com o sangue que retumba nos ouvidos. Em um lampejo, lembra-se de outra manhã, de outro luto. Escancara o armário.

Atraído pelo barulho de passos, Nanài, o ajudante, aparece na porta.

— Quem? — pergunta timidamente em dialeto, transtornado por ver a patroa fuçando entre as roupas do marido.

Ela se vira e congela o rapaz com um silvo, sempre em dialeto:

— Vá embora!

Claramente assustado, o homem recua porta afora.

A essa altura, é como se Giovanna estivesse possuída por um demônio. Enfia as mãos entre as camisas, afasta os robes, apalpa os bolsos das calças...

Depois, subitamente, detém-se, tomada pela tontura. Leva as mãos às têmporas.

Aquele modo de se comportar não é digno dela. Mas como é possível resistir, como é possível controlar-se, se o homem por quem você mudou o próprio jeito de ser, aquele que te ensinou o amor e que te fez aprender a comer... enfim, se aquele homem traz no coração outra pessoa?

Fecha os olhos, tenta refletir. Não, o mundo do marido não está ali, entre aqueles objetos. *Neste quarto ele só vem para trocar de roupa e dormir. Passa grande parte do tempo no escritório, onde guarda as coisas realmente* importantes.

E então Giovanna corre, corre como nunca fez na vida. Desce as escadas, dirige-se ao escritório. Atraídos pelo barulho, os filhos aparecem na porta do pequeno cômodo e a veem passar, confusos: a mãe deles nunca teve aquele ar desesperado. Vincenzino tosse e olha Ignazziddu com ar de interrogação, mas este encolhe os ombros.

Giovanna abre a porta do escritório. É a primeira vez que entra ali: aquele é um lugar de negócios, de palavras enxutas, de paredes de couro, de fumaça de charuto. Por alguns instantes, observa emergir da penumbra os móveis maciços em madeira, a estante baixa atrás da escrivaninha, a lâmpada oriental no gabinete. Em seguida, vai em direção à escrivaninha, abre as gavetas de qualquer maneira. Encontra lápis, canetas, pontas, registros cheios de números. Folheia-os, mas sem resultado. Depois, abaixa-se e abre a última gaveta. Há um compartimento duplo.

É ali que a encontra. A caixa em madeira de rosa e ébano com as alças em metal. Ignazio a guardava no armário dele da rua dos Materassai. Uma vez perguntara-lhe o que guardava nela, e ele respondera laconicamente:

— Lembranças.

As mãos tremem. A caixa é lisa, pesada, quente ao toque. Apoia-a sobre o tampo da escrivaninha e um raio de sol atinge o objeto, iluminando os veios em madeira.

Ela abre a caixa.

Percebe logo um perfume bem parecido com aquele que pensara sentir no bilhete de condolências. Em seguida, debaixo de uma cópia gasta de *A princesa de Clèves*, de Madame de La Fayette, encontra uma pilha de envelopes. Despeja tudo na almofada de couro e, com uma mistura de curiosidade e desgosto, afunda as mãos neles. O papel é pesado, refinado, e a caligrafia é feminina. Muitos nem foram abertos; outros, no entanto, estão quase despedaçados. Todos trazem o carimbo de Marselha e parecem remontar a alguns anos antes. De repente, aparece até uma fita de cetim azul, desbotada pelo tempo.

No fundo da caixa, restou um bilhete parecido com o que desencadeou a tempestade e que agora acabou na escrivaninha, sobre a pilha dos envelopes. Olha para a data, lê. Uma mensagem pela morte do sogro.

O frenesi toma-a novamente, parecendo possuí-la.

— Quem é essa mulher? — grita, sem nem se dar conta. Pega um envelope, tenta abri-lo.

— O que está fazendo?

A voz de Ignazio é água gelada em pleno rosto. Giovanna levanta a cabeça, vê o marido na porta com o sobretudo entre as mãos. Por instinto, deixa cair o envelope.

Ignazio desloca o olhar do rosto da esposa à caixa aberta e depois em direção às cartas espalhadas sobre a escrivaninha.

— Perguntei o que está fazendo — repete, muito pálido, com a voz rouca.

Então fecha a porta, apoia o sobretudo em cima de uma cadeira e chega em frente à escrivaninha. Alonga lentamente a mão e pega o bilhete amassado. Alisa-o com um gesto quase amoroso. Mas o rosto é frio, imóvel.

E é isso que faz Giovanna enfurecer.

— O que são... estas? — pergunta em um sopro, sacudindo o envelope que aperta entre as mãos.

— Me dê — diz Ignazio, com os olhos fixos no bilhete.

É um sussurro com a alma de uma ordem. Giovanna faz que não, aperta-a contra o peito. O rosto pálido se enche de manchas vermelhas que criam um estranho contraste com a cor preta do vestido.

— O que são estas? — repete agora, com tom sincero.

— Coisas que não dizem respeito a você.

— São cartas de uma mulher. Quem é?

Ignazio levanta o olhar sobre ela, e o coração de Giovanna rateia.

Ignazio, o Ignazio dela, nunca perdeu o controle. Sempre despachou qualquer contrariedade com uma sacudida de ombros ou com um sorriso destacado. Aquele homem com o semblante sério, com a mandíbula contraída e os olhos semicerrados, repletos de raiva, não é o marido dela. É um estranho, um indivíduo tomado por uma fúria tão gélida quanto irreprimível.

Os pensamentos de Giovanna empilham-se, cruéis, assustados, contraditórios. *Que boba eu fui! Por que quis saber? Porque sou sua esposa, ele me deve isso. Será que eu não podia despedaçar aquele bilhete e esquecer? Não, teria que mentir para ele, meu marido... Mas tudo teria ficado como antes! E agora, o que vou fazer para aplacá-lo? Afinal, tenho direito de saber, depois de todos esses anos me sacrificando por ele! E se ele agora escolhesse essa outra mulher? Não, não é possível, tem Vincenzino e Ignazziddu...*

Sacode a cabeça, como se quisesse calar aquelas vozes que a estão dilacerando.

— Por quê? — pergunta ela, enfim, com um fio de voz. Solta o envelope e se apoia à escrivaninha, inclinando-se na direção do marido. É a única pergunta que pode, que quer fazer a ele. — Por que não me disse que havia outra? — continua, agora com a voz velada de pranto. — Por isso você nunca me quis de verdade? Porque só pensava nessa francesa?

— Desde que me casei com você, nunca houve nenhuma outra.

A voz dele é de novo firme, controlada. A expressão do rosto também é aquela de sempre, de calma indiferença. Apenas uma pequena careta altera o formato dos lábios, enquanto recolhe os envelopes, ajeitando-os e recolocando-os na caixa.

Mas a ternura daqueles gestos não escapa a Giovanna, o cuidado com que enrola a fita azul entre os dedos, com o qual pega o livro. Não consegue se conter.

— Muito melhor do que eu? — pergunta ela, em dialeto.

— É coisa do passado. Você não tem nada a ver com isso — replica Ignazio, sem olhar para ela. Em seguida, retira do bolso um molho de chaves. Com uma delas, pequena e escura, tranca a caixa. Aperta a chave junto ao corpo e dirige-se à porta. — Não são assuntos seus. E nunca mais ponha o pé no meu escritório. Nunca mais.

Areia e sal debaixo dos sapatos. O vento é quente, forte, a luz branca, tão ofuscante que o obriga a fechar os olhos. No ar, cheiro de orégano misturado ao do mar.

Ignazio inclina-se e recolhe uma quantidade de areia e terra que deixa escorrer por entre os dedos. Na realidade, é tufo desfarelado: uma pedra clara que aprisiona restos de conchas e animais marinhos, e que representa o coração verdadeiro de Favignana.

Da sua ilha.

Realmente minha, diz a si mesmo, sorrindo, enquanto retoma a caminhada e chega à borda do penhasco do Bue Marino, ali onde é possível debruçar-se e observar a terra firme. Logo abaixo, operários cortam blocos de tufo que serão arrastados para a beira do mar e embarcados em navios com destino a Trapani. Um pó fininho se levanta pelos ares, devolvido imediatamente ao chão por lufadas de vento: é o resíduo da extração do tufo de cavernas com dezenas de metros de profundidade, uma atividade que há séculos, junto com a pesca, é vital para os moradores da ilha, não somente por ser fonte de renda, mas também porque o tufo serve para a construção das casas.

Dele de verdade: alguns meses antes, comprou as ilhas Egadi dos marqueses Giuseppe Carlo e Francesco Rusconi e da mãe deles, a marquesa Teresa Pallavicini: Favignana, Marettimo, Levanzo e Formica, esta última a meio caminho entre Levanzo e Trapani. A todos, Ignazio disse que aquele investimento de dois milhões e setecentas mil liras assegurava-lhe a possibilidade de dar um impulso à indústria do atum; que podia utilizar — como força trabalho — os condenados aprisionados no forte de Santa Caterina e que, ainda por cima, havia a revenda do tufo. Enfim: submetera a um exame minucioso cada característica das ilhas, avaliando as reais potencialidades, e chegara à decisão de comprá-las. E aproveitara até o fato de a gestão anterior estar no vermelho para conseguir baixar o preço.

Consigo mesmo, porém, não precisava arrumar justificativas.

Como acontecera quase setenta anos antes com o tio de quem leva o nome, que amara desde o princípio a almadrava da Arenella, Ignazio apaixonou-se pela Favignana: ama-a mais do que os negócios, do que o prestígio social, do que tantas coisas que preenchem a vida dele. As tensões por conta do trabalho — as dificuldades da extração do enxofre, o aumento das tarifas alfandegárias — estão distantes; a família também. Os olhos de Giovanna, tão sérios e tristes, não passam de uma lembrança semiapagada.

É ali que quer criar uma casa para si mesmo, como o pai havia feito na Arenella. Mas ainda não é o momento: existe um contrato de aluguel que pesa na almadrava, e um *gabellotto* — alguém que aluga terras agrícolas para terceiros por um tempo determinado —, Vincenzo Drago, que é o proprietário. Precisa esperar outros três anos — e será em 1877 — para ter integralmente o conjunto de produção e a própria ilha.

Abaixo dele, o mar berra, ruge e retumba. O vento, um favônio caprichoso, está mudando, pode senti-lo, e então, também aquele pedaço de mar, encontrará a paz. Conseguirá acalmar-se, justamente como aconteceu com ele no momento exato em que pôs os pés na ilha.

Fecha os olhos, deixa que a luz seja filtrada pelas pálpebras.

Lembra-se de quando chegou ali pela primeira vez: tinha somente catorze anos e fora o pai — que na época gerenciava a almadrava — quem lhe pedira para acompanhá-lo. Enquanto o cheiro dos atuns em decomposição enchia o ar e o sol refletia a luz sobre os muros das casas, Vincenzo arregaçara as mangas da camisa, sentara-se em cima de uma grande pedra e começara a conversar em dialeto com os pescadores, discutindo com eles sobre o ponto mais adequado onde largar as redes ou sobre a direção do vento na hora da matança. Ignazio é diferente do pai: é cordial e sempre distinto. Por outro lado, aquilo que os homens de Favignana percebem nele é uma força interior que, bem longe de se manifestar por meio de uma atitude arrogante ou esnobe, o envolve em uma áurea de segurança tranquila. Perceberam isso naquela manhã mesmo, quando Ignazio apareceu na almadrava sem aviso prévio. A matança acabara de acontecer fazia poucas semanas, o verão explodiu e, enquanto nos galpões trabalha-se nas operações de enlatamento, os pescadores de atum cuidam dos barcos e das redes.

Ignazio conversou com eles demoradamente; não os interrompeu em momento algum, mesmo quando os papos tornavam-se confusos e o dialeto, pouco compreensível. Mas o mais importante é que olhou bem nos olhos deles, captando todo o mal-estar, o medo do futuro, atravessando as nuvens da incerteza, ora por conta da concorrência das almadravas espanholas, ora pelos impostos exigidos pelos "piemonteses". Não fez promessas, mas sua simples presença tranquilizou a todos.

— Está contente?

A voz que interrompe os pensamentos é de Gaetano Caruso, um de seus colaboradores de maior confiança, filho de Ignazio, um dos administradores que haviam trabalhado com o pai. Também eles conversaram sem pressa, e o assunto principal é o que Ignazio deseja realizar na Favignana, as ideias para modernizar o local e os contratos que gostaria de fechar.

— Sim, bastante. São bons cristãos aqueles que trabalham aqui, gente respeitosa — replica, esfregando as mãos. Em sua pele, fica um véu de tufo.

— Porque o senhor sabe como lidar com eles. Transmite segurança porque os respeita, e eles percebem isso. Não apenas comanda, como fazem os outros.

Caruso se aproxima. Tem um rosto sutil, de linhas angulosas, e um cavanhaque que ele atormenta o tempo todo com as mãos. Agora, porém, as abas do paletó estão fechadas e os braços, cruzados sobre o peito, diferentemente de Ignazio, que observa o mar com as mãos no bolso e se deixa açoitar pelo vento.

— Muito tempo atrás, quando eu era pequeno, meu preceptor me fez traduzir o trecho de Tito Lívio em que se fala do apólogo de Menênio Agripa. Conhece?

— Não, dom Ignazio — responde Caruso.

— Precisa saber que, naquele tempo, os plebeus queriam os mesmos direitos dos patrícios e então, em protesto, afastaram-se de Roma. E Menênio Agripa os fizera recuar, contando a eles um apólogo, no qual imaginava-se que os membros do corpo parassem subitamente de funcionar por inveja do fato de o estômago ficar ali, ocioso, aguardando o alimento chegar. Mas, desse modo, o corpo inteiro acabara por enfraquecer, e então os membros tiveram que fazer as pazes com o estômago. — Levanta os lábios de leve e esboça um sorriso. — Nossos operários precisam sentir que fazem parte de alguma coisa. Meu pai também me dizia isso. O salário não pode ser a única coisa a que aspiram. Eu, em primeiro lugar, preciso demonstrar que cada um deles é importante e só posso fazê-lo olhando-os na cara, um a um.

Caruso assente.

— Nem sempre é fácil.

— Aqui é. Eles são pescadores, gente simples que entende o valor do trabalho… Na cidade, por outro lado, os operários têm exigências, buscam razões para não trabalhar, ou trabalhar menos, e pedem, pedem… só para depois criticar aquilo que lhes é concedido. Trata-se de uma batalha sem fim. — Desanima, pensando nos operários da Oretea e naqueles da produção têxtil que ele fundou junto com o advogado Morvillo e que não está indo muito bem.

Dá as costas para o Mediterrâneo. A poucos passos, o coche espera por eles.

Caruso olha para Ignazio, que sobe na viatura, esta também coberta por um véu de poeira de tufo, como cada coisa na ilha, e em seguida, procurando arrancar-lhe um sorriso, diz:

— A essa altura as pessoas aqui consideram o senhor como a um príncipe, sabia? E não me surpreenderia se a um rei...

— Eu sou um industrial, senhor Caruso — interrompe-o Ignazio. — Meu título é o capital. E é um título que gera poder e respeito mais do que qualquer outro.

Enquanto o coche leva-o para longe do Bue Marino, uma parte da alma dele canta com a mesma voz do vento. Não, não tem mesmo nenhum desejo de ser nomeado príncipe, conde ou marquês das Egadi. É o fato de ser o dono que simplesmente o faz feliz.

ALMADRAVA

junho de 1877 — setembro de 1881

Fa' beni e scordatillo; fa' mali e pensaci.
"Faz bem e esquece; faz mal e recorda."

Provérbio siciliano

Em 18 de março de 1876, somente dois dias após o anúncio sobre o alcance do equilíbrio orçamentário, sobe ao poder a Esquerda Histórica — Agostino Depretis torna-se primeiro-ministro em 25 de março de 1876 —, formada por homens da média burguesia, orientada a uma menor pressão fiscal em relação à Direita e decidida a impor à Itália um forte impulso de modernização. Guiará ininterruptamente o país por vinte anos, até 1896, com vários governos, chefiados de tempos em tempos por Agostino Depretis, Francesco Crispi, Benedetto Cairoli e Giovanni Giolitti.

A Esquerda Histórica afirma-se também em numerosos colegiados sicilianos, mas, apesar das promessas eleitorais, a difícil situação no Sul permanece substancialmente inalterada. Em 3 de julho de 1876, o deputado Romualdo Bonfadini apresenta ao governo a Relazione della Giunta per l'inchiesta sulle condizioni della Sicilia[*], *na qual se enfrenta inclusive a questão da máfia — "[que] é [...] o desenvolvimento e o aperfeiçoamento da prepotência direta para todo o escopo de maldade; é a solidariedade instintiva, brutal, interessada, que une a dano do Estado, das leis e dos órgãos regulares todos aqueles indivíduos e estratos sociais que amam extrair existência e benefícios, não do trabalho, mas da violência, do engano e da intimidação". Mas o Relatório não é divulgado por inteiro; serão dois expoentes da Direita Histórica, Leopoldo Franchetti e Sidney Sonnino, que publicarão, em 1877, uma investigação independente, pesquisa "de campo", com o título* La Sicilia nel 1876, *que fará emergir em toda a sua gravidade os problemas que afligem o Sul, entre os quais corrupção, clientelismo, ausência de uma reforma agrária eficaz e, sobretudo, a ausência do "sentimento da lei superior para todos". Em 1877, é encaminhada,*

---

[*] Relação do Conselho para a investigação sobre as condições da Sicília. [*N.T.*]

também, a Inchiesta agraria e sulle condizioni della classe agricola*, *por obra de um conselho regido pelo senador Stefano Jacini: esta é publicada em quinze volumes, entre 1881 e 1886, e põe em evidência a preocupante situação da agricultura italiana, seu atraso geral e as miseráveis condições de vida dos agricultores. Mas os resultados dela são geralmente ignorados pelo governo.*

Vittorio Emanuele II morre em 9 de janeiro de 1878. Sucede-lhe o filho, Umberto I, que desposou, em 1868, a prima Margherita de Savoia. Animado por um espírito profundamente conservador (compartilhado com a esposa), todavia, procura logo conquistar a aprovação popular: assim que sobe ao trono, visita junto com a rainha e o filho de nove anos, Vittorio Emanuele, muitas regiões italianas (em Nápoles, em 17 de novembro, escapará do atentado do anárquico Giovanni Passannante) e com frequência estará presente nos lugares atingidos por calamidades naturais (a inundação do Vêneto, em 1882: a epidemia de cólera em Nápoles, em 1884).

Em 7 de fevereiro de 1878, morre Pio IX. Apesar do novo papa — Leone XIII — demonstrar-se mais aberto ao diálogo, a fratura com o Estado italiano ainda continuará marcando a vida do país por muito tempo.

---

* Investigação agrária e das condições da classe agrícola [*N.T.*]

— *C* hiurma, sarpatu, chiummo, càmmara, coppu, bastardedda, panaticu, rimiggiu.

Palavras em um dialeto que alguém ainda fala na ilha em forma de borboleta, Favignana, e que têm o som do tempo e da fadiga.

Durante o inverno, as embarcações pretas foram calafetadas e as redes, ajustadas e reforçadas. A almadrava precisa ser batizada e, em seguida, baixada ao mar após a festa da Santa Cruz, em maio: arreiam-se as âncoras segundo as coordenadas estabelecidas pelo *rais*, com base na direção dos ventos e das correntes marítimas; invoca-se *U' Patri Cricifissu*, a *Madonna del Rosario*, o *Sacro Cuore* e o *Santu Patri*, São Francisco de Paula, patrono dos navegantes e dos pescadores. O senhor da almadrava é o *rais*, o chefe da turma, ou seja, dos pescadores de atum, os pescadores que sobem nos barcos pouco mais que adolescentes e que os deixam somente quando a velhice, a morte ou o mar os reclama.

O *rais* lê o vento e as águas, comanda *a' calata* e *u' sarpatu*, a remoção da almadrava.

Junto com as âncoras, depositam-se no fundo o *chiummo* e os *rusazzi*, uma corrente e os silhares de tufos das caves de Favignana, para fazer com que a ilha — o corpo da almadrava — fique sólida: com efeito, quando os atuns entram e lutam para sobreviver com todas as forças, as redes são dilaceradas e as caves, rebocadas.

A ilha é dividida em compartimentos: os atuns são encaminhados para a entrada, *vucca 'a nassa*, por meio de uma *custa*, uma rede longa e alta que impede a passagem dos peixes. Esta tem portas feitas com redes levantadas em comunicação com os compartimentos, a *càmmara granni* e *l'urdunaru*. Nenhuma rede no fundo. O único compartimento com redes nos cinco lados é o *coppu*, o quarto da morte. Atravessado o compartimento de poente, do lado esquerdo, os atuns passam pela *bastardedda*, a antessala do *coppu*. Quando, finalmente, a porta — esta também formada por redes de pesca — é levantada, os atuns enlouquecidos pelas malhas cada vez mais apertadas se jogam no quarto da morte, à procura de uma via de fuga.

No dia anterior, os pescadores de atum rezaram, invocaram o nome de Jesus e imploraram para que a pesca seja rica, para que o *panaticu* — o salário — seja suficiente para o sustento da família e para que haja o *migghiurato*, uma espécie de prêmio pela produção.

No dia da pesca, os *varcazzi*, as embarcações compridas, colocam-se em pares aos lados do *quadratu*, a parte do quarto da morte que fica acima da água; junto aos *parascarmi*, barcos menores, e as embarcações com o casco preto, longas e imponentes, fecham o *quadratu*. Estão sempre em dupla, um no barlavento e outro, a favor do vento.

Antes da matança, reza-se mais uma vez. Entoam-se as *scialome*, cantos que mesclam São Pedro e as maldições contra um mar avaro e inimigo.

Em seguida, inicia-se a retirada do *u' coppu*, o fundo da câmara da morte. Tudo pela força dos braços, com os espirros de água que mesclam-se ao suor, com os atuns que se debatem porque lhes falta espaço, ar, água. As redes — pesadas, ensopadas de água, puxadas pelos peixes — são fixadas no interior das embarcações. Dos barcos, debruçam-se os integrantes do *rimiggiu*, grupos de pescadores com corpo sólido e musculoso que têm por função atingir com o arpão os atuns e levá-los a bordo com a *spetta*, um gancho longo e letal.

Chega o sinal. Aparecem hastes, *corchi*, *masche*, arpões construídos pelos pescadores. Eles golpeiam os atuns, que, a essa altura, já raspam a superfície da água e se chocam nas embarcações com grande força, esbarrando-se entre si. O mar fica vermelho, a água se transforma em sangue. Os animais berram e os gemidos cobrem os gritos dos pescadores de atum que, entre eles, se encorajam e se chamam. Os animais procuram uma fuga, desvinculam-se, mas os pescadores os perfuram, os içam sobre os *vasceddi* com a força dos braços, agarram-nos pelas barbatanas enquanto os arpões dilaceram suas carnes, os olhos, a boca. Ainda estão vivos quando tocam o fundo das embarcações, estarão mortos chegando ao porto e o sangue será lavado com baldes de água marinha.

Na matança há respeito pelo atum, mas nenhuma piedade.

Quando a carruagem para nas proximidades da Fundição Oretea, às 5h30 de uma manhã cinzenta de junho de 1877, os portões acabaram de se abrir. Sob os arcos de metal desenhados por Damiani Almeyda, alternam-se gritos agudos e impropérios. As vozes alcançam o teto inclinado de metal, decorado com pequenos arcos, insinuando-se pelo interior do prédio através dos vidros pesados das janelas. O arquiteto refinou as linhas maciças e rudes da fundição original, melhorando suas funcionalidades.

Sentados no chão ou apoiados nos muros, grupos de homens e de rapazes em roupa de trabalho conversam ou discutem. Alguns mordem um pedaço de pão.

Não têm a mínima intenção de entrar, reflete Ignazio.

De repente, em frente aos portões, posta-se um homem atarracado, de nariz torto e cabelos grisalhos e ressequidos. Escancara os braços e grita em siciliano:

— Mas o que há? Querem trabalhar para alguém que nos tira os trocados a que temos direito e nos obriga a dar o sangue para sobreviver?

A voz dele retumba até o fim da rua e silencia a todos.

Ignazio o conhece. É um soldador, um daqueles que — até dois dias antes — trabalhava nos reparos dos navios e que desde ontem nega-se a entrar na fundição porque soube que não receberá a pequena quantia — conhecida como "quarto de campanha" — a título de indenização. Os operários gritaram contra o abuso, a raiva difundiu-se igual a relâmpago. A certa altura, interveio até a força pública. Na noite do segundo dia, os responsáveis pela fundição decidiram que somente a presença de Ignazio poderia transformar a situação e imploraram-no para que aparecesse na manhã seguinte, quando se abrissem os portões.

— Eles não olham na cara de nada nem de ninguém — troveja o soldador em dialeto. — Sabem que precisamos do carro com as ferramentas, também sabem que nos empenhamos muito... estamos sempre aqui, sempre presentes, não dizemos chega nem quando...

Um coro de "É verdade!" levanta-se da multidão, cobre a voz do homem. Alguns lançam-se em direção aos portões, fecham-nos, em seguida batem forte contra as paredes da fundição. Em poucos segundos, a rua pulsa de sons, de gritos ferozes, de uma tensão que tem cheiro de suor e ferro. Dezenas e dezenas de operários batem nos muros com o punho cerrado, gritam que não se deixarão roubar, que aquele trabalho é vida para as famílias deles, porque é verdade que "sobem até pelas paredes lisas" para fazer o trabalho sem nunca protestar, mas agora...

É justamente nessa hora que Ignazio resolve descer da carruagem.

Sai com calma, a cabeça erguida, com o chapéu na mão. Impassível, dirige-se à entrada.

É uma criança quem nota a chegada dele. Puxa a manga do pai.

— Papai, papai! O patrão! Dom Ignazio está aqui!

O homem se vira, arregala os olhos e tira o chapéu, apertando-o contra o peito.

— Dom Ignazio, que Deus o abençoe — cumprimenta-o em dialeto, enquanto as faces enrubescem de vergonha.

Subitamente, do jeito que começara, o clamor se apaga.

A multidão reparte-se para deixá-lo passar, o soldador abaixa os braços e se põe de lado, como se houvesse perdido toda a veemência. Os portões se abrem, mesmo que pouco. Alguns operários tiram o chapéu da cabeça e fixam-no com um misto de respeito e temor. Outros recuam, outros ainda olham para o chão.

Ignazio devolve as saudações com um aceno da cabeça, mas não diz uma palavra.

Alguns olhares, porém, são tudo menos intimidados. Ele os percebe mesmo pelas costas, adverte o ódio, fareja a raiva. Ela tem um cheiro acre, semelhante ao da pólvora. Aqueles olhos famintos perseguem-no até a entrada da administração, onde um homem com o cavanhaque sujo de cinza e uma calvície impiedosa o aguarda: é o engenheiro Wilhelm Theis, o diretor da fundição. É um homenzinho enxuto que, ao lado de Ignazio, tão maciço, parece ainda mais magrelo.

Tranca duas vezes a porta atrás deles. Em silêncio, os dois percorrem um corredor estreito, ainda impregnado de escuridão, sobem as escadas e chegam aos escritórios onde uma dezena de empregados em paletó e gravata preta, camisa com gola engomada e mangas de camisa em percalina prepara-se para dar início ao trabalho. Passando em frente à fileira organizada das escrivaninhas dos funcionários, Ignazio os cumprimenta e pede notícias das famílias.

Enquanto isso, continua olhando para além da vidraça que se liga à parte interna da fundição. Dali, tem-se a vista completa de todo o complexo. Os operários vão entrando devagar: ele repara nos rostos cansados e nota que muitas mãos se agitam, indicando os escritórios.

Não se esconde. *Que me olhem*, pensa. *Que todos saibam que estou aqui.*

Às costas dele, um pigarreio.

— Então, engenheiro Theis. Pelo que entendo, os homens não aceitaram de bom grado as novas condições de trabalho nas embarcações.

O homem magrelinho aproxima-se da escrivaninha. É o lugar que ele, o diretor, ocupa de costume na ausência de Ignazio. Mas não hoje. Hoje está presente *u' principale*, o patrão.

— Dom Ignazio, a abolição da indenização do quarto de campanha para a atividade nas embarcações a vapor causou um mau humor que nenhum de nós esperava; pelo menos, não assim tão violento. Resmungos, protestos sem fim, e além do mais, aquele impresso, aquele jornaleco deles...

— *Il Povero*? E isso o surpreende? Metade da redação é formada por empregados da fundição. Eu esperava o protesto deles.

— Mesmo assim, estão exagerando. Os operários, principalmente os soldadores e os mecânicos, lamentam que o trabalho nos navios tenha se tornado pesado e perigoso demais e que não vale a pena, sem aquele dinheiro. Resistimos por dois dias, rechaçando os protestos graças também à força pública, mas agora...

Ignazio escuta sem se virar. Massageia a barba escura e reflete. Houve algumas prisões, e sabe disso: foi ele quem pediu ao prefeito — pela via confidencial, obviamente — para que fosse mantida a ordem em torno da fundição. Como, inclusive, sabe que agora é o dever dele trazer de volta a tranquilidade e a harmonia.

A tensão que sente no ar é densa como vapor. Grudou-se nos operários e nos funcionários. Impregna as paredes brancas dos escritórios, aquelas sujas de fuligem das estruturas, feito ar que se respira.

Os vigias de uniforme empurram os trabalhadores para os lugares de serviço. Voa alguma palavra que não devia, um rapaz recebe um empurrão e reage. Um vigia vai às vias de fato, outros intervêm para aplacar a briga.

O sibilo da água bombeada nas tubulações para resfriar as prensas anuncia que a fundição está pronta para retomar o pleno ritmo.

A porta do escritório se abre com um tinir do vidro, seguido pelo baque de uma bengala. Em seguida, chega o barulho dos martelos para a forja do metal.

— Desculpem o atraso — diz Vincenzo Giachery, que é o diretor administrativo da fundição. — Minha perna hoje de manhã não queria saber de movimentar-se sem causar problemas.

Ignazio vai ao encontro dele, oferece-lhe a cadeira.

— A culpa é minha, dom Vincenzo.

— Não, não. — No semblante marcado pelos anos, os olhos se iluminam e aparece um sorriso. — O senhor tem a mania do seu pai, de que todos precisam fazer logo o que manda — suspira Giachery, sentando-se.

Ignazio sorri, por sua vez. Acaricia a superfície lisa da escrivaninha, aquela que o pai havia utilizado por anos na loja de aromas da rua dos Materassai. Não quis separar-se dela. Senta-se, com as mãos abertas sobre o tampo.

— Meu pai e seu irmão Carlo, *requiescant in pace*, eram do mesmo jeito. O balde e a corda.

Giachery faz que sim. Cruza as mãos sobre o botão da bengala. Indica com o queixo as estruturas além das vidraças.

— O que vamos fazer? — pergunta em dialeto.

À frente dele, Theis abre os braços com ar de desgosto.

— São ignorantes, com certeza. Preguiçosos que nem sabem falar e que nem podemos definir como operários... É preciso dar uma lição exemplar a esses daqui. Para que entendam que não estamos à disposição deles!

Ignazio cruza as mãos, onde apoia o queixo.

— São nossos operários, engenheiro Theis. Podem até ser ignorantes, mas levam adiante o trabalho na fundição e nos navios. Precisamos deles. Principalmente dos mecânicos genoveses e...

— São bem pagos, dom Ignazio — interrompe Theis, remexendo-se na cadeira. — Mas, se pensarmos no trabalho que eles têm condições de fazer...

Giachery limpa a garganta, pede atenção. Fala com cautela, o olhar voltado para o chão, para não incomodar aquele engenheiro de caráter sombrio.

— Escutem, nesta fábrica se faz um pouco de tudo, dos talheres às caldeiras. O senhor sabe melhor do que qualquer outro, engenheiro Theis. Eu trabalho com essa gente, ouço o que ela tem a dizer. É injusto quando os chama de ignorantes: é gente humilde, que arrebenta as costas trabalhando e que recebe um salário muito mais baixo do que o de um operário francês, para não falar alemão. É verdade, são preguiçosos e têm pouca vontade de aprender coisas novas, mas fazem questão de levar o pão às suas famílias. — Somente então, levanta a cabeça e encara Ignazio: é a ele que se dirige agora. — Essa gente sabe que o trabalho nos navios é perigoso e sente medo, mas também sabe que, se desistir, haverá outros, prontos para ficar no lugar deles. Estamos em Palermo, senhores, onde um salário de duas liras na Fundição Oretea deixa qualquer um rico. Há quem faria malabarismos para trabalhar aqui. Mas isso não seria conveniente para nós, porque se trataria de operários sem nenhuma preparação. Além do mais, o senhor sabe o quanto é difícil convencer um livornês, ou até um alemão, a vir aqui e ensinar o ofício aos outros. Pense, apenas, em quanto seria necessário pagá-lo para isso.

Ignazio mexe na aliança de casamento, fazendo-a girar ao redor do dedo, em seguida encosta de leve no anel do tio Ignazio.

— Então, se eu bem entendi, o senhor, dom Vincenzo, recomenda cautela?

O outro agita a mão.

— Cautela, claro. E, ainda melhor, o bastão e a cenoura. — Avança na direção dele e fala, confidencialmente, em siciliano. — Eu o conheço desde que vestia calças curtas: os operários ouvem o senhor, bem como os pescadores de Favignana. Fale com eles.

Um suspiro. Ignazio tamborila os dedos sobre a madeira, parece hesitar, mas sabe que Giachery tem razão. Por muito tempo havia julgado os operários destituídos de humildade, de vontade de superação, de reconhecimento e gratidão. A vida deles era muito diferente daquela dos pescadores de atum, mas iguais eram o orgulho e a necessidade de serem tratados com respeito. E agora cabe a ele encontrar um equilíbrio entre aquelas exigências e a necessidade de manter a produção competitiva. Mesmo sabendo que não conseguirá alcançar o propósito em pouco tempo.

— Reduzir custos é fundamental — diz, como se estivesse refletindo em voz alta. — É verdade que a fundição está indo bem, mas temos tido encomendas pesadas e precisamos contratar mais pessoal. E os operários, aqui, são mais de setecentos. — A voz é baixa, o tom, firme. — Não podemos nos permitir pagar a indenização do quarto de campanha. Além do mais, voltar atrás na decisão tomada criaria um precedente perigoso.

Sobre aquela última palavra, irromperam os golpes dos martelos que estão dobrando os enormes painéis da cúpula para o novo teatro, o Politeama.

A fundição é um dos pilares da Casa Florio, mas não poderá competir por muito mais tempo com as fábricas do Norte da Itália, nem com as alemãs. Não é coincidência que a única encomenda governativa que tiveram é aquela para o porto de Messina, enquanto as fábricas de aço do Norte têm contratos para a construção de ferrovias ou para as bacias de docas secas. Os custos de produção são altos demais, e o transporte de mercadorias e de matérias-primas é desconfortável. O único jeito de continuar trabalhando é manter os salários baixos, calcular cada centavo.

Talvez, daqui a um tempo, poderão introduzir mudanças no ciclo de produção e pensar em incrementos salariais. Mas, agora, não. Inovar significa investir e formar novos operários. Não, neste momento a única coisa importante é manter-se em pé de igualdade com os industriais do Norte, pois eles trabalham há décadas com o metal.

Por alguns instantes, ecoam no escritório barulhos ensurdecedores de metal contra metal.

Em seguida, de repente, o sino. Três batidas repetidas. Um alarme.

Theis se sobressalta, vira-se em direção à janela, alcança-a. Com dificuldade, Giachery faz o mesmo.

Os operários estão se juntando no pátio. Abandonaram os martelos e as pinças, bloquearam as prensas; poucos ficaram para cuidar das máquinas de pressão ou fazê-las ventilar. Todos se agitam e não há ninguém que consiga acalmá-los, nem um vigia armado com bastão. Muito pelo contrário: os mais jovens aproximam-se do homem, o cercam e arrancam-lhe das mãos o pedaço de madeira; outros pegam-no pelos braços e o puxam para trás.

Um golpe após o outro. É um linchamento.

Do fundo do armazém chega correndo um supervisor, seguido logo de outros. O som do apito dele dilacera o zumbido, cobre os gritos.

O vigia ferido jaz no chão. Ele geme, um filete de sangue sai da boca dele. Os operários viram-se para os outros vigias, que a essa altura já estão prontos, em frente, com os bastões levantados. Mas são poucos, pouquíssimos, e a maré humana parece engoli-los, submergi-los, sufocá-los.

— O que está acontecendo? — estrila Theis. — Precisamos chamar a força pública?

— Estão se matando! — Ignazio sai correndo da sala, desce as escadas, ultrapassa a porta que separa os escritórios da fábrica. Sente o coração na garganta, com a certeza de que, se não fizer algo, acontecerá um desastre.

Assim que põe os pés no pátio, grita:

— Parem! Parem agora!

Em seguida, se joga contra um operário que está chutando um dos vigias. Agarra-o pelos ombros e o homem reage, depois solta-se, pronto para disparar um golpe.

Naquele momento, reconhece-o. Os braços recaem ao longo dos flancos e ele anda para trás, cambaleando, com os olhos arregalados.

— Dom Ignazio!

Aquele nome pula de boca em boca; é um murmúrio parecido com uma reza. Os punhos se soltam, os braços abaixam-se. Tacos e bastões caem no chão. Os vigias recuam alguns passos, segurando o homem ferido.

— O que está acontecendo aqui? — diz Ignazio. Em seguida, olha ao redor. Fixa nos olhos os homens que estão à frente dele, um a um. Espera.

É um mecânico que se aproxima. Talvez tenha apenas alguns anos a mais do que ele. Um autêntico homão, com os braços cobertos de arranhões e queimaduras e o rosto cheio de fuligem.

— O senhor queira me desculpar. Estão nos matando a pauladas — responde em dialeto.

Não falou em voz alta, mas as palavras parecem retumbar.

— O que está acontecendo? Quem foi? — pergunta ele novamente, em siciliano, no mesmo tom pacato. Em seguida, observa com maior atenção o homem, aproxima-se. Têm a mesma altura e os mesmos olhos escuros. No silêncio que tomou o ambiente ao redor, Ignazio murmura: — Você é Alfio Filippello, certo? O mecânico-chefe, não é?

O outro assente, tranquilizado.

— Sim, senhor.

E quase escapa-lhe um sorriso. Esta é a Fundição Oretea: um lugar onde o patrão sabe quem são os operários. Conhece-os. É como um pai para todos eles.

— Me conte — estimula-o, perguntando em siciliano. Utiliza o dialeto para que o compreendam e confiem nele.

Alfio procura apoio nos companheiros, que acenam timidamente, encorajando-o a prosseguir.

— O senhor sabe — responde em siciliano —, somos pais de família. O salário é importante, e também o soldo que nos dão quando trabalhamos nos barcos a vapor. Mas assim, desse jeito, não sabemos para onde ir. Nem são de nossa propriedade as coisas que temos que transportar, mesmo assim, nem mais a diária nos pagam. Hoje pela manhã, um jovem que estava levando as ferramentas quebrou um ombro. E aqui nos enchem de pauladas se não trabalhamos, temos que passar por controles para ver o que levamos cada vez que saímos do serviço. — Sacode a cabeça, escancara as mãos. — Chefe, assim não podemos ir a parte alguma.

Ignazio cruza os braços sobre o peito, medita sobre aquilo que acaba de ouvir. Pobre gente, que realmente precisa até daquela miséria que lhe pagam, quando trabalham nos barcos a vapor. Um rapaz ferido no ombro, perquisições ofensivas, violências e abusos por parte dos supervisores, dificuldades com o dinheiro...

— E vocês, como sabem que este rapaz se machucou? — pergunta em siciliano.

Por trás das costas de Alfio, desponta um rapazinho maltrapilho e sujo de carvão. Não tem mais do que dez anos.

— Fui eu, dom Ignazio — diz em siciliano. A voz treme, mas o olhar é sincero e já endurecido pelo cansaço do trabalho. — Eu levo as caixas e os pregos: caiu porque estava muito carregado. Chama-se Mimmo Giacalone.

Então havia desabado do andaime porque estava carregado de ferramentas, pensa Ignazio, e começa a entender por que havia tanto mal-estar.

— E onde está agora? — pergunta, sempre em dialeto.

— Na casa dele.

— E agora? O que pretendem fazer?

O soldador sacode a cabeça.

— Não podemos trabalhar assim. Aqui nos maltratam e não passamos de desgraçados, com respeito falando — queixa-se em dialeto, indicando os vigias que se postaram ao lado de Ignazio. — Aqui tem gente do escritório que nos trata como lama da terra.

Ignazio levanta a cabeça e segura o impropério que está por sair dos lábios. Aí está o problema: aqueles homens podem suportar muito, mas não quando se trata da dignidade deles. Aí está o motivo da fúria, de todo o rancor.

De cima, os contadores e os empregados da fundição observam a cena com um misto de terror e desprezo. Theis está agarrado ao parapeito da janela e tem um ar exaurido. Daria para dizer que está tremendo.

— Eu mesmo falarei com os supervisores, direi para respeitá-los — declara Ignazio em voz alta, de modo que todos possam ouvi-lo. Dá um passo em direção aos homens, abraça-os com o olhar, assente. Quer que tenham certeza das palavras dele, que confiem nele. — Mas vocês todos precisam voltar ao trabalho.

Os operários trocam olhares perplexos e assustados entre si. Alfio inclina a cabeça para trás, ouve o murmúrio dos companheiros. Uma gota de suor marca uma linha clara na testa suja de fuligem.

— Não podemos, dom Ignazio — responde, por fim. Faz isso em tom quase de desculpa, mas com uma firmeza que não deixa espaço para qualquer discussão. — Não apagamos as caldeiras, mas eles — acrescenta, sempre em siciliano, apontando para os supervisores. — Eles precisam ir embora. Nós não somos bichos, mas cristãos como eles! — A voz altera-se, se enche de raiva. — Trabalhamos o dia todo e depois esses... Esses chifrudos nos destratam com palavrões, fecham a porta na nossa cara se chegamos atrasados, não deixam a gente entrar e nos tiram a paga do dia. Nos quebram os ossos à paulada!

Theis lhe dissera que os operários se queixavam, mas certamente evitara explicar como eram tratados pelos supervisores e o que acontecia se chegassem atrasados: não os faziam entrar, os multavam e surravam.

Como se arrastados por aquelas palavras, os outros operários apertavam-se a Alfio, cercavam-no. Suas vozes se sobrepõem à dele, os braços levantam-se em uma selva de punhos.

Os supervisores arrastam-se para outro lugar, procurando refúgio nas escadas.

Ignazio observa os homens, mas não se mexe. Deixa que o murmúrio sossegue um pouco, em seguida fixa Alfio e diz, à meia-voz:

— Vocês são a minha gente. — Avança alguns passos em direção à multidão, agora novamente silenciosa. — Vocês são a minha gente! — repete, com a voz mais alta. Depois, vira-se, agarra os punhos de Alfio, manchados de pó preto, e ergue as mãos sujas dele para os operários. — A fundição é a casa de vocês. Se alguém se comportou mal com um membro do grupo, garanto que pagará. Mas querem mesmo fazer greve? Querem mesmo que a casa de vocês pare e que não haja mais pão e trabalho? — Abre os braços, indica o galpão. — Eu, por acaso, não me preocupei com vocês? Não garanto que seus filhos saibam ler e escrever? Mimmo Giacalone... aquele rapaz que está ferido. Cuidará dele a Sociedade de Socorro Público que eu fundei para o bem de vocês... — Afasta-se e olha ao redor. — *Eu! Por vocês!* E, se ele não estiver inscrito, então eu mesmo, pessoalmente, me assegurarei de que seja tratado. Fazemos parte desta fábrica, todos nós. Eu estou aqui com vocês... Se fosse necessário, tiraria este paletó e começaria a trabalhar, aqui, ombro a ombro, só para poder levar tudo adiante. A Oretea não é apenas os Florio: é também a sua gente! São vocês!

É quase noite quando Ignazio deixa a fundição. Esperou que os operários saíssem, os cumprimentou em frente aos portões, acompanhando os controles que, desta vez, foram muito menos ofensivos. Para todos teve um gesto, uma palavra, um aperto de mão.

Cumprimentaram-no com um "Viva Florio!" que ecoou até o porto.

Após o discurso dele, os operários voltaram a trabalhar. Os resmungos e os protestos não terminaram, mas, pelo menos, foram amortecidos pelo pensamento de que as razões dos trabalhadores seriam ouvidas porque fora o chefe em pessoa, *u' principale*, quem prometera. E eles confiam em Ignazio Florio.

Por outro lado, o próprio não se poupou. Visitou cada repartição, ouviu cada queixa e prometeu que haverá mais equidade. Buscou o aconselhamento de Giachery, informou-se sobre a saúde do operário desafortunado. O velho amigo do pai despediu-se com um tapinha nas costas.

— É sempre uma questão de saber como enrolar os cristãos. E ninguém sabe fazê-lo melhor do que o senhor — disse-lhe, subindo no coche.

Deixara por último Theis e os supervisores.

Reunira-os no escritório dele e sentara-se na escrivaninha. Ninguém ousava respirar. Theis lançava olhares nervosos ao redor, subtraindo-se ao olhar indagador de Ignazio, aceso por uma raiva gélida.

— Qual é a necessidade de piorar a situação? — perguntara. O tom frio fizera com que os outros abaixassem a cabeça. — Podem ser feitos controles sem ofender. Não há necessidade de bater nos operários, assim como se pode ter um mínimo de tolerância sobre o atraso, a mesma que vocês aplicam entre si.

Quebrando o silêncio glacial que descera na sala, Theis tivera um rompante de exasperação.

— Dom Ignazio, com todo o respeito, o senhor não entende — reclamara. — Primeiro serão cinco minutos, depois dez... em seguida, levarão as ferramentas para casa e quem sabe qual fim elas levarão. Veja, agora, quantas polêmicas se criam por conta da redução do quarto de campanha...

— Deixem que reclamem, nada conseguirão. Em relação aos salários, não estou disposto a tratar. Mas aquilo que pode ser feito sem gastar um tostão, e que pode mantê-los calmos, precisa ser feito logo.

— É preciso severidade.

— A severidade é uma coisa, o abuso é outra. — Fechara as mãos em forma de pirâmide em frente ao rosto. Os olhos reduziram-se a duas fendas. — Vocês ouviram aquilo que eu disse e aquilo que me disseram: o problema não é somente o dinheiro da indenização. É principalmente o modo como são tratados: *comu cani di bancata*, cachorros de feira. E eu prometi que isso não vai acontecer mais. Agora, portanto, diminuiremos os controles e seremos mais tolerantes com os atrasos dos operários, pelo menos nas próximas semanas, de modo a arrefecer os ânimos. Não aplicaremos multas por desordem e vocês orientarão os vigias a maneirar com os bastões, pois não estão lidando com um rebanho de ovelhas. Depois do que aconteceu hoje, basta um tanto assim — e, dizendo isso, apertara o indicador ao polegar — para desencadear uma greve, e só Deus sabe quais poderiam ser as consequências. Os Florio têm uma palavra, e somente uma: ninguém, *nunca*, deve humilhar os operários. Eles são a espinha dorsal da fundição.

Ninguém tivera coragem para rebater.

Ignazio dirigira-se a Theis.

— Engenheiro, confio no senhor para que esses episódios não aconteçam mais.

Um pigarro. O homem limpara a garganta. Podia imaginar muito bem quais seriam as consequências de transgredir aquela ordem.

— Será feito como diz.

Somente agora, no coche que o leva de volta à Olivuzza, Ignazio pode relaxar. A chuva da tarde e o vento do norte clarearam o céu, que agora aparece limpo como vidro. Para além da janelinha, Palermo está imersa na beleza evanescente de um ocaso ainda fragrante de sol.

Os muros da cidade estão desaparecendo, demolidos para dar lugar a novos bairros, sinal de um novo tempo, chamado a substituir um passado que talvez nem todos amem lembrar. As pessoas se deslocam, deixam as velhas casas do centro e procuram apartamentos maiores e mais confortáveis. Estradas amplas e arborizadas se embrenham pelos campos, lá onde antes havia somente caminhos entre os pomares cítricos. O coche passa em frente ao edifício Steri, um lugar que o pai conhecia bem, porque sediava os escritórios da alfândega, e que Damiani Almeyda reestruturou. Agora foram encaminhadas as obras para limpar a praça e criar um jardim. Ali perto, a poucos passos da grande mansão dos Lanza di Trabia, tem o palácio dos De Pace, de frente para o mar. É ali que vive a irmã.

Do imponente Castello a Mare nada sobrou além de tocos de pedra recobertos por ervas daninhas: sob ordem de Garibaldi, o forte fora bombardeado, já que o ponto sobre o qual despontava era estratégico para o acesso à cidade. Melhor eliminá-lo, para evitar riscos inúteis, decidira o general. Os piemonteses fizeram o restante. E sobre aquelas ruínas, hoje, escalam os últimos raios de sol que se insinuam entre os veios e as chaminés dos navios atracados na Cala. Do outro lado, o amarelo do tufo das igrejas e dos palácios parece irradiar calor, matizando o breu com uma luminosidade pastosa que perfuma o verão.

Ignazio deixa-se arrastar pelo tempo, voltando aos vinte anos. Cada um daqueles lugares, para ele, é ligado a uma imagem, a uma sensação. A Cala lembra-lhe, também, das vezes em que esperara a chegada dos barcos a vapor junto ao pai. Passada a porta Felice, vê o Casino delle Dame e dei Cavalieri, onde havia conhecido Giovanna...

Mas também há lugares em que Palermo parece querer libertar-se de uma só vez do próprio passado e, em certo sentido, também daquele de Ignazio: para dar lugar ao teatro que está surgindo sobre as ruínas do bastião de San Vito e da porta Maqueda, as igrejas de San Giuliano, de San Francesco delle Stimmate e de Sant'Agata foram abatidas e um bairro inteiro foi desmembrado. Tudo muda, como é justo que seja.

Massageia a base do nariz. Em junho, ele ama aquela sensação do calor que ainda não é sufocante, a explosão da natureza no jardim da Olivuzza, o perfume da iuca em flor, das rosas, das plumérias e dos jasmins. Talvez chegue a tempo de fazer um passeio entre as alamedas antes que o jantar seja servido. Se tem uma coisa que ama na residência é justamente aquele jardim. E não é a única: a essa altura prefere a Olivuzza à casa dos Quattro Pizzi, a casa da infância dele, onde o aroma do mar o fazia sentir-se senhor, inebriando-o; e até à casa da rua dos Materassai, onde haviam nascido Vincenzo e Ignazio.

Pois é, Vincenzino. Está de novo febril e Giovanna passou a noite anterior ao pé da cama do menino. Não teve notícias dele durante o dia todo.

Nenhuma nova, boa nova, costuma-se dizer. *Sim, deve ser isso.*

A noite já estendeu o véu sobre as árvores da Olivuzza quando a viatura de Ignazio para em frente à grande oliveira, próximo à entrada das carruagens. Como espectros, os vigias da casa se mexem além das cercas, aproximando-se para garantir que não haja perigos. Ignazio percebe e acena para que se afastem.

Tudo está tranquilo em casa. Da vidraça que dá para o jardim, jorram luzes e risadas.

— Papai!

Quase não tem tempo de tocar o chão quando dois bracinhos abraçam as pernas dele.

Giulia. Sua filha.

— *Stidduzza!*

A menina ri, pega-lhe a mão e a beija, olhando-o de baixo para cima. Tem as faces avermelhadas e é cheia de energia: a imagem da saúde. Juntos, dirigem-se para a casa: Giulia fala daquilo que fez durante o dia, dos deveres feitos com a instrutora e das corridas com Pegaso, o poodle que lhe deram de presente poucos dias antes por ocasião de seus sete anos.

Ele ouve-a, e olha aqueles cabelos escuros e brilhosos como os de Giovanna. Giulia tem olhos doces e delicados; mas os gestos são seguros, o passo, decidido. É uma Florio.

Juntos, atravessam os cômodos, chegam à sala verde. Ali, sobre uma poltrona, encontra-se Vincenzino, concentrado na leitura de um livro; ao lado, a governanta. Giulia senta-se no sofá onde está deitada uma boneca de porcelana seminua.

Ignazio se aproxima do filho.

— Como você está?

— Bem, obrigado. — O menino olha para o pai de baixo. Os olhos estão reluzentes, mas a febre parece ter baixado. Ele afasta da testa um tufo de cabelos e fecha o livro. — Comi o caldo de carne como disse o médico, depois estudei. *Maman* me disse que logo iremos para Nápoles. É verdade?

— Para Nápoles ou para a França. Vamos ver. — Ignazio estuda o rosto do filho. Tem traços elegantes e uma inteligência esperta, escondida sob um temperamento calmo; com dez anos, parece já muito maduro. Assemelha-se bastante com ele. Vira-se para a governanta, de pé ao lado do menino. — Minha esposa?

No semblante da mulher, uma sombra de desapontamento.

— Dona Giovanna está lá em cima com o senhorzinho Ignazziddu.

Pelos lábios apertados, Ignazio intui que o filho deve ter aprontado pela enésima vez.

— O que seu irmão fez? — pergunta, então, para o mais velho.

Vincenzo encolhe os ombros.

— Aborreceu o preceptor porque não queria mais estudar. Quando ficamos no quarto sozinhos, ele pegou os livros e os arremessou pela janela. — Ele tortura o lábio com os dentes. No rostinho, o remorso pelo relato que, aos seus olhos, representa uma traição.

Ignazio assente. Vincenzino é responsável na mesma medida em que o segundo filho parece realmente um desmiolado. E pensar que tem apenas um ano a menos do que o irmão. Deveria ser sensato, e, no entanto…

Ele sai do quarto e sobe as escadas, iluminadas por duas grandes luminárias em metal, fixadas nas paredes e forjadas na Oretea, como a lâmpada que faz luz no andar de baixo. Ali, cruza com Nanài.

— Vou me trocar para o jantar daqui a pouco — anuncia. Em seguida, lentamente, percorre o corredor e chega em frente ao quarto de Ignazziddu.

Escuta a voz de Giovanna. Severa, dura.

— Agora, assim que seu pai chegar, conto o que você fez! Então a pessoa pega e joga os livros porque não quer estudar? — diz em siciliano.

101

Parado na soleira, Ignazio bufa. Será que nunca vai conseguir fazer Giovanna entender que não deve utilizar o dialeto, principalmente com os filhos?

Entra e, sem nem cumprimentar, dirige-se logo a Ignazziddu.

— Parece que você se comportou muito mal hoje. Onde estão os livros?

Giovanna permanece no canto do quarto. Olha para ele, se retrai.

O menino está sentado na cama, segurando uma almofada no peito como escudo contra o mundo. Está de cara amarrada, com os cachos em desordem, os olhos relampejantes de raiva e os dedos afundados no cobertor da cama.

— Pedi apenas para brincar um pouco e descansar, mas ele nada, não deixou, nada fazia além de falar e falar. E eu cansei de ouvi-lo.

— Assim, achou por bem jogar os livros pela janela? Mal, muito mal. Existe um tempo para a brincadeira e um tempo para o trabalho. É bom que você se acostume.

— Não! Se digo que estou cansado, estou cansado! — Golpeia a cama com a mão aberta, algumas vezes. — Estudei a manhã inteira, tive até que ajudar Vincenzo, que não tinha entendido algumas coisas em francês! — berra. — E, além do mais, ele está aqui para me servir. Se digo que quero parar, ele *deve* me obedecer!

Ignazio aproxima-se. Instintivamente, Ignazziddu se afasta sobre a cama, aperta a almofada contra o peito. A raiva muda de cor, vai para o temor e depois, o pavor.

O pai arranca-lhe a almofada.

— Nunca mais ouse falar comigo assim. — Aproxima o rosto do de Ignazziddu. A voz é baixa, um açoite. — E nunca mais vai falar desse modo com as pessoas que trabalham para nós. Entendeu?

O menino quase ofega e, nos olhos, misturam-se raiva e medo. O pai nunca bateu nele, é verdade, porém sabe puni-lo de forma talvez ainda pior.

Ele faz que sim, que entendeu, mas os lábios não conseguem formular a resposta e Ignazio percebe.

— Amanhã pedirá desculpas ao seu preceptor e ao seu irmão. Faltou com o respeito aos dois. — Endireita-se, olha para a esposa. Giovanna permaneceu imóvel, de braços cruzados. Ele estica a mão e ela o alcança. — Vamos — lhe diz. Em seguida, aponta para Ignazziddu. — Hoje à noite ficará sem comer. Talvez o estômago vazio o ajude a entender como deve se comportar.

Apaga as luzes, enquanto Giovanna aguarda-o do lado de fora. A última coisa que percebe, prestes a fechar a porta, é o olhar feroz e impotente do filho.

Ignazio e Giovanna descem as escadas lado a lado, sem se tocar. De repente, Giovanna o pega pelo braço.

— Mas... sem comer? — pergunta, em tom flébil.

— Sim.

— Ele é pequeno. Um menino... — diz ela em siciliano.

— Não, Giovanna. Não! Ele precisa entender que não pode fazer sempre o que quer. É preciso trabalhar e o dinheiro não se encontra debaixo do tijolo.

Ignazio está realmente aborrecido, já que usou aquele tom e falou em dialeto. Quer que o filho entenda desde cedo que não se acha dinheiro "debaixo dos tijolos", que por trás há trabalho e empenho, e sacrifícios, e renúncias. Giovanna se retrata e abaixa a cabeça, derrotada.

Ele para, massageia as têmporas com os dedos.

— Me perdoe — murmura. — Não queria ser indelicado com você.

— O que aconteceu?

— Tumultos na fundição. Mas nada com que você precise se preocupar. — Ele pega o braço da esposa e dispensa-lhe o primeiro olhar gentil do dia. — Vamos jantar, que em seguida preciso checar uns papéis.

Terminado o jantar, após um pesado silêncio, Ignazio levanta-se, depois inclina-se sobre Giovanna e se despede com um beijo na testa. Mas, olhando nos olhos do marido e pegando na mão dele, ela simplesmente diz:

— Venha.

Talvez tenha sido o perfume, com toques de aroma frutado, o mesmo da época em que a havia conhecido no Cassino das Damas e dos Cavalheiros; talvez tenha sido o olhar, em que se misturavam afeto, apreensão e solidão. Ou, talvez, o arrependimento de ter tratado o filho tão duramente, assim como ela mesma, pouco antes... Ignazio não teve forças para rechaçar aquele convite.

Assim, guiados apenas pela luz da lua, chegam em cima da colina de onde surge um pequeno templo em estilo neoclássico. De mãos dadas, viram-se para olhar a residência e as outras construções ao redor, adquiridas e readaptadas no curso dos anos. O silêncio profundo é interrompido apenas pelo vento que acaricia as copas das árvores.

E agora estão sentados sobre um banco, sentindo o ar da noite.

Giovanna está de olhos fechados e apoia as mãos no colo. Ignazio olha para ela: é a parte de vida sem surpresas, a companheira de viagem, a mãe dos filhos dele. Não é pouco, mas é algo bem longe da felicidade. O verdadeiro e único conflito ocorrido entre eles remonta a cinco anos antes. Não falaram mais a respeito, mas Ignazio intuiu as consequências do episódio: é como se Giovanna tivesse abdicado de qualquer ilusão romântica e que o amor que sente por ele tivesse se tornado pedra, visível e tangível, mas inerte. O tormento não parou de consumi-la, disso ele tem certeza: percebeu por certos olhares amargos, respostas um tanto quanto ríspidas, a carência de gestos afetuosos e certa dureza que desaparece somente na presença dos filhos. Mas não pode repreendê-la por isso: é cuidadosa e solícita, seja como esposa ou como mãe. E tampouco tem o direito de lhe pedir nada; entretanto, naquele momento, sente uma saudade aguda da jovem mulher com quem se casou e que agora não existe mais: da doçura e da total confiança que ela já lhe demostrara um dia. Da paciência dela.

E então tenta tomar para si aquilo que ainda resta, e o faz do jeito dele. Porque o sentimento de culpa que experimenta agora corresponde à medida do arrependimento por aquilo que perdeu.

Toma-lhe o rosto entre as mãos, beija-a.

E ela, após um instante de estupor, responde ao beijo. De maneira entregue, com uma doçura que o emociona.

— Quer ficar no meu quarto essa noite? — pergunta em um sussurro.

Ela aceita. Abraça-o e sorri como há tempos deixara de fazer.

* * *

Dias de espera, de vozes sussurradas, de confirmações discretas, de cartas enviadas a Roma. Ignazio tornou-se ainda mais taciturno, passa cada vez menos tempo em casa. Giovanna observa-o, preocupa-se, mas nada pergunta.

Chega um alvorecer fresco e dourado. O mar que lambe os rochedos do Foro Italico, o passeio preferido dos palermitanos, tem o som de uma carícia. Chegando à sede do Correio dos Barcos a Vapor, na praça Marina, a curta distância do edifício Steri, Ignazio respirou toda a beleza da cidade, apoderando-se com os olhos daquelas ruas vazias, percorridas apenas por alguns operários ou carreteiros, ou então serviçais com cestas de frutas e verduras a caminho da Vucciria para comprar carne para os patrões.

O escritório de Ignazio fica no primeiro andar, com vista para o Cassaro, quase em frente à Vicaria. Perto dali, há os muros brancos e retangulares de Santa Maria do Ammiraglio e aquilo que resta da porta Calcina. Atrás do prédio, descortina-se a monumental porta Felice com os arcos barrocos, feito um palco debruçado para o mar.

Ele chega ao escritório. No cômodo, odor de charutos e tinta. Ignazio observa as cartas navais penduradas na parede, ao lado das imagens dos barcos dele. Olha, mas não encontra. Aguarda.

Alguém bate à porta. É um garoto de recados, um jovem magro e já calvo. Curva-se, entrega um fascículo de documentos.

— Por parte do tabelião, dom Ignazio. Chegaram agora: o senhor Quattrocchi os guardou no escritório dele porque ontem à noite despachou até tarde e queria estar seguro de que o senhor recebesse tudo sem intermediários.

Ignazio agradece, dispensa-o com uma moeda. Senta-se à frente da escrivaninha, acaricia o fascículo que tem em mãos. É espesso e traz os carimbos do tabelião Giuseppe Quattrocchi, que a essa altura despacha todos os atos dos Florio. No envelope que acompanha o bolo, há um pequeno cartão onde encontra-se gravada apenas uma palavra: *Parabéns*.

Também na capa, está escrito, simplesmente:

Tricrania, junho de 1877

Qualquer outro pensamento desaparece no mesmo instante.

Ele abre o fascículo, passa pelos nomes, uma ladainha que tem o sabor de lugares e de tempos longínquos: *Peloro, Ortigia, Enna, Solunto, Simeto, Himera, Segesta, Pachino, Selinunte, Taormina, Lilibeo, Drepano, Panormus...*

Abandona-se ao encosto da poltrona. Aí está a obra-prima dele, aquilo que vai permitir à frota dos Florio um decisivo salto para a frente. Treze barcos a vapor, alguns feitos em Livorno, todos de recente construção. Ele pega o documento do cartório da venda, lê o que está escrito. No ato, estava presente Giuseppe Orlando, diretor do Correio dos Barcos a Vapor, com quem Ignazio acertou a linha de ação. O sentimento de realização que experimenta agora é quase físico e cresce a cada virada de página lida.

Treze barcos a vapor. Dele.

Há dois anos, corria atrás de Pietro Tagliavia e a sociedade de navegação dele, a Trinacria. Nascera com muitas esperanças, grandes ambições e uma base econômica que se revelara instável feito argila.

Após menos de seis anos de exercício, Tagliavia ficara com a água no pescoço e os bancos com os quais se endividara não puderam — nem desejaram — salvá-lo.

Ignazio lembrava-se bem do dia em que aquele homem de porte distinto, mas com o rosto marcado pela tensão, havia pedido um encontro "reservado e pessoal" com ele e Orlando. Lembra-se da dignidade calma e do orgulho com que o armador falara da empresa.

— Não uma venda, dom Ignazio, mas uma fusão — havia declarado. — Uma solução que me permita sair das dificuldades nas quais me meteram os bancos, que não querem me conceder ulteriores créditos: não entendem que é a crise do carvão que está nos matando em vida.

Ignazio concordara.

— É verdade. O aumento dos preços do carvão e do ferro está nos penalizando muito. Até Raffaele Rubattino, em Gênova, não vai bem.

— Ele, porém, está no Norte e recebe dinheiro do Estado. — Tagliavia dirigira-lhe um olhar eloquente. — O senhor tem o dinheiro das concessões postais, muito mais do que eu, porque vocês cobrem mais trajetos. O ministério levou em conta justamente os seus recursos e o privilegiou, deixando aos outros, como eu, apenas os restos. Disponho de concessões postais lá pelo Levante, mas são pouca coisa. Armadores como Rubattino acabam sendo poupados graças à intervenção dos bancos. Somente o senhor é sólido o bastante... Além do mais, tem amigos importantes. Aqui, aquele com uma mão na frente e a outra atrás, falando com respeito, sou eu: tenho o Banco de Sicília no meu encalço, ameaçando suspender o crédito.

Ignazio logo gostara daquela ideia, e não somente porque daquele modo poderia eliminar um concorrente. Conhecia o amontoar das dívidas da Trinacria e sabia que poderia assumi-las sem dificuldades. Além do mais, os barcos da Trinacria eram novos, eficientes e não necessitavam daqueles reparos constantes a que, no entanto, tinham que ser submetidos os barcos da companhia, como o *Elettrico* ou o *Archimede*, ferros-velhos dos quais não queria se desfazer, apenas por serem úteis nos trajetos locais.

Pedira para ver os registros das contas e saber quais as dimensões da dívida com relação aos canteiros navais de Livorno, onde estava sendo construído o último barco a vapor, o *Ortigia*. E então, Tagliavia e os administradores da Trinacria haviam sumido. Ele não os procurara, nem solicitara novos encontros, até porque o governo decidira ajudar a sociedade para evitar a queda.

Não eram os Florio que passavam por dificuldades e sofriam as ameaças dos bancos. Os Florio não pediam esmola com o chapéu na mão.

Em seguida, em fevereiro do ano anterior, o desastre. O Tribunal do Comércio de Palermo declarara a falência da Trinacria e a consequente demissão dos dependentes. A cidade precipitara no caos, com manifestações e pesadas intervenções da força pública.

Fora aquele o momento em que Ignazio decidira agir.

Entre os administradores encarregados de gerenciar as práticas legais da falência, havia Giovanni Laganà, que prestara mais de um serviço à sociedade de navegação dos Florio como conselheiro do Banco dos Transportes Marítimos. Um homem que sabia identificar quem ditava as regras do jogo e dançar conforme a música e, por isso mesmo, figura tão preciosa quanto perigosa.

Bastaram poucas palavras bem escolhidas para que os liquidadores se dessem conta de que nenhum outro poderia adquirir aqueles barcos. E em tão pouco tempo, aliás.

Foi assim que se chegara à negociação particular.

O olhar calmo se anima de orgulho. Não somente comprou navios em condições superiores aos que tinha, como ainda incorporou a convenção de transportes do correio que a Trinacria, ao final, havia conseguido fechar com o reino da Itália. Mais ainda: de *todas* as convenções para o transporte do correio. E aquilo significava receber dinheiro de Roma. Muito dinheiro.

Batem à porta.

— Pode entrar — diz. Ele fecha o fascículo com uma pontada de incômodo. Ama aqueles momentos de solidão que consegue roubar no período da manhã, instantes preciosos para colocar as ideias no lugar ou gozar dos sucessos obtidos.

— Sabia que encontraria o senhor aqui e com aquele fascículo em mãos. — Giuseppe Orlando anda alguns passos e senta-se de frente para ele. Na sala revestida de lambris de madeira, sua figura imponente, trajando um terno de linho claro, parece emitir luz.

— Treze navios a vapor praticamente novos. — Ignazio dá um tapinha no fascículo. — Melhor do que isso…

— Verdade — responde, também em siciliano. — E o combustível e os instrumentos de terra, a um preço que nunca teria conseguido obter no mercado. Material em estado melhor do que o nosso.

Ignazio abre os braços. Em seguida, olha para o outro, de lado.

— E, obviamente, graças a Barbavara, que lhe deu uma bela mão no ministério dos Correios.

— Obviamente. — Orlando cruza as mãos sobre os joelhos. — Disfarçava, *mischinazzo*, o pobre, me deu pena. Ele tentou resistir até o fim… — Baixa o olhar, talvez por pudor. — Gente demais envolvida na Trinacria, a começar pelos parentes dele. Essa falência dobrou a todos.

— Fez um bom trabalho. Bom para nós e bom, até demais, para ele. — Ignazio se levanta, põe a mão no ombro de Orlando. Ele não tem desses escrúpulos. — Outros teriam acabado com ele.

— Ah, disso eu sei, e temos que agradecer aos comissários liquidatários, que foram muito… bem-dispostos em relação à companhia.

Ignazio torce os lábios e um leve tremor na barba esconde um sorrisinho.

— Demonstrarei meu reconhecimento na hora certa. Enquanto isso, precisamos pensar em aumentar o capital social. Não somos mais uma empresa pequena e precisamos ter um capital adequado para aquilo que tenho em mente.

Orlando fecha as pálpebras.

— No que está pensando?

Ignazio abre o fascículo do tabelião, indica os nomes dos barcos.

— Com os franceses quem está negociando é o Rubattino, que até recebeu uma concessão de meio milhão para a linha de ligação com a Tunísia. Já nós, ao contrário, vamos nos empenhar na Linha Adriática: não ousarão cancelar a rota sobre Bari, não depois de ter feito pressão sobre o governo, enfatizando a ideia de que se trata de um porto fundamental para todo o Mediterrâneo oriental. Mas não podemos nos limitarmos ao Adriático: quero levar nossos barcos até Constantinopla, até Odessa e depois...

Ignazio sabe que é a hora de mirar longe, além do Mediterrâneo, e pensa nos barcos genoveses e franceses que levam dezenas, centenas de homens e mulheres, com a trouxa nos ombros e uma desesperada esperança no coração: deixar para trás a miséria.

O verão tomou conta da cidade. Fez isso com prepotência, com um sol impiedoso e uma quentura insidiosa que cheira a grama seca e adentra os cômodos, mal protegidos pelas persianas. Entre os ramos das árvores do parque da Olivuzza chilram as cigarras. O ar, imóvel: apenas de vez em quando uma rajada de vento movimenta os arbustos de pitósporo.

Ignazio saiu cedo, enquanto todos dormiam. Giovanna ouviu o ruído dos passos no quarto, das gavetas se abrindo e fechando, o barulho do ajudante. Como amiúde acontece, deixou que o marido fosse embora sem nem se despedir, rumo a mais um dia cheio de papelada, contas e negócios. No início do casamento, esperava que ele a mantivesse a par daquele aspecto da vida. A essa altura, não há mais sentido em perguntar por quê. A ela cabem outras incumbências.

Com efeito, agora, após o café, enquanto os filhos brincam no parque aguardando que cheguem os preceptores, Giovanna se senta ao lado de dona Ciccia e ajeita sobre os joelhos uma pequena mesa para escrever, portátil.

— Então, está confirmado. Hoje à noite haverá 52 pessoas. — Ela arqueia a sobrancelha, percorre a lista. Formalmente, trata-se de uma ceia como outra qualquer. Na realidade, é um evento social para selar a fusão entre a Trinacria e o Correio dos Barcos a Vapor dos Florio, em que, de fato, participará toda a Palermo que tem prestígio. — Ninguém declinou o convite. Será servido até um *gelo di mellone* feito com as melhores melancias de Siracusa. O cozinheiro, o *monsù*, está dispondo o *gelo* em tigelas de porcelana francesa, e as decorará com flores de jasmim.

Dona Ciccia esboça uma careta.

— Até pode ser um bom cozinheiro, mas, conhecendo-o, para retirar quatro pétalas deve ter arrancado uma parede inteira de jasmim.

As duas riem.

Faz tempo que Giovanna aprendeu a se satisfazer com a vida social: ceias, recepções, chás e as "conversas" que acontecem nos salões dela pelo menos duas vezes por semana, permitindo-lhe ser a senhora daquela casa e, assim, a mulher perfeita para Ignazio. Graças a ela, Ignazio tornara-se consciente de que a riqueza dos Florio não era feita apenas de números, barcos, vinho ou enxofre: para serem aceitos, precisavam mudar o estilo de vida, abrindo a casa, recebendo amigos e conhecidos, hospedando pintores e escritores. Era necessário que os aristocráticos parassem de olhar para eles como *pirocchi arrinisciuti*, "piolhos refeitos", enriquecidos, e para que isso acontecesse, precisavam ir além do dinheiro, além do poder que os Florio tinham em Palermo.

Primeiro Vincenzo, e depois Ignazio, haviam pensado que o casamento com uma d'Ondes Trigona fosse suficiente para filtrar a linhagem da família. E, por algum tempo, ela também desejou que fosse simples assim. Em seguida, compreendera que a nobre linhagem dela não passara de um expediente por meio do qual a mudança pudesse acontecer da melhor maneira. E então, com paciência e determinação, pusera as mãos à obra: se por um lado lera, estudara e aprendera as línguas segundo o desejo de Ignazio, por outro, valorizara a própria casa, decorando-a com os móveis de Gabriele Capello e dos irmãos Levera, fornecedores do mobiliário real. Adquirira porcelanas de Limoges e de Sèvres, tapetes de Isfahan, a pintura de um grande artista do século XVII, Pietro Novelli, bem como quadros de pintores contemporâneos, como Francesco Lojacono e Antonino Leto, um de dos preferidos dela. Organizara almoços, jantares e festas, estreitara ou retomara amizades, guardando segredos e prestando-se às confidências de queixumes e fofocas. Fizera de tal modo que um convite à Casa Florio se tornasse um privilégio.

O palermitano ama se sentir um palmo acima dos outros, principalmente entre os pares, e se dá ao trabalho para que ninguém o esqueça, jamais. É um jogo de espelhos, pensa, percorrendo a lista. E era justamente essa a diferença entre os nobres palermitanos e os Florio: de um lado a convicção — expressa, sublinhada, reafirmada — de serem superiores aos outros por linhagem, educação, elegância. Do outro, os fatos, em toda a indiscutível concretude deles: das festas às obras beneficentes, desde a aquisição de um objeto de decoração até as Egadi, os Florio *demonstravam* ser superiores. Ela havia assumido a tarefa de construir uma ponte entre aqueles dois mundos tão diferentes e, com graça e tenacidade, havia conseguido. A prova estava ali, na frente dela, naquela lista que encerrava a nata da aristocracia palermitana.

Que isso tivesse servido, também, para não morrer de solidão e de desespero era um pensamento sobre o qual preferia não se deter.

Giovanna percorre os outros apontamentos: no domingo seguinte, a casa abriria as portas para um chá à inglesa, com uma pequena orquestra que tocaria embaixo do templo no alto da colina e mesas postas no parque para permitir que os convidados passeassem, desfrutando do frescor do jardim. Haverá frutas cristalizadas, doces, misturas variadas de chá provenientes da Índia e do Japão e conhaque para os homens. A previsão é de receberem quase oitenta pessoas, entre adultos e crianças.

Será lindo, diz a si mesma, e já imagina a disposição das mesas debaixo das árvores, as risadas dos pequenos e as conversas dos grandes.

Dona Ciccia retira da cesta um bordado em ponto pequeno. Giovanna olha para ela, gostaria de fazer o mesmo, mas outras incumbências menos agradáveis a esperam, fechadas dentro de uma pastinha de pele. Ela a pega, retira de dentro algumas folhas e franze a testa. Porque ali, naquela papelada, a cidade dos nobres e das festas desaparece, apagada pela cidade pobre, paupérrima, que conta com a caridade dos poderosos para sobreviver. Cabe a ela ouvir, entender quem mais necessita e fazer o possível para ajudar.

Ela folheia os papéis com os pedidos de apoio. Tem a carta da Congregazione delle Dame del Giardinello que lhe pede para contribuir com o dote de uma jovem protegida "assaz indigente" e com o enxoval para os recém-nascidos de algumas famílias necessitadas; outro pedido vem de esposas de marinheiros dos barcos a vapor dos Florio: desejam um professor para ajudar os filhos na alfabetização, para que "pelo menos aprendessem a ler e também assinar", conforme concluem na carta.

Somente os filhos homens existem, Giovanna formula para si, em siciliano. À gente de Palermo não interessa que as filhas saibam escrever e fazer contas. Querem mantê-las em casa, aprisionadas nos aventais. Já é muito quando providenciam que os filhos homens recebam um mínimo de instrução.

Ela olha para Giulia, que está sentada na grama brincando com uma boneca. Tem sete anos e é muito inteligente. Começou faz pouco tempo a estudar com os irmãos, e o marido deu ordens para que a menina aprenda francês e alemão, como se convém a uma filha de aristocráticos. Os irmãos, no entanto, já estudam geografia e matemática e começaram a ter aulas de violino, porque devem ser educados ao belo, como acontece em todas as famílias nobres europeias. Famílias que eles conheceram durante os passeios de verão pela Itália, como aquele previsto para daqui a pouco, que os levará ao Vêneto, na cidade de Recoaro. Os Florio começaram a frequentar aquela estação termal após terem descoberto que era muito amada por vários expoentes da nobreza palermitana, bem como por industriais e políticos do Norte. Ali, Ignazio estreitou alianças preciosas, seladas não por champanhe, mas por um copo de água puríssima que jorra da fonte Lelia.

Ela baixa de novo a cabeça sobre as cartas, observa as folhas com as contas. Era estranho de se dizer, mas fora o sogro, anos antes, que começara a doação aos pobres de Palermo. Na época, ele declarara que fazia porque, nascido de uma família do povo, sabia o que significava trabalhar para ganhar um mísero pedacinho de pão. Nobres línguas falastronas, porém, afirmaram que ele fizera isso para apagar com o dinheiro as origens e se fazer perdoar pelo fato de ter desposado a amante. Um modo como outro qualquer de comprar certa respeitabilidade social, em suma.

Giovanna fixa aquela longa série de pedidos e na mente reaparece uma ideia sobre a qual anda matutando faz algum tempo: montar uma cozinha econômica para os pobres do bairro, *gentuzza*, gentinha que não sabe o que comer, mulheres cujos maridos sempre as engravidam e que, em seguida, veem os filhos morrendo de fome por não terem leite para amamentá-los. Seria preciso avaliar como e onde, estudar quanto isso custaria...

É naquele momento que Vincenzino passa mal.

Estava brincando com Ignazziddu, mas perdera a bola. O irmão implorara, gritando para que a pegasse, antes que caísse no pequeno lago. E ele começara a correr, agarrando a esfera de couro um segundo antes de tombar na água.

Em seguida, um aperto no coração irradiara-se pela garganta, transformando o movimento em pressão. Vincenzino encolhera-se sobre as pernas, ofegante. Agora ele tosse, pequenos movimentos logo transformados em convulsões. A bola escapa das mãos dele.

A babá se aproxima, bate nas costas do menino, mas sem resultado. O rosto dele primeiro fica vermelho e, depois, roxo. Ignazziddu, que foi atrás e recolheu a bola, para, a uma curta distância. Dá um passo para trás.

— O que você tem, Vice?

Vê a mão do irmão agarrar-se ao avental da babá e torcer o tecido, sente o silvo do ar sugado pela traqueia, um ar que não basta, que parece escapar-lhe. Ele o vê cair de joelhos, lê no rosto do irmão o terror de morrer sufocado.

— *Maman!* — chama Ignazziddu. — Mamãe!

Giovanna levanta prontamente a cabeça, percebe o pânico na voz do filho. Logo em seguida, avista Vincenzo estirado no chão e a babá que o agarra e sacode.

— Dona Ciccia! — grita. — Socorro! Chamem alguém! Um médico! Socorro!

Ela dá um pulo, corre na direção do menino. As folhas no regaço dela voam para longe.

— A gola! Tirem a gola dele! — grita, em siciliano, mas é ela mesma que desamarra a gola da camisa dele. Faz isso com tanto afã que acaba arranhando a pele da garganta de Vincenzino, enquanto o corpo dele se curva, em busca de ar.

Dona Ciccia chega correndo, seguida por Nanài, que levanta o menino pelos braços e se dirige em direção à pequena sala de estar.

— Para dentro, para dentro! Mandei chamar *u' dutturi*! — grita. Depois, agarra Giovanna pelo cotovelo, obrigando-a a erguer-se, enquanto a babá arrasta para fora Giulia, que desatou a chorar.

Ignazziddu fica só, inundado pelo sol, com a bola nas mãos.

Com pequenos passos incertos, segue a mãe e os empregados, mas permanece fora, em frente à porta-janela, e observa-os. Não é a primeira vez que acontece: de tempos em tempos, parece que o ar teima em não chegar até a garganta de Vincenzo, permanecendo, inútil, dentro dos pulmões.

Observa-o com um misto de temor e remorso. Foi ele quem fez o irmão correr, é verdade... *Mas não*, diz a si mesmo. *Vincenzo está mal desde sempre. Não é culpa minha*, repete, com o narizinho espremido contra o vidro e a ansiedade no estômago. Ao redor dele, uma luz fulgurante e o chilro das cigarras.

Agora, o rosto do irmão está recuperando a cor. A mãe molha a fronte dele com um lencinho, apoia a mão sobre o peito do menino para acalmá-lo. Conforta-o, beija os olhos dele cheios de espanto.

Vincenzo explode em choro. Giovanna o abraça e chora junto. Dona Ciccia consola os dois, em seguida levanta-se, desaparece além da porta da pequena sala e volta dali a pouco, trazendo o médico.

Através do vidro, Ignazziddu ouve as vozes, observa os gestos. Gostaria de entrar, pedir perdão ao irmão porque uma parte dele continua a acusá-lo, a dizer que foi culpa dele se Vincenzo quase sufocou. Gostaria de abraçá-lo, prometer a ele que não vai mais propor brincadeiras que o façam correr e que por isso tomará mais cuidado.

Qualquer coisa para não sentir o que está sentindo naquele momento.

Não tem como saber, não tem como imaginar que um dia aquele medo voltará a estar com ele.

O inverno entre 1878 e 1879 fora um dos mais rígidos de que tinham lembrança. Giovanna dera ordens, entre os serviçais da Olivuzza, para que as pequenas lareiras distribuídas pela casa estivessem sempre acesas, de modo a evitar que Vincenzino sentisse frio. A saúde do primogênito da Casa Florio encontrava-se ainda incerta. Ignazziddu agitava-se feito um tourinho. Giulia movimentava-se o tempo todo. Vincenzo, por sua vez, ficava cada vez mais parado e silencioso.

Refém do temor, Giovanna seguira o filho em cada passo, correndo para perto dele ao mínimo ataque de tosse e comendo junto para certificar-se de que se alimentasse e não sucumbisse. E rezara muito, também. Todos os dias, várias vezes ao dia, rosários, orações e súplicas para que Deus protegesse o menino, presenteando-o com aquela saúde que parecia escapar-lhe.

Até agora, que chegou a primavera, o sol tem uma luz cor de mel, mas não aquece; e mesmo o vento, geralmente impregnado de calor, parece uma brisa arrancando arrepios, sem perfume de flores nem grama nova. *Vamos esperar que o ar fique morno*, pensa. Somente assim terá modo de passar mais tempo ao ar livre com os filhos. Vincenzo poderá ir até a gaiola dos pássaros no centro do parque, ou brincar com o bambolê... E talvez ela possa levá-lo de carruagem ao monte Pellegrino, como muitas vezes lhe prometera. Mas, acima de tudo, poderão viajar: passar as férias em Nápoles, por exemplo, como sugeriu Ignazio. No verão, Nápoles é mais fresca do que Palermo e o ar nas residências ao redor da cidade é mais saudável. Poderiam até voltar para Recoaro...

Mas ainda não é a hora de pensar no verão. Maio acabou de começar.

Giovanna atravessa quartos e salas, enquanto o vestido desliza, farfalhando pelos tapetes orientais que cobrem o piso. Chama os empregados para que fechem os baús e recolham os brinquedos dos filhos. Eles estão para viajar, e ela sente uma estranha empolgação no coração, uma sensação de impaciência, efervescente feito champanhe.

Finalmente conhecerá a casa de que tanto ouviu falar, sobre aquela ilha pela qual o marido é loucamente apaixonado.

Uma moradia com princípios, pensada para uma família que não tem uma nobreza antiga, mas que é mais rica do que qualquer outra. E não somente em Palermo. Na Itália inteira.

Quando chegam a Favignana, a tarde já vai esvaecendo em um pôr do sol que molha o mar com luz de cobre fundido, iluminando os baixos casarios em tufo. O ar ali parece mais quente e o vento não tem aqueles toques frios que, no entanto, persistem em Palermo.

Enquanto aguarda o desembarque, Giovanna fala com Vincenzino e faz com que vista um paletó pesado; atrás dele, encontram-se Giulia e a babá. Já Ignazziddu correu para baixo da passarela, tentando chamar a atenção do pai. A essa altura, tem quase onze anos, mas reluta em abandonar certas atitudes infantis. Ignazio chama a atenção do filho apenas com um olhar, em seguida acena para que o menino chegue perto, sem agitos.

À espera deles no cais, ao pé da passarela, encontra-se Gaetano Caruso, o administrador das almadravas de Favignana e Formica.

Antes de descer em terra firme, Ignazio se demora alguns instantes observando a construção que surge um pouco fora da cidade, aos pés da montanha. Galpões quadrados de tufo dourado, tão claro que parece branco. Grandes aberturas que se voltam para o mar, fechadas por portões de ferro que trazem gravada uma letra F, de Favignana ou de favônio, o vento de oeste que movimenta ruidosamente as velas dos barcos dos pescadores e deixa o mar agitado na costa.

F de Florio.

Abaixo dele, o mar procura a superfície do cais, acaricia-o, molha a pátina deslizante das algas que cobrem suas bordas.

Ignazio desce, depois avança alguns passos em terra firme, seguido pelo filho; observa o verde profundo da água e dos peixes que se movem entre os bancos de algas marinhas, então levanta a cabeça, observa com atenção as linhas da casa e, por fim, ergue os olhos em direção à montanha e o forte de Santa Caterina, onde, tantos anos antes, tinham sido aprisionados numerosos patriotas e que agora é um cárcere entre os mais duros do Reino.

— Finalmente... — murmura. Respira fundo. Ali, o cheiro do mar é diferente do de qualquer outro lugar do Mediterrâneo: mistura orégano e areia, peixe salgado e restolho.

— Dom Ignazio... — Gaetano Caruso seguiu atrás dele, um pouco perplexo por conta do silêncio.

Ignazio se vira bruscamente e observa aquele homem de testa alta, com cavanhaque e grandes bigodes que mais parecem um guidão de bicicleta.

— Obrigado pela acolhida.

— É meu dever. — Caruso inclina de leve a cabeça. — Mandei preparar a casa para acolher-vos da melhor maneira. Vocês encontrarão o jantar pronto e os quartos em ordem para a noite. Fiz dispor também o quarto de hóspedes, já que me foi anunciada a chegada de alguns.

— Agradeço-o. De fato, não havia necessidade desse dispêndio todo: o senhor é um administrador, não um mordomo.

É uma frase por educação. É óbvio que Caruso, mesmo ocupando-se principalmente da estrutura da almadrava, tem também o dever de organizar a estadia do patrão na ilha.

Caruso indica o percurso, Ignazio se aproxima. Atrás deles, vêm Giovanna e os filhos com dona Ciccia e a babá, junto a um cortejo de criados e de carrinhos cheios de baús e malas.

Giovanna desceu do barco com cuidado, sem deixar de segurar firme a mão do filho. Somente quando alcança o chão firme, ao fim da descida, é que se vira para o estabelecimento. Ali se encontrava, finalmente, a famosa almadrava, aquela pela qual o marido havia investido uma parte considerável dos capitais da família, com uma determinação raivosa que a ela sempre lembrara a do sogro. Após ter se tornado o proprietário do lugar, Ignazio havia encarregado o leal Giuseppe Damiani Almeyda da reestruturação do local. É também de autoria dele o novo palácio da família, construído após a demolição do velho forte de São Leonardo, que surgia nas proximidades do porto.

E não somente.

Giovanna encoraja o filho a avançar e em seguida olha ao redor à procura de dona Ciccia e Giulia. De cabeça baixa, anda ao longo do cais, arrancando pela pequena subida e mantendo levantada com a mão a saia do vestido, para não sujar. Diminui o passo até quase parar e, no final da ruazinha, vislumbra algumas construções baixas e estreitas. São os chamados Pretti, onde se encontram os locais de serviço, os estábulos e os armazéns.

Os serviçais, recrutados na ilha, estão parados no alto da subida, aguardando. Rostos queimados pelo sol, uniformes tortos e luvas colocadas de forma apressada. *Vai dar trabalho torná-los verdadeiros camareiros*, pensa ela, escondendo a irritação. Por sorte, a camareira pessoal, o *monsù* e alguns domésticos se adiantaram, tratando de instruí-los. *Nos limites do possível, pelo menos*, reflete Giovanna, observando-os mais de perto. Logo mais, alguns amigos se juntarão à família, de Damiani Almeyda a Antonino Leto. Em seguida, chegarão também os pais e talvez até as primas Trigona, e ela não gostaria de ser pega despreparada. *Será o caso de chamar os serviçais de Palermo?*

Ela se vira para pedir conselho a dona Ciccia e...

Parece faltar-lhe o ar.

O palácio Florio está ali, bem de frente a ela. Giovanna já tinha visto os projetos e os desenhos de Almeyda, mas a saúde precária de Vincenzino e os compromissos domésticos lhe haviam impedido de ir a Favignana para acompanhar a construção. Claro, pudera imaginar por meio das palavras do marido, que diversas vezes tentara lhe descrever. Mas agora está surpreendida com tamanha beleza. Elegante. Forte. Parece quase um castelo.

É um paralelepípedo maciço, de tufo e tijolos. As janelas ficam emolduradas por arcos pontiagudos; no lado direito, uma pequena torre com um teto inclinado. Sobre os balcões, espirais alternam-se ao símbolo do infinito, em um movimento contínuo de linhas de formas cheias e vazias. Sobre o teto, uma moldura de ameias. O portão de ferro foi construído na Oretea e, nos frontões, há o símbolo dos Florio: o leão que toma água em uma torrente onde fincam-se as raízes de uma árvore de cinchona.

É magnifico, severo e potente.

A mulher olha para o palácio; em seguida, para o marido que, de costas, continua falando com Gaetano Caruso. Aquele palácio se parece com Ignazio. *Não*, Giovanna se corrige: aquele palácio *é* Ignazio. Um monólito no qual convivem linhas gentis e arestas vivas, a leveza do ferro e o peso do tufo. Força e elegância.

Gostaria de correr na direção do marido. Dá um passo para a frente, deixa a mão do filho, mas não pode, não deve. Aquela nunca foi a forma deles se comunicarem.

Ignazio deixa que a mulher e os criados se ocupem das arrumações no palácio. Permanecerão algumas semanas, até que a matança chegue ao fim e que os atuns — eviscerados, despedaçados e fervidos — estejam prontos para serem trabalhados e enlatados.

Ele não entra em casa. Manda o filho para a mãe com um carinho que é mais uma palmadinha e encaminha-se pelo jardim onde os arbustos e as sebes de pitósporo encontram dificuldade em fincar raízes em uma terra repleta de sal.

Caruso o acompanha, com as mãos cruzadas para trás.

— A almadrava foi largada ao mar com sucesso — explica. — Entre depois de amanhã e o fim da semana, esperamos fazer a primeira matança.

Ignazio escuta, consente.

— *U' rais* disse quão abundante pode ser a pescaria?

— Ainda não se pronuncia. Porém, afirma que o cardume que se aproxima é grande e que espera outro igualmente numeroso na próxima semana. Mas conclui sempre com "o Sinal da Cruz e da Virgem triste, providencie que tenhamos uma boa colheita".

Os dois riem. Em seguida, porém, Ignazio anuvia-se.

— Sabe, não sei se devo desejar uma pesca abundante ou não.

Chegam aos fundos da casa, ali onde Almeyda projetou uma ampla varanda que se debruça sobre o jardim, encimada por um dossel em ferro batido. Ele olha para os andares de cima, onde se encontram porta-janelas encerradas por arcos neogóticos. Aqueles são os aposentos da família. Já no último andar, encontram-se os quartos dos hóspedes. Será ótimo ficar ali olhando para o mar, enquanto os barcos, repletos de peixes, regressam ao porto.

Caruso franze a testa.

— Pois é — admite, desconsolado. — No último ano, a concorrência espanhola se tornou feroz.

— Espanhóis, portugueses... Eles são proprietários no nome, mas de fato quem gerencia as instalações são os genoveses; quando vendem mais, lucram mais, e sem pagar os impostos que, ao contrário, somos obrigados a pagar: nós, que permanecemos aqui, na Itália.

Ignazio levanta o rosto para o céu.

— Em Roma, em vez de pensar na gente, olham apenas para os bolsos deles, não pensam que aqui há cristãos que provêm à subsistência das famílias contando com isso — sussurra em siciliano, indicando o mar, em um tom que parece lâmina de navalha, sem conseguir disfarçar a raiva que sente.

— Então o que fazemos? — pergunta o outro, inquieto, em dialeto. Não está acostumado a ouvi-lo falar assim.

Ignazio endireita os ombros, olha em direção à almadrava.

— Aqui, pouco ou nada. Mas lá... — E então indica o Norte. — Temos que nos mover naquela direção.

Caruso entende.

— Roma?

— Não imediatamente e não de maneira direta. Nos ministérios eles precisam mexer esse sangue morto que têm nas veias. É preciso que vejam as coisas de mais pontos de vista. E nós precisamos levá-los para onde queremos, sem, porém, dar a entender que os estamos... guiando.

Caruso franze a testa.

— Sim, mas até Roma... — murmura, parando logo em seguida, porque sabe que não seria a primeira vez que Ignazio consegue encontrar interlocutores *adequados* às exigências dele. É questão de saber demonstrar como certos percursos podem ser vencidos de maneira *diferente*. Ou que podem ser abertos *outros* tipos de caminhos.

— Como lhe disse, não somos os únicos a ter interesse na pesca do atum. Existem muitas almadravas. Pense naquelas mais próximas: Bonagia, San Vito, Scopello... E todas apresentam o mesmo problema: um sistema de taxação que penaliza quem detém a titularidade dos estabelecimentos de pesca na Itália. Os danos dessa situação não são somente nossos, em suma. Mas o meu nome não pode se expor. Entende o motivo, não é mesmo?

Claro que Gaetano Caruso entende. Trabalha com os Florio já faz algum tempo e compreendeu bem como o poder deles anda no mesmo compasso da riqueza que possuem. Mas o poder cria inimigos. E certos inimigos são como vermes. Basta uma rachadura, uma falha, e as larvas se grudam e transformam um corpo saudável em carne podre.

— Inicialmente, vou me encontrar com pessoas em Trapani e Palermo: sobretudo jornalistas... — continua Ignazio, aproximando a cabeça à de Caruso. — Como dizia, não devemos ser nós a mostrar as pechas desse estado de coisas, mas os outros; e quem melhor para fazer isso senão os jornais do comércio e da marinha? Eles nos ajudarão a incitar o debate acerca dessa situação porque, no fim das contas, o importante é que se fale dela e que o governo se sinta pressionado. Em Roma, eles sabem que aqui conseguem muitos votos e que desagradar os proprietários dos estabelecimentos de sal e conservação do peixe seria um passo em falso. — Faz uma pausa, olha o mar. — Sim, serão os jornais os primeiros a falar do assunto. Não poderão acusá-los de agir por interesse ou por inveja pessoal... Se é um jornal a dizer certas coisas significa que há reinvindicações generalizadas, e dessas os ministérios deverão se ocupar.

Caruso está prestes a replicar, mas uma voz atrás deles o interrompe.

— Com licença. A senhora pergunta quando deseja jantar. — Um camareiro de libré, um dos que vieram com eles de Palermo, parou a poucos passos, aguardando uma resposta.

Ignazio levanta os olhos ao céu, segura um impropério.

— No horário da casa de Palermo, é óbvio. Diga que vou me trocar daqui a pouco. — Dirige-se a Caruso. — O senhor janta conosco, não é mesmo?

— Seria uma honra.

— Que bom. — Segue para o jardim. — Com sua permissão. Nos vemos daqui a pouco.

Vendo-se sozinho, Ignazio atravessa o lugarejo, dirigindo-se à almadrava. Não quer ir para casa, não de imediato.

Caminha com as mãos no bolso. Única companhia, o som das ondas que se mete entre os becos, parecendo correr atrás dele, envolve-o. Ultrapassa a igrejinha privada, ainda em construção, costeia o mar. Rochas se alternam a linhas de areia e alga marinha seca.

À sua, umas poucas casas de pescadores. As crianças brincam, correndo com os pés descalços. Há algumas mulheres paradas na soleira das casas, outras foram preparar o jantar: ele consegue entrever as figuras delas através de gastas cortinas de tecido, que separam o interior das habitações da rua. Sente o cheiro da comida, o arrastar das cadeiras e dos banquinhos sobre o piso.

— *Assabbinirìca*, que Deus o abençoe, dom Ignazio — cumprimenta-o um velho pescador, sentado a pouca distância da entrada da almadrava. Está remendando as redes. Passa agulhadas de fio entre as malhas, levanta-as para ver se enxerga outros furos. Tem olhos que parecem fissuras entre as rugas, como remendos de couro. Ignazio o reconhece. É um ex-pescador de atum, a essa altura com idade demasiado avançada para subir em barcos. Tomaram o lugar dele o filho e o genro.

— *Assabbinirìca a voi*, mestre Filippo.

Prossegue, chega ao estabelecimento.

As linhas limpas da construção são as que ele desejou e que foram desenhadas por Damiani Almeyda. Aquele arquiteto meio napolitano e meio português deu à almadrava uma roupagem nova, que também lembra a solenidade rigorosa de um templo grego.

Um templo sobre o mar, pensa Ignazio. Ele segue em frente, costeando os muros ao redor da cidade, toma o caminho que conduz ao forte de Santa Caterina; como havia previsto, os condenados se demonstraram muito úteis para os trabalhos pesados do estabelecimento. A subida é impérvia, mas ele não a percorre toda. Para no meio, a olhar porto e ilha, em seguida baixa os olhos na direção dos sapatos, cobertos de pó de tufo, e escapa-lhe um sorriso.

Aos catorze anos, a luminosidade pastosa daquele material que parecia querer aprisionar o sol o tinha conquistado. Agora, aos quarenta, entende que não agiu sob o ímpeto de uma emoção, mas na base de cálculos definidos. Para fortalecer o poder dos Florio.

No entanto, agora, ali, finalmente sozinho, pode deixar cair também a última barreira.

E então Ignazio grita.

Um grito de libertação, uma voz que se junta ao vento.

Um grito de posse, como se a ilha inteira tivesse entrado nele, tornando-se a *própria* carne, como se o mar fosse o sangue *dele*. Como se, diante dos olhos, o círculo da vida se soldasse, um ouroboros que só ele pode ver e que lhe revela o verdadeiro sentido da presença dele nesta Terra.

Um grito que apaga a nostalgia do passado e a incerteza do futuro e o presenteia com a felicidade de um eterno presente.

No dia seguinte, ao se levantar, verá o sol amalgamar-se com a pedra dentro das cavernas, sentirá o vento salobro entrar através das cortinas, observará o verde atrofiado dos arbustos sobre a montanha.

E é por isso que agora permanece imóvel, na companhia do vento e do mar, e não importa se estão esperando por ele, chegará atrasado para o jantar. Essa ilha que transpira sal e areia, agora ele sabe, é sua verdadeira casa.

Após o jantar, Giovanna é a primeira que se retira para o quarto, no primeiro andar. Está decorado com mobília proveniente de Palermo, construída propositalmente para o palácio, de gosto neogótico.

Perdido em pensamentos, insone como sempre, Ignazio desejou-lhe boa-noite e, em seguida, afastou-se na direção do escritório, que se encontra logo após o vestiário e que dá para o estabelecimento, do outro lado do porto.

Giovanna tem esperança de que ali, naquela ilha, o marido possa encontrar um pouco de descanso.

É verdade, Favignana é trabalho. É, *também*, trabalho, ela se autocorrige com um sorriso, observando a imagem no espelho, enquanto recolhe os cabelos em uma trança. Haverá tempo para ficarem juntos e conversar. Para tentarem ser um casal, ao menos por alguns dias.

Diminui a luz. Da janela semicerrada chega o rumor manso das ondas que lapidam o cais e o respiro do vento entre os becos do lugarejo. Giovanna cai docemente no sono, mas acorda com um sobressalto quando Ignazio entra no quarto. Ele está com o colete desabotoado e a gravata solta. Mas não há cansaço no rosto; há sobretudo alegria, alguma coisa que ela não está acostumada a ver e que a presenteia com um prazer quente.

Ele tira o casaco.

— Você gosta da casa?

Ela faz que sim.

— É bonita. Deixou Nanài em Palermo? — acrescenta, em siciliano, indicando as roupas com o queixo.

Ignazio dá de ombros, cantarola uma música de boca fechada.

— Não preciso de Leonardo — diz depois. — Aqui há menos formalidades — acrescenta, deixando-se cair sobre a cama para arremessar os sapatos.

Basta aquela frase para Giovanna perceber que Ignazio está feliz. Que ali ele se sente livre. Diferente, talvez.

Alcança-o, apoia a cabeça nos seus ombros maciços, abraça-o por trás.

Ignazio está surpreso. Acaricia os braços da mulher, sem jeito. Os dois são como gatos selvagens: com ciúmes do seu espaço vital, raramente se permitem tocar-se.

— Amanhã vamos rodar pela ilha com uma charrete. Quero lhe mostrar como é bonita. — Ignazio se vira, sorri para ela com os olhos, acariciando-lhe a bochecha.

Olha para ela de verdade e não como se olhasse para um fantasma, o trabalho, ou sabe-se lá qual outra coisa.

Ela. Giovanna.

A mulher sente um tremor por dentro que contrai as vísceras e sobe, passa pelo estômago, chega ao tórax e dilata as costelas, obrigando-a a tomar fôlego. Sente o sangue ganhar o rosto, como se pela primeira vez depois de muito tempo se desse conta de estar viva.

Esperou toda a vida por um momento assim — frágil, intenso, precioso —, e agora teme não estar pronta. Os olhos ficam úmidos.

— O que houve? — Ignazio fica confuso. — Não se sente bem?

— Não, sim… não é nada — responde ela, com os lábios trêmulos.

— Quer dar uma volta comigo?

Ela faz que sim. Não consegue falar. Passa a mão pelos cabelos, como se quisesse soltar a trança. Em seguida, aproxima-se, pega a mão que Ignazio apoiou sobre a coberta, traz para perto do peito e se encolhe ao lado dele.

Quando se está feliz, não há necessidade de falar.

Pela manhã, o sol está levemente encoberto por um punhado de nuvens baixas. Além do mar, enxergam-se o litoral de Trapani e a silhueta tosca de Erice. Perto da costa, a água reluz de forma anômala: é de um branco ofuscante, que fere os olhos e força a desviar o olhar.

— São as salinas — explica Ignazio a Giovanna, sentada perto dele, quando a percebe apertando as pálpebras. — Banheiras de água salgada que evapora e deixa uma crosta de sal. A crosta é recolhida, depois deixam-na secar e a vendem. A salmoura que utilizamos para o atum é preparada justamente graças àquelas salinas. — Ele levanta o braço e indica um ponto indistinto além da aldeia. — Naquele lado, há uma baía onde os romanos derrubaram os cartagineses em uma batalha naval: A Batalha das Ilhas Égadas foi importante porque pôs fim à Primeira Guerra Púnica. Ainda hoje, de vez em quando, os pescadores voltam para casa com os restos de uma ânfora… — Os olhos dele brilham, parece um menino feliz.

Protegida pelo guarda-sol, Giovanna examina a paisagem: áspera, seca e poeirenta, tão diferente daquela da terra firme, a ponto de lhe causar certo desconforto. Entretanto, de repente, tudo se torna mais claro. É como se a ilha estivesse entregando-lhe a chave para abrir o coração do marido. Ela enxerga a beleza secreta do lugar, percebe o silêncio dele.

— Você realmente queria muito essa ilha — murmura.

— Sim — replica Ignazio. — Você não imagina quanto.

Permanecem em silêncio durante um tempo. O único barulho que preenche o ar puro é aquele produzido pelas rodas do pequeno cortejo ao longo dos caminhos de terra: algumas charretes, alguns cavalos e até um asno, em que vai dona Ciccia, que de vez em quando emite estrilos de susto.

Ignazio olha para a mulher: apesar do chapéu esconder parte do rosto, ele nota algumas rugas, principalmente na base do nariz e na testa. Sinais de cansaço, talvez, ou de tensão. Não importa.

Bom, eu mesmo devo ter envelhecido, pensa. Nunca se preocupou com isso, nem mesmo quando, pela manhã, acontece de descobrir um novo fio de cabelo branco ou um pelo grisalho na barba.

Quase dá de ombros ao pensar naquilo.

E ela: como deve ter ficado?

É uma frase que atravessa a mente dele, um pensamento que o atinge por inteiro como a força de um raio.

Ela.

Imagina as rugas naquele rosto que ficou congelado nas lembranças, os cabelos que perdem para o cinza a cor do louro-acobreado; os olhos azuis, antes luminosos, escurecidos pelas olheiras, as pálpebras pesadas.

Quem sabe como teria sido envelhecer juntos.

De onde vêm aqueles pensamentos, aquelas perguntas? Qual parte do espírito dele baixou a guarda a ponto de permitir que uma ideia como aquela invadisse a mente? Rechaça-a com raiva, porque não quer permitir que o arrependimento tome conta.

Baixa o olhar, quase temendo que Giovanna possa ler os pensamentos, mas a imagem dela não para de segui-lo; caça-o e espeta-o com as agulhas afiadas do lamento.

Ele range os dentes. *Não devo pensar nisso*, ordena a si mesmo. E, para se distrair, chama Caruso, que cavalga logo atrás deles.

— Então, chegaram cartas de Palermo?

— Esperava alguma correspondência específica? — pergunta o outro em resposta. — De todo modo, não. O correio chegará amanhã.

— Somente alguns relatórios — murmura Ignazio. — E as informações de fechamento da tecelagem.

Caruso suspira.

— Deu pérolas aos porcos, dom Ignazio. Ofereceu-lhes casas, instrução, até padaria, e eles lhe jogaram tudo de volta.

— Sim. — Puxa as rédeas da charrete, diminui. Ao lado dele, Giovanna inclina a cabeça para ouvir melhor. — Não foi uma experiência bem-sucedida — admite a contragosto. Não quer pronunciar a palavra "fracasso". Mas é isso.

Vira-se para a mulher. Ela olha para ele sem desviar, aguardando.

— O advogado Morvillo e eu havíamos construído uma tecelagem perto das casas dos operários, oficinas, uma padaria e uma escola. Havíamos pensado até em cuidadoras que se ocupassem dos recém-nascidos para permitir que as mães fossem trabalhar...

Giovanna ouve o marido, franzindo a testa e procurando disfarçar o estupor. Nunca Ignazio foi assim tão loquaz com relação aos negócios. Favignana estava operando mais esse milagre?

— E, no entanto, nada de nada! — continua Ignazio, com raiva. — Os homens decidiram que não valia a pena se mexer para conseguir algo a mais, que lhes bastava o que já tinham, mesmo que quase não fosse o suficiente para o sustento. E as mulheres encasquetaram: não queriam deixar os filhos com as babás e mandavam para a escola apenas os filhos homens. Que as meninas permanecessem trancadas em casa, na mais absoluta ignorância, não era coisa para se discutir, nem de longe. Sempre fora desse jeito, e assim deveria permanecer. — Bufa. — Havíamos fixado o preço do pão a dez centavos a menos do que na cidade, mas ninguém queria pagar, então tivemos que fechar a padaria... Mas o fato pior era a maneira como os operários se comportaram com relação aos teares e ao maquinário. Em vez de aprender a trabalhar com os novos instrumentos, eles os danifica-ram, deixando-os ali como se pudessem consertar-se sozinhos. Só queriam agarrar o que aparecesse pela frente. Alguns roubaram até os tecidos para revenda... Gente feita de lama, isso é o que eles são!

A mão de Giovanna roça a dele, indo parar no joelho. É um encorajamento, uma palavra de afeto não dita.

— Ânimo! Aqui na Favignana será diferente, dom Ignazio. — Caruso está otimista, até alegre. — Basta não esperar dessa gente aquilo que não podem dar. Estão acostumados a penar nos barcos, ficar com as costas dobradas sob o sol, como fizeram seus pais e farão seus filhos. Além do mais, graças à cota de dinheiro do *migghiurato*, têm interesse em serem mais produtivos.

— Com efeito, é isso que espero deles. Honestidade e empenho que serão premiados com um pouco de dinheiro a mais.

A pequena procissão de carruagens e montarias avança sobre o platô a nordeste da ilha. Giovanna deixa que Caruso se afaste e toma a mão de Ignazio.

Ele cobre a mão de Giovanna com a dele, sem olhar para ela.

— Você fez uma coisa boa. São eles, aqueles vira-latas, que não entenderam — fala, sem jeito.

Mas o marido retorce os lábios em uma careta, sem esconder a irritação.

— Eu imaginava uma fábrica moderna, como aquelas inglesas, onde os operários e suas famílias têm possibilidades de melhorar a condição de vida. Evidentemente, fui otimista demais. Com certeza, vou evitar de dar novamente outro passo igual a esse.

Giovanna apoia-se em seu ombro e ele deixa.

Da charrete que vem atrás, chegam as vozes dos filhos. Até Vincenzino, geralmente calmo, estrila impaciente.

— Falta muito? — ela pergunta.

— Alguns minutos apenas. Essa descida é realmente extraordinária: há um buraco entre as rochas, como um poço abrindo-se sobre o mar. Queria que vocês vissem.

Na realidade, a essa altura ele já nos levou pela ilha inteira, pensa Giovanna, com um sorriso que suaviza seu semblante preocupado debaixo da sombrinha. Ele apresentou a ela a radiante beleza da Cala Rossa e prometeu que lhe mostrará a luz do entardecer na baía de Marasolo, debaixo da montanha, a pouca distância das casas dos pescadores.

Ignazio gostaria de ficar para sempre na Favignana, ela já percebeu. Aquele lugar torna-o sereno, apazigua-o. Comprovam-no o semblante relaxado, a paciência com os filhos, aquele contato prologando com ela. Mas permanecer ali é impossível. E então Giovanna agarra aquelas sensações, guarda-as em um canto do peito para quando chegarem os dias sombrios, quando o pensamento daquelas malditas cartas voltará a arrancar-lhe pedaços, ao se perguntar pela enésima vez quem era aquela mulher. Quando ela e Ignazio ficarão distantes, mesmo dormindo na mesma cama.

In nomine Patris, et Filii, et Spiritus Sancti.

A madeira desliza contra o gesso tosco com um silvo. O perfume dos lírios brancos não consegue cobrir o da poeira e da argamassa.

Giovanna e Ignazio encontram-se abraçados, um apertado ao outro. Sobre os lábios pálidos de Giovanna escorre uma lágrima, logo seguida de outra.

Ela não enxuga o pranto.

Ignazio está feito pedra. Parece quase não respirar, e realmente preferiria não ter que fazê-lo. Tudo, menos sentir o tormento. Não experimentaria uma dor como aquela nem se lhe arrancassem pedaços de pele diretamente com as mãos. A respiração lhe arranha a traqueia, faz força para sair, e então ele entreabre a boca, justamente para permitir que passe aquele pouco de ar que — *maldição!* — o manterá vivo.

Giovanna cambaleia, e ele ampara-a por um instante, antes que ela caia no chão. Desvincula-se do marido, estende a mão, desaba em soluços.

— Não, não, esperem! — berra. O grito dela é como o de um animal. — Não o levem embora, para longe mim! Não o coloquem ali! Faz frio, está sozinho, *figghiu di lu me cori, anima mia...* — Liberta-se do aperto do marido, afasta os homens que estão fechando o ataúde. Agarra-se ao esquife, criva-o com uma enxurrada de golpes; arranha-o. — Vincenzo! Meu Vincenzino, minha vida! *Arruspigghiati, cori meo!* Acorda, meu coração! Vincenzino!

Dona Ciccia, atrás dela, desanda em um pranto desesperado, a que fazem eco os de Ignazziddu e Giulia, e em seguida é arrastada para fora da capela funerária pela mão da babá, de olhos marejados.

Ignazio se adianta, arranca Giovanna do caixão, obrigando-a a ficar de pé.

— Pare com isso, sangue de Deus! — silva.

Mas a mulher parece enlouquecida: continua esticando os braços em direção ao caixão, cercado de guirlandas de flores de tecido branco, procura desvincular-se e consegue. Agarra o caixão com tanta força que chega a arranhar a madeira.

— Basta, Giovanna! — Ignazio arranca-a pelos braços, sacudindo-a com violência. Encontra-se no limite da dor; não consegue encarregar-se também do desespero da esposa. Uma gota a mais e acabaria derrubado. — *Morto è, capisti?* Está morto, entende? Morto! — berra, em siciliano, no rosto da mulher.

Mas ela grita mais forte.

— Estão enganados, todos! Está mal, sim, mas não morto... Não pode estar morto! *Tirem-no dali, é capaz que ainda respire!* — E repete aquela última frase, dita em siciliano, olhando ao redor, como se estivesse buscando a confirmação nos olhos dos presentes.

Então, Ignazio abraça-a, apertando-a com tamanha força que até os soluços deixam de sacudi-la. O chapéu com o véu preto desliza e vai ao chão.

— Ficou com febre, Giovanna — sussurra em seguida. — Teve uma febre tão forte que o consumiu feito uma vela. Você o abraçou e cuidou dele até o fim, mas Deus acabou levando-o. Foi o destino.

Ela não dá ouvidos. Agora chora, tão somente, exausta. Para uma mãe que perdeu o filho não resta mais nada a não ser lágrimas e vontade de morrer.

Dona Ciccia aproxima-se, toma-a pelo braço.

— Venha comigo — lhe diz, afastando-a delicadamente de Ignazio. Em seguida, faz sinal à babá de Giulia, que voltara para pegar Ignazziddu. — Vamos tomar um pouco de ar, vamos — murmura, e as duas mulheres arrastam-na para fora, entre os ciprestes que rodeiam a capela dos Florio, no cemitério de Santa Maria de Jesus. É um setembro suave, quieto, em contraste com todo aquele desespero.

Ignazio morde o lábio enquanto olha em direção ao portão da capela. É incrível que lá fora haja ainda tanta vida, ao passo que para seu filho — *que era apenas uma criança!* — não há mais nenhuma.

Então, vira-se para os homens que aguardam. Prende a respiração e, em um silvo, ordena:

— Fechem.

Atrás dele, um leve ruído de passos.

Ignazziddu aparece na entrada. Aperta na mão uma ferradura: tinham a encontrado juntos, ele e Vincenzo, durante um passeio no monte Pellegrino, por ocasião de uma visita ao santuário de Santa Rosalia, a *Santuzza*. O irmão lhe dissera que o objeto haveria de trazer sorte.

Tinha de guardá-la consigo, pensa.

Observa o pai com os olhos brilhantes de pranto, os punhos de rapazinho de onze anos afundados nos bolsos. Experimenta uma sensação de vazio, mesclada a outra, mais profunda. Desconhecida.

É o sentimento de culpa que têm os vivos em relação aos mortos. É uma coisa de adultos, que, no entanto, Ignazziddu consegue sentir, de forma aguda, devastadora.

É gota de veneno. Ele está vivo, enquanto o irmão está morto, enfraquecido por uma doença que devastou os pulmões em poucos dias.

O pai faz sinal para que o menino se aproxime, e ele obedece. Juntos, olham os pedreiros trabalhar.

Os tijolos são enfileirados, um sobre o outro. Lentamente, o caixão de Vincenzino desaparece de vista, até sobrar apenas um pequeno espaço vazio.

Somente então, Ignazio faz sinal para que os homens parem. Estica a mão, toca uma quina do esquife. Fecha os olhos.

Vincenzino terá para sempre doze anos. Não crescerá. Não viajará. Não aprenderá mais nada.

Ignazio não verá o filho tornar-se homem. Não o levará à praça Marina. Não poderá alegrar-se com o casamento do filho nem com o nascimento de um neto.

De Vincenzino, ficarão as partituras abandonadas na estante de música, as roupas penduradas no armário, inclusive aquela fantasia de mosqueteiro que amava tanto e que usara justamente no último baile de máscaras, quando Ignazio chamara um fotógrafo para imortalizar os filhos, vestidos de damas e cavalheiros.

O filho terá doze anos para sempre e ele, com todas as empresas, com todo o poder, com toda a riqueza dele, nada pode fazer a respeito.

Quando voltam à Olivuzza, dona Ciccia ajuda Giovanna a descer da carruagem. A mulher cambaleia, mas em seguida corre para as escadas. Está fora de si: passa pela porta que um serviçal em lágrimas acabou de abrir e começa a vagar pelos quartos, chamando por Vincenzino como se estivesse escondido, só aguardando a chegada da mãe para aparecer.

Mas os empregados foram espertos. Sob ordem de Ignazio, fizeram desaparecer os brinquedos, o violino, os livros espalhados pela casa. Tudo está confinado no quarto do menino, único lugar onde a dor terá direito de existir.

De repente, Giovanna desmorona no chão, em frente à porta do filho. Não tem coragem de abrir. Apoia a testa na madeira e tende a mão para a maçaneta, sem força de virar. É nessa hora que dona Ciccia a encontra. Com delicadeza, levanta-a e a reconduz ao quarto.

Giovanna olha ao redor, perdida. A dor tirou-lhe forças para falar e despejou no rosto dez anos a mais de aparência.

Na entrada, Ignazio observa dona Ciccia servir um copo com uma mistura de água de cerejas-pretas, xarope de papoulas brancas e láudano; depois, levantar a cabeça de Giovanna para ajudá-la a beber. A mulher obedece. Dos olhos jorra um pranto silencioso.

Bastam poucos instantes. O calmante faz efeito, e Giovanna cai em um sono abençoado, enquanto ainda murmura algumas palavras. Então, dona Ciccia senta-se na poltrona ao lado da cama e cruza as mãos, apertando um rosário preto e fixando Ignazio como se dissesse: *Daqui eu não me mexo*. E, de resto, ela sabe que a *armicedda*, a alma de Vincenzino ainda está por ali, e não importa que os brinquedos do menino tenham desaparecido ou que o violino tenha sido escondido. Dona Ciccia sabe que ele permanecerá naqueles cômodos, retido pelas lembranças da mãe, sombra entre as sombras, como sabe que ela vai sentir o movimento dele pelos corredores do palácio e que rezará para que o espírito triste dele possa encontrar a paz.

Ignazio aproxima-se da cama, se debruça sobre a mulher e beija-lhe a testa, prendendo a respiração. Após uma última olhada, sai do quarto e afasta-se pela via do corredor.

Preciso ir ao escritório. Preciso pensar no trabalho. Preciso pensar na Casa Florio.

Passa ao lado do quarto de Giulia. Ouve os soluços enquanto a babá procura confortá-la.

Em seguida, de repente, uma voz atrás dele chama-o. É Ignazziddu, parado no centro do corredor. Ouviu-o passar e precipitou-se para fora do quarto.

— Papai... — murmura, chorando.

Ignazio cerra os punhos. Não se aproxima. Fixa o olhar sobre um arabesco do tapete.

— Homens não choram. Pare com isso.

O tom é como uma lâmina de gelo.

— O que vou fazer sem ele? — A criança enxuga as lágrimas e o nariz com a manga da blusa preta. Estica os braços na direção do pai. — Não posso nem pensar nisso, papai!

— Mas é assim. Ele está morto e você precisa se conformar — diz a frase com dureza, com raiva.

— Por que teve que acontecer?

Ele olha para as próprias mãos. Tremem.

O vazio que sente naquele momento dilata-se, renova a dor de outros lutos: o pai, a mãe, até a avó. Mas a coisa que o devasta, que o devora por dentro, é outra. *Nenhum pai deveria viver mais que um filho seu*, pensa. *Não é a ordem natural das coisas.*

No entanto, talvez, nem tudo está perdido. Ele mantém os olhos baixos e dirige-se a Ignazziddu com uma voz enrouquecida pela dor.

— Ele não está mais aqui. Tem você, agora, e precisará estar à altura do nome que traz.

Ignora os braços estendidos do filho e se afasta rumo ao escritório.

A criança fica sozinha, no centro do tapete, enquanto uma lágrima escorre pela face acompanhando a curva da maçã do rosto. O que significa aquilo que o pai acaba de lhe dizer? O que ele quis dizer? Quem ele é agora? O que se tornou?

No corredor, tudo é silêncio.

O tempo não respeita a dor. Ele a agarra, a mói, a modela ao longo dos dias, transformando-a em um fantasma, mais volumosa e visível do que um corpo feito de carne e sangue. Crava-a na respiração para que cada sopro lembre como é penoso viver.

É isso que pensa Ignazio quando se fecha no escritório dele na praça Marina. Prefere ficar longe da Olivuzza, do rosto empedrado da mulher e do olhar triste e silencioso dos filhos. Junto aos bilhetes de condolências, aguarda-o um telegrama do ministro da Instrução, Francesco Paolo Perez, um palermitano amigo dele, que está patrocinando os interesses do Correio dos Barcos a Vapor junto ao ministro das Obras Públicas, Alfredo Baccarini, que o atualiza acerca dos últimos acontecimentos.

Sim, porque o Ministério das Obras Públicas ainda não decidiu o que fazer a respeito da linha de navegação jônico-adriática: antes, havia sido designada aos Florio, mas em seguida fora suspendida, no aguardo de uma reorganização geral das rotas comerciais subsidiadas. Uma reorganização que nunca se concretizara e que agora deixa Ignazio muito receoso porque outros, como o Lloyd Austriaco, estão se adiantando, oferecendo aos passageiros e aos comerciantes serviços assaz vantajosos. Nem os franceses da companhia marítima Valery ou da poderosa Transatlantique têm escrúpulos. No Mediterrâneo não se combate mais por meio de canhões, mas na base das tarifas comerciais com desconto e de concessões às companhias de transporte.

Ignazio escreve a minuta do telegrama que enviará como resposta. *Em meio à extrema dor, não me faltou o pensamento nos grandes deveres...* acrescenta, e precisa fazer força para prosseguir.

O trabalho, como o tempo, não espera.

— Com licença? — Para além da porta semifechada, um tufo de cabelos escuros e uma batida tímida.

Ignazio não responde; talvez nem ouça.

— Dom Ignazio... — chama, então, o homem.

Ignazio levanta os olhos.

A porta escancara-se, e um homem todo bem-vestido, com as costeletas salpicadas de cinza, entra no escritório.

— Dom Giovanni... Entre — exclama Ignazio, levantando-se.

Giovanni Laganà é o ex-liquidatário da Trinacria e atual diretor do Correio dos Barcos a Vapor. Conhece e estima Ignazio Florio faz muitos anos. Olha para ele agora e não consegue esconder certo espanto. O homem que se encontra à frente está muito pálido, emagrecido, com os cabelos desgrenhados, mas principalmente tomado por um cansaço que nada tem a ver com a fadiga física. Vai ao encontro dele.

— Preferi não ir à sua casa. Não queria submeter sua esposa à enésima visita de condolências.

Ignazio lhe dá um abraço.

— Obrigado — murmura ele. — Pelo menos você entendeu — acrescenta em dialeto, passando ao "você" coloquial, reservado às conversas confidenciais.

Sentam-se à escrivaninha, um na frente do outro. Giovanni Laganà tem olhos tipo fendas e gestos seguros.

— Como está você?

Ignazio dá de ombros.

— Estou.

O outro aperta de leve seu braço em sinal de apoio.

— Pelo menos tem outro filho homem — murmura em siciliano. — Nem tudo está perdido.

Ignazio olha para o chão.

— Vamos falar de outras coisas, por favor.

Giovanni faz que sim, como a dizer que cada um tem o direito de escolher a própria via de escape frente ao sofrimento. Em seguida, com um suspiro, tira de dentro da pasta que trouxe consigo alguns documentos. Passa-os para Ignazio, que os pega e lê rapidamente. O rosto apagado muda de expressão, as sobrancelhas se franzem.

— São apenas rumores, ou é verdade que as negociações estão como parece?

Os lábios de Laganà apertam-se cada vez mais.

— O que você acha?

— Que os franceses da Valery estão puxando nosso tapete e que os austríacos do Lloyd querem fazer o mesmo. — Apoia os papéis sobre a mesa, começa a andar pela sala. — Onde você soube dessas notícias?

— Chegaram a mim por um agente nosso em Marselha. Ele tem um padrinho de casamento que trabalha na Transatlantique. E, em Trieste, temos diversos amigos que confirmam os rumores a respeito do Lloyd. — Faz uma pausa, tamborila os dedos sobre a papelada. — Não queria lhe dizer agora, com tudo aquilo que lhe aconteceu — acrescenta, em siciliano.

Ignazio movimenta a mão com gesto agitado, como se quisesse se livrar daquele protesto.

— Em Roma não se dão conta do que acontece aqui. Aliás, na realidade, não somente em Palermo, mas também em Gênova, Nápoles e Livorno… Todos os portos estão passando por apuros. Se o governo se permite o luxo de não tomar a iniciativa, enquanto Paris e Viena agem e conquistam as rotas melhores, então *unn'avemu unni iri*, temos que nos unir. — Apoia-se ao batente da porta fechada com os braços cruzados e a testa franzida, e então sacode a cabeça, pensativo.

Laganà observa-o. A contragosto, sente uma onda de alívio. *Voltou*, pensa. *Não sucumbiu à dor, não por completo.*

— Espero há meses uma resposta sobre a deliberação da convenção das rotas para a América — retoma Ignazio. — O Correio dos Barcos pena bastante para garantir o serviço, e você sabe melhor do que eu: cobrimos as despesas com dificuldade, e apenas porque dos reparos quem se ocupa é a Oretea. Bem cedo seremos obrigados a aumentar as tarifas dos aluguéis para cobrir as despesas e então será um *débâcle*, porque os navios do exterior que percorrem a mesma rota apresentam tarifas muito mais baixas e suas rotas são mais numerosas. — Ele massageia a ruga entre as sobrancelhas. — Enchem a boca com a história de que o mercado deve ser livre, enquanto os franceses são beneficiados por concessões bem maiores do que as italianas e fazem fusões entre eles. — Bate a mão contra a parede. — Mas, em Roma, não entendem que assim provocam mais prejuízo do que qualquer outra coisa?

— Evidentemente não querem entender.

Ele desabafa em uma risada amarga.

— Subsidiam minha linha de Ancona, que a essa altura não serve mais, e não me dão as outras para a América. E, além do mais, o que o governo me pede? Um serviço subsidiado para as ilhas gregas, aonde ninguém vai e onde só se encontram azeitonas e cabras. Me diga: com que vantagem? — Desencosta-se da parede, aponta o dedo para os documentos reservados que vieram de Marselha. — Enquanto esses vão cobrindo as linhas novas para a América, nós o que fazemos? Zara? Corfù? — Volta a se sentar em frente à escrivaninha e apoia o queixo sobre as mãos cruzadas. A respiração parece pesada e os olhos estão fechados, sinal de que está pensando. — A verdadeira riqueza vem das viagens transoceânicas, dos cristãos que, *mischinazzi*, gente humilde, vão para a América *travagghiari*. Eu havia proposto duas viagens semanais, mas o que é que eu posso fazer contra a concorrência dos ingleses que, em contrapartida, oferecem três viagens por semana? Não, não ficarei parado, aguardando que me tirem tudo o que o meu pai e eu construímos, enquanto em Roma tagarelam a respeito de comissões e oportunidades a serem avaliadas... Essas mulas!

— O único consolo é que Rubattino pensa igual a você. Você e ele são os mais importantes armadores italianos. Você lembra o que ele me disse, quando fui conversar com ele, em Gênova? "Os franceses estão fazendo picadinho da gente e em Roma não se mexe uma folha sequer." Ele havia se queixado da comissão de reorganização das rotas comerciais, que lhe parecia um enésimo pretexto para perder tempo. E concluíra que havíamos de tomar providências por conta própria, senão...

Ignazio abre os olhos.

— Sim, belas palavras, mas nesse ínterim ele e nós ainda estamos aqui, ninando a criança, enrolando. A única solução seria criar uma companhia forte, única, entre Gênova e Palermo. Giova', precisamos nos dirigir ao ministro Baccarini. Eu mesmo vou até ele; pedirei a

Francesco Paolo Perez que fale com o próprio para que pare com bobagens, porque, enquanto ele dorme, os outros passam na frente — diz em siciliano e acrescenta: — Precisamos apostar na América e nos tornar fortes o suficiente para evitar que os franceses e os austríacos roubem viagens e mercadorias dos nossos portos. Alguma coisa precisa se mexer e, como é verdade que bem me chamo Florio, há de se mexer.

— O que quer dizer com cancelaram a linha Palermo-Messina? Dezenas de cartas, de instâncias, de colóquios para ampliar as rotas de navegação e chegar até Nova York... e essa é a resposta?

Giovanni Laganà dá um passo para trás, surpreendido pela ira que percebe na voz de Ignazio. É dezembro de 1880 e faz mais de um ano que, com muita dificuldade, procuram salvaguardar o Correio dos Barcos a Vapor da crise dos transportes. A companhia marcha, com cada vez mais dificuldade, atrás dos concorrentes franceses e austríacos. Ignazio não poupou esforços: fez apelo a todo o poder dele, procurou apoio entre os contatos políticos, prometeu e ameaçou. Mas, ao que parece, só perdeu tempo, uma das coisas que mais costumam enfurecê-lo.

— Como? — murmura Laganà, aproximando-se da escrivaninha.

— Leia — resmunga Ignazio, e joga para ele o telegrama que acabou de chegar de Roma. Não consegue falar mais nada, pelo tanto de raiva que sente.

O outro passa os olhos rapidamente.

— Segundo eles, não há mais necessidade da rota porque agora existe a ferrovia que liga as duas cidades e o trem fará mais viagens do que as que podemos assegurar com nossos navios. — É *razoável*, pensa, mas não diz. Limita-se a olhar para Ignazio de soslaio.

— Óbvio, entendo que eles tenham razão — afirma Ignazio, como se tivesse lido o pensamento do outro. Mastiga um insulto. — Mas *accussì*, nos mandam à falência. Os dividendos a serem repartidos entre os sócios são baixíssimos... e agora terei que explicar isso, sem contar as notícias que Giuseppe Orlando continua trazendo da França.

— A fusão entre a Valery e a Transatlantique? Os conselhos de administração deram um parecer positivo, lamentavelmente.

— Não é apenas uma questão de papéis: a companhia Valery praticamente não existe mais. A oficialização é questão de dias. Orlando me adiantou a respeito, por meio de um telegrama. — Ignazio bate o punho sobre a escrivaninha. O retrato de Vincenzino, encerrado em uma pequena moldura de prata, sacode e cai. Ignazio endireita o retrato e recomeça, em um tom mais controlado, falando em siciliano. — *Rubattino ainda lustra os bonecos, enquanto nós ficamos aqui afundando.* A pessoa busca ajuda de quem deveria dar e, no entanto, as respostas são portas fechadas na cara. E, nesse meio-tempo, os franceses cobrem outros trajetos, suplantando os nossos.

Laganà resmunga baixo. Um respiro longo e lento que se insinua entre os dentes com um silvo.

— Está certo disso? Quer dizer, a coisa já foi acertada?

Ignazio massageia as têmporas. A raiva pressiona a cabeça, a cólera inflama o estômago.

— Sim. Escrevi pessoalmente a Roussier, nosso representante francês. Ele me confirmou cada coisa. O próximo passo da Transatlantique, após a fusão, vai ser criar um trajeto para Cagliari e, depois, para outros portos italianos. E Rubattino, que deveria se mexer, o que faz? Dorme. — Outro golpe sobre a mesa e uma bofetada em uma pilha de papéis que voam longe. — É o maior armador genovês, a ele também incomodam os franceses. Deveria impor a voz, se mexer, pedir em Roma que a posição dele seja tutelada e, no entanto... nada! Não faz nada! Eu não suporto as perdas de tempo e a confusão!

Giovanni Laganà recolhe do chão um punhado de papéis. Sorri.

— Quanto mais o tempo passa, mais você se parece com seu pai.

Ignazio para, levanta a cabeça. Entre os cabelos desapareceram os respingos de cinza e a barba também está começando a manchar-se de branco. Parece mais contrariado do que perplexo por aquela consideração. Interroga-o com o olhar.

— A voz, os gestos, não sei dizer. Eu o conheci pouco, mas você lembra ele. Não tem a raiva dele, mas tem o mesmo jeito de se indignar... e de demonstrar — explica Laganà.

— Meu pai já teria ido a Roma para bater neles — resmunga Ignazio, com incômodo. — Mas esse não é meu estilo.

Endireita as costas. O escritório está revestido de uma *boiserie* de noz onde foram pendurados mapas e certificados da companhia. A luz que entra pelas janelas debruçadas sobre a praça Marina parece atravessar as fibras lustrosas da madeira para depois deslizar sobre as estantes de parede aos lados da porta. Poltronas em pele e lâmpadas em cristal de Boemia compõem o conjunto ao redor da monumental escrivaninha.

É um escritório digno de uma grande companhia de navegação. E ele é um armador, o mais importante armador italiano e como tal quer ser tratado.

Massageia a base do nariz, reflete. Laganà espera em silêncio.

A passos lentos, Ignazio se aproxima da janela, olha para fora. *Cautela*, diz a si mesmo, respirando fundo. *Cautela e atenção*.

É um dia de vento, como frequentemente acontece no inverno, em Palermo. Ignazio observa a praça, os palácios com as fachadas em tufo e o tráfego de carroças e transeuntes. Em seguida, olha na direção da Vicaria, vai além de San Giuseppe dei Napoletani, segue a vista pelo Cassaro até onde lhe é possível. Por fim, pega o relógio de ouro que carrega no colete e olha as horas. — Está bem. Se não nos ouvem, os augustos ministros, ouvirão uma outra música.

Falou tão baixo que Laganà ouviu-o com dificuldade.

— Ou seja?

Reclina a cabeça.

— A assembleia geral da sociedade está marcada para o final de janeiro. Pouco antes haverá a visita da família real a Palermo e tenho a intenção de pedir um encontro com o rei. — Seu rosto encontra-se na sombra, esculpido pela luz do dia que entra da janela. — Falarei com ele. E se ainda não bastasse… — Começa a andar pelo recinto. — Tempos atrás, quando nos encontramos em dificuldade com as almadravas, porque o governo não protegia a produção local, fiz uma certa manobra que acabou tendo êxito. Agora, é o caso de repropor, mas em escala mais ampla.

Laganà se senta, arruma o paletó.

— Perdoe-me, Ignazio, mas não consigo acompanhá-lo — confessa.

— À época, eu havia pedido a alguns amigos que falassem do caso nos jornais. Precisávamos dar relevância ao fato de que a situação das almadravas era insustentável, que era preciso tutelar a pesca também por meio de uma política fiscal... adequada. Eles escreveram isso e mais, conseguindo dar repercussão nacional ao caso. Em suma, aqueles artigos tinham feito alarde, exatamente como eu queria. Pronto, agora posso dizer que foi uma sorta de prova geral.

O diretor do Correio dos Barcos a Vapor abre a boca e a fecha novamente.

— E então...

— Você vai ver.

É 4 de janeiro de 1881 quando os Savoia chegam em Palermo. A cidade vestiu-se para a festa: Damiani Almeyda projetou um "pavilhão para o desembarque da realeza" e um pequeno exército de operários varreu as ruas, limpou os canteiros e consertou as lâmpadas de rua, que bandos de moleques se divertem em apedrejar. Nos balcões do Cassaro, as decorações natalinas deixaram o lugar com enfeites tricolores; os soldados desfilam entre asas de multidão e as pessoas aplaudem, gritam e agitam estrelas de papel em que estão retratados o rei Umberto e a rainha Margherita, ou faixas que enaltecem o casal real.

Palermo brilha de luz própria, como uma mulher que se redescobriu bonita após um período sem se cuidar e escolhe qual roupa vestir para um baile há muito esperado.

Não poderia ser de outra forma.

A cidade está crescendo, expande-se, alarga-se em direção à faixa de planície que leva ao mar. Uma nova geração de arquitetos desenha estradas, jardins, residências, repensa os espaços públicos, leva o olhar para além dos confins da ilha, para a terra firme. Chegou a modernidade: destrói becos e ruelas, encerra os miseráveis em casebres, força até os aristocráticos mais conservadores a mudar os hábitos de vida para adotar os do Continente.

Mudam os cheiros. Não há mais fedor de peixe, de algas podres ou de lixo. Agora sente-se o perfume das pomélias, das magnólias e dos jasmins. Até o cheiro do mar torna-se mais suave, coberto por aquele do café e do chocolate que vêm dos locais elegantes, na moda, com vista para as ruas da cidade nova.

Palermo não olha mais a si mesma, somente compara-se a Londres, Viena e Paris. Quer exibir ruas arejadas, livrar-se de certo peso barroco que tem um quê de velho. Até nas casas: os móveis adquirem linhas inovadoras e um sabor exótico, o brocado desaparece para dar espaço às sedas chinesas e indianas. Os palácios nobres se enchem de porcelanas japonesas e de marfins esculpidos e, ao mesmo tempo, de objetos do artesanato siciliano: fontes de água benta em prata e coral, mesas em pedras duras e presépios em cera. É uma disputa de quem tem as peças mais bonitas, os objetos mais procurados.

A alma de Palermo, feita de mar e de pedras, impregnada de salmoura, está lenta e inexoravelmente mudando. E, naquela estranha metamorfose, muitas coisas levam a marca dos Florio e a eles estão ligadas, a começar pelos prédios. Com efeito, já faz seis anos que a cidade hospeda um teatro de grande elegância, o Politeama. Foi Damiani Almeyda quem o projetou. Por ser um cultor apaixonado do classicismo, quis que a construção tivesse uma dupla ordem de colunas e pinturas em estilo de Pompeia nas paredes externas. Mas, em meio a tantas referências ao passado, eis a modernidade: o teto. Construído na Oretea, é uma concha feita de painéis de metal e bronze lustroso, que brilha ao sol. Pouco mais à frente, ao longo do mesmo eixo rodoviário, prosseguem os trabalhos para um outro teatro, o Massimo. Na verdade, procedem com lentidão: a primeira pedra foi colocada em 1875, ou seja, seis anos antes, e agora não está claro quando vai ser posta a última. Giovan Battista Basile, o arquiteto que o projetou, pensou em um templo de música imponente e elegante a ponto de concorrer com a Opéra Garnier de Paris.

Talvez um exagero para essa cidade, pensa Ignazio ao lado da esposa, na carruagem do casal. Solta a cortininha da janela e olha para baixo, na direção dos dedos cruzados. *Palermo está se tornando mais bela, mas talvez precise de algum pragmatismo.*

A viatura avança aos solavancos sobre a pavimentação. Sentindo frio, Giovanna puxa para si uma aba da coberta e emite um suspiro que é quase um bufar. Ignazio percebe e aperta a mão enluvada da mulher.

— Vai dar tudo certo.

— Espero que sim — responde ela, com voz incerta por conta da tensão.

— Eu já o havia encontrado em Roma, alguns anos atrás. É um homem duro, mas não irracional. Quanto à mulher, é uma princesa de sangue real e se comporta como tal. — Levanta o queixo da esposa. — Você não é menos do que ela — conclui, arqueando as sobrancelhas.

Giovanna faz um sinal de consenso, mas a ansiedade não para de atormentá-la. Enquanto o marido se deixa absorver de volta pelos pensamentos, ela observa o vestido na penumbra do habitáculo, percorrendo com a mão o corpete. É um modelo feito em Paris, em seda pesada, de cor cinza-claro, em sintonia com a capa bordada em pele de raposa. Passaram-se quinze meses da morte do filho, portanto, até mesmo o período de meio luto se encerrou, mas ela continua se vestindo prevalentemente de preto. As joias, também, são discretas: brincos em pérola, um anel em ônix e um camafeu com madrepérola, preso à altura do coração, reproduzindo o rosto de Vincenzino.

Nem Ignazio quis abrir mão completamente dos sinais externos do luto e, por sua vez, continua vestindo a gravata preta.

— Era carne da sua carne e levava o nome de seu pai — explicara dona Ciccia a Giovanna, alguns dias antes. — Não tem mais um Vincenzo na casa dos Florio. É por isso que não consegue deixá-lo "ir embora".

É verdade, reflete Giovanna. *Porém, há Ignazziddu e Giulia, não posso se esquecer deles. E, no entanto, há dias em que pareço esquecê-los completamente...*

A carruagem para com um solavanco no pátio do Palácio Real.

Por hábito, Giovanna apoia a mão na barriga e aperta. Faz anos que já mantém sob controle a ânsia de vômito, mas, naquele momento, se sente frágil. Assustada.

Depois, olha Ignazio nos olhos. É um outro gesto ditado pelo hábito: faz isso quando quer ser tranquilizada, como se estivesse convencida de que, daquele jeito, ele pudesse transferir-lhe a calma dele.

Olha para ele e quase não reconhece o marido.

A expressão pensativa foi substituída por um olhar direto, seguro. Nos lábios, um indício de sorriso, que todavia não chega aos olhos. As costas eretas, os gestos são lentos, mas autoritários.

Ignazio desce da carruagem, em seguida estende-lhe a mão para ajudá-la. O aperto é firme, quase a machuca.

É naquela hora que ela percebe.

Ignazio preparou-se para uma batalha.

O casal se separa. Giovanna segue as damas de companhia da rainha; Ignazio é levado ao aposento atapetado em brocado vermelho, colocado à disposição do soberano para os encontros a portas fechadas. O rei o observa por sob as pálpebras: tem as costas ligeiramente curvadas, os cabelos já grisalhos nas têmporas e bigodes imponentes que recobrem a boca. Umberto é um homem de gestos firmes, com as mãos grandes e o olhar de quem está acostumado a perceber o que não se pode expressar com palavras.

— Acomode-se — lhe diz, indicando uma poltrona.

Ignazio senta-se logo depois dele.

O soberano tira um charuto da caixa ofertada por um serviçal, oferece outro ao convidado, depois acende e aspira a primeira lufada de tabaco. Não desgruda os olhos de Ignazio, como se desejasse ajustar a imagem do homem à frente com a ideia que, com o passar dos anos, fez dele.

— Então — exclama por fim. — Diga-me.

Ignazio olha as próprias mãos, quase como se procurasse as palavras para uma fala que, pelo contrário, já está claríssima.

— Acima de tudo, desejo agradecer a Vossa Majestade o privilégio desta audiência. Sei que compreenderá por que minha esposa e eu não nos unimos à cidade de Palermo para festejar sua chegada.

Umberto esboça um sorriso sem alegria. Os olhos deslizam sobre a gravata preta.

— Sei que perderam um filho. Tem toda os meus sinceros senti-mentos.

— Eu agradeço, Majestade.

Umberto assente.

Ignazio cruza as mãos sobre os joelhos.

— Estou aqui como cidadão, como armador de uma das maiores companhias de navegação italianas e...

— De uma? Da maior e ponto-final. Não precisa fingir modéstia para mim. — O rei o corrige, ligeiramente sem paciência.

Ignazio não perde a pose. Sabe que o rei é sempre direto, senão brusco. Uma herança da educação militar que recebeu desde a mais tenra idade.

— Agradeço a estima. — Coloca o charuto no cinzeiro. — Então, compreenderá por que sou eu quem lhe expõe as razões do mal-estar que aflige a marinha italiana.

— Há uma comissão parlamentar que analisa o assunto. Eu as conheço bem, essas razões.

— Há de me perdoar, Majestade, mas talvez não as conheça de-veras bem, dado que não houve uma tomada de posição por parte do governo, nem uma providência que a tutele.

— Baixem os preços dos seus fretes, então. — O rei, irritado, agita--se na poltrona. As cinzas do charuto se espalham pelo chão. — De Norte a Sul, só encontro pessoas que se queixam porque o Estado ou faz demais ou o faz de forma errada. Todos saberiam fazer melhor! Gostaria realmente de vê-los à prova com os fatos!

Ignazio deixa passar alguns instantes antes da réplica.

— Majestade, o problema não é *quem* faz o quê, mas *como* o faz. — Ele fala com calma, com tom baixo. — Há dezenas de pequenos armadores que sobrevivem com dificuldade. Se a marinha italiana é colocada em xeque por franceses e austríacos, não somente deixare-mos de ter qualquer poder de contratação, como também seremos escravos de um país estrangeiro no que concerne transportes e tarifas. — Interrompe-se para dar tempo ao soberano de perceber o alcance daquilo que acabou de dizer. — Obviamente, isso atingiria a mim e à minha companhia, mas não somente: a economia da Sicília inteira correria o risco de afundar. As empresas do Norte podem encaminhar as mercadorias via trem, enquanto quem trabalha aqui, na Sicília, não tem outra forma a não ser o mar.

— Certamente não caberia ao senhor resolver a situação da Sicília com seus barcos e almadravas. — A nota polêmica na voz do rei é forte a ponto de suscitar em Ignazio um jorro de raiva. — Suas tarifas são caras além de qualquer decência. Se muitos preferem transportar as mercadorias com os trens, em vez dos navios, haverá de ter um motivo, não acha? — Umberto apoia o charuto, toca a campainha para chamar o criado e pede que seja servido um licor.

O serviçal dirige o olhar para o rei, que assente.

Ignazio aguarda ficar sozinho novamente com o soberano e, em seguida, retoma:

— O problema não diz respeito somente aos fretes ou às tarifas. De várias partes da Europa invocam-se políticas de proteção... Mais cedo ou mais tarde, chegará a hora em que serão colocados impostos sobre nossas mercadorias, e então ficaremos efetivamente de joelhos. Se me permite dizer, o problema é outro — declara com força Ignazio, curvando-se na direção do rei. — É necessário compreender que, na Itália, o Norte e o Sul têm necessidades diferentes, e que justamente por isso precisam trabalhar juntos. Então, aquilo que minha empresa pode oferecer seria de utilidade para toda a Itália. E é por isso que eu, em Palermo, e Rubattino, em Gênova, estamos pensando em seguir por uma linha comum: somente unindo as forças poderemos enfrentar nossos adversários. — Endireita-se, toma fôlego. — Se a Itália quer continuar a ter poder no Mediterrâneo, precisa estar à altura da situação. E só poderá estar se o governo a ajudar.

O rei olha para ele com desconfiança.

— Sei bem quem é seu advogado, como sei das suas manobras para adquirir a Rubattino. E acredita realmente que seja possível ignorar as relações pessoais que tem com diversos ministros?

— O advogado Crispi é, antes de mais nada, um amigo de família. Quanto às... relações pessoais, trata-se de contatos fundados em relações de estima recíproca. Sabe como se diz aqui? — arremata Ignazio, em siciliano. — *Para cada grande Estado um inimigo é demais, e cem amigos são nada.*

Entra o serviçal com uma bandeja de prata, carregando uma garrafa de marsala e dois copos de cristal. O licor tem um reflexo de âmbar e de fogo.

Umberto bebe por pequenos goles, em seguida faz estalar a língua de maneira pouco aristocrática.

— Ótimo. — Ele olha para Ignazio. — Concretamente, o que está me pedindo, sr. Florio?

— Que não seja obstaculizado o projeto de fusão entre nós e Rubattino. Que seja reconfirmada a redução tarifária e das convenções para o serviço postal. Que seja dada a precedência à nossa companhia para os transportes efetuados pelo Estado.

— Pedem muito. Vocês do Sul não fazem nada além de pedir.

— Talvez outros se comportem assim, Majestade. Mas não é meu caso, nem da minha família. Eu e meu pai sempre lutamos pela Casa Florio. E agora peço apenas o justo para proteger minha empresa e minha gente.

Ignazio aguarda a mulher aos pés da escadaria em mármore do Palácio Real. A expressão está tensa. Giovanna vai descendo as escadas com extrema lentidão, apoiando-se na balaustrada; agora que a tensão esvaneceu, sente-se exaurida. Ignazio apressa a esposa com um gesto brusco, ajuda-a a subir na carruagem, então sobe e dá ordens de partir.

Giovanna ajeita a coberta sobre as pernas, em seguida passa a mão de leve sobre o camafeu com o retrato de Vincenzino.

— A primeira coisa que a rainha notou foi isso — revela. — E me disse: "Nem consigo imaginar o que deve ter experimentado". Pareceu-me realmente comovida. — Procura o olhar do marido, mas Ignazio limita-se a assentir, distraído, e, quando Giovanna tenta pegar a mão dele, ele se esquiva. — Ao passo que as damas só tiveram olhos para a forma como eu estava vestida — ela continua —, imagine só, olhavam para a pele do manto e uma perguntou à outra baixinho quanto devia custar. — Em seguida, para e suspira. — *Mischina*, pobrezinha da rainha, porém. Usava um lindo colar de pérolas, e sabe aquilo que se diz, não? Que o rei a presenteia com um colar após cada traição. E, com efeito, aparentava uma expressão tristonha que apertou meu coração.

Ignazio vira-se subitamente e olha para ela com incômodo.

— Passei a última hora procurando fazer com que o rei compreendesse a situação desastrosa da marinha e acabei por me deparar com uma parede... e você vem me falar de roupa e fofocas?

— Deu-me uma grande pena, só isso — rebate Giovanna, tocada. — E todos sabem que o rei...

— Os homens não têm nada a ver com esse tipo de coisa — ataca Ignazio. — É somente culpa da rainha. — Ele contrai os lábios. — Copeira ou soberana, uma mulher deve saber segurar um marido. Além do mais, o casamento deles foi arranjado: precisava estar prevenida de que ele haveria de se envolver com uma amante, e até mais de uma. Em casos assim, à mulher cabe calar e suportar — conclui.

Giovanna sente frio. Depois, das vísceras, um rompante de calor. Não, não pode ficar calada. Ela *sabe* como a rainha se sente. São anos que carrega dentro de si a lembrança das cartas que o marido fez desaparecer... Ela negou, empurrou para o canto escuro da consciência, escondida sob as incumbências cotidianas e até sob a dor pela morte de Vincenzino, mas a obsessão de saber quem é *aquela mulher* jamais a abandonou. O ciúme foi o companheiro de vida, ameaçador como um gato do mato, de olhos amarelos e famintos, uma besta sempre alerta, pronta para morder. Aquela súbita consciência assola sua alma.

— É assim que funciona para os *masculi*, verdade? Fazer o que bem lhe convém enquanto as mulheres ficam em casa, quietas e mudas.

Ignazio olha para ela, surpreendido.

— Mas do que você está falando? — pergunta, seco, agitando a mão como se quisesse afugentar aquelas palavras. — Que queixumes são esses?

— Queixumes? O indivíduo coloca a alma e a vida em um casamento e não tem o direito de se sentir humilhada se recebe uma traição jogada em pleno rosto? Deve ficar no seu lugar, em silêncio, talvez até contente... Você pensa que uma mulher não tem dignidade? Que nosso coração não dói? — reclama ela, sentida, em siciliano.

Ignazio fixa o olhar nela, sem entender. Aquela não é a Giovanna que conhece, sempre reservada, comportada, conciliadora. Será que a ansiedade pelo encontro com a rainha detonou seus nervos?

Depois percebe os olhos dela, cheios de lágrimas, e compreende.

Não é da rainha que está falando, mas do que acontecera entre os dois.

Traz as mãos em prece para junto do rosto, em um gesto que é de cansaço e exasperação ao mesmo tempo.

— Giovanna, pare com isso...

— Por que, não é assim? — replica. Agarra as bordas do manto, aperta-as.

— Certas coisas acontecem e ponto-final. Se uma pessoa é feita de uma determinada maneira, você não pode mudá-la, e menos ainda pode mudar seu passado — diz isso a ela calmamente, com a voz baixa, para acalmá-la.

Mas ela baixa a cabeça e murmura:

— Não, não, não... — Range os dentes, reprime as lágrimas, depois levanta novamente a cabeça e olha Ignazio direto no rosto: sob a luz incerta dos lampiões, os olhos parecem de ônix, de tão brilhosos. — Eu sei — diz. — Mas não pode me pedir para esquecer. Me faz mal, entende? Cada vez que penso naquelas cartas que você conservou, falta-me o ar. Me dói saber que você nunca foi meu.

Ignazio retrai-se de vez, irritado.

— Te disse que é coisa antiga. Além do mais, passaram-se... quantos anos? Nove, dez? Você ainda quer reviver o que já está morto e enterrado? — Pensar em coisas que não se pode mudar... Para ele, não existe desgaste de energia maior.

Giovanna se encolhe, e o breu da carruagem parece engoli-la.

— Você nunca entendeu o que significa ficar como eu fiquei. Uma outra mulher teria se acostumado, teria tirado isso da cabeça porque não se pode viver *accussì*. Mas eu não. Você está aqui dentro. — Diz em dialeto e bate no peito com os nós dos dedos. — E daqui você não pode fugir.

A voz vai sumindo, até se tornar apenas uma nuvem de sopro no habitáculo gélido. Giovanna apoia o queixo sobre o peito e fecha os olhos. É como se tivesse tirado um peso do coração, mas apenas para substituí-lo pelo fardo bem mais pesado da consciência. Porque, de agora em diante, aquele amor não correspondido — um sentimento que fere quem sente e é sem valor para quem o recebe — não poderá mais se esconder debaixo de um véu de serenidade ou de resignação. Estará sempre ali, no meio deles, em toda a impiedosa concretude dele.

Talvez pela primeira vez na vida, Ignazio não sabe o que dizer. Está irritado consigo mesmo por não ter entendido o estado de ânimo da mulher, justamente ele que, nos negócios, sabe captar cada nuance, cada intenção, cada subentendido. Em seguida, procura convencer--se de que se trata apenas de um desabafo, uma daquelas coisas de *fimmine*, que chegam e passam como chuva de verão. É somente quando a carruagem para em frente à entrada da Olivuzza e Giovanna desce, apoiando-se ao cocheiro que abriu a portinhola e deixando-o para trás sozinho no escuro, que Ignazio compreende qual o verda-deiro sentimento que ela está vivenciando.

Olha a esposa afastar-se, com a cabeça embutida entre os ombros.

E a vergonha aperta a garganta.

Em 9 de fevereiro de 1881, o *Giornale di Sicilia* publica a primeira parte de uma longa e detalhada investigação sobre as condições da marinha italiana em geral e sobre a de Palermo, especificamente. Palavras de fogo, arremessadas com precisão, que suscitam primeiro indignação, depois angústia e, por fim, pânico. Destinatário final: o governo italiano.

No escritório, Laganà fecha o jornal e abre um sorriso de admi-ração. Ignazio não poderia ter feito mais ou melhor. Verdade que o *Giornale di Sicilia* está praticamente nas mãos da família, mas os dados que os jornalistas fornecem são irrefutáveis.

É o momento de forçar a mão com Raffaele Rubattino. Escreve um bilhete a Giuseppe Orlando, que se tornou diretor da sede de Nápoles do Correio dos Barcos a Vapor. Ele conhece o genovês há mais tempo, sabe como pegá-lo.

Fusão.

O casamento entre as duas sociedades de navegação precisa realizar-se o mais depressa possível, quase como núpcias reparadoras. Isso escreve Laganà a Orlando. Acrescenta que Rubattino deve parar de se desviar como um rapazola reticente ao casório, porque se não aceitar o inevitável, e rapidamente, os navios dele desaparecerão do Mediterrâneo. E ainda lhe recorda o desastre evitado em janeiro do ano anterior, quando Rubattino havia tentado um acordo tarifário com os franceses. Fora necessária toda a calma de Ignazio para não cobrir de insultos o genovês e, no lugar disso, explicar-lhe de que modo, com aquele acordo, teriam se tornado ambos — ele e Rubattino — escravos da Transatlantique.

O que Laganà não diz é que até o Correio dos Barcos a Vapor *precisa* daquela fusão, não somente para manter o domínio sobre o mar, mas também para proteger quem trabalha com a companhia: a Fonderia Oretea, os operários da doca seca, os transportadores e os agentes do comércio espalhados em todo o Mediterrâneo. Se o Correio dos Barcos a Vapor perdesse aquela oportunidade e o porto de Palermo se transformasse em uma escala periférica, não seria somente a cidade a sofrer, mas toda a ilha.

— Genovês idiota. Não vejo a hora de chegar em frente ao tabelião — murmura Laganà, assinando o bilhete. Em seguida, chama um portador para que o envie de imediato.

Mas Ignazio e ele deverão esperar até junho para que as coisas se coloquem realmente em movimento: primeiro, com a assembleia dos sócios do Correio dos Barcos a Vapor, que aprovam a fusão. E depois — finalmente! — com o consenso da Rubattino, arrancado à força de contratações extenuantes.

Falta somente que o governo, como um oficiante, dê a benção.

Assim, Ignazio parte a caminho de Roma.

É o primeiro-ministro Agostino Depretis quem o recebe, junto ao responsável pelas Obras Públicas, Baccarini. Ambos se ocupam de explicar o que Ignazio sabe faz tempo: que, dada a importância das duas sociedades, é necessário apresentar às Câmaras um projeto de lei, porque não basta um simples nada-consta ministerial, que o dinheiro público investido é muito, começando por aquele desembolsado para as seções de navegação subsidiadas, das quais as duas empresas marítimas são cessionárias, e que, portanto, é necessário ter cuidado...

Ignazio assente e levanta o queixo, como quem diz: *Claro, é óbvio.* Mas, mais tarde, já de volta ao hotel, passa os olhos pelos jornais vespertinos e o que lê o faz perder o apetite e o sono.

De Gênova e Veneza nascem protestos de pequenos transportadores e de proprietários de veleiros: eles expõem o desastre, acusam o ministério das Obras Públicas de favorecer os gigantes e de não se importar com a marinha. Dois armadores genoveses, Giovanni Battista Lavarello e Erasmo Piaggio, chegaram até a apresentar uma petição ao Parlamento em que manifestam "a legítima apreensão diante da formação de uma empresa anônima colossal cujos títulos, atualmente em mãos nacionais, poderiam com o tempo passar a ser, mesmo em parte, adquiridos por estrangeiros".

Não, a fusão não seria uma coisa simples.

Em 4 de julho de 1881, a discussão chega à Câmara dos Deputados. O projeto de lei passa no dia 5 de julho, é encaminhado ao Senado e submetido à votação no mesmo dia. Há pressa, uma pressa danada de livrar-se daquela chateação toda.

Ignazio encontra-se em uma saleta privada do Senado, aguardando. Se está tenso, não demonstra. Pede um chá, levam-lhe em um elegante serviço de porcelana. Quem é que pode se meter contra ele, ele que é amigo pessoal de ministros e senadores? E, no entanto, as mãos apresentam um leve tremor de tensão. Aceita um cigarro, goza do silêncio que reina nas salas do poder.

O ministro Baccarini vem avisá-lo a respeito daquilo que acontece na arena. Entre o fumo dos charutos e o perfume do café que é servido, o ministro sorri, inclinando a cabeça, e murmura:

— Fique sereno, sr. Florio. A navegação à vela é coisa do passado, mesmo que alguns não se deem conta de que o tempo dela acabou. O futuro é o vapor. São o vapor e o ferro. O senhor será o bispo dessa nova era, um daqueles que levarão a Itália para o novo mundo.

Ignazio se senta em uma poltrona revestida de couro.

— Disso estava certo meu pai, estou certo eu, e bem mais do que vocês. Passaram-se já doze anos desde que foi aberto o canal de Suez e, como era óbvio, por ali, a essa altura, trafega o comércio de maior valor. Continuar viajando à vela é ridículo. É preciso de barcos a vapor imponentes para sulcar os oceanos.

— E vocês os têm. É por isso que o governo os apoiará.

Pouco depois, a contagem dos votos. O projeto de lei é aprovado. Ignazio sente a respiração livrar-se da gaiola do tórax e a pressão nas costelas soltar-se.

— Falta somente sua assinatura e a de Rubattino perante o tabelião.

— Orlando, que nesse meio-tempo o alcança, bate a mão no ombro dele. Chega também Francesco Paolo Perez, seguido por um servente com uma garrafa de champanhe e alguns copos. — Finalmente está feito! — declara e o abraça.

Ignazio se permite um sorriso satisfeito.

Mas o orgulho que experimenta é tamanho que parece correr-lhe pelas veias no lugar do sangue. Salvou o Correio dos Barcos a Vapor de um destino de crescente empobrecimento, colocou sob proteção sua gente, os operários da Oretea e os marinheiros de um futuro de miséria, e garantiu ao porto de Palermo anos de prosperidade. E ele, dono de pouco menos do que cem navios, entre barcos e transatlânticos, tornar-se-á, de fato, um dos senhores do Mediterrâneo.

No entanto, não é somente isso que o deixa orgulhoso. É também a consciência de que, se bem articulada, a política poderá *sempre* ajudá-lo. E não importa se um rei não está disposto a isso.

A consciência de que o poder econômico dos Florio pode incidir no destino da Itália.

Uma coisa que o próprio pai, com toda a ambição dele, não podia nem imaginar.

A quentura que invadiu Palermo no final de agosto de 1881 apoderou-se da Olivuzza e se concentra nos quartos de dormir, tornando o ar quase irrespirável. Das janelas que dão para o jardim, a cidade desponta como uma forma envolta em poeira, trazida pelo vento sciroco. Entreveem-se as cúpulas das igrejas e dos tetos das casas, mas estão desfocados, distantes.

Dona Ciccia está no salão verde. Está organizando a cestinha de trabalho, recolhendo os fios de bordado em meadas.

Giovanna abre a porta e para na soleira. No olhar, tédio e irritação. A testa parece céu em tempestade e as mãos estão elétricas.

Dona Ciccia detecta logo o humor sombrio.

— O que aconteceu? Por que está assim?

Giovanna dá de ombros e se deixa cair sobre o sofá.

— O que tem? — insiste dona Ciccia, incomodada com aquele silêncio.

— Meu marido me deixou sozinha há mais de um mês e agora me escreveu dizendo que ainda por esse mês ele não volta — queixa-se a mulher, em siciliano.

— Santa Maria! É isso? Parece que estou na frente de uma menininha como Giulia, e não de uma mulher casada — bufa a outra, também em dialeto.

Giovanna sacode a mão, a traz para perto dos lábios como para estancar as palavras. Em seguida, fala apressada.

— Me escreveu que, de Gênova, quer ir a Marselha. Na casa da irmã dele. — A voz é um silvo. — Nesses anos, no verão, sempre viajamos juntos, e agora ele quer ir sozinho. Claro, primeiro foi por conta da empresa, sei disso, porém nunca ficou longe assim por tanto tempo, nunca!

— Bem, eu penso assim! — Dona Ciccia levanta os olhos ao céu. — Dom Ignazio não vê a irmã faz anos. Ele tem o direito de ficar um pouco com ela, não?

— Somos uma família — reclama Giovanna, sempre em siciliano, e bate as palmas das mãos sobre o braço da poltrona. — O que fazem os pequeninos se são levados para conhecer a tia?

Dona Ciccia cruza os braços sobre o peito generoso. Continua, em dialeto.

— Estão casados há tantos anos e ainda não conhece seu marido? Ele é um santo cristão, não como certos maridos que são mulherengos. Por favor, deixe de lado certos pensamentos e borde aqui essa toalha, vai. — Ela pega uma toalha de linho trabalhada em bordado siciliano, levanta-se e a coloca em suas mãos. Giovanna aperta o tecido, não vê que tem uma agulha e se espeta. Enquanto traz o dedo à boca, murmura, em dialeto:

— Há coisas que a gente não pode nem pensar... — E afasta o olhar, porque não quer que a angústia veja a luz do sol.

Dona Ciccia olha para ela com ar de interrogação, mas nem ela tem coragem de perguntar o que a angustia.

Aquele casamento lhe parece frágil como cristal, e se não se rompe, é porque o sentimento de Giovanna de um lado e o respeito que Ignazio tem por ela, do outro, formam uma anômala couraça que o protege dos assaltos da vida. Mas Giovanna sofreu muito e por muito tempo — de corpo e de alma —, e dona Ciccia agora teme que baste uma vibração para derrubá-la. Ao contrário, o comportamento de Ignazio nunca teve — *nunca!* — um momento de incerteza. Por isso, não consegue nem conceber a ideia de não ter sido fiel a Giovanna, sempre e de qualquer maneira.

Aquela ideia, no entanto, tomou novamente posse de Giovanna quando ela leu o destino da viagem de Ignazio: Marselha. A obsessão reacendeu, fincando os olhos amarelos sobre ela. Procura rechaçá-la, diz a si mesma que lá tem Giuseppina, François e o pequeno Louis Auguste. Mas, talvez, lá, encontre-se também *aquela*...

Sacode a cabeça, procurando escamotear a lembrança da briga que tivera com Ignazio poucos meses antes, após a audição com o rei. Como acontecera depois da descoberta das cartas, não haviam mais tocado no assunto, deixando que as ondas do mar da força do hábito levigassem qualquer aspereza. Todavia, ela, como sempre, continuara pensando naquilo. Por vezes, convencera-se de que o ciúme não tinha sentido e que provavelmente Ignazio estava com a razão: obstinava-se a remoer inutilmente. Bastava um gesto um pouco mais brusco, uma olhada severa, para que a ferida se reabrisse. E então ela se via novamente odiando aquela mulher que tivera tudo de Ignazio, até o presente mais precioso que se pode dar a um amor perdido, o lamento. A ela ficara somente o vazio de um afeto negado.

No entanto, aquela noite terrível lhe havia feito compreender mais uma coisa. Lera nos olhos, nos gestos, até na dureza dele com a qual a havia tratado. Para Ignazio, nada era mais importante do que a Casa Florio. *Mais do que eu. Mais, também, do que seus filhos.* Perante os negócios, nenhum afeto contava. Nem aquela mulher podia ser mais importante. Assim, há algum tempo, quando o ciúme ameaça agredi-la, ela se agarra àquela certeza.

Pega a cestinha de trabalho. Os cabelos escuros, presos em um coque, acompanham os gestos secos da cabeça.

— Conheço bem meu marido — murmura em dialeto, evitando olhar para dona Ciccia. E começa a bordar.

Marselha é mais empoeirada do que lembrava. Mais suja, mais caótica. A memória, guardiã mentirosa da felicidade, sabe como congelar as imagens de certos lugares em um eterno presente, em uma realidade impossível, e até por isso mesmo, ainda mais real.

Assim pensa Ignazio, com uma ponta de amargura que escurece os pensamentos e deixa um contragosto azedo no paladar.

Para ele, Marselha carrega demasiadas lembranças.

Agora, no final de setembro de 1881, o ar está impregnado de umidade, e o vento que vem do mar sabe de brisa e outono. Aqui, o Mediterrâneo tem outras cores e a água parece mais escura, quase como se não fosse o mesmo mar que banha a Sicília.

As ruas ao redor do porto estão apinhadas de carros e carroças. Grossos vagões tracionados por cavalos de carga transportam carregamentos de carvão até os barcos a vapor ancorados entre o porto velho, já insuficiente, e os novos ancoradouros. Ignazio lembra-se de quando estavam em construção, quinze anos antes.

Desce do barco a passos lentos. Viajou em um navio francês, disfarçado, como um passageiro comum. Encurtou a barba, vestiu roupas de viagem e a natural discrição fez o resto. Queria avaliar a qualidade do serviço oferecido pela concorrência e o resultado o satisfez: ótimo, no geral, mas não superior ao da companhia dele, pelo menos na primeira classe.

Pouco além do cais, uma carruagem à espera. De pé, ao lado dos cavalos, François Merle.

— Posso te abraçar ou devo curvar-me perante o homem mais poderoso do Mediterrâneo?

— Permito que tome essa liberdade. Porém, gostaria de ter encontrado o tapete vermelho na frente da carruagem.

O cunhado ri, tende os braços para ele. Ignazio acolhe aquele abraço com gratidão.

— Como está? — pergunta François em um siciliano de sabor francês, enquanto abre a portinhola.

— Cansado. Mas, uma vez que eu estava em Gênova, fiz questão de vir para cá ver vocês. Faz anos que não vejo minha irmã e, agora, o que eu devia fazer, já resolvi.

— E não deve ter sido fácil.

— Agora te conto.

O interior da carruagem conheceu tempos melhores, mas Ignazio parece não se dar conta. Está atraído pela cidade: observa as mudanças, os prédios construídos no estilo que se difundiu sob o regime de Napoleão III.

— Quanto tempo você vai ficar? — pergunta François.

— Alguns dias. Depois, voltarei diretamente a Palermo. — Ele se vira para olhar o cunhado. — Amanhã irei à Place de la Bourse. Não me esperam por lá. — Ri. — Quero ver em que condições está minha agência.

— A Agência da Navegação Geral Italiana, você quer dizer. — François massageia as coxas, impaciente. — Vamos, me conte como foi em Gênova.

— Ah, se queremos ser precisos, a isso é necessário acrescentar Società Riunite Florio e Rubattino. Após o voto de Roma, o caminho ficou mais fácil. Assinamos o ato na frente do tabelião, na casa do senador Orsini, que também nos fez de testemunha. Comigo estava também o advogado Crispi.

Um canto da boca do cunhado levanta-se, esboçando um sorriso.

— Levou a cavalaria toda.

— Melhor dizer que sei.

Riem, depois da troca em dialeto.

— Está satisfeito?

— Suficientemente. Claro, tivemos que envolver os bancos na negociação... — E, aqui, aparece uma ruga entre as sobrancelhas. — Mas não dava para fazer diferente. O Crédito Mobiliário era o banco de Rubattino e ele tinha um monte de dívidas com eles. Tivemos que inseri-lo no ato de última hora.

— Se você esperasse mais um pouco, poderia ter comprado sem precisar dizer qualquer coisa.

O outro balança a cabeça.

— Sem dúvida, porém, eu teria ficado com uma sociedade liquidada e teria sido muito mais difícil conseguir que nos concedessem linhas subsidiadas, sempre admitindo que o rumo fosse a falência: ninguém tinha interesse que Rubattino terminasse mal. Muita gente trabalha lá.

A carruagem diminui o ritmo. Há um gargalo: uma carroça está atravessada no caminho e a mercadoria, espalhada pelo chão. François solta a cortina, xinga baixinho em francês.

Ignazio disfarça um bocejo. Sem mais nem menos, sente o peso daqueles dias conturbados. Sente falta do rolar do barco a vapor, a terra firme lhe dá uma sensação de exaustão.

— Agora a sociedade tem tudo aquilo que é necessário: a Oretea, os barcos, os palácios... Mas era isso que eu queria, sim.

A viatura retoma a marcha.

— E em Palermo, como reagiram? Quer dizer, é uma cidade particular...

Ignazio dá de ombros.

— Como quer que tenham reagido? Souberam e todos ignoraram, ninguém se importou, a começar pelos meus operários. Nem uma linha sequer, um comentário nos jornais... parece que a coisa nada tem a ver com eles. E olha que os barcos agora são mais de oitenta! — O tom não esconde uma pontada de amargura, equilibrada pelo pragmatismo. — A eles importa apenas ter dinheiro nos bolsos, e depois quem tem, tem — acrescenta em dialeto.

François está prestes a responder, mas é nesse momento que a carruagem diminui.

— *Oh, je crois que nous sommmes arrivés!* — ele exclama e desce enquanto a viatura ainda está se recompondo. Ignazio levanta os olhos, assente. Um palacete de dois andares, elegante, mas não ostensivo, com linhas delicadas e balcões em ferro batido. Exatamente como lembrava.

De uma janela chega um gritinho.

— Irmãozinho!

Ignazio tem tempo apenas de descer, e logo depara com Giuseppina. A mulher aperta-o em um abraço tão enérgico que o faz cambalear.

É ela e, ao mesmo tempo, é uma pessoa nova. Um pouco mais cheia, com os cabelos mais escassos na altura das têmporas, exatamente como a avó de quem leva o nome. Mas os olhos são sempre expressivos e bons e o aperto envolvente não mudou.

Desgruda-se dele, olha-o, lhe acaricia o rosto.

— Sangue do meu sangue! Quanto tempo se passou? — murmura rente aos lábios. Pega o rosto dele nas mãos e o beija, duas, três vezes. Naquele momento, Ignazio experimenta uma sensação de calor na base do esterno. Aquele abraço tem gosto de retorno. De paz. De pedaços de vida que, em vórtice, encontram o lugar deles.

— Tempo demais. — Aperta-a forte.

Na entrada da casa, aparece um rapazinho de cabelos lisos e claros. Tem um corpo que já fala da adolescência, mas no rosto ainda há uma careta infantil. É Louis Auguste, o filho de François e Giuseppina. O sobrinho.

A memória corre logo para Vincenzino. Teria sido apenas um pouco menor, e teria tido, talvez, o mesmo aspecto sem graça, o mesmo ar intolerante.

Não pense nisso, diz a si próprio.

— Venha, entre! — Giuseppina o arrasta pela manga, o guia ao longo das escadas até uma saleta atapetada em damasco azul e algumas mesinhas baixas em mogno. Não é um ambiente luxuoso, mas é bem-cuidado, cheio de detalhes exóticos, como as estatuetas em marfim nos cantos ou o vaso chinês sobre a mesa coberta por um pano oriental.

— Que lindo, aqui.

— É o que temos condições — considera François, abrindo os braços.

— Se te digo que é bonito e eu gosto... Por que colocar sempre questões? — pergunta Ignazio, rindo, em siciliano. Afunda no sofá, faz sinal à irmã para que chegue perto.

Giuseppina também ri e se senta perto dele.

— Diga, e Giovanna, como está?

— Bem, bem. Mas, entre a papelada, os tabeliões, as mediações e os advogados, a vi pouco ou nada. Está em Palermo, tomando conta da casa e dos *picciriddi*. A última vez que recebi uma carta ela estava bastante... — Faz uma pausa, procura a palavra certa. — ... ressentida.

Giuseppina inclina a cabeça.

— Ela deve ter ficado muito mal por você ter vindo aqui sem ela.

Ele brinca com o anel do tio, debaixo da aliança de casamento. Está pouco à vontade.

— Justamente nesse caso não podia fazer de outra forma. Não era coisa que eu podia deixar a cargo de outros. Laganà e Orlando foram preciosos, mas em Roma queriam me ver e falar comigo, e a assinatura no ato em Gênova tinha que ser a minha. Além do mais, uma vez que eu estava em Gênova, não me convinha ir para casa para voltar outra vez aqui.

— Você tem razão — murmura a irmã em dialeto.

François se senta em uma poltrona na frente do cunhado. Louis Auguste permanece de pé, perto da porta.

— Você. Vem aqui. — Ignazio o chama com um gesto.

O rapazinho hesita, olha a mãe, em seguida se aproxima com ar relutante.

— Fala italiano, mas pouco — intervém Giuseppina, quase para desculpá-lo.

— Bom, vive em Marselha — replica Ignazio, sorrindo e fazendo carinho em Louis Auguste, que em seguida foge. — Vocês deveriam vir nos visitar com mais frequência.

— Não é assim tão fácil, Ignazio — murmura François. — Eu posso me mover, claro. Mas fechar a casa, ir a Palermo... Não é simples para a sua irmã.

Diz isso mantendo os olhos baixos, fixos sobre o tapete, e Ignazio entende qual a verdadeira razão. As diferenças, a essa altura, são muitas, e não é só questão de ter uma casa bem-decorada ou de ser rico. Os mundos deles são distintos.

Ele bate a palma da mão sobre a coxa.

— Enfim, eu já disse a vocês. Ficaria realmente contente se viessem. Tem uma casa e uma família que os esperam. — Em seguida, vira-se para o cunhado. — Quando entregarão as bagagens? Trouxe alguns presentes e teria prazer de dar a vocês.

— Ah. — François se agita na cadeira. — À tarde, acredito. Mas, se quiser, vou solicitar.

— Não, não há necessidade. — Ele se recosta no espaldar do sofá.

Giuseppina pega a mão dele, beija-a.

— Estou contente que você esteja aqui. — Ela lhe diz isso com calma, e naquelas palavras há um traço daquela confidência que por anos os havia unido.

De olhos fechados, ele um faz sinal concordando que também está contente. Aquilo que não diz é que, depois de tantas semanas de tensão, a respiração circula livre no peito e não sente mais aquele nervosismo que o impedia de se deixar levar pelo sono.

Por ora, pode deixar de ser dom Ignazio Florio para ser somente, simplesmente Ignazio.

— Uma festa?

Era a manhã seguinte à chegada dele e, durante o café, Giuseppina havia lhe dito que, naquela noite, estava prevista uma recepção em Fort Ganteaume e ela gostaria de levá-lo junto.

— Bem, mais que tudo, um encontro informal entre comerciantes e expoentes da marinha e do exército — explicara, olhando para ele além da borda da taça de chá que estava bebendo. — Para distrair-se um pouco e fazer algumas fofocas.

— No fundo, são eles que protegem nossas linhas comerciais e os empórios do exterior. Manter relações tranquilas é interessante para todos — acrescenta François, servindo-lhe um café.

— Claro, entendo. Só não queria que minha presença fosse mal julgada... Sabe como é: sou o principal concorrente da marinha francesa, agora. As pessoas veem aquilo que querem ver, e muitas vezes veem mal. Não gostaria de causar incômodo demais com a minha presença.

— Vamos, cunhado. Você está aqui em regime particular. Ninguém vai dizer nada, e você certamente não é um ingênuo.

Assim, naquela noite, havia ido parar na carruagem com Giuseppina e François.

A irmã traja um vestido azul que, por meio de um jogo de panos, esconde a silhueta já um pouco mais pesada. No pescoço, tem o colar de pérolas que Ignazio trouxe para ela de Gênova. François tinha observado aquele presente com estupor e até ficara vermelho pelo embaraço quando descobrira o regalo reservado a ele: um relógio de bolso em ouro, com as iniciais gravadas no interior.

— *Tu es vraiment élégante, ma chère* — diz Ignazio, olhando-a com um sorriso. — A França te fez bem.

— Sim, essa já é minha casa — ela replica, apertando a mão de François e lançando um olhar cheio de afeto ao marido. — Porém, você é um bajulador e um mentiroso: estou certa de que esse vestido não seguraria o confronto com qualquer uma das *toilettes* de Giovanna.

Os três riem, mas depois Ignazio se vira para a cortina da carruagem, levanta-a e finge se interessar pelos palácios da cidade. Giuseppina não está errada: Giovanna cuida muito bem de si, tem roupas bonitas e joias elegantes... mas não tem nem um pingo da serenidade da irmã. A esposa interpreta um papel. Giuseppina, não. E a coisa mais amarga, para ele, é a consciência da própria responsabilidade nessa comédia das partes. Porque foi ele que quis que a existência deles se tornasse uma encenação em que os personagens acabaram por se tornar indistintos de quem os interpretava.

A viatura dos Merle para. Na frente deles, outras carruagens aguardam. Giuseppina suspira, e François aperta a mão dela.

Por fim, um atendente de uniforme abre a porta e os ajuda a descer. Ignazio observa com interesse a imponente construção de base quadrada que dá para o mar, perto do velho porto de Marselha. Fort Ganteaume é um prédio que fala de uniformes polidos e de rigor militar. E, no entanto, naquela noite, com as tochas plantadas no chão e as notas de uma pequena orquestra que afina os instrumentos no fundo, parece ter perdido a costumeira austeridade para vestir-se de frivolidade.

— Me lembra o Castello a Mare de Palermo — diz Ignazio a François.

— Imagine que quase teria o mesmo fim. Mas, em seguida, nos demos conta que o demolir teria sido uma loucura. É importante demais para a defesa da cidade. — Dá-lhe um tapinha por sobre a manga. — Vem. Te apresento alguns oficiais. Por ora, deixemos para lá os mercadores, ou vão te entediar com perguntas sobre os cais comerciais...

O pátio foi decorado com castiçais blindados e com cestos em forma de cornucópias que transbordam de flores, desenhando chafarizes de folhas e pétalas. Atendentes e camareiros de libré guiam os convidados para a sala, de onde provêm os últimos sons da afinação.

Ignazio passa alguns minutos conversando em francês com um grupo de oficiais de alto escalão. Percebe os olhares curiosos. Talvez se admirem que o novo senhor da marinha italiana seja uma pessoa tão afável e gentil. Alguns, porém, o estudam com explícita hostilidade. Um entre eles, um velho almirante com grande bigode em forma de manúbrio o esquadrinha com ódio.

— Não se dá conta de quais danos a *sua* fusão trará à França?

— Verdade, o que o senhor veio fazer aqui? — prensa um outro oficial, com uma vistosa cicatriz pela face.

— Veio encontrar a irmã e o sobrinho — intervém François, calmo mas decidido. — Sabe, não só de comércio vive o homem. O sr. Florio é meu *hóspede*.

O almirante aperta os lábios.

— Cada qual tem as desgraças que merece — comenta, ácido.

François sorri.

— É sempre possível fazer melhor, mesmo assim, não me queixo.

Enquanto todos riem, um garçom serve champanhe.

As mulheres transitam sob os arcos que cercam o pátio e uma delas acena à sala das armas, que fora decorada para ser salão de baile. A orquestra começou finalmente a tocar, sobrepujando o burburinho dos convidados.

François se vira, identifica a esposa e alcança-a com passos rápidos, seguido de Ignazio. Entram com Giuseppina no braço de ambos.

— O que houve? — pergunta ela ao irmão, notando a ruga entre as sobrancelhas.

— Bem, decerto não esperava ser acolhido com triunfo, porém...

É o sorriso de Giuseppina a amortecer a contrariedade.

— *Não faça o santo fora da igreja* — sussurra em um dialeto com nuances de francês, que arrancam dele uma risada. Era uma expressão típica da avó para indicar que as súbitas mudanças de humor não eram do agrado dela.

Na sala foram levados grandes espelhos que, alternados a cortinas, dão a ilusão de um espaço maior. Íris, cravos, rosas e madressilvas, recolhidos em vasos de bronze, decoram os cantos, enquanto guirlandas de flores envolvem os pilares onde foram colocadas lamparinas a óleo que iluminam o ambiente como se fosse de dia.

Alguns casais já estão ocupando o centro da sala. François levanta a mão da mulher e faz uma reverência. Ela assente, aperta seus dedos, em seguida se liberta do braço do irmão.

— Você nos dá licença, sim?

As últimas palavras são quase um sopro. O marido arrasta-a ao centro da sala e, rindo juntos, iniciam com uma contradança.

Ignazio sente uma pontada de inveja, porque aquilo que vê no rosto de Giuseppina e François é o puro prazer de estarem juntos. Eles têm uma cumplicidade alegre, tão distante da relação dele com Giovanna. Uma relação ancorada na determinação de manter uma aparência social impecável, mas sem alegria, sem abandono, sem leveza. Apesar disso, nesse momento, desejaria tê-la ao lado para preencher, com um dos sorrisos dela, o vazio que sente por dentro. Para afugentar — mesmo que apenas por uma noite — a tristeza que vela cada pensamento.

Pega outra taça de champanhe e olha ao redor com ar de indiferença, consciente de ser objeto da curiosidade de todos. Observa oficiais aprisionados nos altos uniformes, comerciantes que falam em voz demasiado alta e os armadores locais, que olham na direção dele.

Tudo passa por ele, nada o atinge.

É então que acontece.

Os cabelos cacheados, de um loiro que tende ao ruivo. O pescoço comprido e branco. O vestido de cor pó de arroz. As luvas alvas que chegam até os cotovelos. O leque de plumas.

De repente, Ignazio sente frio. Porque — e é um instante — se dá conta de que o esquecimento sob o qual escondeu as lembranças é delicado como papel e que basta um segundo para dilacerar. E, ali por baixo, encontra-se a alma dele: nua, exposta, frágil.

Nada mais sente, a não ser um sombrio e cavernoso barulho de fundo. Tudo está confuso.

As únicas coisas em foco são a cabeça dela, levemente inclinada, e os lábios, que formam palavras inaudíveis e que parecem prontas para se abrir em um sorriso que, porém, não chega.

Entretanto, com ele, ela rira.

E *chorara*.

Certa vez, o pai lhe havia dito que a regra de vida mais útil era também a mais simples: dê ouvidos à cabeça, não ao coração. Dar ouvidos às paixões a despeito do que dizia a razão levava inevitavelmente a cometer erros. Estava falando dos negócios, só que Ignazio seguira aquela regra não somente na gestão da Casa Florio, mas inclusive na conduta privada. Controle e certo distanciamento sempre foram os aliados mais fiéis, quer se tratasse de fechar uma negociação ou de educar os filhos.

E agora, no entanto, talvez pela primeira vez, Ignazio ouve o coração. Obedece ao instinto de conservação. Deixa que o medo o carregue.

Precisa ir embora. Logo.

Dirá que teve um mal-estar e que preferiu voltar para casa; a irmã não ficará chateada. *Não deve me ver*, pensa, porque não quer, não pode encontrá-la, falar com ela. Recua para o fundo da sala. *E que tudo acabe assim.*

Tarde demais.

Camille Martin, viúva Darbon, atualmente casada com um Clermont, saúda a mulher com quem está conversando e se vira na direção de outra convidada, uma matrona em uma roupa bordô.

E o vê.

O leque desliza pela mão. As plumas flutuam por um instante antes de pousar sobre o chão.

Fixa-o com a boca semifechada; parece mais assustada do que incrédula. Em seguida, enrubesce com violência, ao ponto de a mulher idosa que se aproxima tomar o braço dela e perguntar se está bem. Ela recupera-se, abaixa para recolher o leque, aperta-o entre as mãos e depois abre um sorriso como para se desculpar.

Com aquele sorriso entre os olhos, Ignazio se vira e se põe a caminhar a passos rápidos, dirigindo-se à entrada do salão.

Estúpido, estúpido, estúpido, estúpido.

Como não pensara nisso? Camille está casada com um almirante ou algo do tipo. Deveria ter se lembrado. Jamais deveria ter vindo a este lugar. E, certamente, após todos aqueles anos, Giuseppina não podia saber, suspeitar que ele...

Quase dispara a correr. Voltará para casa com a carruagem e a enviará de volta ao baile. *Sim*, diz a si mesmo, *farei assim.*

Esquiva-se com o maior cuidado possível de dois comerciantes que tentam conversar com ele. Para um garçom e lhe pede para transmitir mensagem aos cônjuges Merle, dizendo que não se apressem em voltar para casa.

Chega debaixo do alpendre. Ofega como se tivesse corrido. Em seguida, começa a atravessar o pátio.

Está fugindo. Ele, Ignazio Florio, o homem mais poderoso do Mediterrâneo. Ele, que nunca tremeu diante de ninguém. E diz a si próprio, repetindo-o a si mesmo, que está fazendo a coisa mais lógica, mais racional, porque da guerra contra as lembranças só se pode sair derrotado. Porque permitir que aquele fantasma tenha um corpo significa bater de frente com a realidade que, dificultosamente, se construiu à própria imagem e semelhança. Significa apagar tudo aquilo a que ele atribuiu valor.

— Ignazio!

Ele para.

Não devo me virar.

Um ruído de passos.

Não devo vê-la.

Fecha os olhos. A voz dela.

— Ignazio.

Um farfalhar de tecido no assoalho de pedra.

Agora está ali, na frente dele.

O rosto está mais fundo. Ao redor dos olhos, pequenas rugas. A boca, antes cheia, parece ter afinado e, entre os cabelos louros, despontam fios prateados. Mas a expressão — vivaz, intensa, inteligente — permaneceu inalterada.

— Camille.

Ela abre a boca para falar, fecha-a novamente.

— Não sabia que estava aqui.

Ela não diz nada. Levanta a mão enluvada e permanece com os dedos suspensos no vazio por alguns instantes; em seguida, retira-os e aperta o leque no peito até guinchar.

— Você parece bem — murmura, por fim.

— Bem? — Abre os braços e sorri, amargo. — Envelheci e engordei. Você, no entanto... Você está como era.

Ela inclina a cabeça de lado, e sobre os lábios aparece aquele meio sorriso que Ignazio lembra bem e que o fere.

— Mentiroso. Eu também envelheci. — Mas diz isso com indulgência, como se o transcorrer do tempo fosse um presente a ser aceito com gratidão. Dá um passo à frente. A borda do vestido raspa a ponta do sapato. — Te segui à distância, sabe? Li os jornais... E, obviamente, falei de você com Giuseppina. — Faz uma pausa. — Soube do seu filho. *Toutes mes condoléances.*

A lembrança de Vincenzino é como um tapa.

Tem uma família, uma esposa. Por que está falando com *aquela* mulher, após mais de vinte anos?

Porque a amou mais do que qualquer outra coisa no mundo.

Ignazio dá um passo para trás. Mas, ao fazê-lo, percebe o perfume de Camille, aquele aroma de cravo, fresco e persistente, que sempre associara a ela.

É uma vertigem, uma queda livre no passado.

— Camille? O que está acontecendo? — A matrona com a roupa bordô aparece debaixo do alpendre. Olha para ambos, perplexa, então se aproxima com passos incertos. — Temia que você tivesse tido um mal-estar. Não conseguia te encontrar em parte alguma...

Camille balança a cabeça. Enrubesce, move as mãos com pressa e as plumas do leque esvoaçam, nervosas.

Ele sabe que ela está procurando uma desculpa. Incrível como ainda consegue reconhecer os gestos dela.

— Encontrei um velho amigo meu e começamos a conversar — diz Camille por fim, esboçando um sorriso. Madame Brun, apresento-lhe *monsieur* Florio, irmão da minha amiga Giuseppina Merle. Madame Brun é esposa do almirante Brun, um companheiro soldado de meu marido.

Ignazio curva-se e beija a mão da mulher.

Um velho amigo.

— Vamos voltar? — A mulher indica o salão de baile. — *Il fait tellement froid...* Está tão frio...

Somente naquele momento Ignazio repara que Camille está arrepiada. Por instinto, lhe oferece o braço.

— Sim, vamos voltar — afirma com segurança.

Agora é Camille que hesita. Mas, em seguida, os dedos deslizam sobre a manga de Ignazio, a envolvem. Como se tivessem encontrado o lugar deles, a sede natural.

Entram no salão de baile lado a lado. Faz muito calor e o ar está carregado pelo cheiro de suor, mesclado ao perfume de flores e de água de colônia dos convidados.

Naquele instante, a pequena orquestra ataca com uma valsa.

Ignazio aperta o pulso de Camille. Olha para ela.

E, no brilho dos olhos dela, encontra algo de que havia se esquecido: a necessidade de se sentir vivo, junto à tranquilidade de não ter que demonstrar nada a ninguém.

— Vem.

— Mas...

— Vem. — O tom de Ignazio não admite réplicas. É a voz de um homem acostumado a comandar.

Camille segue-o, fascinada, confusa, de olhos baixos.

A pegada de Ignazio é firme. Estica a mão atrás das costas e levanta a outra para segurar a de Camille. Os corpos mantêm a distância condizente ao ditame das convenções.

Ela esboça um sorriso.

— Preciso me corrigir. Você mudou — murmura. — Nunca teria tido essa coragem anos atrás.

— Eu era pouco mais do que um rapaz. — *E era estúpido*, gostaria de acrescentar.

— Não tinha todas as responsabilidades que tem agora. Teve uma vida plena. Muitas satisfações. Um bom casamento.

Faz uma pausa. Ele a faz rodopiar, enlaça novamente a cintura dela com o braço. Os corpos deles se reconhecem, se falam.

Ela baixa os olhos.

— Porém, teve momentos realmente difíceis, *n'est-ce-pas*? E eu não... A única coisa que eu podia fazer era te escrever. Mas não tive coragem de fazê-lo... quando soube de seu filho.

Um pensamento atravessa a mente de Ignazio.

Giovanna. A briga que tiveram.

A raiva aperta-lhe o diafragma, ele quase perde o passo.

— Sim, recebi suas mensagens. Foram de grande conforto para mim.

Ignazio sente que as bordas são frágeis, que o passado está se sobrepondo ao presente. Cada frase, cada instante, cada gota de sentimento que compartilhou com aquela mulher está emergindo com uma violência que pode destruir tudo.

Outro rodopio. Ele acolhe-a novamente nos braços, mas dessa vez aperta-a mais. Agora os corpos tocam-se.

— Ignazio. — Camille tenta recuar. Ele a impede, cerra as pálpebras como se estivesse sofrendo, e talvez seja isso mesmo, e ela percebe, porque parece sentir a mesma tensão, o mesmo temor.

Seu hálito toca levemente a orelha dela.

— Não fale.

Para além da barreira das roupas, um filete de suor se concentra entre as escápulas, deslizando pelas costas.

São os últimos movimentos da valsa. Giram cada vez mais velozes, mais próximos, e ao fim Camille joga a cabeça para trás, com a roupa em vórtice ao redor das pernas. Mantém os olhos fechados e uma entrega no rosto típica de outros momentos, que ele lembra bem e que o fazem tremer.

Uma lágrima, retida entre os cílios, desliza pela face. Ninguém pode vê-la. Ninguém a não ser ele.

A música acaba.

Encontram-se em meio à multidão, apertados um ao outro.

Em seguida, o ruído da sala. A realidade.

Desgrudam-se subitamente, recuam. A pele arde, as mãos queimam. Mas os olhos deles, não, não conseguem se separar.

É Ignazio o primeiro a sacudir-se.

— Vem. Levo você de volta para Madame Brun.

Despede-se das duas mulheres com um beija-mão formal. Em seguida, se afasta.

Camille não consegue parar de olhar para ele.

Como Marselha é diferente de Palermo, pensa Ignazio. Acostumou-se rapidamente à poeira e ao caos e agora aprecia a modernidade, a riqueza, o espírito vital. Etnias, vozes, línguas se mesclam, e essa mistura cria-se e desfaz-se, revela-se entre ruas e vielas, transforman-do o porto e a zona circunstante em um tanto de rostos e de cheiros.

— Em todos esses anos, a cidade mudou muitíssimo — comenta. François assente.

— O dinheiro que chega das colônias e a vontade de renovação revolucionaram o porto. Fala-se em ampliá-lo ulteriormente, mesmo depois da construção das novas margens. — Suspira. — Essa cidade tem aquilo que falta a Palermo.

— A vontade e a força de mudar — confirma Ignazio.

A Bolsa de Marselha é imponente, com grandes colunas e uma fachada que lembra um templo grego, e está próxima do Canebière, a artéria citadina mais importante para o comércio.

Na sede da companhia, tudo está em ordem. Alguém deve tê-lo visto na festa da noite anterior, porque os escritórios estão todos lustrosos e o time dos empregados está todo presente. Ignazio fala com eles, encontra o diretor, descreve brevemente como mudarão as linhas agora que Florio e Rubattino são uma coisa só.

Mas uma parte dos pensamentos está aprisionada na lembrança daquilo que aconteceu ontem.

Enquanto conversa sobre os novos trajetos de que o escritório terá que se ocupar — haverá algumas linhas que de Marselha chegarão à América —, o cunhado se aproxima.

— Eu preciso ir: alcançou-me um dos meus, me dizendo que há problemas com a alfândega por conta de algumas tarifas de transporte que não foram pagas. — Bufa.

— Certas coisas acontecem em qualquer latitude. Sempre é buro-cracia. — Ignazio aperta o braço dele — Vai tranquilo.

O outro levanta os olhos ao céu.

— Sorte que não preciso ir muito longe. Te deixo a carruagem, assim pode voltar para casa, se quiser.

— Te mando de volta assim que terminar aqui.

— Fique à vontade. Esse anuncia-se como um dia de chateações.

Observa François se afastando com passos nervosos. Ele fica para conversar com os empregados, pergunta os nomes deles. De uma *pâtisserie* próxima pede para trazer doces e licores. Sabe que na presença de comida as pessoas falam mais, e de maneira mais despreocupada. E ele ouve.

Pouco depois do meio-dia, deixa o escritório acompanhado por calorosas saudações e grandes sorrisos.

Assim que as portas se fecham atrás dele, se dá conta de que — pela primeira vez sabe-se lá desde quanto tempo — não tem compromissos durante todo o restante do dia. Sente-se meio perdido, quase confuso. Ao redor, um vaivém de bicicletas, de cavalos, de carruagens, de homens com chapéu-coco preto, de domésticas carregando cestos com compras, de mulheres elegantes com sombrinha. Todos parecem ter algum afazer, ter um lugar para ir...

E eu?, pergunta-se Ignazio. *Aonde posso ir?* Lembra que François havia lhe falado com entusiasmo do Café Turc, na Canabière, com o grande chafariz e os espelhos em que se refletem os clientes. Como alternativa, poderia dar uma caminhada rumo ao porto...

Ou poderia ir ter com ela.

— Não — murmura, balançando a cabeça. — Não vamos fazer bobagens. — Avança alguns passos, para, depois volta para trás, leva a mão à boca.

Um transeunte lança um olhar perplexo.

Basta, pensa.

Dirige-se à carruagem que está esperando por ele, pede que o levem para casa, com as mãos cruzadas e os olhos que observam a cidade sem vê-la. Nenhuma ideia esquisita: Giuseppina ficará feliz de transcorrer uma tarde inteira com ele, diz para si.

Mas, logo que desce da carruagem, dirige-se ao cocheiro e pergunta-lhe se sabe onde moram Madame Louise Brun e Madame Camille Clermont, e em seguida, se Madame Merle tem um floreiro de confiança, dando a entender que quer mandar flores para as duas mulheres. O cocheiro — magro, com um rosto marcado por cicatrizes profundas — responde que sim, claro, que sabe onde moram as duas senhoras, porque são amigas de Madame Merle. E, após ter providenciado os endereços das duas damas, explica que há um floreiro justamente ali perto, um dos mais guarnecidos de Marselha... deseja, talvez, que o leve para lá?

Ele faz um sinal negativo, que irá a pé, e agradece-o com uma moeda.

A carruagem volta a partir para pegar François. Na estrada, por alguns bons instantes, ressoa o eco das rodas sobre o piso.

Ignazio levanta o olhar para a varanda de Giuseppina. As cortinas estão fechadas para fazer de escudo ao sol. Ninguém nas janelas.

Apoia a mão no portão, aproxima-a da campainha.

Retrai-a.

Afasta-se.

Não conhece bem a cidade, mas sabe que precisa voltar para a Canebière. Ali, sobe em uma carruagem e dá ao cocheiro o endereço de Camille.

A Casa Clermont fica em uma viela tranquila, não muito longe de Fort Ganteaume, em um bairro de pequenos palacetes de dois ou três andares, que parecem cintilar ao sol. Pelo grande número de homens em uniforme e pelas bandeiras que despontam das janelas, Ignazio entende que se trata de uma área habitada por militares e as famílias deles.

Desce da carruagem, que se afasta, chacoalhando.

Aproxima-se da porta. Uma parte dele torce para que Camille não esteja em casa. Outra parte pede em voz alta que ela esteja ali.

Pela segunda vez em dois dias, está violando a regra do próprio pai, a *sua* regra: dê ouvidos à cabeça, não ao coração.

Bate na porta, dá um passo para trás, aguarda.

Ainda posso ir embora, pensa, mas naquele momento uma camareira idosa, de uniforme cinza, abre o portão.

— Madame Clermont está em casa? — pergunta Ignazio, tirando o chapéu.

Do andar de cima vem uma voz feminina. Alegre, o som de uma risada na garganta. Passos pelas escadas.

— *Que se passe-t-il, Agnès?*

Camille aparece nos últimos degraus. Veste uma roupa florida, para ficar em casa, e os cabelos estão soltos pela metade sobre os ombros, sinal de que estava terminado de se pentear.

Quando o vê, o sorriso congela-se no rosto, para em seguida apagar-se lentamente.

Ele baixa os olhos no limiar da porta, onde um cachorro gravado no mármore parece estar pronto para morder os tornozelos dele.

— *Pardonne-moi d'être venu sans te prévenir.* — diz.

A voz é baixa, quase temerosa. A mulher balança a cabeça, passa a mão sobre os lábios.

A camareira olha um e outro, confusa.

Ignazio recua um passo.

— Desculpe — balbucia, sem graça. — Vejo que está ocupada. Te desejo um bom dia. — Então se vira e põe o chapéu.

Mas Camille desce correndo os degraus, bloqueia-o.

— Espera! — Põe a mão sobre o braço dele, o detém. — Pegou-me de surpresa... Entra, vai.

A empregada se afasta para deixá-lo entrar. Camille fala com ela baixinho, e a mulher se afasta depressa.

— Vem. Vamos para a sala.

É um cômodo luminoso, decorado com sofás em veludo escuro e estampas com natureza morta e panoramas marinhos. Há também objetos diferentes, evidentemente trazidos pelo dono da casa das viagens dele: um chifre de marfim esculpido, uma estatueta egípcia, caixas em madeira e madrepérola, ou em latão trabalhado, de feitura árabe. Ignazio aproveita para observá-las, enquanto a doméstica entra com uma bandeja sobre a qual encontram-se duas xícaras de café e um prato de biscoitos e a apoia sobre uma mesinha em mogno.

— *Merci*, Agnès — diz Camille. — Agora vai tranquila para a casa da tua filha. Te aguardo mais tarde.

A mulher se despede com uma reverência. Camille se vira para Ignazio.

— A filha dela teve uma criança na noite passada e ela precisa assisti-la — explica. — Parece que foi um parto difícil. — Uma sombra aflora no rosto dela, um véu de cinza e amargura. — Pobre moça, está sozinha. O marido embarcou e sabe-se lá quando vai voltar. — Uma pausa. — Está com meu marido no *Algésiras*...

Senta-se, serve o café nas xícaras e, em seguida, do açucareiro, pega uma colher de açúcar para si. Levanta a cabeça.

— Duas, certo?

Ignazio está de pé em frente à janela. Assente.

Finalmente se senta diante dela. Observa-a. Na luz filtrada pelas cortinas, os cabelos de Camille se enchem de reflexos acobreados.

Bebem em silêncio, sem se olhar.

Então Camille apoia a xícara sobre o pires e levanta os olhos.

— Por que você veio?

Naquele tom há uma dureza que Ignazio não reconhece e que o desorienta. Uma aspereza que o põe em alarme. *Está se defendendo*, pensa. *De mim? Do passado?*

— Para conversar com você — admite. Com ela, ser sincero é fácil, porque foi exatamente Camille que o fez conhecer aquele aspecto de si. E, naquele tempo, nem ele teria tido dificuldade de ler o estado de espírito dele, porque ela, também, era sempre límpida, direta, a respeito dele.

Mas agora?

Disseram-se adeus depois que Ignazio lhe havia confessado não ter coragem de mudar o rumo da própria vida, porque tinha que estar à altura das expectativas do pai. Era o herdeiro da Casa Florio e nada nem ninguém podia mudar seu destino. Um casamento "socialmente adequado" teria sido a simples e inevitável consequência daquela escolha. *Dê ouvidos à cabeça, não ao coração.*

Por muito tempo, depois daquele adeus, Ignazio se recusara a abrir as cartas dela ou perguntar por ela. Como pesos invisíveis, o sucesso nos negócios, o poder e a riqueza haviam arrastado para o fundo da alma o sofrimento que experimentara, a vergonha de ter iludido uma mulher que amava, o arrependimento por uma existência diferente. De vez em quando, as lembranças emergiam para a superfície, e ele sentia-se quase agradecido pela dor que lhe causavam, porque nela se uniam a doçura de um sentimento nunca completamente adormecido e o sutil prazer de poder guardar um segredo: aquelas lembranças — aquela vida nunca vivida — pertenciam somente a ele.

Mas Camille? O que se passara com ela?

Não sabia nada. Tinha *escolhido* não saber nada. Tinha ido adiante apesar de tudo, mas fora feliz? Havia vivido ou tinha se deixado viver? Ele tivera o trabalho — fardo e bênção —, mas e ela?

— Sei perfeitamente que eu não deveria vir, que acabo te expondo aos dizeres das pessoas. Mas hoje...

— Hoje, o quê? — Ela apoia a xicrinha sobre a bandeja. Em seguida, olha-o nos olhos. — O que quer de mim, Ignazio?

A imagem de Camille que chora enquanto ele se afasta é apagada por aquele olhar feroz, por aquele tom áspero. As palavras enredam-se na língua. Por trás da recriminação, há alguma coisa que põe em alerta o instinto de Ignazio. *Rancor, sim. Mas também desejo, talvez?* De repente, percebe que não consegue mais ler as reações dela, que a mulher à frente é muito diferente daquela que o havia suplicado para não deixá-la. Uma mudança que não é somente a consequência do transcorrer do tempo.

Certos erros não têm perdão. São portas fechadas, cercadas por muros, que ficaram no passado.

Quando Ignazio fala, é com dificuldade. Porque somente naquele momento se dá conta do verdadeiro motivo pelo qual desejou encontrá-la.

— Hoje vim porque gostaria... de me desculpar pelo que aconteceu por minha causa... anos atrás.

— Por sua *culpa* — ela corrige. O azul dos olhos anuvia-se. — A causa está em outro lugar. A *culpa* é sua.

Ignazio apoia a xicrinha na bandeja e uma gota de café transborda, manchando o pratinho.

— Culpa ou causa, que diferença faz? — responde, irritado. — Eu poderia ter feito outra escolha, é verdade, mas tinha, e tenho, responsabilidades. Naquela época, em relação ao meu pai. Hoje, à família.

Camille se levanta, vai à janela. Cruza as mãos sobre o peito.

— Sabe, ontem à noite eu entendi uma coisa. — Fala de forma entrecortada, as sílabas deslizavam umas sobre as outras, sobrepondo-

-se. — O poder é aquilo que você desejou mais do que qualquer outra coisa, Ignazio. O poder, o reconhecimento social. Você não escolheu entre a felicidade dos seus pais e a nossa: você escolheu você mesmo. — A voz começa a alterar-se. Camille tira um cacho da testa. — Eu te observei: a segurança dos seus gestos, o modo como falava... E então entendi: o rapaz de então corresponde exatamente ao homem que você se tornou. Boba fui eu de ter pensado o contrário. De ter acreditado, à época, que você precisava de mim, de ser amado como era e não por aquilo que representava. Você nunca precisou de mais nada além da Casa Florio.

Pouco abaixo do esterno, Ignazio tem uma sensação dolorosa, o eco de uma perda. *Ela não*, diz para si. *Ela não pode me dizer essas coisas.*

Balança a cabeça, primeiro devagar, depois com fúria.

— Não é verdade, inferno. Não! — Levanta-se de um salto e pega-a pelos braços. Gostaria de poder sacudi-la, mas se segura porque ela agora parece assustada. Deixa-a ir, começa a andar pela sala, passando a mão pelos cabelos. — Precisei agir assim porque eu não tinha escolha. Não podia fazer de outro modo. Sabe quem eu sou, o que represento na Sicília, na Itália e para a minha gente? Sabe o que significa o nome Florio? Meu pai criou nossa Casa, mas fui eu quem a tornou grande, eu.

Ela deixa-o desabafar. Em seguida, posta-se à frente dele, levanta a mão, coloca-a no rosto de Ignazio. No semblante, pena. Um arrependimento tão profundo que apaga instantaneamente a fúria de Ignazio.

— Você não *quis* escolher. Mas a que preço, *mon aimé*, minha alma? *A que preço.*

Subitamente, como se estivesse se afogando, a vida passa-lhe na frente.

O pai levando-o ao escritório. Os trabalhadores da Oretea a ouvi-lo. A primeira vez que viu Giovanna, não bela, não rica, mas inteligente, obstinada e, sobretudo, nobre, exatamente como ele e o pai haviam desejado. Os filhos, que estão crescendo em uma casa digna de um rei. A influência política, os ministros que se vangloriam de ser amigos dele. Os pintores e os artistas que gravitam ao redor da Olivuzza.

Os navios. O dinheiro. O poder.

Mas agora, em torno dele, há o breu. Além da luz das luminárias de cristal e os esplendores das pratas, Ignazio não vê nada a não ser o reflexo e a imagem deformada dele, como se a solidão que o atravessa transbordasse. Porque sabe que não possui nada além de dinheiro, objetos, pessoas.

Possuir. Sem nada que seja realmente dele, que lhe pertença. A não ser a lembrança dela.

Camille pega as mãos de Ignazio, entrelaça-as nas dela.

— Não há mais nada para dizer, Ignazio. Estou contente que você esteja com boa saúde e que seja rico e poderoso como sempre desejou. Mas nada restou da gente, a esta altura.

Ignazio abaixa o olhar sobre as mãos unidas.

— Não, ao contrário. O pensamento em você. — A voz é rouca. — Se levei adiante minha vida foi também graças a você... à sua lembrança. À lembrança da gente. — Levanta a cabeça, procura os olhos dela. Está sem defesas, agora. — Pensei que pudesse me bastar por uma vida inteira, mas não é assim, e peço perdão por ter lhe causado tanta dor. Ontem à noite, você viu o homem que me tornei. Agora eu vejo a mulher que você é e que sempre foi: forte, corajosa. Capaz de me perdoar.

— Não posso te perdoar.

— Por quê?

Ela lhe lança um olhar gélido.

— Sabe bem que não é possível.

Ignazio fixa-a, incapaz de rebater. Condenou ambos à solidão. Ele forrou a dele com ouro e prestígio. Mas e ela? Novamente aquela pergunta angustiante, aquela sensação de culpa que agora não encontra mais vínculos ou barreiras.

— Você... — Consegue por fim dizer. — Como você conseguiu seguir em frente...

Camille agarra-lhe as mãos, cruza-as com as próprias, depois sorri, amarga.

— Como uma sobrevivente. Depois do que aconteceu, após os meses de convalescência, não tive mais a possibilidade de me recuperar de fato. Quando encontrei Maurice, meu marido, dois anos depois, eu era, àquela altura, uma mulher pela metade.

Ignazio recua um passo. *Convalescência?*

E pergunta-lhe, a voz baixa, as mãos que se recusam a deixar as dela. Sente estar tremendo por dentro porque não sabe e não entende. Um estado de ânimo que não lhe é familiar.

Camille inclina a cabeça. No rosto afloram todos os anos transcorridos.

— Após a perda do menino — diz em um sussurro.

— Do... menino? — Ignazio deixa cair as mãos. Parece-lhe ter sido esbofeteado. — Você estava...

Camille volta a se sentar. Está pálida, cobre o rosto com as mãos.

— Te escrevi, contando tudo. Você nunca me respondeu. Primeiro, achei que não quisesse escrever, depois, pensei que alguém, talvez seu pai, tivesse subtraído minhas cartas...

As cartas.

As cartas, maldição, aquelas que ele nunca tivera coragem de abrir porque não queria sentir mais dor, porque não queria ouvir as recriminações dele, porque basta, tinha acabado, e que sentido fazia chorar a respeito? Era como chover no molhado, não?

As pernas parecem não o sustentar. Precisa se sentar. A lembrança deles juntos, dos corpos enlaçados, próximos, do sorriso enamorado, é transformada em cinzas por aquela notícia. Ele poderia ter tido um filho com ela, poderia...

— Percebi que estava grávida poucos dias antes de perdê-lo. Não tive nem tempo de me dar conta que já estava tudo acabado. Não sei por que aconteceu, talvez tenha sido o desgosto, talvez o destino, quem sabe. Quando a hemorragia começou, eu estava em Provença, longe da cidade, e nada pude fazer para impedir. Pelo contrário... — Ela fala baixo, não olha para ele. A boca levanta-se em uma careta parecida com um sorriso de amargura. — Já é muito que eu tenha sobrevivido. — Levanta-se, posta-se à frente dele. — Em seguida, soube que outra gravidez seria fatal para mim. Olha o que você fez comigo, Ignazio.

Ignazio não tem forças para levantar os olhos. É ela quem levanta seu rosto, dois dedos sob o queixo, como fazia antigamente, quando depois se debruçava para beijá-lo.

— Você me tirou tudo.

— Não sabia... não poderia. Eu... — Ignazio persegue o ar, com dificuldade de respirar. Sente confusamente o cheiro do café que esfriou nas xicrinhas e o perfume da mulher. De repente, parecem-lhe nauseantes. — Eu não queria pensar no que havia acontecido entre a gente e nunca abri suas cartas. Conservei-as, sim, mas nunca as abri. Deixar você também foi um sofrimento para mim. — *Mas é tão insignificante a minha dor agora, tão minúscula. Tão inúteis as minhas desculpas...*

Ela balança a cabeça. Parece até que um véu de indulgência adoçou os traços dela, mas logo em seguida entende que aquilo no rosto dela é amargura. Decepção.

— Já não importa mais. Mesmo que você soubesse o que acontecera, duvido que teria voltado atrás. Sua confissão confirma aquilo que eu entendi há muito tempo. — Recua. — Você é um covarde.

Ignazio está atônito. Segura a cabeça entre as mãos.

Nada. Não existe mais nada daquilo que conservara na memória. A vida secreta dele, aquela imaginada, sonhada, desejada, é um punhado de ossos queimados, de ruínas sobre as quais foi jogada cal fresca.

Impotente, derrotado, devastado pela sensação de culpa. É assim que se sente quando levanta a cabeça e se põe novamente de pé, com a náusea a apertar o estômago e o peito a doer. É como se a sala tivesse perdido a luz e a cor, e até Camille parece ter envelhecido de repente.

Gostaria de lhe dizer que a amara como se amam os sonhos impossíveis. Gostaria de poder salvar algo da ilusão dele.

— Me perdoe. Eu não...

Ela faz sinal que pare. Coloca um dedo sobre os lábios de Ignazio, em seguida acaricia o rosto dele com uma doçura que é tanto íntima quanto feroz.

— Você. Verdade, sempre você, somente você. — Afasta a mão, distancia-se, indica-lhe a porta. — Vai embora, Ignazio.

* * *

Ignazio não sabe dizer por quanto tempo caminha após ter deixado a casa de Camille. Sabe apenas que, de repente, encontra-se em frente a uma selva de antenas e chaminés, de velas recolhidas e de carros carregados de mercadorias.

É o porto velho.

Ele olha ao redor, como se tivesse acabado de acordar.

Procura o anel de ouro batido debaixo da aliança de casamento, pensa em tudo aquilo que representa e o que significou para ele. Sente o impulso de desfazer-se do objeto, de arremessá-lo ao mar, longe, de não mais sentir aquele peso no dedo médio. De abrir mão de tudo.

Mas permanece imóvel. Aquele é um pedaço da história da família. Como a aliança, um símbolo de sua escolha.

Em seguida, dirige-se à casa de François e Giuseppina. Basta, precisa ir embora, voltar a Palermo.

Ele é Ignazio Florio, diz a si mesmo, mas não pode subverter o passado nem mudar o próprio destino. Nem os deuses têm um poder semelhante. Ele errou, foi derrotado e agora está pagando tudo com juros.

Não pensa em Giovanna nem nos filhos.

Poderia ter tido outro filho, outra vida, outro destino.

E, com esses pensamentos, chega à casa dos Merle.

Sobe os degraus de par em par, bate à porta. É Giuseppina quem abre, beija-o, em seguida franze a testa.

— Você voltou tarde. Tudo bem na Place de la Bourse?

Os acontecimentos de poucas horas antes parecem-lhe longíssimos.

— Sim, sim — responde, lacônico. — François regressou? Sei que teve algumas chateações…

A irmã sacode as mãos, como quem diz: *Nada de importante.* Depois, observa-o. Ignazio parece perturbado, profundamente. Gostaria de lhe perguntar por qual motivo, mas não o faz. Convida o irmão a segui-la e espera que seja ele a falar com ela, a contar.

Ignazio acompanha-a até a saleta. A mulher passa os olhos pelas cartas que se encontram sobre a mesa, recolhe algumas. Entrega a ele.

— Chegaram hoje de manhã de Palermo, junto a um telegrama de Laganà.

Ignazio pega as cartas.

Entre todas, duas: uma de Giovanna, a outra de Giulia.

Deixa-se cair sobre a poltrona. Abre.

A esposa lhe escreve a respeito da casa, dos filhos. Diz que Ignazziddu está se comportando bem, que se tornou mais responsável e que passaram algum tempo na Villa ai Colli, onde o ar é mais fresco, e que hospedaram, também, Antonino Leto. Inclusive, que Almeyda e a mulher dele foram encontrá-los. É um período sereno, mas sem ele a casa está vazia. *Espero que você volte logo,* conclui Giovanna. Utiliza aquele pudor costumeiro, aquela forma distanciada que escamoteia seus sentimentos, escondendo o amor que continua ofertando a ele sem esperar nada em troca.

Ignazio sente um aperto na garganta.

Depois, a carta de Giulia. Sua *stidduzza*.

Com uma grafia incerta, tenra, a filha escreve que gostaria de mostrar a ele como se tornou boa no desenho; com efeito, no verso da folha, aparece o esboço à lápis de um dos poodles da Olivuzza. Acrescenta que a mãe e a dona Ciccia tentam ensinar a ela como se borda, mas sem grandes resultados. Ela prefere observar Antonino Leto e o acompanha toda vez que ele vai desenhar no parque. Conclui dizendo que a mãe sente a falta dele. *E eu também não vejo a hora de você voltar.*

É a carta de uma menina que escreve ao pai que adora e que não vê há semanas.

Dentro dele, um cataclismo silencioso.

Percebe sobre si o olhar da irmã.

— Boas notícias de Palermo? — pergunta.

Ele engole em seco. Assente. Em seguida, balança a cabeça, como se despertasse de um sonho.

— Na próxima semana, pegarei o barco de volta para casa — anuncia. — Estive fora até demais. Minha família precisa de mim.

Giuseppina suspira com os lábios apertados.

— Assim deve ser.

OLIVEIRA

dezembro de 1883 — novembro de 1891

Cu di cori ama, di luntano vidi.
"Quem ama de verdade olha longe."

Provérbio siciliano

No dia 18 de outubro de 1882, durante um banquete oferecido pelos eleitores do colégio de Stradella, o presidente do Conselho, Agostino Depretis, fez um discurso que mudou a política do Transformismo, por ele esboçada oito anos antes, em outro discurso, sempre em Stradella. Portanto, atenua-se a divisão entre direita e esquerda, a favor daquilo que o historiador Arturo Colombo define "uma absorção, tanto prudente quanto engenhosa, dos homens e das ideias que também pertenciam às oposições". O sucesso de tal atitude já aparece nas eleições "com sufrágio aumentado" (2 milhões de pessoas em mais de 29 milhões tendo direito ao voto) que acontecem no dia 29 de outubro: a Esquerda de Depretis sai vitoriosa e são eleitos para a Câmara 173 deputados "ministeriais", ou seja, que não pertencem formalmente a um partido. É iniciado um período no qual a política italiana se manifesta não mais sobre bases ideológicas, mas procurando, de tempos em tempos, a convergência entre necessidades, favores e concessões.

Para superar o isolamento no campo internacional, e em resposta ao assim chamado "tapa de Túnis" (a ocupação francesa da Tunísia, sobre a qual a Itália tem pretensões coloniais), no dia 20 de maio de 1882 a Itália assina um pacto de defesa com a Alemanha e a Áustria (a Tríplice Aliança). O ímpeto expansionista se orienta então na direção da Eritreia, primeiro com a aquisição da baía de Assab (1882) e em seguida com a ocupação de Massaua, mas se detém de modo brusco com a derrota em Dogali (26 de janeiro de 1887). Por ocasião da morte de Agostino Depretis (29 de julho de 1887), o novo chefe de governo, Francesco Crispi, não oculta as pretensões imperialistas e assim, na primavera de 1889, o Exército Italiano volta a avançar na direção de Asmara. O negus Menelik II assina então o Tratado de Wuchale (2 de maio de 1889), no qual a Itália se apresenta como Estado protetor da Abissínia. A Eritreia é declarada "colônia italiana" no dia 1º de janeiro de 1890; porém, em outubro do mesmo ano, Menelik contesta a interpretação do Tratado de Wuchale em uma carta ao rei Umberto I. Surge daí um escândalo internacional e Crispi é forçado a renunciar.

A entrada na Tríplice Aliança dificulta ainda mais as relações da Itália com a França, ou seja, com o país com o qual tem maiores relações comerciais. Ainda no auge da "grande depressão", o governo italiano na verdade abandona a política do livre comércio adotada desde os tempos da direita histórica e, em 1887, aumenta os impostos alfandegários para os produtos importados, com o intuito de proteger a indústria incipiente (sobretudo a têxtil e a siderúrgica, mas também a naval). Começa uma verdadeira guerra tarifária e quem paga as contas é, principalmente, o Sul da Itália, que, de repente, vê ser interrompido o fluxo constante de exportações de vinho, de cítricos e de óleo para a França.

No dia 15 de maio de 1891, Leão XIII promulga a encíclica Rerum Novarum, *que aborda a "questão operária", visto ser "extremamente importante auxiliar, sem demora e com as medidas adequadas, os proletários, os quais, em sua maior parte, encontram-se em condições assaz precárias, indignas do ser humano". Criticando tanto o liberalismo quanto o socialismo, a encíclica destaca o espírito de caridade da Igreja e o direito dela de intervir no campo social.*

Para os egípcios, era um dom da deusa Ísis. Para os hebreus, era um símbolo de renascimento. Para os gregos, era consagrada à Palas Atena, a deusa da sabedoria. Para os romanos, era a árvore sob a qual haviam nascido Rômulo e Remo.

A oliveira é uma árvore de tronco nodoso, com folhas de um verde prateado que reluzem ao sol e um cheiro penetrante. A madeira dourada e quente é resistente aos parasitas e é adequada para ser incrustada ou esculpida: a madeira dos móveis destinados a perdurar, a deixar de herança objetos e recordações.

Mas não apenas isso.

Tentem atear fogo a uma oliveira, ou cortar o tronco dela. É necessário muito tempo — até anos —, porém, mais cedo ou mais tarde despontará um broto tenaz, enraivecido, que fará renascer a árvore ferida.

Para destruir uma oliveira, é necessário arrancar-lhe as raízes. Eliminar as raízes, cavando a terra até que não reste nela mais nenhum traço.

Eis o motivo pelo qual a oliveira é também um símbolo de imortalidade.

Junto com os cítricos, as oliveiras são as árvores mais disseminadas no interior da Sicília. Não existe um jardim, ou pomar, que não tenha uma. Alguns exemplares eram pouco mais que arbustos em 827, quando os árabes haviam conquistado a Sicília; e ainda estavam lá na chegada dos normandos, no verão de 1038; ainda lá em 1282, quando se desencadeou a revolta das Vésperas Sicilianas contra os Angevinos; ainda lá em 1516, quando os espanhóis chegaram, e lá permaneciam em 1860, quando Garibaldi havia pisado na ilha...

Criaturas antigas, humildes, monumentais, sagradas.

Existe — e resiste — uma única oliveira na frente de uma entrada da Villa Florio na Olivuzza. Parece deixada à própria sorte e é prisioneira de uma bacia de cimento que a mortifica, com os galhos selvagens que pressionam para o lado de um estacionamento de condomínio.

Última e muda testemunha de uma história maravilhosa e terrível.

É dezembro de 1883 quando Ignazio encontra Abele Damiani nos corredores do Senado. Nascido em Marsala, ex-garibaldino e hoje deputado, Damiani é um homem de seu tempo em todos os aspectos, a começar pelos vastos bigodes longos com pontas recurvadas e as sobrancelhas hirsutas.

— Senador! Posso chamar o senhor *accussì*?

Ignazio estende os braços e se permite uma risada.

— O senhor tem esse direito.

O mármore do piso reflete a imagem do abraço dos dois, a tapeçaria das paredes aprisiona o riso deles.

— Pode me chamar como quiser.

— Dom Ignazio, então. Mesmo que aqui estejamos no Continente — replica o outro, sempre em siciliano, abrindo as mãos. — Ou melhor, no coração do reino da Itália! — acrescenta com outra risada.

O palácio Madama pertence à família Medici e desde 1871 é a sede do Senado do Reino, apesar das inúmeras solicitações de Crispi para unir as duas alas do Parlamento sob o mesmo teto, em nome de uma lógica de contenção de custos. A escolha fora feita por uma comissão que, depois de discussões exaustivas, havia entrado em acordo sobre um edifício, cujo nome é idêntico ao do palácio que abrigara, em Turim, a primeira sede do Senado do Reino. Nada mais, contudo, foi alterado desde então: nas imponentes cadeiras do palácio Madama não se sentam senadores eleitos pelo povo, mas sim os príncipes da Casa Savoia, quando fazem 21 anos de idade, junto com os homens escolhidos — com nomeação vitalícia — pelo rei que fizeram quarenta anos e que entram em uma das vinte categorias relacionadas no artigo 33 do Estatuto Albertino: ministros e embaixadores, oficiais "da terra e do mar", procuradores do Estado e magistrados. Porém, não apenas eles: também as "pessoas que, por três anos, pagam três mil liras* de tributação direta por causa dos bens ou de sua indústria".

Assim como Ignazio Florio.

Damiani se afasta um passo, olha para ele e estende os braços.

— Meus cumprimentos, falando sério, dom Ignazio. Finalmente um homem que conhece a economia deste país.

Ignazio vai fazer 45 anos. Como sempre, seu olhar transmite uma calma que parece difícil abalar.

— Aonde o senhor vai? Se me permite perguntar, quero dizer… — Damiani abaixa a voz, brinca com a corrente de ouro do relógio.

Ao lado, passam empregados e garotos de recados que lhes concedem uma ligeira atenção. Os sicilianos formam um grupo robusto no palácio Madama, e ninguém mais se espanta quando os ouvem falar naquele dialeto harmônico deles.

Ignazio ergue o queixo na direção das salas ao fundo do corredor.

— Sala do Crispi.

— Estive lá faz pouco tempo. Eu o acompanho com prazer. — Abele Damiani se posta ao lado dele. Falam em voz baixa, caminham com passos medidos. — Ele está muito agitado com a história do Magliani e irritado com Depretis, que o quis como ministro das Finanças. *Parece alguém a quem fizeram engolir à força uma vara.* Ouça-me, Magliani nem fará com que os papéis cheguem ao Parlamento, que dirá explicar as contas.

— Depretis não escolheu ao acaso quem deve trabalhar com ele. — A voz de Ignazio, falando em siciliano, é um sussurro. — *Aquele não é flor que se cheire.*

Damiani para em frente a uma porta. Bate.

— Aqui somos todos uns tubarões, dom Ignazio — responde em siciliano.

— Pode entrar! — Uma voz possante, impregnada de irritação.

Ignazio entra, seguido por Damiani.

---

* Cerca de 13.500 euros. Uma quantia relativamente baixa para os nossos padrões; mas, na época, bastante alta. [N. da A.]

Crispi está sentado à mesa, mergulhado na leitura de um documento, e não ergue os olhos. À luz fria de dezembro, os bigodes parecem mais grisalhos e eriçados do que Ignazio lembrava. Ao redor, pastas e envelopes abertos, um caos de lápis, bicos de pena borrando tinta e minutas de documentos, alguns amassados. À frente, um moço magro de cabeça baixa, com cavanhaque encaracolado pontudo e óculos de metal, ouve e toma notas.

— Que esses aí não tenham ideias estranhas — murmura Crispi. — Devem nos apresentar os documentos do balanço antes de entrarem em sala. Só nos falta...

— Advogado Crispi! É sempre um prazer vê-lo assim combativo.

Crispi se surpreende, levanta-se de um salto e exclama:

— Dom Ignazio! O senhor já chegou?

Ignazio se aproxima, enquanto o secretário, respeitoso, se coloca de lado. Seguem-se apertos de mãos e frases em voz baixa. Uma coisa Ignazio aprendeu rapidamente: que ali, até as paredes têm ouvidos e escutam o que desejam escutar.

Damiani se deixa ficar ao lado dos dois, registra o enredo das frases de circunstância. Compreende.

— Bem. Agora que já cumprimentei a ambos, me despeço — diz com um sorrisinho. — Dom Ignazio, à disposição de Vossa Senhoria, sempre. — Sai, mas deixa a porta aberta. Uma indicação silenciosa que o secretário não parece entender, ou talvez espere um gesto do advogado. Este lhe dirige um olhar irritado.

— Continuamos depois, Fabrizio — diz Crispi, colocando-se de lado para deixá-lo passar.

O homem torna a colocar as anotações em uma pequena pasta de couro.

— Deseja um licor, senador?

— Não, obrigado.

Agora a porta está fechada. Francesco Crispi e Ignazio Florio estão a sós. Por uns instantes, Ignazio revê aquele homem como o havia conhecido em Palermo, logo depois da chegada dos garibaldinos à Sicília, e não o julga assim tão mudado. No entanto, caminhou bastante desde então: deputado, presidente da Câmara, ministro do Interior;

figura familiar e estimada em Londres, Paris e Berlim... E, em meio a isso tudo, sempre e de qualquer modo, advogado da Casa Florio.

Ele o encontrara quando era um combatente. Agora é um estadista. *Talvez sempre tenha sido ambas as coisas.*

Crispi acena para que se ponha à vontade e senta-se na poltrona de couro à frente. Oferece-lhe um charuto, em silêncio.

— E então, *senador*? — pergunta, com um meio sorriso no olhar.

Ignazio deixa que a fumaça do charuto preencha a garganta, depois exala. Responde com o mesmo tom de voz, inclinando apenas os olhos para baixo.

— Foi o senhor a agir de tal modo que isto acontecesse. Grato.

Crispi dá uma tragada, depois cruza as mãos sobre os joelhos.

— Deixando de lado o fato de que se tratava de um desejo seu, era loucura um homem como o senhor não ser senador. Com as indústrias que tem e os impostos que paga...

— Não sou um industrial como aqueles que Depretis gosta, o senhor bem sabe. Basta ler *La Perseveranza* para compreender.

— Aquele é o jornal dos industriais lombardos, dom Ignazio; é normal que se coloque contra as concessões à marinha e as empresas do Sul. O senhor deve levar em conta o que os amigos fazem pelo senhor.

— Ah, mas eu sei. — Ignazio torna a pensar nos artigos de certos jornais romanos como *L'Opinione* ou *La Riforma*. Sobretudo este último, perto de Crispi, havia defendido os pedidos de concessão para as novas linhas de navegação rumo ao Extremo Oriente. — Porém, a situação continua difícil. — Faz uma pausa, belisca os lábios com os dedos. — A política, agora, mais se faz nas páginas dos jornais do que aqui. *Basta um pouco de rumores e logo aparecem gatos e cachorros.*

Desta vez, é Crispi quem o olha de esguelha.

— É bem verdade, também, que há motivos fundados para esses rumores.

Os dedos de Ignazio param. A boca se contrai em um sorriso sarcástico.

— Até o senhor, advogado? A história dos navios velhos ou a do transporte muito caro? Qual das duas?

— Ambas. Pela estima que sinto pelo senhor e sua *famigghia*, posso ser direto: alguns navios da Navegação Geral Italiana são autênticos ferros-velhos e as tarifas são excessivamente altas. O senhor precisa mudar.

Ignazio bufa. Bate de leve o punho fechado no braço da cadeira.

— Então, apresse-se a apresentar para a assembleia o projeto de lei para as concessões aos estaleiros, assim construiremos navios novos em folha nos estaleiros de Livorno. Por si só, a NGI não consegue. O senhor sabe o que aconteceu este ano na assembleia dos sócios. Laganà contou-lhe os detalhes, não?

— Sim, claro.

— Então o senhor sabe inclusive o motivo para esse meu pedido. O conselho administrativo da Navegação Geral Italiana está passando por um momento difícil: o número de transportes caiu drasticamente, pois outras companhias estrangeiras fazem o mesmo trajeto por preços mais baixos, ou com navios mais seguros, mais confortáveis e mais bem equipados. O carvão para as caldeiras incide muito nos custos do transporte, e as tarifas sobre as mercadorias fazem o resto.

Crispi alisa o bigode, observa Ignazio. Espera que termine de falar.

— Este ano, os dividendos serão apenas os relacionados aos juros, e a sociedade não pode se dar a esse luxo. Vai ser muito bom se não virmos uma queda das ações. Mas, para construir novos navios, é preciso *picciuli*, dinheiro, que, no momento, a NGI não tem. — As rugas na testa de Ignazio ficam ainda mais fundas.

— *Aos pés do morto, cantam-se as exéquias.* Vamos pensar naquilo que se pode fazer hoje. — Crispi aponta o charuto na direção dele. — Agora o senhor está aqui, dom Ignazio, e isso significa que tem a possibilidade de conversar diretamente com quem lhe poderá ser útil.

— Eu já o fazia antes.

— Não é a mesma coisa. Agora eles têm que escutar o senhor, porque está aqui e é um deles. Não precisa mais de intermediários.

— Por isso lhe pedi que se interessasse pela minha nomeação. — Ignazio se levanta, começa a andar pelo aposento. Deixa o charuto no cinzeiro. — A Casa Florio tem muitos amigos. *Eu* tenho vários. Mas o que temos aqui vai além da amizade.

Crispi sabe, e assente.

O poder. Os conhecidos. As relações.

— O senhor chegou a um ponto aonde seu pai nem sequer pensou em chegar.

Ignazio sabe muito bem que o pai teria sido mais bruto, mais direto. Ser diplomático, jogar segundo as oportunidades para distribuir favores, fortalecer alianças sem descontentar ninguém são coisas que ele precisou aprender sozinho. E aprendeu bem.

— Eu sei. — Volta a atenção para Crispi que, de pernas cruzadas, fica a observá-lo. — Porém, o mundo mudou desde então. Hoje é preciso estar muito mais atento.

No aposento revestido de madeira e couro, a voz de Crispi é um murmúrio.

— Hoje, a política é de esgueirar-se, prestar atenção em como se mexer e ser... flexível. Não importa se isso significa trair os amigos e mudar de filiação partidária. — O olhar torna-se cortante. — Está pensando em Depretis, não?

— Se alguém deseja entrar nas nossas fileiras e se transformar e virar progressista, quem sou eu para recusá-lo? É uma ideia fixa dele. Ele a repete há muitos anos. E agiu assim que a ocasião mostrou ser favorável. — Ignazio ergue os lábios em um sorriso torto. — Com certeza não se pode dizer que lhe falte constância. E pragmatismo.

— É. — Com um suspiro impaciente, Crispi se levanta, alisa o colete. — Devo dizer-lhe: comporta-se como um flibusteiro, mas é seguro de si. É um grande cabeça-dura e chifrudo, vamos dizer claramente: primeiro, brigou até que os industriais do Norte entrassem no Senado; depois compreendeu que, para fazer o que queria, deveria ter a maioria mais ampla possível, e começou a olhar ao redor. Com esse discurso, desequilibrou as filiações partidárias no Parlamento. E hoje, quem deseja pode mudar de partido e sentir-se legitimado a fazê-lo.

Ignazio se levanta e se apoia contra a parede, sob uma grande ilustração que reproduz a Itália.

— O senhor o admira — destaca, com um toque de espanto e cruzando os braços no peito.

— Admiro sua argúcia política, não a pessoa. É diferente. — Crispi olha na direção da janela protegida por uma cortina. — Ele legitimou uma prática vigente há anos, tirou dela o estigma. De certo modo, colocou um ponto-final na hipocrisia que domina este palácio. Não existe mais direita ou esquerda; existem pactos e jogos de poder. — Ele tem um olhar duro, como um ferro contra a pedra. — E o senhor, dom Ignazio, deveria estar bem atento e saber a quem se unir.

Ignazio vistoria com o olhar as folhas que lotam a escrivaninha.

— Eu me unirei a um só partido. O meu. — Quando ergue o rosto, os olhos são espelhos escuros. — De resto, a Sicília é um mundo à parte, advogado Crispi. Porque aqui em Roma os políticos podem fazer o que querem, mas os sicilianos decidirão sempre e de qualquer modo por conta própria, e frequentemente farão besteiras, pois parece que quase não têm capacidade de entender quem pode ajudá-los. E nada, nem ninguém, poderá forçá-los a tomar certas atitudes... até que não *resolvam* tomá-las.

— E o senhor está entre a Sicília e o mundo.

— Pois é. — Ignazio esboça um sorriso estranho, entre resignado e divertido. — Meus homens da Oretea nada conhecem da América; no entanto, consertam caldeiras para os barcos a vapor que transportarão seus parentes, ou talvez até mesmo seus irmãos. A fundição não tem uma produção especializada como as das fábricas do Norte; faz de tudo e um pouco mais. Eu exporto mercadorias e permito que pessoas viajem de Jacarta a Nova York; meus navios aportam em pelo menos setenta portos diferentes; vendo enxofre para os franceses, apresento meu marsala nas exposições internacionais... mas minha casa fica em Palermo.

— E em Palermo o senhor ficará. — Crispi volta a sentar-se à escrivaninha e fecha, desenvolto, algumas pastas de documentos às quais Ignazio voltara a atenção. — Eu soube do noivado de sua filha Giulia com o príncipe Pietro Lanza di Trabia. Alegro-me. Os Lanza di Trabia são uma das famílias mais ilustres e antigas de toda a Itália.

É a ruga que se aprofunda na testa, mais que o silêncio, que trai a inquietação de Ignazio. Crispi se dá conta, mas nada diz. Espera.

— Por isso também vim ter com o senhor. — Ignazio volta a sentar-se, cruza as pernas. — Gostaria que o senhor cuidasse dos acordos matrimoniais de minha filha. De modo muito discreto e informal, é claro.

Desta vez, é Crispi quem demonstra estar perplexo.

— O que o senhor quer dizer?

— Quero dizer que terá um dote adequado, mas o casamento só será celebrado daqui a uns dois anos, já que Giulia só tem treze, e minha esposa Giovanna a está preparando para ser a esposa de um príncipe di Trabia… Quero aproveitar esse período para dar-lhe uma segurança econômica que seja somente dela. Desejo que possa administrar dinheiro e propriedades. — Procura as palavras adequadas. — Não há coisa mais triste do que ser prisioneiro de um casamento infeliz.

Ignazio hesita, então resolve se calar. Tocar nesse assunto com Crispi é indelicado, ainda que muitos anos tenham se passado desde o escândalo que o envolvera. Sim: até o temido Francesco Crispi havia sido tema de um escândalo; uma embaraçosa questão relacionada a mulheres que o havia forçado a se defender no tribunal, causando-lhe muita humilhação. Era também verdade que o processo pela acusação de bigamia se encerrara com a absolvição dele: o primeiro matrimônio com Rose Montmasson havia sido declarado nulo porque o sacerdote estava suspenso *a divinis*, portanto, as núpcias subsequentes com a jovem de Lecce, Lina Barbagallo — com quem Crispi já havia tido uma filha —, eram perfeitamente válidas. Porém, a recordação das renúncias forçadas, dos gritos no Parlamento, das tagarelices, das manchetes nos jornais, da rainha Margherita, que se recusara a apertar-lhe a mão permanece incansável, e Ignazio sabe disso. Até porque, devido aos seus inúmeros adversários, esse fato grotesco havia feito com que a verdade surgisse, a saber: que Crispi era um homem destituído de escrúpulos. Na vida pessoal e na pública.

O advogado morde o lábio inferior, murmura uma praga.

— De todas as armadilhas em que um homem pode cair, o matrimônio é a pior.

A resposta de Ignazio é um olhar sem brilho. Sente o impulso de retrucar: "Eu também o sei", mas se contém. Aos olhos do mundo, ele é pai e marido exemplar, e assim deve permanecer. E mais: é pai e marido feliz e orgulhoso. Uma máscara que ele resolveu usar tantos anos antes e que agora já se fundiu com a identidade dele, uma coisa à qual não sabe e não pode renunciar.

De Camille ele não tem notícias há dois anos. A lembrança dela é ainda mais profunda e pulsa, dolorida. Um pesar afogado em um lago de amargura. Há tantos modos de sobreviver à dor, e ele experimentou todos, em busca de um pouco de paz. Por fim, descobriu que o mais difícil, mas também o mais eficiente, é esquecer-se de haver amado.

Limpa a garganta e volta a falar:

— O senhor sabe, não desejo que minha filha se encontre em dificuldades caso decidia viver afastada do marido, como é de costume para muitos casais. O prestígio do casamento dela não é o suficiente para mantê-la longe de eventuais… *dissabores* que possam sobrevir com os anos, e desejo que não se veja obrigada a pedir nada. Além do mais, o senhor sabe bem que fama acompanha a matriarca dos Lanza di Trabia.

Crispi assente. Não é mistério que Sofia Galeotti, a princesa di Trabia, é uma mulher de língua venenosa, que não hesitará em colocar o filho contra a esposa, se esta não ficar atenta.

— Mas o senhor tem certeza de que deseja casar Giulia com Pietro? Ela só vai ter quinze anos, e ele 23…

A resposta é acompanhada por um dar de ombros.

— Os Trabia precisam dos Florio para organizar as contas familiares, e para Giulia é o melhor casamento possível. Ela é jovem, mas sabe quais são suas responsabilidades. — Ergue as sobrancelhas. — Então? O senhor cuidará do assunto?

— Farei um esboço do contrato matrimonial e o mostrarei ao senhor. A pequena Giulia terá todas as defesas que o direito lhe poderá assegurar. — Levanta-se e se dirige à porta.

Ignazio o imita e, na soleira, estende-lhe a mão.

— Então, o senhor voltará logo a Palermo? — pergunta Crispi.

— Espero que na próxima semana. Aqui em Roma tenho como seguir a NGI, mas a cantina e a almadrava precisam de minha presença... e é objetivamente difícil. É verdade que tenho excelentes colaboradores, mas não desejo ficar longe das minhas empresas.

— E de sua família. — A boca de Crispi se retorce em um sorriso escondido pelo bigode. — O que diz dona Giovanna? Recuperou-se do parto? Deve ter sido difícil...

— Ainda é uma mulher forte. — Ignazio se enternece, quase sorri. — O pequeno está crescendo bem. Para mim, será uma honra mostrá-lo ao senhor, quando for a Palermo.

— Sem dúvida. — Crispi faz uma pausa. — Então, a Casa Florio tem de novo um Ignazio e um Vincenzo.

— Sim. Como foi desde o início e como deve ser.

Um Ignazio e um Vincenzo...

Giovanna roça com o rosto o pescoço do bebê. Cheiro de leite, de colônia, de coisa boa. Vincenzo arrulha, ri. Estende-lhe os braços, ela levanta-o, segura-o junto ao peito, lhe dá um beijo. Estão sozinhos no quarto: desse filho, deseja ocupar-se pessoalmente. É a última oportunidade dela de ser mãe e não deseja desperdiçá-la.

Filho criado, trabalho dobrado...

Giovanna suspira: Ignazziddu tem quinze anos, banca *u' scaltro*, o esperto, com as moças mais velhas que ele e tem um gênio até um pouco esquentado demais. Giulia, de treze anos, foi prometida a Pietro Lanza di Trabia e está se preparando para ser uma princesa. A chegada de Vincenzo os surpreendeu: conforme o humor, ora consideram o irmãozinho um boneco com quem brincar, ora um hóspede irritante.

No fim das contas, é justo que seja assim, pensa Giovanna: os dois agora olham para o futuro, não procuram muito mais a mãe, e talvez não precisem tanto dela, como é na ordem natural das coisas. Ela os viu crescer e se transformar, mas o esforço quase desesperado de parecer perfeita aos olhos de Ignazio e de se fazer amar por ele consumira boa parte das energias dela. Os filhos haviam sido a enésima demonstração da capacidade dela de estar à altura das expectativas do marido. Mas agora não tenciona cometer o mesmo erro. Agora, deseja que esse filho seja, em primeiro lugar, *seu* filho.

Giovanna havia rezado muito. Enquanto os olhos se entristeciam por causa da silenciosa indiferença do marido, enquanto o rosto se transformava e o corpo perdia o viço, implorara a Deus que lhe concedesse alguma coisa para os anos de vida que tinha à frente e que lhe pareciam tão vazios.

E foi então que Vincenzo havia aparecido, e nele ela derramara todo o afeto de que era capaz.

A princípio, tinha pensado que a ausência do ciclo fosse o primeiro sinal de um físico já envelhecido. Em seguida, contudo, surgiram um estranho incômodo nos seios e um insólito enrijecimento do ventre. Depois de algumas semanas, a confusão se transformara em espanto.

Chamara a parteira. E quando esta confirmou — "Sim, dona Giovanna, a senhora está grávida de pelo menos dois meses" —, ficara imóvel, as saias reviradas sobre os flancos e a mão na boca.

Grávida. Ela. A surpresa dela havia sido realmente grande. E a de Ignazio, ainda maior.

O meu milagre, assim Giovanna chama Vincenzo.

Um milagre porque o concebeu com quase quarenta anos, em uma idade em que as mulheres não têm mais filhos, mas tomam conta dos netos.

Um milagre porque é um menino e, mesmo que tenha nascido antes do tempo, nasceu berrando. É forte, sadio. E sempre ri.

Um milagre porque Ignazio voltou para ela.

E talvez seja essa última coisa que mais a deixa alegre.

Com o bebê nos braços, Giovanna sai do quarto. Na soleira, por trás da porta, uma babá a espera.

— Quer que eu o carregue, dona Giovanna?

— Não, obrigada. — Vincenzo arrulha, estende as mãos para os brincos de coral da mãe. Ela ri. Está com quase nove meses: nasceu no dia 18 de março daquele mesmo ano, 1883, e logo começará a andar;

dá para ver pelo modo como finca os pés quando está no colo e tenta se levantar sozinho. — Giulia e Ignazziddu, onde estão? — pergunta em seguida Giovanna, com uma ligeira sensação de culpa.

— O patrãozinho está fazendo lições com o professor de francês. A senhorita, por sua vez, já teve sua aula de conversação em alemão e agora espera, com dona Ciccia, *vossia*, a senhora.

— Levou o trabalho que estamos fazendo? — pergunta enquanto desce as escadas, com uma das mãos no corrimão e a outra segurando o filho.

— O bordado? Sim, senhora.

Ao pé da escada, Giovanna olha, severa, as empregadas que estão lustrando os móveis com cera de abelha. Depois, a atenção se volta para os enfeites natalinos do corredor. Observa as velas, os enfeites florais com fitas vermelhas e brancas, as guirlandas com ramos de abeto das Madonie, decoradas à moda inglesa. Nos vasos de prata, colocados sobre as mesas e prateleiras, raminhos de azevinho e de louro, amarrados com laços de veludo, alternando-se com enfeites de papel dourado.

No centro do salão de baile, sobre o tapete de Aubusson de flores cor-de-rosa, azuis e marfim e com as bordas cor de creme, comprado em Paris poucos anos antes, reina um gigantesco abeto decorado com bolas de cristal e festões de cetim e de tafetá: uma moda lançada pelas famílias ricas anglo-saxãs que vivem em Palermo desde muito tempo e que os aristocratas locais imitaram. O verde-escuro dos galhos se reflete nos espelhos nas paredes e se multiplica, dando a sensação de se estar em uma floresta. A sala está tomada pelo cheiro de resina e sugere imagens de espaços abertos, de montanhas nevadas.

Ignazio não tem a menor ideia disso tudo. Será uma surpresa para quando ele voltar de Roma.

A decisão de assim o receber é o sinal mais evidente da felicidade de Giovanna; de saber que, depois de tanta escuridão, a vida tornou a iluminar aquela casa.

Agora, ela se sente verdadeiramente uma Florio, e não apenas por ter dado à família outro herdeiro. Sente-se assim porque Ignazio está cheio de atenção para com ela. Tem até alguns gestos de ternura;

por exemplo, nunca deixa de trazer-lhe um presente das inúmeras viagens que faz ao Continente.

Vincenzo estende os braços na direção da árvore de Natal e dá risada.

Giovanna, por sua vez, lembra.

Tudo mudou desde que ele voltou de Marselha, dois anos antes. Ela o recebera na soleira da porta, com as mãos apertadas sobre o ventre e um sorriso confuso. Giulia lançara-se ao encontro dele para abraçá-lo, enquanto Ignazziddu apertara a mão dele.

Então, finalmente, Ignazio olhara para ela e, aproximando-se um pouco, pegara uma das mãos dela para beijá-la. Nos olhos plácidos, havia uma luz insólita, uma mistura de arrependimento, de solidão e, talvez, de dor. Uma expressão que, passado todo esse tempo, Giovanna ainda não consegue explicar para si mesma.

Depois, naquela noite, ele havia ido ao quarto dela, e a amara com o mesmo ardor dos primeiros meses de casamento deles. Tinha sido uma noite cheia de paixão, feita de suspiros sufocados e de mãos que exploravam os corpos, sem vergonha.

Giovanna coloca Vincenzo no chão, deixa que ele saia engatinhando sobre o tapete.

Alguma coisa devia ter acontecido lá em Marselha, lá onde se encontrava *ela*. Que coisa, era impossível saber. Mas não se podia explicar de outro modo a mudança no comportamento de Ignazio, que havia ficado mais afetuoso com ela, mais terno; até mais respeitoso, se possível. De uma coisa, contudo, Giovanna tinha certeza: durante aquela viagem, e talvez exatamente em Marselha, alguma coisa o havia ferido profundamente. Ela percebia isso com toda a clareza de uma mulher apaixonada; havia um eco que ressoava entre o estômago e o coração, uma intuição nascida daquele sentimento que ela nutrira sozinha por tantos anos. E confirmada por aquilo que ela lia a cada dia nos olhos dele, nos gestos, e até naquela paixão reencontrada. Era como se, agora, aquela parte de si que Ignazio sempre mantivera escondida aos olhos do mundo houvesse ficado definitivamente inacessível. Como se na alma dele tivesse havido um terremoto e os destroços bloqueassem para sempre cada fresta. Era uma dor da qual

Giovanna nada sabia — e não *desejava* saber. Até se surpreendera ao pensar que, por tantos anos, ele a fizera sofrer e que agora era justo que pagasse com a mesma moeda.

Sim, alguma coisa na alma de Ignazio se desintegrara. Porém, sobre aqueles destroços, ela poderia construir *outras coisas*. Uma coisa nova, que seria dela, apenas dela. Por outro lado, era isso que ela aprendera a fazer melhor: contentar-se com o pouco que ele lhe concedia e fazer com que isso fosse suficiente.

Para ela, a única coisa importante era recuperá-lo.

E, de fato, recebera-o sem nada pedir.

E então, sem que ninguém esperasse, chegara Vincenzino. Quando lhe dissera que estava grávida, Giovanna tinha visto Ignazio se iluminar com um interesse renovado pela família; em seguida, nascera um menino, e ele havia ficado imensa e obviamente feliz. Dera ao bebê o nome do pai, aquele pai que lhe havia ensinado a responsabilidade e a honra e, ao mesmo tempo, desejara recordar o primogênito. Vincenzino havia morrido fazia, então, quatro anos; estava mais do que na hora de existir novamente um Vincenzo na Olivuzza. E foi exatamente isso que dissera aos operários da Oretea, quando estivera na fundição para dar pessoalmente a boa notícia.

A seu modo, Ignazio voltara a ficar sereno. Por vezes, no entanto, acontecia de Giovanna observá-lo, enquanto conversava com os filhos ou com algum convidado, e ver passar-lhe pelo rosto aquela sensação de luto, de perda. Era como se descesse sobre ele uma sombra sólida, que nenhum sol poderia dissipar.

Não tinha como Giovanna saber que, naquele terremoto, uma parte de Ignazio havia morrido. E que ele carregaria as marcas daquele luto sem cadáver por toda a vida.

Giulia está procurando um fio cor de marfim na cesta. Encontra-o. Corta um pedaço, umedece uma das pontas com a saliva, então semicerra os olhos para enfiá-lo no buraco da agulha.

Entre ela e dona Ciccia, um pedaço de linho que, lentamente, está tomando a forma de uma toalha de chá.

Giulia erra várias vezes. Balança a cabeça, fazendo oscilar o coque em que os cabelos pretos estão presos, depois bufa.

— Por que minha mãe tem que me infligir esta tortura?

Dona Ciccia ergue uma das mãos para arrumar os cabelos — agora entremeados de inúmeros fios brancos — e em seguida segura o braço de Giulia.

— Porque isso é o que uma boa mulher casada deve saber fazer. — responde em siciliano enquanto enfia uma agulhada de fio com um gesto único e rápido.

Giulia fecha o rosto delicado em uma carranquinha que quase arranca um sorriso da mulher. É tão parecida com a mãe, em alguns momentos...

— Eu vou ter muitos empregados — retruca. — Meu pai me prometeu; não preciso aprender a bordar. Em vez disso, quero desenhar.

— O bordado também é bonito.

Giulia revira os olhos.

— Meu futuro marido é um príncipe. Eu vou dar as ordens.

Nesse instante, Giovanna entra, seguida pela babá com o pequenino. Senta-se na frente da filha e de dona Ciccia, olha-as atentamente.

Giulia mal ergue o olhar. Por um momento, se pergunta se a mãe teria ouvido a última frase, mas em seguida dá de ombros. *Ela que pense o que quiser, eu não tenho intenção de ficar quieta em casa, como ela.*

— Em que ponto você está com a barra da toalha? — pergunta Giovanna, pegando uma ponta do trabalho.

Ela estica o tecido e o mostra para a mãe. A mulher pega o linho, vira-o, observa-o com olhos críticos.

— O trabalho não está suficientemente bem-feito — criticou, indicando os locais em que os fios se amontoavam. — É necessária ordem e precisão para fazer este trabalho. Na escola, há meninas que sabem fazer bordados maravilhosos — acrescenta em dialeto.

Giulia gostaria de responder que pode ficar com elas, as meninas da escola de bordado, pobres coitadas, que de outro modo não teriam nem como juntar uns tostões. Só não responde porque a mãe a censuraria, e ela não quer enfrentar uma discussão inútil. Giovanna tem muito apreço por essa escola, sabe-se lá o motivo.

Dona Ciccia as olha e suspira.

— Elas o fazem por amor e por prazer. Não é o caso de Giulia.

— Nem todas as coisas são feitas por prazer, dona Ciccia. A senhora sabe melhor do que eu. E ela, que agora é uma moça que deve se casar, precisa aprender rápido — responde em siciliano. Depois, volta-se para a filha. Tem que aprender, e rápido, que não pode fazer sempre e tão somente aquilo de que mais gosta, porque vai ter responsabilidades e, sobretudo, um papel social. Na voz misturam-se preocupação e aconselhamento. — Você, quando receber convidados, deve ser vista com um bordado em mãos. Este é um costume de uma boa dona de casa. Se quiser ler, leia quando estiver sozinha. Lembre-se de que os homens temem as mulheres muito inteligentes, e você não deve afugentar seu marido.

— Isso foi antigamente, mamãe. Agora já não é mais assim. — Os lábios de Giulia tremem, as mãos se cerram em torno do linho. — E, além do mais, eu sou eu, e gosto de ler, desenhar e viajar. Não sou como a senhora, que prefere ficar em casa.

Giovanna semicerra os olhos.

— O que você quer dizer?

Giulia morre de vontade de magoá-la. Gostaria de lhe dizer tudo que compreendeu naqueles anos em que viu a mãe e o pai trilhando caminhos separados. De um lado, o amor dela — sufocante, transbordante — feito de olhares ansiosos e suplicantes, quase patéticos. Do outro, o distanciamento do pai, a frieza dele que poderia se transformar em ódio em uma questão de segundos.

Ela: plácida, obstinada, tão paciente a ponto de parecer obtusa. Ele: frio, insatisfeito, rabugento.

Quanta dó havia sentido do pai. Era o ponto de referência, a certeza dela. E quanto desprezo havia sentido pela mãe, por aquela mulher que deveria ter sido seu modelo e, pelo contrário, não fora capaz de fazer algo além de se aniquilar, suplicando afeto e atenção. Nunca tivera um pingo de orgulho. Nunca fora realmente capaz de colocar as mãos no que era dela.

Sacrificara-se no altar da família, humilhando-se e deixando-se humilhar.

É um julgamento feroz, o de Giulia, que corta a carne e o sangue, o julgamento de uma filha que não sabe o que os pais já passaram e que ganha forma com um único e arrogante pensamento: *Não vou ter o mesmo fim que ela*.

— Eu quero dizer que as coisas mudam — replica, com jeito de sabe-tudo. — Já basta a senhora e *mon père* terem arrumado um marido para mim, mas não sou uma boneca de pano.

— Mas ouçam só! Vieram ideias modernas à sua cabeça? Quer estudar para ser advogada, como aquela mulher do Norte, aquela Lidia Poët? Você viu o que fizeram com ela, não? Mandaram-na de volta para casa, pronto.

Giulia bufa, joga de lado o tecido.

Dona Ciccia intervém para acalmar os ânimos, falando em siciliano.

— Ela não disse isso, dona Giovanna… e, boa mãe, o que está fazendo? — Coloca a mão no braço dela. — Agindo assim, me lembra sua mãe, que sempre gritava para se fazer ouvir.

Giovanna empalidece. Os lábios tremem, parece que está a ponto de começar mesmo a gritar. Mas não o faz; contém a raiva e balança a cabeça com força. Olha fixamente dona Ciccia, depois aponta para Giulia.

— Ela não nasceu para ser uma mulher qualquer. Tem que zelar pelo nome que carrega e pelo sangue que corre nas veias dela.

Giulia olha para a mãe, mas não diz nada.

Naquele olhar, Giovanna revê a própria vontade de encontrar um lugar no mundo, aquele desejo que a impelira a condenar a alma para conseguir um pouco de amor e de afeto por parte de Ignazio.

Porém, Giulia não tem nem a humildade e nem a paciência que ela teve.

É tão diferente… Um mistério que não conseguiu resolver. Por ela, aquela filha tão bela quanto determinada, sente ternura e raiva ao mesmo tempo. Naqueles meses, ela a preparou para ser uma perfeita dona de casa, uma princesa digna do título que vai ter, mas

Giulia não parece se dar conta. Pelo contrário, quase faz pouco caso das preocupações da mãe.

Mas também sente pena dela, por ser jovem. A filha não sabe que vai precisar se defender de tudo e de todos; não pensa nas renúncias que deverá fazer só porque os outros esperam que ela faça. Não consegue sequer imaginar quanto há de lhe custar proteger a alma em um mundo no qual dinheiro, títulos e aparências são a única verdade possível.

Essas são coisas que toda mulher precisa descobrir sozinha.

Giovanna suspira e se levanta.

— Vou ver Ignazziddu — diz, sem olhar a filha. E sai, seguida pela babá.

Por alguns instantes, reina um silêncio absoluto na sala.

Em seguida, dona Ciccia aproxima o rosto ao de Giulia e murmura:

— Sua sogra *vi talierà*, a manterá sob controle, para ver quais bobagens a senhorita vai aprontar, e depois contará ao seu marido Pietro. É assim que funciona. — Olha para a menina, séria. — Essas coisas sua mãe ainda não lhe disse, mas eu sei. Tome cuidado. O príncipe é unha e carne com a mãe, e ela é mulher poderosa... — Fala em dialeto, devagar e temerosa, porque sabe, *sente*, que Giulia passará por momentos de grande dificuldade naquela casa. É mais que um pressentimento: é uma sensação que lhe sufoca a garganta e que a faz compreender que sua *picciridda* vai sofrer, e não pouco.

— Se ela é uma mulher horrível, eu não farei por menos. — Giulia ergue o queixo. — Sei qual é meu lugar.

Dona Ciccia balança a cabeça e volta a desfiar o linho. Ela a viu nascer, a acompanhou durante toda a infância, e agora Giulia é quase uma mulher, muito segura de si, como todos os adolescentes... e como todos os Florio. Não tem a menor dúvida: aprenderá à própria custa o que significa entrar como esposa — e como *estranha* — em uma casa entre as mais importantes da Itália. Com um temperamento desses, cada mortificação será causa de conflito. Porém, também sabe que ninguém na família está à altura dela em determinação e em orgulho, e isso a tranquiliza. Não se deixa abater, por nada nem por ninguém, assim como a avó, de quem herdou o nome. Da avó Giulia herdou a coragem e a capacidade de enfrentar a dor; do avô Vincenzo herdou a impaciência, a altivez e a intolerância com qualquer tentativa de rebaixá-la.

Porém, o que dona Ciccia não pode imaginar é como o destino colocará à prova sua *picciridda*.

O verão de 1884 é quentíssimo, cheio de umidade. O vento siroco leva para os escritórios da Navegação Geral Italiana o cheiro forte das algas podres e da fumaça de carvão dos barcos a vapor; enche os móveis de areia e anuvia as silhuetas dos palácios e das montanhas distantes.

Ignazio fecha a pasta à frente, sobre a qual está escrito Società Ceramica. Há algum tempo pensa no assunto e, finalmente, conseguiu abrir ali em Palermo uma fábrica de cerâmica para fazer, entre outras coisas, o vasilhame para usar nos navios da NGI. Chega de comprar pratos, xícaras e sopeiras da Inglaterra ou da Ginori; agora ele os mandará fabricar, e terão o selo dos Florio. *Talvez possa mandar fazer alguns jogos para Favignana... Isso, vou pedir a Ernesto Basile que os desenhe*, pensa.

Aproxima-se da porta, chama um menino de recados para mandar preparar a carruagem e voltar à Olivuzza, depois se dirige à escrivaninha, senta-se e se permite afrouxar o plastrão. Massageia os olhos. Já faz algum tempo que estão sempre irritados, e os banhos cotidianos de hamamélis e camomila aliviam o ardor somente por certo período. *Mais uns dias*, pensa com alívio, mantendo os olhos fechados. Um sorriso lhe sobe aos lábios; este ano, resolveu fugir do clima abafado indo primeiro para Nápoles e depois para a Toscana. Mas não é tanto a perspectiva das férias que o alegra. Uns tempos antes, comprou carro ferroviário e mandou equipar como se fosse uma verdadeira "casa em movimento", como está na moda entre a aristocracia europeia: ele e a família viajarão rodeados pelos móveis deles, servidos pelos criados, e terão, na verdade, um vagão inteiro reservado para as bagagens. Luxo, comodidade e ambiente reservado. Outro modo de afastar as preocupações e demonstrar o próprio prestígio.

Ele torna a abrir os olhos, decidido a terminar aquele dia que o exauriu. Ainda tem outra incumbência para resolver: ocupar-se da correspondência pessoal chegada com os barcos a vapor atracados em Palermo, no início da tarde.

Pega o abridor de envelopes. Abre-os. A primeira carta é um pedido dos representantes dos trabalhadores napolitanos que solicitam o apoio dele para obter salários melhores. "O senhor, que é como um pai para seus operários", dizem. Amanhã pensará na resposta.

Em seguida, uma carta de Damiani dando informações sobre as últimas sessões do Senado, e se demora contando fofocas, boatos e anedotas. Essas coisas também são importantes, e os dois sabem. Ignazio a lê e a coloca de lado.

Por fim, um envelope tarjado de luto.

Ele o revira entre os dedos, observando-o como se fosse um objeto perigoso. O coração às vezes vê as más notícias antes dos olhos.

Marselha, diz o carimbo postal.

Não reconhece a caligrafia. Lembra-se bem do endereço do remetente. E não, não se trata da irmã, nem dos Merle.

A boca fica seca. A respiração não quer saber de sair e fica represada.

Não são as mãos dele que abrem o envelope, não lhe pertencem aqueles dedos que tremem, tampouco os olhos que se anuviam de lágrimas ao ler as palavras.

Junho... Enfermidade... Cólera... Nada a fazer...

A mão amarrota o papel, se fecha. Dá um murro na escrivaninha, uma, duas, três vezes. Um soluço lhe escapa dos lábios, outro se avoluma sob o esterno e é reprimido.

Não pode chorar.

Torna a pegar o papel, o alisa, o relê.

Palavras escritas por um viúvo; frases que, sob o véu da formalidade, revelam uma dor abrasadora. Ela havia sido amada por aquele homem, agora Ignazio sabe.

A esposa, escreve o homem, havia feito um pedido preciso poucas horas antes de morrer; e ele obedecera, comunicando então a notícia ao *caro amigo de tempos atrás*.

Por alguns instantes, Ignazio se pergunta o que o almirante Clermont sentira ao escrever aquele bilhete. Camille — *Deus, como dói pensar no nome dela!* — teria lhe contado o que acontecera entre os dois? Ou ficara calada, deixando apenas a dúvida da suspeita? Ou então lhe havia contado como se fosse coisa de pouca monta, já como coisa pertencente ao passado?

Ela teria tido todo o direito de lhe contar sobre o relacionamento deles, assim como esse homem agora tem o *direito* de viver a dor dele.

Ele, por sua vez, não tem direito a nada.

Apoia a testa no tampo da escrivaninha. Não consegue pensar em nada além do perfume dela, aquele cheiro de cravos frescos, vital, primaveril.

Eis o que lhe resta. O perfume dela, não no corpo, mas na alma. O sorriso dela. O sofrimento que lhe deixou depois daquelas censuras que ainda magoam, ah, e como magoam...

Lá fora, Palermo se prepara para o anoitecer. À distância, chegam os sons da praça: o ruído metálico dos veículos e das carruagens que se dirigem ao passeio à beira-mar, o resfolegar dos barcos a vapor, os gritos dos moleques que vendem os jornais da tarde, as vozes furiosas das mães chamando os filhos para dentro de casa. Os lampiões travam batalha contra as sombras que estão se apossando do Cassaro e, nas janelas das casas, aparecem as primeiras luzes. Com o vento, chega um cheiro de mar, de comida, de brasas.

Ao redor dele, tudo é vivo.

Dentro dele, só existe o silêncio.

É dia 3 de outubro de 1885, e Giulia, apoiada ao braço do pai, sobe a ampla escadaria de mármore da intendência municipal de Palermo. A semelhança entre eles é quase inacreditável; os mesmos olhos plácidos e argutos, o mesmo nariz importante, os mesmos lábios carnudos. O mesmo distanciamento.

Porém, a proximidade enfatiza também o contraste entre o *morning coat* preto de Ignazio e a elegante *toilette* creme de Giulia, com os dois corpetes com barbatanas de baleia que marcam a cintura fina, um sem mangas e o outro com mangas três quartos, bordadas com rendas. A saia, suntuosa, pesada, é feita de oito camadas de tecido e termina em uma cauda. Os cabelos escuros estão penteados em grandes ondas, presos com presilhas de diamantes.

Dona Sofia Galeotti, princesa di Trabia e dama de honra da rainha Margherita, olha a esposa tão jovem e retorce o rosto com um movimento brusco, mas se recompõe em seguida, com um sorriso falso que esconde o orgulho ultrajado por aquela demonstração de riqueza. Para ela, esse casamento não é a união de duas famílias, mas sim uma âncora: o patrimônio dos Trabia havia passado por uma série de divisões por herança que o comprometeram excessivamente, e até as residências da família — entre as quais a principal, o palácio Butera — precisavam urgentemente de reformas. *E agora, finalmente, acontecerá*, parece pensar dona Sofia, que então comprime os lábios e assente.

A poucos passos de Ignazio e Giulia encontra-se dona Ciccia. Está visivelmente comovida, mas também preocupada, temendo que o vestido se amarrote. *E esse foi só o rito civil!*, pensa. *Ainda preciso arrumar aquelas duas pérolas que se soltaram do corpete do vestido para a cerimônia na igreja, verificar a barra da saia de baixo, tornar a costurar aquele pequeno rasgão na renda do véu...* Sente uma pontada de angústia; parece-lhe não ter tempo suficiente. Um pressentimento se apossa dela, causando-lhe um calafrio.

Giovanna segue o trio de olhos baixos, de braços dados com Ignazziddu, que olha ao redor com a cabeça erguida, com expressão impudente. Ostenta um par de bigodes e uma barbicha encaracolada, na tentativa de afastar de si aquele ar de rapazinho que, aos dezessete anos, começa a incomodá-lo.

De repente, Giulia escorrega. Talvez a sola de um dos sapatinhos de cetim tenha perdido a aderência no mármore, talvez ela tenha pisado em falso, quem pode saber. Giovanna se sobressalta; dona Ciccia corre para segurá-la e, nesse ínterim, invoca Nossa Senhora. Mas Giulia se agarra ao braço do pai, e dá um sorriso alegre.

— Era só o que faltava — sussurra para ele, e ele responde ao olhar dela segurando-lhe a mão com força. Por fim, a mocinha endireita as costas, ergue o queixo e continua a subir.

Não obstante o ar ponderado, Ignazio sente orgulho e alívio: a reação de Giulia ao pequeno incidente é o sinal de que sua *stidduzza*, sabe cuidar de si mesma e nunca vai desanimar. Ainda que tenham se passado apenas poucos anos, o tempo em que o recebia, ao voltar para casa, sob a oliveira ao lado da porta da carruagem agora está distante. Ignazio não poderá mais contar com a conversa dela ao amanhecer, durante o café da manhã, nem com o conforto proveniente da cumplicidade deles, feita só de olhares.

Sentirá muitíssimo a falta dela.

Giovanna havia feito os acordos com a princesa di Trabia: duas aristocratas que falavam a mesma língua e praticavam, com a mesma habilidade, a arte de trocar alfinetadas sem se machucar. E ela havia saído vencedora, mostrando uma notável maestria e uma indiferença olímpica para com o comportamento altivo da futura consogra. Porém, tinha sido Ignazio a indicar as condições patrimoniais — escritas pelo advogado Crispi — que tinham por objetivo proteger a filha, e fora ele quem ordenara móveis finos para mobiliar o palácio e comprara objetos que dariam brilho à coleção de arte da família, como os querubins de Giacomo Serpotta provenientes da igreja de São Francisco dos Estigmas. Os Lanza di Trabia tiveram que aceitar e ficar em silêncio.

Um investimento prudente, dado que, com esse casamento, Giulia assumiria um papel central na alta sociedade italiana. Mas também um modo de curar uma antiga ferida. Ignazio havia se casado com Giovanna, filha dos condes d'Ondes Trigona, expoentes da pequena nobreza. Os Lanza di Trabia, pelo contrário, eram príncipes de uma linhagem antiga, verdadeiros protagonistas da história siciliana. E agora se uniam aos Florio, cuja nobreza era a do dinheiro e do trabalho.

Por uns instantes, os pensamentos de Ignazio se voltam ao pai. Roça o anel que lhe pertencia, como se pudesse evocá-lo. Imagina-o à frente dele, rude e de testa franzida. *Viu, papai? Finalmente não vão mais nos olhar como carregadores de piano. Giulia será a princesa di Trabia.*

Contudo…

Ele se volta para procurar a esposa, pois estão prestes a entrar no edifício, depois cruza o olhar com o de dona Sofia. Ela sorri, mas nos olhos dela há uma dureza que não passa despercebida por Ignazio e que lhe causa irritação.

Eu fiz bem, diz em seguida com seus botões, correspondendo ao sorriso dela com uma expressão tanto amável quanto fria. *Querendo ou não, você há de reservar à minha filha o respeito que ela merece.*

Porque, exatamente naquela manhã, na carruagem, ele havia explicado tudo a Giulia, e ela, sua *stidduzza*, compreendera perfeitamente. Não poderá doar à filha serenidade, mas a ajudará a se defender, de modo que o papel dela seja reconhecido, na vida pública e na privada. Ele lhe deu as armas para agir assim.

Depois de ter deixado a Olivuzza, entre duas fileiras de serviçais usando libré, Giulia entrara na carruagem, seguida pelo pai. Com um ar tenso que lhe deixava rígida a fisionomia, olhara a cidade sem a ver, ignorando a silhueta dos novos edifícios construídos ao longo do caminho que, desde a residência, levava ao centro de Palermo, concentrada apenas no perfume do buquê.

Contudo, depois de ter passado pelo canteiro de obras do Teatro Massimo, quando a carruagem havia entrado na via Maqueda, Giulia arregalara os olhos. Debaixo das varandas barrocas, nas calçadas pavimentadas e na frente dos portões das casas nobres, apinhava-se uma multidão de pessoas comuns e de pequenos burgueses, espichando o pescoço para espreitar o interior do veículo e ter uma visão, ainda que fugaz, da noiva, filha do senhor de Palermo e futura princesa Lanza di Trabia.

Irritado, Ignazio havia puxado a cortina para cobrir a janelinha. Giulia virara-se para olhar as figuras indistintas que aplaudiam a passagem deles.

— Eles estão aqui para... me ver? — perguntara, com um fio de voz, os dedos segurando com força o buquê. De repente, ela se via como aquilo que era: uma mocinha de quinze anos, perto de dar um passo que mudaria a vida.

— Estão aqui por aquilo que nós representamos. — Ignazio se inclinara para a frente. — Os Florio são Palermo. Pietro, seu futuro marido, pertence a uma linhagem à altura de um vice-rei, mas lembre-se sempre de que primeiro meu pai, e agora eu, compramos as terras, as fábricas e as pessoas que nelas trabalham, e que você é minha filha; portanto, a filha do patrão. Nós somos ricos porque estamos construindo esta cidade, de pedaço em pedaço.

Giulia o escutara com olhos arregalados. Não era a primeira vez que o pai lhe falava assim, como com uma adulta, mas nunca se dirigira a ela com tanta sinceridade.

Ele não percebera esse espanto.

— Escute-me. Você tem um dote vinculado. Sabe o motivo? Sua mãe explicou alguma coisa?

— Minha mãe me falou... de outra coisa — murmurara ela, enrubescendo de constrangimento.

A ruga na testa de Ignazio ficara mais profunda, depois se desfizera rapidamente, e ele sorriu.

— Ah, entendo. — Havia segurado a mão da filha, gelada e rígida, entre as dele. — Esqueça-se *daqueles assuntos* e me escute. Significa que você tem um dote de quatro milhões de liras[*], uma soma imensa; porém, como a família do seu marido não tem empresas e eu não quero sustentar nobres caprichosos, então coloquei como condição que você possa escolher, de acordo com seu marido, em quais atividades investir o dinheiro. O advogado Crispi se encarregou de preparar os acordos matrimoniais.

Ela o encarara, mais perplexa do que espantada.

— O que isso quer dizer?

— Quer dizer que eu não desejo que os Lanza di Trabia privem você daquilo que é seu, porque nunca se sabe o que pode acontecer na vida. Pietro me indicará casas e terrenos, e eu os comprarei no nome de vocês, retirando dos fundos do dote. — Havia se aproximado mais, roçando-lhe o rosto com os dedos. — Você precisa prestar atenção, *stidduzza mia*. Enquanto eu estiver vivo, você não tem nada a temer.

---

[*] Cerca de dezoito milhões de euros. [*N. da A.*]

Mas você, naquela casa, vai precisar aprender a se proteger e a não permitir que ninguém lhe dê uma rasteira, seja até seu marido; ou, pior, sua sogra, que, vamos falar claramente, é uma víbora. Pietro tem 23 anos, mas depende dela em tudo e para tudo. Já você é uma moça inteligente e saberá como se defender, assim como fez a avó da qual você herdou o nome, que era uma mulher determinada e sábia. Lembre-se de que somente o dinheiro lhe dará a independência e o poder de decidir, e dele você nunca deve abrir mão. Você me entendeu?

Giulia assentira, com os olhos brilhando. Depois de alguns instantes, balançou a cabeça, murmurando:

— Não quero desiludir o senhor...

Ele a abraçara, com a barba a fazer-lhe cócegas no pescoço e arranhando a pele do rosto.

— Nossa família nunca teve medo de nada nem de ninguém. Até uma revolução e uma guerra civil nós superamos. Não temos uma história longa como as dos Lanza di Trabia, é verdade, mas você é uma Florio e, quanto à inteligência e coragem, não perde para ninguém, muito menos para aqueles nobres metidos. Lembre-se sempre de que quem tem dinheiro tem poder.

E é pensando nisso que Giulia sobe os últimos degraus que a conduzirão perante o duque Giulio Benso della Verdura, a quem foi solicitado que celebrasse o matrimônio no lugar do prefeito de Palermo.

O homem, magro e com rosto encovado, à espera do outro lado da mesa com um sorriso benevolente. A pouca distância, está Pietro Lanza di Trabia, um jovem atarracado, com a testa marcada por uma calvície que ameaça aumentar e grandes bigodes escuros.

Ele a cortejou com elegância, como convém a um nobre. Deu-lhe um belíssimo anel e a acompanhou nas festas da nobreza palermitana. Tratou-a como a uma princesa.

Faz o coração dela pulsar? Não. É uma companhia agradável, certamente não um homem por quem perder a cabeça. Não sabe se vai ser um bom marido. De qualquer modo, ela sabe qual é o próprio dever: fazer filhos sadios e fortes e ser uma princesa digna do título que carrega.

O matrimônio é um contrato, pensa Giulia, enquanto afasta a mão dos dedos cálidos do pai e a coloca sobre a mão gelada e um pouco trêmula de Pietro. Um contrato entre famílias, que tem como objeto ela mesma e o dote.

E, quando se trata de negócios, ninguém é mais hábil do que os Florio.

— Não, vocês não podem nem imaginar como foi o jubileu da Rainha Vitória! — Ignazziddu estende as pernas, com a taça de champanhe em uma das mãos e um cigarro na outra, e olha os amigos: o primo Francesco d'Ondes, conhecido como Ciccio, Romualdo Trigona, um outro primo, mas mais distante, e Giuseppe Monroy. Os três aceitaram de bom grado o convite de Ignazziddu para que ficassem uns dias com ele na Villa ai Colli, perto de Palermo. Na verdade, toda a família está ali, mas logo vai partir para Favignana.

Os moços estão no terraço que tem vista para o pomar de citrinos, estirados em poltronas de vime que os serviçais colocaram quando eles chegaram. A tarde está caindo, e o frescor da noite vai finalmente amansando o calor daquele dia de verão. Das árvores chega o perfume das flores de laranjeira junto com o cheiro pungente de hortelã selvagem nos vasos alinhados sobre a balaustrada de pedra.

— Enquanto isso, quando chegamos a Londres, chove o tempo todo: nem conto para vocês que inferno foi retirar as bagagens e os baús do trem. Minha mãe e meu irmão passaram muito mal durante toda a viagem de Calais a Dover, e foram direto para o quarto descansar. Meu pai, por outro lado, quis andar pela cidade e eu o acompanhei. Felizmente, havia parado de chover. Que espetáculo! Flores, bandeiras, festões, retratos da rainha por todos os lados, até na ruazinha mais escondida. E não só isso: eu vi uma casa, na frente da qual haviam construído uma grande plataforma, cheia de palmeiras rodeadas por sombrinhas japonesas e, no centro, um enorme busto de mármore da rainha, circundado por guirlandas de flores; outra, cuja fachada estava completamente coberta por bandeiras, e mais uma com cascatas de flores caindo das varandas, formando o número cinquenta. E depois o desfile, no dia seguinte! Era um dia de sol, e as espadas e os elmos brilhavam tanto que parecia que estávamos olhando para um rio de prata. A coisa que mais me impressionou, contudo, aconteceu na frente do Palácio de Buckingham, antes do desfile. Como vocês podem imaginar, havia uma multidão imensa. Mas também havia um grande silêncio.

— Como, "silêncio"? — pergunta Giuseppe.

— Não dá para acreditar, não é? Aqui, teríamos ouvido gritos, berros... e lá, pelo contrário, nada! Depois, quando apareceram os cavalos cor de creme da carruagem real, a multidão explodiu. Começou a gritar até mais alto do que as trombetas anunciando a chegada da rainha. E os lenços que se agitavam, chapéus jogados para o alto... E me disseram que, com a passagem da rainha, um camarada gritou: "Eis a rainha! Eu a vi! Está viva!", e fez todo mundo rir. Resumindo, os súditos da rainha Vitória de fato a veneram, diferente da gente aqui com os Savoia!

Os amigos dão risada e olham Ignazziddu com um misto de fascínio e inveja.

Ele volta a contar. Somente os Florio, os Trabia e poucos outros italianos haviam sido convidados, diz. E repete inúmeras vezes, dando destaque.

— Estavam todas as famílias reais da Europa, sem contar nobres, banqueiros e políticos. Meu pai cumprimentava todos, ia de um a outro, e minha mãe sempre atrás. Se soubessem como eles olhavam para a gente... Não havia um que não nos conhecesse, ou que não pedisse para ser apresentado ao meu pai, o chefe da Navegação Geral Italiana...

— Mas depois vocês foram a Paris, certo? — Romualdo o interrompe.

— Sim, fomos hóspedes dos Rothschild. — Ignazziddu sorri, inclina-se para a frente. — Mas, acima de tudo, eu passei uma tarde inesquecível no Chabanais...

— Mas sua mãe sabe que você frequenta bordéis? — Ciccio se serve de bebida e o observa, astuto.

— Minha mãe mandou levar para o quarto do hotel o crucifixo e o genuflexório — bufa Ignazziddu. — No entanto, me adora; e, mesmo que me censure, sempre acaba me perdoando. — Esvazia o copo, depois se endireita na poltrona. — E, além do mais, ela estava muito ocupada. Tinha que escolher móveis para a Olivuzza, tapetes para os salões... Sem contar que ela e minha irmã foram até a Worth e passaram um dia inteiro lá, experimentando roupas. Enquanto isso, meu pai fazia as reuniões de negócios e praticamente me obrigou a participar delas. Só consegui escapar dizendo para ele que ia visitar um museu.

— Ah, meu caro... seu pai compreendeu que você é um grande *fimminaro*, um mulherengo! — Romualdo se levanta, lhe dá um tapinha na nuca. São bons amigos e dividem a mesma paixão pelas mulheres e pelos entretenimentos dispendiosos.

— Se uma mulher é bonita, me deseja e eu a desejo, que mal tem? — retruca ele, tranquilo, e ergue os olhos para o céu. — No hotel, havia uma condessa russa com o marido que, podem acreditar em mim, era de perder a cabeça. Uma verdadeira deusa, loira, olhos verdes... Eu a olhava, ela me olhava, e... — Dá risada, com olhos que brilham com a recordação. Então olha fixamente o primo. — Ora, você está me escutando?

Ciccio e Giuseppe pararam de rir de repente, e Romualdo, também ele sério, ergue o queixo na direção de alguma coisa atrás de Ignazziddu.

Ignazio apareceu sob a moldura da porta-janela. Tem o rosto marcado pelo cansaço e perscruta os quatro jovens com ar de censura.

— Senhores — começa, os braços cruzados sobre o peito e a voz baixa. — É muito tarde. Posso sugerir-lhes que se retirem para os seus quartos?

Romualdo abaixa a cabeça.

— Claro, dom Ignazio... e nos desculpe se o perturbamos. — Levanta-se, puxa Ciccio por uma manga e os dois vão silenciosos para o interior da residência, seguidos por Giuseppe, que lança um olhar preocupado para Ignazziddu. Este quer imitá-los, porque conhece bem aquela expressão do pai e sabe que há prenúncio de tempestade.

E, de fato, Ignazio o detém, colocando-lhe uma das mãos no braço.

— De todos os modos como você poderia falar de mim e de sua mãe, escolheu o pior. Principalmente de sua mãe, que sempre faz suas vontades e que perdoa qualquer um de seus atos.

Palavras que são como um tapa em pleno rosto. O rapaz enrubesce, tenta esquivar-se.

— Mas o que foi que eu falei?

— Você não deve falar assim e ponto-final. Não precisamos demonstrar nada e você jamais deve se vangloriar daquilo que tem ou daquilo que é. Essas coisas você deixa para os *pirocchi arrinisciutti*, os novos ricos. — Segura o filho, aproximando-o. — E outra coisa. Da próxima vez que você for se divertir, basta me dizer. Não vou impedir você, pode ter certeza. Mas você precisa entender que há responsabilidades e que elas vêm antes do prazer. Sua cabeça vive cheia de mulheres. Você é homem, e jovem, e eu entendo. Mas se vangloriar de certos fatos é vulgar. É preciso respeito, e não apenas pelas mulheres com quem você anda, mas também por você mesmo.

— Mas, pai! Era uma casa fechada, e elas eram...

Ignazio fecha os olhos, tenta conter a exasperação.

— Não me interessa que coisa ou quem eram.

— Talvez, para o senhor, eu devesse viver como um monge, só casa e trabalho — desabafa o filho.

— Maldição! Seu nome é Florio e você tem que respeitar sua família, em primeiro lugar. — Ergue a mão. — Um dia, você deve ser digno deste anel que pertenceu ao seu tio Ignazio, um homem honesto e corajoso, ao seu avô Vincenzo, a quem nós devemos tudo, e que agora me pertence. Na vida, você precisa ter controle e decoro. Caso contrário, não irá longe.

Finge não notar a careta com que o rapaz se afasta e entra em casa. Deixa-lhe a ilusão de ser mais astuto, de ter entendido da vida mais do que ele, que é o pai, possa saber. Ignazio compreendeu que precisa manter esse filho por perto e lhe ensinar a ficar no lugar dele. Porque a gente não se torna adulto se não sabe como proceder e quando falar. E, acima de tudo, como e quando ficar calado.

* * *

217

A água perto do porto de Favignana é tão límpida que dá para ver o fundo do mar e os peixes que nadam entre os tufos de algas. E a ressaca tem um som doce: um murmúrio de água e vento que acaricia o casco dos navios e se estende até a faixa de areia em frente à almadrava.

Ignazio respira fundo. No ar, o cheiro da alga marinha seca, salgado e levemente nauseante; no céu, suspensos pelas correntes, poucas gaivotas, esperando que os pescadores lancem no mar os restos de peixe aprisionados nas redes que eles estão remendando.

É sempre assim na primavera, e aquele maio de 1889 não é exceção.

Desde a chegada dele, por ocasião da matança, foi uma sucessão de dias luminosos, em que o sol se apossou da ilha, revestindo-a com aquela luz pastosa que ele ama.

Ignazio esboça um sorriso, protege os olhos com uma das mãos, depois volta o rosto na direção do palácio construído para ele por Damiani Almeyda. Vislumbra a silhueta de Giovanna no jardim com dona Ciccia, e a de Vincenzo, que brinca com a bola. Está com seis anos, o último rebento, e dá sinais de uma inteligência para lá de vivaz. Um fogo vivo.

Giovanna prefere ficar ali com Vincenzo, até por dever se ocupar da casa e dos empregados vindos de Palermo. Agora se rendeu à impossibilidade de empregar os moradores da ilha como serviçais — por demais rudes e queimados pelo sol — e os relegou aos trabalhos mais pesados. No entanto, quando chegam a Favignana, os serviçais da Olivuzza assumem uma postura relaxada que a irrita muito, e então se sente na obrigação de supervisionar pessoalmente cada cômodo e cada prato que será servido à mesa, sobretudo quando recebem convidados. A essa altura, concentrou todas as energias na posição de dona de casa.

Ignazio, por sua vez, resolveu ficar no *Queen Mary*, o iate que comprou recentemente do marselhês Louis Pratt. O francês o havia batizado de *Reine Marie*, mas Ignazio quis devolver-lhe o nome com que havia sido batizado após ter saído dos estaleiros de Aberdeen. Com 36 metros de comprimento, o casco de ferro e velas a *cutter*, tem um motor *compound* a vapor e propulsão a hélice. É o maior barco a vapor de passeio do qual se tenha registros na Itália, e provavelmente o mais veloz — dez nós. Uma verdadeira joia. Só o *Louise*, do amigo Giuseppe Lanza di Mazzarino, pode competir com o *Queen Mary* dele.

E fora exatamente Lanza di Mazzarino quem lhe dera o impulso decisivo para comprá-lo. A ideia de ter um iate havia atiçado Ignazio por muito tempo, mas ele tinha sido forçado a dar precedência aos negócios, ao dote para a filha e à aquisição de novos barcos a vapor. Sim, claro, havia se inscrito no Regio Yacht Club Italiano de Gênova, mas esse era um passo que quase todos os armadores — de Raffaele Rubattino a Giuseppe Orlando e Erasmo Piaggio, que se tornara diretor da seção de Gênova da Navegação Geral Italiana — costumavam dar.

Então, certo dia, Lanza di Mazzarino, que era um dos sócios promotores do clube, lhe disse:

— Você não pode ficar sem seu barco, Igna. Não é digno de você! Como o dono da frota mais importante da Itália não tem nem um barquinho? — E caíra na risada.

Ignazio não apreciara aquele sarcasmo.

— Pensei nisso, mas não é a hora — rebatera, irritado. — Não poderia aproveitá-lo, por enquanto; tenho muita coisa na cabeça, com a NGI e com as almadravas. Não posso me dar ao luxo de ficar por aí com um iate enquanto outros administram meus negócios.

O outro, porém, insistira.

— É uma questão de ponto de vista. Você ganha milhões com suas empresas e então sente vergonha de ter um barco? Talvez você passe só um dia por ano nele, mas você o tem, é seu.

Percebera que Lanza di Mazzarino tinha razão: o iate seria um símbolo — *outro* símbolo — do poder dos Florio. Como a Olivuzza, como a carruagem ferroviária da família. Como o casamento de Giulia com o príncipe di Trabia.

Mas ali, agora, no iate, Ignazio percebeu ter feito uma escolha que o atingiu no mais fundo do ser dele e que fez passar para segundo plano o prestígio social.

Sob os pés, para além das solas de couro, o mar pulsa, respira. Ele sente: é uma vibração que sobe pelos tornozelos, chega até as costas e inunda a cabeça e os olhos.

Certa vez, bem ali em Favignana, o pai lhe dissera: "Nós, Florio, temos o mar correndo nas veias".

As origens da família tornam a aparecer, o sangue pulsa-lhe sob a pele.

E, além disso, Favignana. O único lugar em que consegue se sentir completo. O único lugar onde as recordações não fazem mal, em que pode se permitir observar os fantasmas dele sem dor, imaginá-los ao lado, ainda que escondidos em pequenas zonas de sombra que fogem da luz invasiva daquela ilha.

Seus pais. Seu filho. Camille.

— Dom Ignazio.

Ele se volta. Um marinheiro, de uniforme azul e chapéu claro, espera para falar com ele.

— Diga-me, Saverio.

— O sr. Caruso deseja falar com o senhor. Está esperando na saleta.

A saleta do *Queen Mary* é um ambiente funcional, no qual as exigências da navegação são escondidas pelo luxo da mobília. Nas paredes revestidas de madeira, quadrinhos a óleo de paisagens marinhas; o sofá é de veludo, encostado à parede, e o tapete persa, um Senneh em tons de bordô, foi pregado no piso, para não causar acidentes.

— Dom Ignazio, que prazer vê-lo. — Gaetano Caruso tira o chapéu de palha e se levanta. O rosto fino é sulcado por rugas profundas e o cavanhaque ficou branco. *Primeiro, o pai dele com meu pai, e agora eu com ele... outra história de família*, pensa Ignazio, apertando-lhe a mão e olhando nos olhos dele. Em poucas pessoas, no mundo, pode confiar como nesse homem.

Caruso traz uma pasta cheia de cartas.

— Trouxe a correspondência para o senhor. Chegou com o navio de Trapani, bem no momento em que eu ia vir aqui.

Ele agradece com um gesto e o convida a sentar-se novamente, enquanto dá uma olhada no que chegou. Umas cartas trazem o selo do Senado do Reino; outras são de natureza comercial. Nada que não possa esperar.

— Então — murmura, sentando-se no sofá —, me diga.

Caruso cruza as mãos sobre as coxas. Os olhos — escuros, atentos — agora estão cautelosos. Mas as palavras fluem, rápidas.

— Ouvi dizer de novo que querem mudar o diretor da prisão. Não sabemos quem virá e se vai continuar a permitir que os prisioneiros trabalhem no estabelecimento. É notícia que circula já faz um bom tempo, o senhor sabe. Mas agora parece que é questão de dias.

— De novo? Mas eles não têm o que fazer? — Ignazio responde em dialeto, furioso. — Mas é possível ficar sempre pensando o que 'sti spicciafacenne do ministério andam querendo? E, além do mais, justo na época da matança? — A exasperação acaba com a sensação de bem-estar. A ruga entre as sobrancelhas fica mais funda. — Vou escrever agora mesmo para Roma; Abele Damiani se ocupará da questão. Uma vez, eu já tive que incomodá-lo por uma coisa parecida. — Faz uma pausa, balança a cabeça. — Se eu não soubesse que empregar os prisioneiros nos faz poupar muito dinheiro, ficaria sem eles de bom grado. Porque aqui, deixando de lado a matança, há perdas contínuas.

Caruso, desconsolado, abre as mãos em um gesto escancarado.

— Dom Ignazio, o senhor diz isso para mim? Entre os salários dos pescadores de atum e dos operários da fábrica de envasamento, as despesas de conserto das caldeiras da fábrica e as do vinhedo, em Favignana temos um passivo que… — Indica o lugarejo com um gesto vago. — Sem contar o dinheiro para os padres e os sacristãos.

O olhar perturbado de Caruso rouba de Ignazio uma risada.

— Sei que dois sacristãos parecem demais para uma ilhota como Favignana, mas eles se ocupam também da manutenção da igreja, e tomar conta da Igreja Matriz é um dos deveres do proprietário das ilhas, já que aqui o mar engole tudo, a começar pelas construções… E, além do mais, prometi fazer isso para minha esposa. O senhor sabe que é uma mulher devota. Quanto ao vinhedo… — Apoia o cotovelo no braço do sofá, escora o queixo no punho fechado. — O aroma que o vinho desse vinhedo tem é um dos poucos prazeres que me restam. Sinto nele o mar.

Caruso não consegue ocultar o espanto por trás da máscara de respeito. Às vezes, no comportamento de u' principale, um chefe — assim ele o chama, bem como os operários —, abrem-se frestas que o levam a uma dimensão mais humana. Mas que se fecham rapidamente.

— Dom Gaetano... quando uma pessoa é rica, tem duas escolhas. Ou aproveita a vida e pouco se importa, ou age de modo que as coisas corram da melhor forma para ela e para quem trabalha para ela. Não preciso explicar para o senhor qual foi minha escolha.

— Eu sei, dom Ignazio. Mesmo que esteja aqui, nesta embarcação, e pareça só estar se divertindo, sei que o senhor trabalha. — Ele toca a cabeça. — O senhor trabalha aqui dentro. Não deixa nunca de pensar na NGI, na fundição, na cantina...

— Porque é meu dever. — Ignazio diz isso com simplicidade. — A Casa Florio é minha família, e não é possível deixar de lado *a' famigghia*. — Levanta-se, convida-o com um gesto a sair da sala. — Mas isso não significa que eu não possa desfrutar das coisas boas que possuo.

Na ponte, Ignazio olha na direção do estabelecimento.

— Logo faremos com que falem da almadrava, mais ainda do que agora.

Caruso semicerra os olhos à luz do sol.

— Como assim?

— Estamos discutindo um projeto com Crispi. Negócio grande. — Abaixa a voz, esboça um meio sorriso. — Uma exposição nacional.

O outro se sobressalta.

— Tudo isso?

— A essa altura, os tempos estão maduros para se fazer uma exposição aqui no Sul. E onde, se não for Palermo? Já temos os espaços necessários entre os arrabaldes da cidade e a Favorita, e então... — Indica a si mesmo, ergue a sobrancelha. — Temos o dinheiro e as pessoas capazes para projetar um evento desse tipo.

— Seria magnífico... — Caruso abre a boca, se detém, agita as mãos. — Uma exposição em Palermo significaria milhares de visitantes e a possibilidade de mostrar nossos produtos. Seria um modo de fazer com que Roma e o Norte entendessem que aqui não somos só pastores e pescadores.

— Ah, mas o povo de Roma sabe muito bem. Por isso tem havido resistência. — Ignazio indica o mar às costas. — Se nós formos bem-sucedidos na tentativa, quem o senhor acha que se ocupará do transporte das mercadorias? E, em sua opinião, as empresas que desejarem expor deverão procurar quem, se não os organizadores do evento? — Aproxima a cabeça da de Caruso, segura-lhe o braço. — Mas não sou só eu quem deseja isso. É o próprio Crispi em pessoa que deseja, e o fato de ele ser agora o presidente do Conselho, o primeiro homem do Sul a ter essa honra, pode superar muitos obstáculos. Ele sabe que teria o apoio de todo o mundo da política siciliana. Eu não faria nada além de dar *i picciuli* necessário… — Ele esfrega o indicador e o polegar. — De modo que me concedam o espaço que desejo. — Endireita a postura e fecha as pálpebras. A luz do sol está aumentando a irritação nos olhos que o incomoda já faz uns anos. — Mas, por enquanto, é tudo ainda muito vago. O senhor fique quieto e seja cauteloso, pois uma ideia desse tipo é coisa grande. Quando a notícia se espalhar, nós vamos projetar um pavilhão para nossas atividades e o atum, o *nosso* atum, será o protagonista da feira, junto com o marsala.

— *Bico fechado*, dom Ignazio. — Caruso não acrescenta mais nada. Demasiado grande é a surpresa, e tantas poderiam ser as consequências se uma exposição como aquela se tornasse realidade. Ignazio assente, e então o acompanha à escadinha da embarcação. — Espero notícias da fundição no tocante a certas melhorias que precisamos estabelecer, quanto a tempo e meios, com o pessoal da nova linha de navegação para Mumbai.

— Eu as trarei pessoalmente, assim que chegarem.

É nesse momento que Ignazio vê o filho. Ignazziddu está com o chapéu em uma das mãos, e uma bengala com castão de prata — de acordo com a moda — na outra, mas está correndo como um tresloucado, levantando nuvenzinhas de poeira. Por fim, chega aos pés da escadinha e se detém para recuperar o fôlego.

Ignazio suspira. Há dias em que não acredita poder fazer do filho seu braço direito na administração da Casa Florio. E não somente pelo fato de o moço não ter o menor interesse pelos negócios em que o pai sempre procura envolvê-lo. É algo mais profundo, como se Ignazziddu desejasse ver somente as coisas boas do mundo. Que, justo por acaso, para ele são sempre as mais custosas.

Caruso brinca com a aba do chapéu de palha.

— Então, espero o senhor mais tarde, dom Ignazio? Para dar uma volta pelo estabelecimento, o senhor sabe…

— Estarei lá. Enquanto isso, mandarei um telegrama para Damiani.

Caruso e Ignazziddu se cruzam na escadinha. O homem toca a aba do chapéu, murmura uma saudação; o jovem ergue a mão em um gesto sem muita intenção. Depois se aproxima do pai, que o examina, sombrio.

— Parece que não lhe demos educação. É assim que você se comporta?

Ignazziddu dá de ombros.

— É o sr. Caruso, pai. Ele me conhece desde que eu era um *picciriddu*… tenho que ficar fazendo salamaleques para ele?

— Os bons modos não têm idade. Você está com quase 21 anos e teria que saber disso. É a educação que faz do homem um cavalheiro. — O olhar se volta para os sapatos de couro, de fabricação toscana. — Você está coberto de poeira. Corre assim a troco de quê?

O moço agita um pedaço de papel.

— Uma coisa sobre a qual Giulia e eu conversamos, e hoje ela me mandou um telegrama, confirmando.

Ignazio sente o coração pulsar com mais força. Com três anos de casada, Giulia, a *stidduzza*, finalmente vai fazer dele um avô. Da última vez que a viu, poucas semanas antes, encontrou-a tranquila, ainda que bastante pesada por conta da gravidez.

— Que coisa?

De repente, Ignazziddu hesita, procura as palavras. Encaminha-se à ponte do iate, andando de um lado para outro.

— Giulia gostaria de descansar depois do parto; mas, é claro, o marido não quer nem saber de permitir que ela saia por aí, ainda mais com um recém-nascido. Sabe como é… — Abaixa a voz, esboça um sorrisinho de cumplicidade. — Já foi obrigada a ficar, a gravidez toda, presa à barra da saia da sogra. Depois, gostaria de ficar um pouco tranquila.

Ignazio o olha, o rosto pétreo.

— Então? Pare de fazer rodeios, filho. O que você quer me dizer?

— Giulia e eu gostaríamos de saber se o senhor nos permitiria usar o *Queen Mary* para ir por uns dias a Nápoles, neste verão. — Diz isso de um fôlego só, com o bigode que treme sob os lábios enrolados em um sorriso canhestro. Então, de repente, o olhar se faz súplice.

É então que a irritação de Ignazio explode. Um só impropério, dito em voz baixa. Volta a andar, com as mãos nas costas, e as abas da casaca se agitam ao vento.

— *Você* perguntou para sua irmã se ela desejava partir; e ela, tenho certeza, aproveitou a ocasião para se afastar da sogra, que não faz outra coisa além de criticá-la e falar mal dela para Pietro... — Ele se detém, olha o filho fixamente. — É... Aposto que você falou também com seu cunhado, sugerindo para ele que seria um modo de permitir que Giulia descansasse um pouco. Estou errado?

O jovem morde os lábios. Parece que está a ponto de conter uma risada de constrangimento, como a de uma criança flagrada pegando comida na despensa. É um comportamento capaz de vencer qualquer resistência por parte de Giovanna, que ao filho sempre permitiu demais, para não dizer tudo. Mas ele não é Giovanna, e Ignazziddu tem que aprender a pedir as coisas, a merecê-las, e não a pretendê--las e ponto-final.

Ignazio se detém, aponta um dedo contra o peito dele.

— Você não pode pensar em manobrar as pessoas a seu bel-prazer, muito menos a mim: é uma coisa que eu detesto, e você sabe disso. Você fez tudo pelas minhas costas, para me colocar frente a um fato já decidido, de modo que eu não possa dizer não a Pietro e à Giulia, ou então corro o risco de parecer um déspota.

Os lábios do rapaz se contorcem em um gesto de irritação.

— Não dá para pedir nada ao senhor sem dizer por quê, como e quando. O que custa permitir que eu e Giulia passemos um pouco de tempo com nossos amigos? Ainda mais que o senhor e *maman* não vão usar o iate; e, se quisessem viajar, sempre tem nosso trem.

— Amigos? — O tom de voz de Ignazio fica mais alto. Um empregado que está lustrando o corrimão ergue a cabeça, lança um olhar curioso na direção dele. Ignazio o fulmina com os olhos e o rapaz volta a trabalhar na mesma hora, com a cabeça enfiada entre os ombros. — Quantas pessoas você convidou? Está pensando em me contar tudo agora ou quer me contar aos pouquinhos, como se estivéssemos em um daqueles romances que a dona Ciccia lê?

Ignazziddu passa uma das mãos nos cabelos, despenteia-os. Então parece se dar conta do gesto ditado pelo nervosismo e os arruma.

— Este iate pode hospedar meia Palermo, pai, e o senhor sabe. — Ergue os olhos para o céu. — E, além do mais, não se trata de negar uma coisa só para mim...

Garotinho desgraçado, pensa Ignazio. *Quer dizer, garotinho? Um grandessíssimo cabeça-dura e insuportável!* O filho sabe muito bem que o pai tem uma predileção por Giulia e que não faria nada para deixá-la descontente. Ele manipula bem as pessoas, o Ignazziddu. Uma habilidade que ele, Ignazio, desenvolveu com o tempo, mas que é inata no filho.

Eis um talento a cultivar.

O moço se aproxima mais um pouco, abaixa a voz.

— Por favor, pai. — O olhar é súplice, quase obediente. A contragosto, Ignazio esboça um sorriso. Se tem que ceder, o fará segundo as condições dele.

— Nos próximos dias eu dou minha resposta. Uma coisa, porém, já te digo agora.

Ignazziddu o olha fixamente. Nos seus olhos, esperança e, ao mesmo tempo, um vago temor.

— Diga-me. Qualquer coisa.

— A partir deste outono, você trabalhará no escritório comigo.

O sol de setembro desenha longas sombras sobre o monte Bonifato, semelhantes a grandes ondas que, do cume, descem na direção do vale, seguindo a linha dos terraços naturais.

Ignazio desce do vagão empoeirado, respira com força o ar adocicado e repleto de vapores que envolve os campos. Logo depois dele, desce também Ignazziddu, de cara fechada. São campos ricos, esses, onde o marrom das terras recém-aradas se alterna com o verde-acinzentado das oliveiras e o verde mais escuro dos vinhedos. Em seguida, ele volta o olhar para a plataforma de metal colocada ao lado dos trilhos: um entroncamento ferroviário a poucos metros da estação. No centro, sobre uma coluna, está escrito:

FUNDIÇÃO ORETEA
1889
PALERMO

Em 1885, ele adquiriu aquela propriedade, a pouca distância de Alcamo, onde moravam muitos dos fornecedores de uva e de mosto para o marsala. Ignazio pensou bem no assunto. Mandou erguer uma construção com pátio quadrado: uma estrutura para a produção do vinho, com grandes vasilhames no lado de fora para esmagar a uva e fornos para ferver o mosto. A ideia lhe surgira em uma conversa com Abele Damiani, que encontrara em Roma durante uma sessão do Parlamento. Como acontecia frequentemente, estavam a conversar sobre o que se poderia fazer para reforçar a economia siciliana, e Damiani vislumbrara a possibilidade de uma fazenda para os lados de Alcamo.

— O senhor poderia produzir o mosto exatamente ali, e depois transportá-lo para Marsala — lhe dissera. — Seria muito cômodo, dom Ignazio.

— De Alcamo para Marsala, com as estradas do jeito que estão? E de que forma, com os carretos? — respondera Ignazio, um pouco irritado. Porém, um instante depois, *vislumbrara*, de repente, o que poderia ser feito.

Uma revolução.

Não, não com os carretos. Com veículos muito, muito maiores.

Percebeu, antes mesmo de vê-lo, a chegada do trem de carga alcançando Palermo. Sente na vibração que do terreno passa para a pele, e depois no ligeiro silvo trazido pelo vento. Então, dá as costas para a estrada de ferro e, junto com o filho, atravessa o monumental portão com a meia-lua, onde se encontra o símbolo da família, o leão que bebe sob uma árvore de cinchona, e se dirige ao encontro do diretor do estabelecimento e Abele Damiani, que o esperam. Cumprimentam-se com fortes apertos de mão. Se Damiani está surpreso com a presença de Ignazziddu, não deixa transparecer.

— Eu lhe dizia que era uma boa ideia erguer aqui a construção — exclama com um sorriso.

Ignazio assente.

— É verdade, e hoje eu queria estar presente para ver o primeiro carregamento de barris de Palermo, os que usaremos para refinar o vinho. Com os trilhos chegando até aqui, não será mais necessário descarregar a mercadoria do lado de fora.

Sim, porque essa é a obra-prima dele: ter pedido e conseguido que a linha ferroviária, a linha *estatal*, desviasse para levar os trilhos até o interior do estabelecimento. Era uma coisa extraordinária para a Sicília. Para aquele pequeno centro agrícola, então, era quase ina-creditável.

Havia discutido muito com Vincenzo Giachery, recorrendo à longa experiência administrativa dele e, na verdade, no último ano, depois da morte do diretor da Oretea, havia sentido muito a falta daquele homem tão inteligente e sensível. Mas não se detivera e, mal havia apresentado a ideia a Damiani, aquele negociador de jeito esperto movera céus e terras para que o projeto chegasse a bom termo; desse modo, poderia vangloriar-se de ter sido ele a convencer os Florio a levar oportunidades de trabalho para aquela região afastada. Porque oferecer trabalho significava acumular prestígio. E conseguir votos.

Porém, para Ignazio, nada disso importa. Ele alcançou os objeti-vos dele: melhorar a produção do marsala e diminuir os custos da produção. Ou, pelo menos, é o que parece. Chegou o momento de verificar. Volta-se para o diretor do estabelecimento.

— As antecipações sobre as colheitas chegaram todas, então?

— Até o último grão. Foi uma boa colheita, dom Ignazio. Venha, eu o acompanho na visita aos escritórios.

Nesse instante, a locomotiva entra no pátio, acompanhada por um rastro de vapor escuro que suja o céu. O trem se arrasta com um silvo entre os olhares surpreendidos dos operários a postos nos bancos e na entrada dos armazéns. Tudo para por alguns segundos. Então, aplausos e gritos de júbilo explodem. Ignazio aperta o braço do filho, lança um olhar cheio de orgulho para a cena e diz:

— Lembre-se deste momento. Somos nós, os Florio, que o torna-mos possível.

Enquanto os operários começam a trabalhar, o pequeno grupo sobe ao andar superior da fazenda e se encontra na frente de uma porta de madeira com batente duplo, que dá acesso aos escritórios da casa comercial.

Na porta, há duas letras em bronze, do tamanho de mãos: um I e um F entrelaçados; rodeando-os, uma roda dentada, igualmente em bronze, na qual está gravado um lema:

A HABILIDADE DOMINA A FORÇA

É uma frase pensada pelo próprio Ignazio. A engenhosidade, a busca e o trabalho derrotarão a ignorância, a força bruta, o atraso.

A ideia dele de uma grande exposição em Palermo está lentamente tomando forma. Ele conversou com muitos políticos, em Roma, e com outros grandes empreendedores ao redor, pela Itália. Identificou no arquiteto Ernesto Basile a pessoa ideal, em cujas mãos poderia confiar o projeto dos pavilhões. Ernesto tem uma visão de arquitetura que agrada muito a Ignazio, mais refinada, e também mais moderna que a do pai, Giovan Battista, o projetista do Teatro Massimo. É claro, serão necessários dinheiro, tempo, energias...

Mas nesse lema já se encontra o sentido final do projeto dele.

O que lhe importam todos os obstáculos que encontrará à frente? Ele os superará, todos.

O progresso não pode ser detido.

* * *

Pouco antes do Natal de 1890, Ignazio começa a sentir uma estranha prostração, que o faz ter dificuldade de se levantar pela manhã e o força a repousar durante a tarde, abandonando o escritório na praça Marina, bem como renunciar às visitas periódicas ao Banco Florio. Giovanna parece não se dar conta do mal-estar do marido: uma das melhores amigas dela, Giovanna Nicoletta Filangeri, princesa de Cutò, está adoentada. Ela vai visitá-la quase todos os dias, cuida dela com carinho. A cada dia, a vê definhando e se consumindo por causa de uma doença, cujas causas deixam todos os médicos perplexos.

— Parece depender, também, de uma hérnia malcuidada, sabe? — explica para Ignazio durante o jantar, poucos dias depois do dia da Imaculada. Estão sozinhos na grande sala de jantar da Olivuzza. Ignazziddu saiu com Giuseppe Monroy e Romualdo Trigona para irem a uma festa. Vincenzo está no quarto, onde jantou com a babá.

Ignazio não responde.

Giovanna ergue o olhar. Olha-o fixamente.

Ele está imóvel, de olhos fechados. Está pálido.

— Mas… *o que você tem*, não está se sentindo bem?

Ignazio agita uma das mãos, como se afastasse aquela ideia. Então reabre os olhos, pega a colher, mergulha-a na sopa de peixe e olha para Giovanna, esboçando um sorriso que, no entanto, parece uma careta. Já faz um tempo que sente um pouco de náuseas quando come, diz, e lhe lança um olhar com intenção de tranquilizá-la, mas que a faz se agitar ainda mais.

É então que ela percebe que Ignazio não comeu quase nada e que não é a primeira vez que isso acontece. O mal-estar que ele percebe e que se obstinou em ignorar agora passa a ser concreto, tangível, e quase desliza dele para ela, insinua-se sob a pele e a faz ficar assustada.

De repente, Giovanna sente medo.

Medo, porque o marido nunca teve aquelas olheiras. Medo, porque o rosto tornou-se encovado e até os cabelos, normalmente bastos e brilhantes, parecem ter perdido o viço. Medo, porque ao redor de Ignazio há um cheiro estranho, desagradável.

— Você ficou magro… — murmura em siciliano.

— Sim, emagreci um pouco, é verdade. Tem sido um período difícil, tenho dormido pouco...

— Tão pouca comida? — pergunta ela, segurando-lhe a mão. Indica o prato com o queixo e ele dá de ombros.

— Acho que amanhã vou conversar com nosso médico — conclui Ignazio, afastando o prato.

A mulher se surpreende com essa decisão repentina. Não sabe bem como interpretá-la, mas uma coisa ela sabe: a assusta.

— Sim, claro. Amanhã não irei à casa de Giovanna. Ficarei com você. O médico vem visitar. Talvez um tônico seja o suficiente, ou um xarope para dormir.

Sem responder, Ignazio se levanta e lhe dá um beijo na testa.

— Isso. Agora, porém, vou me deitar. — E se afasta. Parece mais encurvado, e o andar menos elástico, menos seguro.

Giovanna ouve os passos na escada. Em seguida, quando o silêncio torna a cair, une as mãos e começa a rezar.

O médico chega no fim da manhã. Para se distrair, Giovanna mandou começar a decoração da residência com os enfeites natalinos e arrumar o salão para a chegada do grande abeto.

Porém, a angústia a persegue de cômodo em cômodo, sobe pelas saias, se detém na base da garganta como uma cobrinha venenosa, depois desce para o estômago, justo onde resolve se aninhar. Dona Ciccia a vê levar as mãos ao ventre com frequência e segurar com força o rosário em coral e prata, que depois coloca no bolso. Ela a observa e balança a cabeça sem dizer nada, porque não lhe agrada o que percebe no ar, e se pergunta se desta vez não seria mesmo a hora de se dirigir às pequenas almas do purgatório, para lhes perguntar o que anda acontecendo.

Exausto, Ignazio permaneceu na cama, na penumbra das persianas encostadas.

Giovanna dá instruções, desloca vasos e velas, repreende, severa, as serviçais que, a seu ver, são lentas demais. Por fim, censura Vincenzo, que irrita com as brincadeiras dele os empregados ocupados em arrumar a decoração. Manda-o praticar o violino, para se arrepender em seguida e lhe suplicar que pare com "esse tormento".

Então chega o médico. Conversa com Ignazio, examina-o com o auxílio do ajudante. Giovanna compreende bem rápido que alguma coisa não está certa. Lê isso no rosto dele enquanto Ignazio lhe explica como se sente e tem a confirmação no momento em que ele se despe, revelando uma magreza quase assustadora.

Sai do quarto de cabeça baixa. Dentro de si, é como se algo estivesse passando do estado de vapor para o estado sólido. A inquietação está se transformando em terror.

Dona Ciccia está à espera dela e lhe estende os braços, aperta-a junto de si. No fundo, ela é a mãe que nunca teve, o conforto de que sempre precisou.

— Vamos, fique calma. O doutor nada disse, ainda.

— Mas não é mais ele — responde ela em dialeto. Então fecha os olhos e leva a mão aos lábios, como se desejasse colocar um obstáculo para a angústia, impedindo-a de subir à superfície.

Pouco depois, o médico a chama. Dona Ciccia quase a empurra para dentro, depois fecha a porta às costas e junta as mãos para rezar.

— Seu marido, senhora, está por demais debilitado. Vou colher urina para fazer exames e também vou colher um pouco de sangue. Enquanto isso, é preciso fazer uma dieta leve, porém nutritiva, que o ajude a recuperar as forças, a se restabelecer. E ele precisa repousar, muito. — O homem alto, com cabelos escuros salpicados de cinza nas têmporas e o nariz marcado por cachos de capilares arroxeados, volta-se para Ignazio e o admoesta, severamente:

— Nada de viagens e canseiras, senador. Não é o momento.

Na cama, Ignazio faz que sim. Não olha para Giovanna; não quer que fique mais preocupada do que já está.

E é por isso que não diz o que o médico lhe revelou: que o cheiro pungente do suor, que a pele esticada, frágil como papel, que o incômodo nos olhos, o cansaço, o emagrecimento contínuo e a insônia levam a supor que os rins estejam muito fracos e com dificuldade para limpar o sangue.

Ignazio deixa que o médico e a esposa entrem em acordo sobre o tratamento. Ouve falar de banhos a vapor, de dedaleira, de ferro para reforçar o sangue, de leite... Depois se vira para Nanài e lhe pede para ir ao escritório pegar papel e caneta. Giovanna balança a cabeça, gostaria de censurá-lo, mas ele explica quase com doçura:

— Só umas cartas. Não posso abandonar completamente os negócios...

E assim faz.

Quando fica a sós, escreve para o amigo Abele Damiani, pedindo-lhe que acompanhe com grande atenção o caso da convenção do correio; é verdade que, no momento, são administradas pela Navegação Geral Italiana, mas vão caducar em um ano e a Casa Florio precisa que sejam renovadas de qualquer forma; em seguida, prepara um memorando para Caruso, pedindo-lhe notícias a respeito de algumas modernizações nas instalações para conservação do atum em Favignana.

De repente, uma voz do outro lado da porta.

— Papai!

Com o rosto tenso, a voz inquieta e os olhos incrédulos, Ignazziddu entra, encosta a bengala no batente e joga o chapéu sobre uma poltrona, enquanto Nanài pega, rápido, o sobretudo que ia cair no chão.

Ele para na frente de Ignazio, quase se senta na cama, mas hesita.

— Posso?

O outro se permite um sorriso e bate com a mão no cobertor.

— Mas é claro! Aproxime-se. Só estou um pouco cansado.

Ignazziddu obedece.

— Então? O que acontece na praça Marina?

Desde o ano anterior, o filho trabalha com ele, e Ignazio lhe designou até uma procuração geral para os negócios da Casa Florio. Porém, a orientação dele — discreta, gentil, mas segura — sempre esteve presente, e é isso que, até agora, tranquilizou a ambos.

— Nada de diferente. Laganà continua a repetir que, para subscrever os novos contratos de transporte, devemos melhorar o serviço, modernizar os abrigos para os passageiros e aumentar os salários dos funcionários. Mas sabe bem que estamos trabalhando com contenção de custos, já que as subvenções estatais dificilmente chegam e não conseguimos cobrir todas as despesas. E isso que os reparos dos barcos a vapor são feitos na Oretea...

— E a cantina? Que notícias você tem?

O filho abaixa a cabeça, brinca com o lençol.

— Boas, papai, fique tranquilo. Chegou para mim uma carta do sr. Gordon hoje mesmo. O diretor afirma que tiveram ótimos resultados com o lacre de Antonio Corradi, o que adotamos para impedir que, durante o transporte ou na alfândega, possa acontecer roubo de vinho: colocando o selinho de lata por cima da tampa de cortiça das garrafas, elas não podem ser abertas sem que se perceba que foram forçadas.

Ignazio se põe sentado. Já se sente melhor. Talvez o médico tenha razão: deve diminuir os compromissos, repousar mais. Ou seja: delegar.

— Ótimo. Para um espertalhão, um espertalhão e meio — diz em siciliano.

Ignazziddu dá risada.

Ignazio faz um gesto para ele se levantar e lhe pede o roupão de caxemira.

— Vamos dar uma volta no jardim — diz em seguida.

— Tem certeza? Está escurecendo...

— Basta que sua mãe não me veja. Por falar nisso, onde ela está?

O jovem dá de ombros.

— No salão verde, rezando a novena da Imaculada com dona Ciccia e as empregadas, suponho. Tem mais alguma coisa que minha mãe faça, a não ser orações e bordados?

— Ignazziddu... — O pai o censura. — Sua mãe é assim.

— Minha mãe deveria virar freira.

Ignazio dá uma risada, depois olha pela janela: a noite está caindo sobre um dia estranhamente quente para o mês de dezembro. O parque — vazio, silencioso, que os jardineiros colocaram em repouso — está mergulhado em sombras e só o barulho do vento, que entrelaça as correntes dele por entre os galhos, lembra que é inverno. Já imagina a paz que vai sentir, caminhando pelas trilhas que levam ao aviário com os papagaios, os periquitos, os melros e a grande águia-real.

Dá uma olhada na cama atrás de si e se apoia no filho.

— O amor pela cama não é coisa boa.

Enquanto diz isso, contudo, lembra as menções do pai à enfermidade do avô Paolo. Vincenzo nunca havia falado muito disso, e o pouco que sabia provinha da avó Giuseppina, *recamatierna*, que descanse em paz. Dele, só restam poucas palavras que foram contadas e o túmulo em Santa Maria de Jesus.

Contudo, uma recordação está viva, inapagável: tantos anos antes, o pai o havia levado na frente de um prédio em ruínas, tendo ao lado um limoeiro selvático. Era a casa onde Paolo Florio havia expirado, morto pela tísica. Vincenzo, o pai, tinha oito anos, então. Fora o momento em que o tio Ignazio começara a tomar conta dele.

Sente um arrepio.

O Vincenzo *dele* também tem quase oito anos.

As festas de Natal transcorrem com uma aparência de serenidade. Todas as noites, a Olivuzza — quente e acolhedora — resplende no centro do parque: a luz se expande das janelas, acaricia as árvores, revela as silhuetas das sebes, esculpe as linhas das palmeiras que se erguem rumo ao céu. A luz também parece invadir todos os cômodos, até os mais distantes, como se Giovanna tivesse dado ordens aos empregados para que acendessem todos os lampiões, todas as luzes para afastar a escuridão. Os convidados se reúnem em torno do abeto, repleto de velas vermelhas: ali estão Giulia e Pietro — junto com o pequeno Giuseppe, que tem um ano e meio, e com o irmãozinho Ignazio, nascido no dia 22 de agosto — e também estão presentes a irmã Angelina e o marido, Luigi De Pace. Como costuma acontecer, a família Merle, no entanto, permaneceu em Marselha; desde a morte de Auguste, o sogro de Giuseppina, ela não voltou à Sicília nem uma vez. Contudo, Giuseppina, François e Louis Auguste, que agora é homem feito, mandaram um baú cheio de presentes.

Giovanna faz de tudo para manter mente e mãos ocupadas: cuidou da tradicional entrega de presentes para os pobres do bairro e do enxoval para os recém-nascidos das famílias mais necessitadas, pedindo a todos que rezassem por ela e pela família. Acompanhou de perto as meninas da escola de bordado, empenhadas em terminar os enxovais que servirão para os casamentos na primavera, depois da quaresma. Entreteve os hóspedes todas as horas do dia, a não ser nos momentos em que se reunia em orações com as mulheres da casa.

Tudo para não deixar espaço às apreensões.

Da parte de Ignazio, ele alterna manhãs de repouso com aquelas em que vai ao escritório na praça Marina. Tenta não se mostrar enfraquecido; não seria um bom serviço para a Casa Florio. À tarde, não se subtrai de conversar com os hóspedes. Contudo, move-se pouco, come sem vontade e com frequência fica sentado na poltrona em frente à lareira, lendo ou escrevendo cartas na escrivaninha portátil de nogueira e metal.

Durante as festas, Giulia havia percebido que o pai estava mais cansado que de costume, mas não tivera coragem de fazer perguntas diretas. Tinha havido murmúrios, olhares, insinuações. Ignazziddu lhe parecera muito nervoso, quase mal-humorado, e a mãe lhe mencionara algo, logo mudando de assunto. No turbilhão de compromissos que a sobrecarregava — com os filhos, as recepções no palácio Butera e as visitas beneficentes —, não tivera como falar diretamente com o pai para saber se realmente havia alguma coisa errada.

É, portanto, com uma ansiedade alimentada pelo sentimento de culpa que Giulia se apresenta na Olivuzza em uma tarde fria e límpida, banhada por um sol que não esquenta, pouco depois do Dia de Ano-Novo. Giovanna não está: encontra-se junto ao leito da princesa di Cutò, que agora agoniza.

Sem se fazer anunciar, entra no escritório. Mas do lado da escrivaninha não tem ninguém.

— Onde está meu pai? — pergunta, brusca, a um empregado que está espanando os livros de registro na estante. Ele a olha fixamente, incerto; o senador não está bem e todos em casa sabem. Mas não é algo de que se fale em voz alta. — Onde ele está? — insiste Giulia.

O homem não tem como responder. Na soleira do escritório aparece Vincenzino, os cabelos despenteados e um caderno para desenho debaixo do braço. Entra no escritório, puxa o vestido dela.

— Giulia! Estou indo falar com ele. Vem comigo.

O menino lhe estende a mão, e a irmã a segura. Não passaram muito tempo juntos, ela e o diabrete de olhos escuros; no fundo, uns bons treze anos os separam. Quando ela se casou, ele tinha apenas dois anos e, devido à idade, é mais próximo dos filhos dela do que dela mesma.

— Como está o papai? — pergunta Giulia em voz baixa.

Vincenzino dá de ombros. Pega a mão da irmã.

— Assim. — E, ao falar, estende a outra mãozinha à frente e a mexe, imitando uma onda. Altos e baixos.

Eles chegam ao quarto do pai. Giulia bate à porta.

— Pode entrar — responde uma voz.

Ela hesita com a mão parada na elaborada maçaneta de metal e a boca tornando-se amarga. A voz do pai sempre fora profunda, segura. Essa, no entanto, é frágil, incerta.

Ela o encontra na poltrona, coberto por um chambre.

— Entendeu, Nanài? — está dizendo ao empregado. — Às nove em ponto quero a carruagem. E lembre Ignazziddu de que ele também deve ir. Laganà nos espera na praça Marina e… — Nesse momento, desloca o olhar, vê Giulia. O rosto se abre em um sorriso, ele se levanta para ir encontrá-la.

Ela o abraça com força.

E entende.

Esconde o rosto na gola de veludo, rapidamente ergue uma barreira no íntimo para que a angústia não transborde. Giulia sentiu como o corpo firme e forte dele ficou magro e frágil. Sentiu um cheiro que o familiar perfume da Eau de Cologne des Princes, comprada em Paris, na Piver, não consegue apagar. Viu que os braços dele se ergueram pouco, como se levantá-los fosse cansativo demais.

Giulia se afasta, encara-o com olhos que se enchem de lágrimas.

— Papai…

Vincenzo observa a cena com um lápis na boca e os olhos que passam do pai para a irmã.

Com o olhar, Ignazio implora à Giulia que não diga nada, depois chama o menino, que se empoleirou na poltrona onde ele estivera sentado.

— Por que você não vai à cozinha e pede para nos trazerem alguma coisa para comer, hein, Vice? — diz.

O outro arregala os olhos.

— Sei que tem *taralli* frescos. Agora mesmo eu senti o cheiro — exclama e pula da poltrona. — Papai, para o senhor é leite?

— Sim, obrigado.

— *Taralli*? — Giulia o interrompe. — Mas são doces de Finados.

Vincenzino dá de ombros.

— Eles fazem para mim do mesmo jeito — responde com um brilho divertido nos olhos. E desaparece pela porta, pulando em um pé só.

— *Sto' picciriddu*, vocês o mimam demais — comenta ela enquanto Nanài lhe traz uma cadeira para se sentar.

— Sua mãe. Não sabe dizer não para ele.

Nanài troca um olhar com o patrão, depois sai, fechando a porta.

— Então, o que está acontecendo? — pergunta Giulia, enquanto o pai volta a sentar-se. Não esconde mais o pânico na voz. Inclina-se na direção dele e lhe segura as mãos.

— Nada, nada. Estive doente, uma espécie de intoxicação dos rins... Agora estou melhor — responde, colocando um dedo nos lábios dela para fazê-la se calar. — Eles me deram tônicos e me fizeram beber água e umas beberagens que nem menciono... e depois me deram leite, como seu eu fosse um bebê. A dieta que me prescreveram parece fazer efeito. Ainda não recuperei todas as forças, mas sei que esse é o caminho certo.

Giulia tira uma mecha de cabelos da testa do pai e procura, com avidez, no rosto dele, um sinal, um traço de verdade naquilo que está dizendo. Mas não encontra. E tenta de novo. Segura-lhe o rosto entre as mãos, procura nos olhos do pai e lê neles o que está escondido sob a mentira que está tentando contar para os outros e para si mesmo.

Medo. Desconforto. Resignação.

Uma sensação gélida como um fio de água de nascente aflora. Ela a afasta.

— *Maman*, o que diz?

Ele dá de ombros.

— Está assustada. Mas não sou do tipo que se deixa abater.

Diante dos olhos de Giulia se materializa a imagem de uma oliveira, alta e forte. Uma árvore que — como o pai sempre lhe disse — não morre nem que seja cortada pelas raízes. Porém, *aquela oliveira* está se encolhendo perante os olhos dela, como se a linfa estivesse secando, como se as raízes não conseguissem mais retirar nutrientes da terra.

— E os médicos?

— Dizem que estou melhorando. Mas, antes deles, quem deve falar sou eu, e dizer como estou. E eu me sinto melhor. — Quase como para reforçar a afirmação, bate a mão no peito. E então continua, procura manter um tom alegre. — Devo me recolocar de pé rapidamente; você sabe bem que nossa Casa vai patrocinar a Exposição Nacional de novembro, aqui em Palermo... — E acrescenta com um sorriso: — Palermo, como Milão e Paris, você imagina? Você deveria ver os projetos que Basile está criando para nós. São maravilhosos. O pavilhão de entrada retoma a arquitetura moura e terá até um mirante, do qual se poderá admirar a cidade.

— O arquiteto Giovan Battista Basile? Mas não é velho demais para um projeto desses? — pergunta Giulia. Ela adivinha a resposta, mas lhe agrada ver como o pai se transforma quando pode conversar com ela sobre os negócios. O olhar volta a se iluminar, a coluna parece mais ereta e a voz tem a intensidade de outrora.

— Não é ele. Ernesto, o filho. O pai, ao que parece, está doente. *Ele* desenhou alguns pavilhões em estilo árabe-normando, com pequenas cúpulas sobre as portas e uma grande entrada que dá para o novo teatro, o Vittorio Emanuele.

Giulia solta as mãos do pai, cruza os braços sobre o peito.

— Ouvi dizer uma coisa sobre a Exposição Nacional. Dia desses, esteve em minha casa o prefeito, que começou a conversar com Pietro.

Ele disse que o príncipe de Radalì está muito satisfeito com o negócio. Que já está contando com o dinheiro que o evento vai trazer.

Ignazio a olha de esguelha e quase sorri. Giulia, com aquele ar tranquilo e reservado, sempre soube captar as mensagens realmente importantes de uma conversa. Por um longo e vertiginoso instante, ele imagina a filha administrando a Casa Florio, fazendo-a prosperar graças à intuição e à perspicácia que demonstrou nesses anos. Não como Ignazziddu, que é um cabeça de vento... Mas, em seguida, balança a cabeça, como que para se livrar daquela ideia absurda.

— Radalì foi esperto, minha filha — responde. — Ele nos concedeu o uso do *firriato* de Villafranca, a fazenda de cítricos, gratuitamente, porque sabe bem que, quando a exposição acabar, poderá vender os terrenos pelo preço que quiser. Vai ganhar realmente muito dinheiro.

Giulia assente, feliz por a enfermidade do pai não ser mais o centro da conversa.

— Bobo ele não é; de um lado, tem um teatro, do outro, a Via della Libertà e então, na extremidade dos terrenos, os hotéis e os novos jardins, com a rua que chegará até o Parco della Favorita. Poderá fazer o que quiser, ali.

— Pois é. — Ignazio relaxa. — Mais uma vez, Palermo tem que nos agradecer. É graças aos Florio e aos santos deles no paraíso que certas coisas acontecem. Sabe, em Roma ninguém queria que a Exposição fosse realizada aqui na Sicília; muito longe, diziam, e custaria muito o transporte de navio... ou seja, o transporte com nossos navios; e é isso que certas pessoas não conseguem engolir. — Faz uma pausa, pede um copo d'água. A angústia que, por uns instantes, diminuíra volta a se manifestar. — Toda a organização ficará na mão dos Florio. Dos Florio serão os navios nos quais os expositores e as mercadorias deles chegarão. Dos Florio serão os maiores pavilhões, com o atum, o marsala e as máquinas da Oretea. — Ignazio sorri, olha no fundo do copo, agora vazio, e, através dele, observa a estampa do roupão. O sorriso é distante, oblíquo. — E nós devemos agradecer ao advogado Crispi — conclui.

Giulia ergue as sobrancelhas, e então assente, devagar. Francesco Crispi é a figura tutelar da Casa Florio em geral, mas também pessoal, do pai; ela compreendera isso cinco anos antes, no dia do casamento dela, quando ele lhe explicara que havia sido Crispi quem redigira os contratos matrimoniais que vinculavam o dote.

— Com certeza. Mas ele não poderia fazer nada se não fosse pelo senhor. — A jovem é lacônica, objetiva. A vontade daquele político seria inútil sem o dinheiro dos Florio.

Ignazio está a ponto de responder quando Vincenzino chega, seguido por uma empregada com uma bandeja em que se encontram leite e biscoitos.

Giulia agradece, pega um *tarallo*: um biscoito macio, coberto por glacê de limão, que normalmente é preparado para o Dia de Finados. Mas, na casa, todos sabem que Vincenzino os adora; e, por ele, todos abrem uma exceção, de bom grado... *Talvez abram exceções demais*, pensa ela, franzindo a testa. Porém, assim que percebe o outro prato, cai na risada.

— *Pignolata*! Muito melhor! — Pega um pedaço de massa coberta de mel e o coloca na boca. Depois, lambe os dedos, e o irmãozinho logo a imita.

Ignazio os observa e sente o coração se expandir de emoção. Revê Giulia quando criança e, ao lado dela, pela primeira vez depois de tanto tempo, o Vincenzino *dele*, aquele menino a quem fora negada a possibilidade de se tornar adulto. Lembra-se das brincadeiras deles no parque, as risadas, o som da respiração deles ao dormir, as travessuras que tanto desesperavam Giovanna.

Nada. Não há mais nada.

Quanto a *este* Vincenzino, só pode observá-lo à distância. É muito cheio de vida, sempre se movimentando, e ele não consegue acompanhá-lo, empenhado como está em recuperar as forças. Bebe um gole de leite, novamente se detém. Observa Giulia, que dá biscoitos na boca do irmão e fala com ele sobre os sobrinhos, que, para ele, são mais primos, dada a pouca diferença de idade. Onde foram parar os anos em que os filhos ainda eram pequenos? Ele estava ocupado fazendo a própria empresa crescer, alcançando aqueles píncaros de riqueza e de poder que o pai pudera somente tocar de leve. A mãe havia lhe dito, muito tempo antes: "Entre as coisas que se perdem, a infância dos nossos filhos é uma das mais dolorosas". Ignazio compreende só agora. Agora que já não há mais nada a fazer.

E a essa dor se acrescenta outra, aquela sem nome, que fala de um tempo que poderia ter sido e não foi, de uma alegria para a qual ele deu as costas e que está cristalizada no reino das coisas perdidas e, como tais, perfeitas.

Por uns instantes, o perfume dos *taralli* é substituído pelo dos cravos e do verão de Marselha.

Em seguida, desaparece.

As semanas passam, o inverno se aproxima do fim. Ignazio vai se reerguendo e procura se ocupar, em tempo integral, dos negócios. Pensa até mesmo em ir a Roma e chega a escrever sobre o assunto em uma carta a Abele Damiani, o amigo senador.

Porém, o corpo não está de acordo.

Ele percebe isso uma manhã, depois de ter passado uma noite insone, durante a qual, de repente, começaram fortes dores nas costas, acompanhadas por ânsias de vômito. Quando tenta se levantar da cama, a cabeça gira, as pernas não o sustentam. Olha as mãos e vê que elas tremem. Vai cambaleando até a penteadeira, apoiando-se primeiro na cabeceira da cama e depois na poltrona, então se olha no espelho.

E não se enxerga.

Porque aquele fantasma com as faces encovadas não pode ser ele, pensa, aterrorizado. Aquele rosto magro, o corpo que parece se perder na camisa de dormir, aquela pele pálida, amarelada. Nada disso lhe pertence.

Chama Nanài uma, duas vezes. Na terceira chamada, o empregado chega e, quando Ignazio vê o olhar dele se refletir no dele próprio, compreende. Compreende que não há mais tempo, que aquela coisa que o está envenenando resolveu levá-lo rapidamente.

— Chame minha esposa — murmura. — E chame também o médico.

Depois de uns instantes, a porta entre o quarto de Ignazio e o de Giovanna se escancara. A mulher — de robe e com a trança desfeita — atravessa o quarto, tropeçando com os chinelos.

Então o vê e leva a mão à boca.

— Você não estava assim ontem — murmura.

Ignazio continua imóvel e não fala. Seria esforço demais para ele.

Ela corresponde ao olhar dele. É forte, Giovanna. Mas também está assustada.

— Alguma coisa... Deve ter acontecido alguma coisa esta noite.

Quando os dois médicos chegam, eles o auscultam, tiram sangue de novo e colhem a urina, na esperança de que os exames deem alguma indicação. Vai ser preciso tempo, contudo. Se estivessem em outro lugar, em uma cidade do Norte, por exemplo, teriam tido outros instrumentos, mas ali...

Assim que terminam a consulta, reúnem-se com Giovanna no parque, longe de ouvidos indiscretos. Os dois se olham, constrangidos, procuram as palavras corretas, as mais delicadas, as menos cruéis. Porém, hesitam.

Para ela, basta um olhar para compreender.

E só tem um pensamento: não quer saber.

Então se vira, de repente, corre para procurar Ignazziddu e o encontra no escritório do pai, mergulhado na papelada. Pede, implora para que ele converse com os médicos, porque não pode ser que...

Enquanto isso, os dois médicos no jardim se entreolham, desconcertados, não sabem o que fazer. Então chega o filho, e é com ele que conversam.

O rapaz escuta de cabeça baixa. Parece-lhe que o céu deseja abatê--lo, que as árvores ao redor estão a ponto de cair por cima dele, que a terra vibra. Disse que colocará à disposição deles dois cômodos na Olivuzza. Não é hora de se afastarem, não com *esse* paciente *nesse* estado.

Entra em casa, dá ordens aos empregados, despede-se dos médicos com apertos de mão, depois se refugia de novo no parque.

Ninguém o detém.

Anda cambaleando, vaga pelas alamedas com os braços abertos, como se procurasse o consolo de um abraço.

Chora.

Já perdeu um irmão, e lembra-se bem disso, sabe o que significa enterrar um pedaço de vida e não quer fazer isso de novo. Daquele tormento ele ainda sente o cheiro, o dos lírios brancos que rodeavam o caixão de Vincenzo. O pai tem pouco mais de cinquenta anos, não pode partir desse jeito.

É cedo demais, demais, *demasiado* cedo.

O que eu vou fazer?, pergunta-se. Chora com soluços raivosos por muito tempo, enquanto a mãe, no quarto dela, está chorando nos braços de dona Ciccia.

Mas ele só consegue pensar na dor que lhe explode no peito.

Enquanto a primavera começa timidamente, Ignazio sente a vida se afastar da pele e dos ossos, como uma roupa da qual é obrigado a se desfazer. Está sozinho no quarto, afundado na poltrona ao lado da janela. O ar está ligeiramente quente, com cheiro de feno e de flores. Um zumbido de insetos é interrompido pelos sons dos pássaros no aviário, ou pelos gritos de Vincenzino, que brinca com o velocípede no parque.

É março, e ele pode sentir: percebe o perfume da terra aquecida pelo sol. Ah, ainda haverá dias frios, como sempre acontece. Mas o reinado do inverno acabou e logo aparecerão os brotos nas árvores, as sebes de rosas florescerão, os pés de jasmim-manga se cobrirão de flores brancas e, no seu amado laranjal da Villa ai Colli, as árvores produzirão os últimos frutos.

Não lhe resta muito tempo.

Um pensamento tão cru, tão sincero, que lhe causa uma onda de desespero.

Tudo. Está prestes a perder tudo.

Os filhos, que não verá crescer e aos quais não poderá aconselhar ou seguir: Vincenzino, que é tão pequeno, mas também Ignazziddu, que ainda tem tanto para aprender e que não possui a humildade para fazê-lo. A esposa Giovanna, por quem sente, senão amor, uma profunda ternura pela dedicação generosa que sempre demostrou ter por ele. Mas, também, Favignana, com o perfil grosseiro de Marettimo e aquele delicado de Levanzo, que aparecem logo que se navega ao redor da ilha, com os barcos saindo para a matança, aqueles barcos pretos que cortam o azul das ondas, depois vermelhas de sangue. O branco empoeirado das cavernas de tufo. O cheiro do mar que se mistura com o do atum. E mais ainda: a cantina de Marsala, com as paredes de tufo corroídas pelo mar, o ferro trabalhado na Oretea, as chaminés dos navios da NGI...

Ele vai perder tudo isso e nada pode fazer, pois sabe que a morte nos quer nus, puros como quando entramos nesta vida. Porque a vontade dele nada pode contra o destino.

Sente na boca o sabor acre da bílis, que parece se misturar ao das lágrimas. Nos últimos tempos, chora com frequência, mais do que gostaria, mas como pode se impedir? Ignazio chora em silêncio e percebe o desespero que lhe invade as veias e os ossos e o deixa exausto, um náufrago embalado por ondas leves.

Claro, continuará a fingir, dizendo a todos que vai se levantar, que os médicos descobrirão um novo tratamento. Claro, lutará até o fim, mas não pode mentir para si mesmo.

Está morrendo.

E essa ideia — ou melhor, essa certeza — o aniquila.

A vida dele foi de trabalho, assim como a do pai. Toda uma existência passada ao serviço de uma ideia: que os Florio fossem mais ricos, mais poderosos, mais importantes que quaisquer outras pessoas. E assim tinha sido. Havia conseguido.

E agora?

E agora que conseguira demonstrar?

E agora que não tinha mais um projeto, um escritório, um negócio ao qual consagrar tempo e energias?

Estou com as mãos cheias de coisas e o coração vazio. Ainda tenho ideias e vontade, e gostaria de viver e de estar com minha família, ver meus netos e seguir a vida que vai adiante.

E, no entanto...

O desespero lhe atravessa a garganta, corta a respiração.

E agora que estou partindo, o que resta?

As semanas passam, chega maio.

Ignazio não consegue nem mais ficar sentado na poltrona.

Na soleira da porta, Giovanna observa Nanài e mais um outro empregado que lhe dão banho. Olha o rosto imóvel do marido, vê a vergonha dele por ser tratado como uma criança, um constrangimento ainda mais forte que a dor física que, com certeza, deve estar sentindo.

A um passo de distância, Ignazziddu. Aperta um ombro da mãe, procura esconder o desconforto que sente ao ver o pai sendo tratado desse modo, por pessoas de fora da família. Vira o rosto, então murmura alguma coisa. Diz que irá ao escritório da praça Marina ver o que está acontecendo, depois irá ao Banco Florio para tranquilizar a todos.

Ignazziddu foge, foge daquela dor que lhe é insuportável.

Ignazio o viu.

Balança a cabeça devagar, procura resistir às ondas de dor. Reza para que o filho se livre do medo e se torne um bom administrador. E é esse pensamento que o faz voltar o rosto para a esposa.

— Giovannina... chame o notário.

Ela se limita a assentir.

O notário Francesco Cammarata chega ao escurecer. Ouve as últimas vontades de Ignazio: o patrimônio será dividido entre os dois filhos homens, Ignazziddu e Vincenzo. Ele sabe que Ignazziddu ainda não está pronto, que são necessários os *scagghiuna*, os dentes caninos, para não ser devorado, e que o filho, que se tornara primogênito a contragosto, talvez ainda não tenha a astúcia necessária para administrar a casa. Porém, não pode agir de outro modo. Destina uma renda para Giovanna e uma cota de herança para Giulia. Pensa em legados para os empregados da casa e para alguns operários.

Giovanna, sentada atrás da porta, ao lado de dona Ciccia, desfia o rosário de coral e de prata quase sem mover os lábios. Reza, ainda que ela própria não saiba a razão. Talvez por um milagre. Talvez para pedir perdão pelos pecados que nem sabe ter cometido. Talvez para encontrar conforto. Talvez para que seja o marido a encontrar a paz.

Quando o notário sai, quem o acompanha à porta é dona Ciccia. Giovanna fica na soleira da porta, uma das mãos no batente e a outra segurando o rosário junto do coração.

Ignazio vira a cabeça no travesseiro e a vê. Faz-lhe um gesto para se aproximar.

— Pensei em você — diz. Tenta sorrir. Os lábios estão rachados, a barba está quase toda grisalha.

— Eu também penso em você — responde e ergue o rosário. — Você tem que sarar. Há de sarar. O Senhor há de me conceder essa graça.

Ele segura a mão dela, indica a porta com um gesto do queixo.

— Eu sei. Agora, me deixe dormir um pouquinho. Depois, quando Ignazziddu voltar, diga para ele vir me contar o que está acontecendo na NGI. É preciso escrever para Crispi, para lembrá-lo da renovação das convenções postais. A cera escorre e a procissão não anda...

Ela assente, engole as lágrimas. Raiva e amargura se mesclam, junto com a sensação de ter perdido, pela enésima vez, a primazia na vida do marido.

Casa Florio acima de Deus, da família, dos filhos. Casa Florio, sempre, antes de tudo.

Ignazio fica sozinho. Fica sonolento, cai em um torpor devido à exaustão e ao láudano que começaram a lhe administrar para diminuir a dor.

Na penumbra do quarto, o clarão da pequena luz elétrica na parede cobre tudo com uma tonalidade amarela.

Um roçagar de tecidos o desperta. Um farfalhar de saias que vem do canto mais escuro do quarto, um som familiar e antigo que faz acelerar as batidas do coração.

Abre os olhos, procura na escuridão. Chega até a erguer a cabeça, para olhar melhor.

Então a vê e deixa a cabeça cair no travesseiro.

Só poderia ser ela.

A figura avança a passos curtos e silenciosos na direção da cama. Cabelos encaracolados, louros com tonalidades avermelhadas. Pele claríssima. Um sorriso que não consegue florescer totalmente nos lábios finos.

Sente o perfume: fresco, limpo. Cravos.

Camille.

Parece ter vinte anos. Está com o mesmo vestido do dia em que eles se conheceram, em Marselha, no verão de 1856.

Senta-se na beirada da cama, estende a mão para ele. O colchão não afunda com o peso dela, nem a mão amassa o tecido. Mas o toque é cálido, e o olhar — *aquele* olhar — está cheio de compreensão e de amor. Os olhos azuis não estão mais avermelhados por causa das lágrimas ou do rancor, mas parecem iluminados por uma doce luz de perdão que, por um instante, Ignazio pensa não merecer. Então compreende e, por sua vez, fecha os olhos. Compreende que o amor, aquele verdadeiro, aquele que não morre, só pode existir se for acompanhado pelo perdão. Que em cada um de nós existe um remorso que busca a absolvição.

Goza daquele toque, inspira o perfume de flores que espanta o da doença.

Não sabe dizer se Camille está mesmo ali ou se é um fantasma aprisionado entre o sono e a vigília. Sabe, no entanto, que deixou de ter medo, e que a ferida que traz dentro de si por anos, aquele perdão inexistente pela dor que causou a ela, aquele vazio ditado por uma ausência à qual ele mesmo se obrigou, eis que esse vazio não existe mais. E também o sentimento de culpa em relação à Giovanna se diluiu, porque agora Ignazio sabe, compreendeu que é possível sentir ao mesmo tempo amores diferentes, e que é necessário saber aceitar o que se sente e o que se recebe, como um presente. Que ele, talvez, tenha errado, mas que não há mais tempo para remediar e que agora só deve perdoar e se perdoar.

Agora ela está falando com ele.

Fecha os olhos. Ele se deixa embalar pelo som da voz dela, que tem a sonoridade das recordações, aquelas palavras sussurradas em francês que lhe acariciam o coração e permitem que poucas, raras lágrimas lhe lavem a alma antes de correrem das pálpebras. Ele se permite, finalmente, estar em paz.

Na Olivuzza, o tempo parece correr devagar e, às vezes, é como se ele se voltasse sobre si mesmo, esperando.

Vincenzino interrompeu as aulas de violino. Passa nas pontas dos pés na frente do quarto do pai, acompanhado pela governanta, que não lhe permite entrar porque "não se deve perturbá-lo". E o menino, que só tem oito anos, vive em um terror sem nome, em um medo que se espelha nos gestos frenéticos da mãe, cada vez mais sombria e distante, sempre com o rosário nas mãos, imersa em orações, seguida por dona Ciccia, que lhe suplica comer alguma coisa e descansar ao menos um pouco.

O único que cuida dele é Ignazziddu, que, de manhã, contudo, desaparece para ir à Oretea ou à praça Marina, ou sabe-se lá onde, e tantas vezes sai à noite para ir ao clube, voltando tarde, muito tarde. Mas o irmão também está com o rosto tenso, e Vincenzino se dá conta.

Gostaria de perguntar, saber, entender, mas não sabe muito bem quais perguntas fazer. Sabe que alguma coisa séria está acontecendo, mas ainda é uma criança e não consegue juntar todas as peças.

Percebe, apenas, que o irmão foge de casa assim que pode.

Então, uma noite, a governanta vai buscá-lo no quarto. Ele está na cama, entorpecido pelo sono.

Os olhos avermelhados da governanta são a última pecinha do mosaico que se formou na mente dele.

Porque, naquele instante, Vincenzo compreende.

O pai está morrendo.

Para ele, a morte são as lápides na capela do cemitério de Santa Maria de Jesus, sob as quais, disseram-lhe, estão os avós e aquele irmão que tinha o mesmo nome, e do qual ele — no modo inconsciente e feroz, típico da infância — sabe que ocupou o lugar. Aquele outro Vincenzo é para ele uma imagem, uma fotografia que a mãe conserva sobre a mesinha e que olha todos os dias. É assim que ele o imagina: pálido, adormecido, coberto de poeira entre guirlandas de flores de seda, como uma boneca de porcelana.

A governanta o ajuda a colocar o roupão e o acompanha ao quarto do pai. Entra. É agredido pelo cheiro de lugar fechado, de suor e de medo. Ao lado da cama está a mãe, que com uma das mãos segura a do pai e, com a outra, um lenço. Um padre, com uma estola roxa, está guardando o óleo sagrado e o missal.

Ignazio é pouco mais do que uma silhueta sob os lençóis. Tornada transparente pela doença, a pele está marcada por uma rede de veias azuladas. Sobre a mesinha de cabeceira, uma taça de leite com uma colher.

Vincenzino solta a mão da governanta, aproxima-se da cama. Segura uma das mãos do pai e a leva ao rosto, procurando uma carícia, ainda que o pai sempre tenha dado poucas.

A mão está quente, quase queima.

— Papai. — Está assustado. Precisa respirar e, ao fazê-lo, afasta as lágrimas que queimam a garganta.

— Vincenzo... — murmura Ignazio. — Meu filho. — A voz é um fio, um som rouco de ar que arranha a traqueia. O olhar se anima, surge um sorriso terno. Acaricia a face do menino, sobe para tocar de leve os cabelos. Do outro lado da cama, Giovanna deixa escapar um soluço.

— Você vai ser como meu pai. Como ele.

Então olha atrás do filho e o sorriso fica maior. O menino sente os dedos do irmão pousarem sobre o ombro e apertá-lo até quase machucar.

— Um Ignazio e um Vincenzo. — As palavras de Ignazio são um sussurro. O último. — Como foi desde o início e como deve ser.

Quando, no dia 17 de maio de 1891, a notícia da morte de Ignazio Florio chega à Fundição Oretea, os operários, incrédulos, se abraçam, rompendo em lágrimas, como se não tivesse morrido o patrão, e sim um deles. Os marinheiros da NGI desembarcam, reúnem-se na frente da fundição e uma multidão de homens e mulheres, com os olhos vermelhos e a respiração entrecortada, desliza pelas ruas, chega à grande construção e se detém, silenciosa, na frente dos portões do parque, observando o desfile de carruagens: primeiro, as mais importantes famílias de Palermo, e depois as da Sicília inteira vão prestar homenagem ao senador Florio, mas eles — operários e marinheiros — são sua gente.

Dentro da residência, empregadas apressadas tiram dos baús as roupas de crepe preta, cobrem espelhos e fecham janelas. Só uma fica aberta: a do quarto de Ignazio, para que a alma possa voar, como manda a tradição e como ordenou dona Ciccia, que ficou por muito tempo ao lado da cama, uma estátua de carne, como se ainda pudesse falar com aquele homem que sua protegida havia amado e, ela sabe, continuará a amar para o resto da vida.

O corpo de Ignazio foi vestido com um terno em cor preta muito elegante, feito por Henry Poole, o alfaiate mais renomado de Savile Row, em Londres, e por tempos reservado às grandes ocasiões mundanas. Mas a roupa parece quase não lhe pertencer, de tão larga que fica nele.

Aos pés da cama, um padre murmura rezas, junto com uma pequena fila de pequenas órfãs e noviças do monastério próximo. No ar, um cheiro misto de incenso, flores e de cera de vela. É tão forte que quase corta a respiração.

Após a bênção do corpo, dona Ciccia acompanhou à porta o padre e o pequeno cortejo, enquanto Vincenzo voltou para o quarto. Teve uma crise de choro, e a governanta preferiu ficar com ele, consolando-o.

Ainda mais magra por conta do vestido em *faille* de seda preta, Giovanna vaga pela casa, as mãos ossudas que apertam espasmodicamente as saias, os passos que tropeçam nos tapetes. Está com o olhar perdido. Segue as empregadas, manda que elas mantenham o piso de madeira e o piso de quadrados brancos e pretos encerados e que tirem o pó de tudo; ao mordomo, pede que organize o registro de quem se apresentar para as condolências. Que nunca se diga que os Florio não agradecem.

Ignazziddu, por sua vez, ficou no quarto do pai, junto com a irmã Giulia. A jovem está com um vestido de crepe preta e ergue sobre os cabelos o véu de luto. Olha para Ignazziddu.

— Não posso acreditar que ele não esteja mais aqui.

O irmão balança a cabeça e murmura:

— Agora preciso eu cuidar da família. Eu. Entendeu?

Giulia se vira de leve e fixa no irmão os olhos claros, os mesmos da avó. Não pode apoiar o medo do irmão, nem tampouco consegue justificá-lo. Engole um nó de pranto, endireita-se e, com a voz firme, responde:

— Sim, você. Agora você é Ignazio Florio.

O irmão a olha e abre a boca para dizer alguma coisa; porém, nesse instante, Giovanna entra no quarto. Ela os procura com o olhar, aproxima-se deles.

— Estão chegando as primeiras visitas, os primos d'Ondes já estão no salão, junto com seus parentes — explica, indicando Giulia.

Ela assente.

— Eu vou recebê-los.

Ignazziddu a segue com os olhos. Sabe bem que Giulia sempre foi mais forte do que ele, e vê-la se afastando aumenta seu medo.

Agora tem medo de tudo.

Detesta funerais, detesta a dor que o corrói, trazendo à superfície aquela sensação de abandono que sentira com a morte do irmão. Gostaria de se esconder, de desaparecer, de ficar invisível para tudo e todos.

Assim, quando a mãe o segura por uma manga, ele, instintivamente, a aperta em um abraço desesperado. Mas ela se solta do abraço, coloca as mãos nos ombros dele, o afasta. Então, olhando fixamente com os olhos escuros, sibila:

— Agora, você não pode me deixar sozinha.

E, com essas palavras, de repente, Ignazio deixa de ser Ignazziddu. Naquela voz raivosa e infeliz, ele lê o próprio futuro.

Giovanna se vira para olhar o marido, aquele homem a quem tanto amou, e que somente a morte conseguiu afastar dela. Aproxima-se dele, toca-lhe uma das mangas. Por fim, ajoelha-se, apoia a cabeça na cama por um instante, depois lhe segura a mão, fria e rígida.

Retira dele a aliança de casamento, beija-a e a segura junto do coração. Então lhe tira o anel de família, aquele que o pai dele, Vincenzo, lhe dera no dia do casamento e que havia pertencido a outro Ignazio, e ainda antes, à bisavó, Rosa Bellantoni.

Que pertence a outro tempo, aquele em que os Florio eram somente *putiàri*, donos de loja.

Giovanna não tem como saber. Daquele passado tão distante, tão humilde, ninguém, nem mesmo Ignazio, jamais lhe contou, a não ser por menções constrangidas. Ela só sabe que o marido não se separava nunca daquele anel.

Torna a colocar no dedo a aliança de casamento e apoia a mão no peito imóvel com um gesto que é quase uma carícia. Não tocará mais aquele homem que acolheu dentro de si, com quem teve quatro filhos, que lhe deu tão pouco amor e tanto sofrimento.

Não o tocará mais, mas não deixará nunca de amá-lo. Agora, ninguém poderá afastá-lo dela.

Então Giovanna endireita as costas. Levanta-se.

Aproxima-se do filho, pega a mão dele e quase o obriga a abri-la. Coloca o anel do pai entre os dedos dele, faz com que ele o coloque.

— Agora você é o chefe da família.

Ignazio não tem tempo para se rebelar, para dizer que aquele anel tão antiquado é grande para ele, e que não, não o quer, que é pesado demais, mas em um instante o quarto se enche de pessoas que se persignam, murmuram uma prece e depois se aproximam dele para as condolências.

Giovanna avista as primas Trigona e desata em um pranto desconsolado quando uma a abraça, a boca escancarada em um grito mudo de dor.

Ignazio fica ali, ao lado da mãe que chora todas as lágrimas dela. Sente sobre si os olhos das pessoas, percebe os sussurros, as frases pela metade. Todos o olham, agora.

E ele não sabe o que fazer.

* * *

No dia 15 de novembro de 1891, um imponente cortejo de carruagens atravessa Palermo para se deter nos arredores do Salão de Festas do pavilhão de entrada da Exposição Nacional, ao lado do Teatro Politeama Garibaldi — assim rebatizado em 1882 —, ao qual, para a ocasião, finalmente foram dados os últimos retoques.

Da carruagem maior, que traz o brasão da Casa Savoia, descem o rei Umberto I e a rainha Margherita. Em seguida, vem a do presidente do Conselho, o palermitano Antonio Starabba, marquês de Rudinì: há alguns meses, assumiu o posto de Crispi, mas também ele é homem do Sul, ex-prefeito de Palermo. Depois de inaugurarem a exposição, o rei e o séquito dele atravessam a praça semicircular, deixando atrás de si as duas torres com as cúpulas mouriscas colocadas ao lado da entrada, ali onde se encontram as estátuas da Indústria e do Trabalho, forjadas no bronze por outro palermitano, Benedetto Civiletti.

O cortejo atravessa os pavilhões. São imponentes, cheios de luz, com grandes arcos ornados de arabescos. No centro da Exposição, abre-se um jardim mourisco, e no meio há uma fonte animada por jogos de luzes; mais além, um local verdejante abriga o Café Árabe, arrumado sob uma tenda, ao lado das cabanas de palha do vilarejo abissínio que domina a Exposição Eritreia, em homenagem à colônia que o reino da Itália conseguiu conquistar com grande esforço e com muito sangue, como o derramado na batalha de Dogali.

Enquanto isso, Palermo espera, cada vez mais irrequieta. Com o bilhete nas mãos, na frente dos portões, amontoam-se operários e barões, professoras e advogados, comerciantes e costureiras, unidos pela mesma animação e pelo mesmo entusiasmo. Nos oito meses de que Ernesto Basile precisou para cumprir o projeto daquela efêmera aldeia das maravilhas, sucederam-se fofocas, rumores e indiscrições, muitas vezes exagerados e quase sempre contraditórios. Até fabulou--se a respeito de um café com bailarinas árabes sem roupa e enormes fontes que jorravam vinho.

Então, assim que os portões são abertos, a multidão se derrama nos pavilhões com a mesma impetuosidade de um jorro de lava.

Com a boca aberta, o nariz para cima e os olhos maravilhados, as pessoas se entusiasmam com o Mirante com mais de cinquenta metros de altura e sobem até o topo graças ao elevador hidráulico feito na Fundição Oretea. Ou, então, percorrem a imponente Galeria do Trabalho, atravessando os pavilhões das Indústrias Mecânica, Química e de Ourivesaria. Grupinhos de mulheres vão admirar os produtos das indústrias têxtil e moveleira; os mais ricos exploram o pavilhão das Belas Artes, que acolhe mais de setecentos quadros e trezentas esculturas, enquanto os desocupados se dirigem ao Café Chantant, posicionado atrás do pavilhão dedicado à cerâmica e à vidraria.

Porém, de tudo isso, Ignazio viu bem pouco. Antes, ele teve que recepcionar o rei e a rainha, e o fez junto com a mãe — uma mancha de *crespo* de lã preta em um turbilhão de cores e de indumentárias elegantes —, aceitando com decoro as condolências dos soberanos. Depois, foi aprisionado no vórtice dos festejos. Apertou mãos, cumprimentou amigos e conhecidos, homenageou dignitários da corte e trocou impressões com políticos de diversos níveis, vindos de toda a Itália, sem conseguir ir mais adiante.

Assim, no meio daquela multidão que quase o atropela, confuso por causa do falatório das pessoas e dos rumores vindos dos pavilhões, incomodado com o perfume forte dos doces desenfornados para as crianças, Ignazio olhou ao redor e só conseguiu pensar no pai, que tanto desejara aquela Exposição e que não pudera vê-la concretizada. Enquanto fora capaz de cuidar dos negócios, ela sempre ocupara o centro dos pensamentos dele; preocupava-se que a construção acontecesse nos tempos previstos, que as estruturas fossem suntuosas, que todas as empresas dos Florio tivessem a devida visibilidade. Quanto a ele, insistira que os cafés e os divertimentos tivessem um espaço adequado e fossem caracterizados com aquele toque de exotismo e de sensualidade que estava tão na moda. No resto, os engenheiros e, obviamente, o incansável arquiteto Basile haviam pensado.

Todos haviam cumprimentado a ele e à família, porque sim, claro, o governo fizera a parte dele, mas o impulso inicial e o dinheiro... esses foram os Florio que deram. E em Palermo todos sabiam: via-se nos olhares que lhe lançavam um misto de estupor, de deferência e, acima de tudo, de inveja.

— Deixe que eles olhem — teria dito o pai, em dialeto. — Que fiquem a olhar. Nós temos que trabalhar.

Só que Ignazio quer entender. Quer *ver* o que os outros viram.

E assim, certa manhã, manda preparar o landau. Com a capota abaixada, para não ser percebido, atravessa a rua da Olivuzza, apinhada de novas residências burguesas que se alternam com jardinzinhos, e assim chega ao canteiro do Teatro Vittorio Emanuele, onde, já faz um tempo, foram retomados os trabalhos, sempre sob a orientação de Ernesto Basile.

É um gênio, esse homem, pensa ao ver as altas colunas que se dirigem ao céu. É verdade que, naquela obra, existe a mão do pai, Giovan Battista — morto em junho daquele ano —, mas Ernesto havia percebido alguns defeitos estruturais e, então, redesenhara pelo menos em parte os projetos. Já faz mais de quinze anos que esse edifício espera ser finalizado. *Se Basile não conseguir terminar o teatro, então ficaremos com essas ruínas para sempre*, pensa Ignazio, com amargor.

Dali aos portões da Exposição a distância é curta. Ignazio desce da carruagem e entra a passos rápidos, procurando fugir dos olhares de quem está aguardando e que tira o chapéu à passagem dele, mendigando um cumprimento ou até mesmo um olhar. Sempre apressado, atravessa o pavilhão da Ourivesaria e chega ao da Indústria Mecânica, além de cujos vitrais se vê o jardim repleto de visitantes. Abaixa a cabeça, cobre o rosto com uma das mãos. Não quer ser reconhecido.

Ali ele vai mais devagar e se dirige a passos cautelosos rumo ao centro do espaço, onde estão expostas as caldeiras da Fundição Oretea. Monstros de metal, bocas de ferro luzidio e de cor preta com formas maciças. Cilindros tão grandes que um homem em pé, estendendo os braços, não toca as paredes. São o coração dos navios que transportam mercadorias e pessoas pelo mundo. Dos navios *dele*.

Ao redor, há várias prensas hidráulicas e, em expositores menores, talheres, panelas e diversos objetos domésticos. Os produtos das outras fundições parecem empalidecer em comparação com os da Oretea; talvez sejam mais evoluídos do ponto de vista técnico, mais graciosos e delicados, mas não têm a mesma grandeza, a mesma força. *E que diferença faz?*, diz a si mesmo. *De todos esses objetos, os nossos são os que têm maior visibilidade. Eis o que Palermo e toda a Itália vêm ver, aqui. O poder dos Florio.*

Avança devagar, olhando ao redor, e vai parar na Galeria do Trabalho: um imenso corredor com o teto inclinado, do qual surge uma cascata de luzes e onde ressoam dezenas de vozes, gerando um zumbido cavernoso.

É impossível não ver as altas colunas construídas com as latas de atum provenientes das almadravas. Latas de alumínio de todos os tamanhos — daquelas vermelhas, enormes, para o fornecimento do exército, àquelas para o consumo cotidiano — sobre as quais incidem os raios de sol, que iluminam as cores dos esmaltes. E redes de pesca, figuras de papel machê de atum e de ramos de oliveira, dispostos de modo artístico para evocar o ambiente da almadrava. Há até mesmo uma *muciara*, uma das pequenas embarcações usadas para a matança.

Continua rumo à seção Enológica. Esconde o sorriso por trás do punho fechado, porque poderia chegar ali até de olhos fechados, seguindo o aroma doce e intenso do vinho e dos licores.

Mas não está preparado para o que vê à frente.

Uma torre alta, quase até o teto, feita por garrafas de marsala e rodeadas por barris. No topo, sobre um capitel coríntio, uma estátua de Apolo, o deus das artes médicas, que simboliza as virtudes curativas do vinho. Ao redor, outras pirâmides de garrafas para as várias tipologias de marsala, do *stravecchio* à reserva.

Um empregado se aproxima dele.

— Dom Ignazio, que surpresa! Como...

— Não.

Seco, quase rude, Ignazio ergue o dedo para impor-lhe silêncio, os olhos fixos nas torres de garrafas, nas pirâmides de barris e nas prateleiras cheias de licor. O outro recua, desconcertado.

Ali está. O conhaque Florio em posto de honra.

Uma produção iniciada anos antes, de acordo com as técnicas vigentes em Charente, seguida até o fim pelo pai e agora supervisionada por Ignazio pessoalmente com a ajuda de especialistas franceses.

O resultado é um licor pastoso, quente e delicado ao mesmo tempo, que traz em si a doçura do mel, a cor do ocaso e uma suntuosa riqueza de sabores.

E é o produto que está tendo o maior sucesso.

Aproxima-se, joga a cabeça para trás para olhar melhor.

Agora consegue vê-lo. Agora que é forçado a observar aquela alta torre de garrafas até o teto, compreende o que a cantina dele pode produzir.

A minha cantina.

É dos Florio e lhe pertence, porque agora ele é dom Ignazio Florio. Não é mais do pai, não é do irmão. É *sua*.

Como são dele as almadravas. Como é dele a Oretea. E todo o resto.

Como é que ele não conseguiu se dar conta até agora? Por que não entendeu antes?

Porque esconderam dele, é por isso. A começar pelo pai, que sempre o mantivera sob vigilância, que lhe havia sempre confiado encargos temporários. Nunca confiara *de verdade* nele.

Logo depois da morte do pai, mergulharam-no em problemas, em compromissos de representação, em papelada, em contas a pagar. Em seguida, começaram a atormentá-lo aquele enfadonho do Laganà, capaz apenas de se lamentar pela falta de dinheiro, e a mãe, que não deixa de lhe recomendar cautela, nem de evocar, entre lágrimas e suspiros, as qualidades excepcionais do pai.

Não importa mais, pensa Ignazio. *Ele morreu e eu estou vivo. Estou aqui. E mostrarei a todos que posso ser igualmente grande.*

Respira profundamente e olha ao redor. Nos olhos há orgulho e espanto, junto com algo novo que lhe dá vertigens, que lhe sobe à cabeça, ofuscando a vista.

Ele não vai mais ser prisioneiro de um nome.

Ele não vai ser como o pai.

Ele não vai ser como os outros.

PÉROLAS

fevereiro de 1893 — novembro de 1893

> *Malidittu u' mummuriaturi,*
> *ma chiossai cu' si fa mummuriare.*
> "Maldito quem difama,
> mas ainda pior quem se deixa difamar."
>
> Provérbio siciliano

Com a queda de Crispi (31 de janeiro de 1891), tornam-se presidentes do Conselho primeiro o palermitano Antonio Starabba di Rudinì e, em seguida, no dia 15 de maio de 1892, o piemontês Giovanni Giolitti, que exercerá essa função por mais de dez anos, entre 1892 e 1921. Mas o primeiro governo Giolitti está destinado a cair no dia 15 de dezembro de 1893, na sequência do maior escândalo financeiro da história da Itália.

No fim do século XIX, a Banca Romana é um dos seis institutos italianos autorizados a emitir cédulas de dinheiro com valor legal e a estender, até certos limites, tais emissões além da garantia áurea. Em 1889, o ministro da Indústria, Francesco Miceli, sob ordens de Crispi, iniciou uma investigação acerca das atividades do banco, trazendo à tona gravíssimas irregularidades contábeis, entre as quais se destacam a emissão com excesso de 25 milhões de liras, a impressão irregular de cédulas em nove milhões, e conspícuos financiamentos às escondidas para empreendedores, políticos e até para o rei. Porém, os resultados de tais investigações só vêm a público no dia 20 de dezembro de 1892, quando chegam às mãos do deputado siciliano Napoleone Colajanni, que os lê durante uma tempestuosa sessão da Câmara. Em 19 de janeiro de 1893, o gerente da Banca Romana, Bernardo Tanlongo, é preso junto com o principal tesoureiro, Cesare Lazzaroni, com a acusação de peculato e de falsificação em ato público; as duas investigações — a parlamentar e a judiciária — são, porém, caracterizadas por reticências e omissões, em um turbilhão de documentos comprometedores que, misteriosamente, "desaparecem" e de acusações que se alternam entre Giolitti e Crispi. No dia 23 de novembro, é lida em sessão a relação escrita pelo "comitê dos sete" — ou seja, pelo comitê parlamentar de investigação —, na qual emergem as responsabilidades de ex-ministros, deputados, administradores e jornalistas. Giolitti é forçado a deixar o cargo, e Francesco Crispi se torna chefe do governo pela terceira vez (15 de dezembro de 1893). O processo contra Tanlongo e Lazzaroni se encerrará, por sua vez, no dia 28 de julho de 1894, com uma sentença "política": ambos, com efeito, serão absolvidos.

Porém, o escândalo da Banca Romana (que permitirá a criação da Banca d'Italia em 10 de agosto de 1893) não é o único fato que perturba o país. Desde 1891, na verdade, em uma Sicília em grandes dificuldades por conta da crise econômica e ainda prisioneira do latifúndio, formam-se os Fasci Siciliani dei Lavoratori (Liga dos Trabalhadores Sicilianos), associações nascidas com o objetivo de conseguir mais justiça social. Fenômeno sobretudo urbano — e considerado, portanto, inócuo por ser parecido com as sociedades de socorro mútuo —, o movimento dos Fasci chama a atenção nacional quando a eles se juntam às massas de camponeses: no dia 20 de janeiro de 1893, em Caltavuturo (PA), quinhentos homens e mulheres "ocupam" os terrenos de propriedade do município, "desejando assim demonstrar que são patrimônio coletivo" (Corriere della Sera, *21 de janeiro de 1893), e os* carabinieri *abrem fogo, matando treze pessoas. As manifestações continuam no decorrer do ano, sobretudo a partir de agosto, com greves e protestos nas províncias de Palermo, Agrigento, Caltanissetta e Trapani.*

Ainda que muito distantes, os casos da Banca Romana e dos Fasci Siciliani são determinantes para a história da Itália, como bem ilustra a intervenção de Napoleone Colajanni na Câmara dos Deputados (30 de janeiro de 1893): "Eu lhes falei nos dias passados a respeito da questão bancária, e agora devo falar rapidamente sobre os dolorosíssimos acontecimentos de Caltavuturo. Ainda que não aparente à primeira vista, até entre os dois casos há um elo profundo, porque, enquanto no primeiro se entrevê a luta social que acontece no alto, entre as classes dominantes, para obter o máximo de prazer possível e vice-versa, nos acontecimentos de Caltavuturo vemos a luta dos pobres para obter o mínimo para a subsistência".

Esplêndidas, as pérolas. E estranhas. Não tão inertes, mas nem vivas.

Nascem em uma ostra, cujo aspecto é semelhante ao das rochas em que a própria ostra está presa, mas a parte interna é acolhedora e vibra com a luminescência da madrepérola. E nascem de uma dor. A origem dela é ligada a um corpo estranho que entra na ostra e a força a reagir, a criar uma concretude de madrepérola ao redor daquele elemento que lhe fere as carnes.

Do sofrimento nasce a beleza, como para muitas coisas raras e preciosas.

As pérolas ocupam, na verdade, "o primeiro lugar e o lugar de maior destaque entre todas as coisas de valor", diz Plínio, o Velho, na *Naturalis historia* (século I da era Cristã). E explica: "[...] as pérolas [são] de diversos tipos, segundo a qualidade do orvalho que receberam. Se é pura, cai sob os olhos o candor da pérola; essa mesma pérola é de cor pálida, se é concebida quando o céu está borrascoso". O mesmo Plínio conta que Cleópatra havia apostado com Antônio que poderia comer, em uma única refeição, dez milhões de sestércios. Então, ordenara que lhe trouxessem vinagre, no qual derretera uma das duas pérolas que trazia nas orelhas, e o havia bebido. No reinado de Cesar Otávio Augusto, a paixão pelas pérolas — que, por lei, só poderiam ser usadas por patrícios — leva alguns comerciantes a se especializarem no comércio delas. Uma paixão que não se apaga com o passar dos séculos: Elizabeth I sempre é retratada com vestidos enfeitados de pérolas, símbolo de pureza e de virgindade, sem falar do poder econômico; além de no famosíssimo *Moça com brinco de pérola* (1665) de Jan Vermeer, em inúmeros quadros de pintores holandeses do século XVIII são vistos brincos, colares e pulseiras; no retrato de 1859 atribuído a Franz Xaver Winterhalter, a rainha Vitória, então com quarenta anos, ostenta um colar de diamantes de 161 quilates e um bracelete de pérolas ornado por um camafeu representando o marido, o príncipe Albert, o mesmo que Vitória traz ao pulso no retrato feito em 1900 por Bertha Müller e que pode ser visto em Londres, na National Portrait Gallery: uma rainha anciã, cansada, triste e vestindo luto (ainda que Albert tenha morrido quase quarenta anos antes), que, contudo, mostra o bracelete como sinal de fidelidade.

Mas todas essas pérolas ainda são naturais. É somente perto do fim do século XIX que um pesquisador japonês, Kōkichi Mikimoto, cria um sistema para "gerar" as pérolas. Fica assim imensamente rico e, como o gênio do marketing que era, declara: "Desejo viver até o dia em que haverá tantas pérolas que cada mulher poderá comprar um colar e nós poderemos doar um àquelas mulheres que não poderão comprá-lo".

Uma frase profética: as pérolas cultivadas hoje estão ao alcance de todos. São joias populares, por vezes até banais.

As pérolas naturais, filhas do mar e de uma ferida escondida, continuam sendo um bem para poucos.

O dia — luminoso, presa de um vento bravo — está frio. As rajadas fazem os convidados soltarem impropérios quando entram às pressas na igreja de San Jacopo in Acquaviva, para evitar se molhar com os respingos das ondas que quebram à beira do cais.

San Jacopo tem linhas simples, austeras. É bem diferente das opulentas igrejas barrocas de Palermo, a cidade dos futuros esposos. Porém, tem vista para a praia de Livorno, como se fosse para eles um lugar seguro.

Ao longo da nave, um triunfo de rosas e lírios brancos em cestinhos ornados por cascatas de hera. No ar, o aroma do incenso se mistura ao perfume das flores. Para além das paredes, o barulho do mar serve de contraponto à música do órgão.

Da porta semicerrada da sacristia, o padre espreita na direção dos convidados que já assumiram os lugares entre os bancos. Esfrega as mãos na batina, depois a leva ao rosto, balança a cabeça. Nunca teria esperado precisar celebrar bodas tão importantes. E em fevereiro, ainda por cima!

Pouco depois, um homem abre o portão da igreja e dá uma espiada. Desaparece, mas apenas para reaparecer logo em seguida; traz pelo braço uma mulher vestida de preto.

Mãe e filho.

Ignazio e Giovanna.

Atrás deles, Giulia Lanza di Trabia e Emma di Villarosa, que trazem pela mão um Vincenzino irrequieto e animado.

Percorrem a nave de cabeça erguida, belos, altivos, elegantes. Enquanto Ignazio se posiciona de um lado do altar, as três mulheres e o menino sentam-se no banco à frente dele, e logo se unem a elas Romualdo Trigona e Giuseppe Monroy, testemunhas do esposo; sorrindo, os dois beijam as mãos das mulheres e despenteiam os cabelos de Vincenzino. Depois, aproximam-se de Ignazio, dão risada juntos.

E quem teria dito que ele próprio seria o primeiro a capitular?

Depois de alguns instantes, também chega Pietro Lanza di Trabia, mas está com o semblante sombrio. Faz um gesto para Giulia, e ela se levanta, seguida pelo olhar preocupado de Giovanna.

Os dois se afastam alguns passos.

Giulia leva a mão ao peito, quase como para acalmar a agitação. Não tem coragem de falar, de perguntar. Seu último filho, Blasco, que só tem dois anos, está muito doente, e ela ficara sem saber, até o derradeiro instante, se participaria do casamento do irmão. Coloca uma das mãos no braço do marido, em uma pergunta silenciosa.

— Nada de novo em relação ao que nos comunicaram por telegrama ontem à noite — murmura Pietro, dando de ombros. — Cada vez mais fraco por causa da febre, continua a tossir. — Contém um suspiro, em seguida aperta o pulso da esposa. — Coragem. Agora estamos aqui.

Giulia pisca, afasta o olhar. Não vai chorar, não hoje.

Olha Giovanna, limitando-se a balançar a cabeça. *Nenhuma novidade*, parece dizer-lhe, e a mãe se encolhe, segurando com força o rosário de coral e de prata entre as mãos. Então Giulia ergue o olhar e observa Ignazio. Seu irmão tem 24 anos, ainda é tão imaturo... No entanto, está apaixonado a ponto de estar disposto até a mudar de vida.

Apesar da dor, Giulia sorri. Não, não poderia faltar ao casamento dele.

— E aqui estamos nós! — exclama Romualdo Trigona, dando um tapa nas costas de Ignazio.

O outro desvia, mas dá risadinhas.

— Ora, devagar!

Ignazio está feliz, como talvez nunca tenha estado. Certamente, não após a morte do pai.

Esse pensamento é uma sombra, uma gota de tinta que tende a se diluir no oceano límpido da felicidade.

Vai se casar com a mulher mais bonita de Palermo. Já havia começado a cortejá-la quando a doença que mataria Ignazio Florio se manifestara, mas o fizera de modo brincalhão, leve.

E depois, tudo mudara. Havia nascido um sentimento de ternura, que o acompanhara com delicadeza nas semanas que antecederam a morte do pai. As dela haviam sido as únicas e verdadeiras palavras de conforto; eram dela as carícias que haviam acalmado a dor daquela perda.

Romualdo ergue o olhar para o teto da nave.

— É, esta igreja não tem mesmo nenhum adorno, mas, mesmo assim... — Então volta a encarar o amigo e, por um instante, uma seriedade estranha e curiosa se manifesta no olhar, geralmente tão zombeteiro. — Você imaginava, quando a conheceu, que se casaria com ela?

Ignazio inclina a cabeça na direção do amigo. Franze a testa, mas depois um sorriso relaxa a fisionomia, lhe enche os olhos de orgulho.

— Não. Mas compreendi na hora que era uma mulher especial.

E é mesmo, repete no íntimo.

Tudo começara em uma luminosa tarde de primavera, durante um passeio justamente em companhia de Romualdo no jardim público de Villa Giulia, entre o mar do Foro Italico e o Jardim Botânico. Ali, entre caminhos de palmeiras e sebes de pittosporum, tinham visto três moças vestidas de branco, acompanhadas por uma governanta com sotaque alemão carregado. Despudorados como de costume, eles as seguiram. As moças haviam percebido e começaram a dar risadinhas, tagarelando intensamente entre si. Então ele e Romualdo começaram a assobiar e fazer brincadeiras em voz alta demais.

Depois, uma rajada de vento. Um chapéu de palha voara, caindo no chão e fazendo com que as três moças soltassem gritinhos. Fora então que Ignazio reconhecera Emma e Francesca, as irmãs Notarbartolo di Villarosa, uma família unida aos Florio por uma antiga amizade. Aquelas duas moças eram consideradas entre as mais belas de Palermo.

Mas... a outra? Quem é?

Alta, porte elegante, a pele de um tom de âmbar. Havia começado a correr ao longo do caminho, seguindo o chapéu que o vento continuava a empurrar para longe. Tudo nela tinha uma graça espontânea, irresistível: dos passos elásticos e ligeiros à mão segurando com força a saia branca que, ao se erguer, revelava tornozelos bem torneados; da outra mão, colocada na frente dos olhos para se proteger do sol, ao vago sorriso no qual não havia traços de malícia.

Ignazio havia sido mais rápido: seguira o chapéu, pegara, levara e entregara, e então se apresentara, fascinante e impudente como só ele sabia ser.

A moça pegara o chapéu entre as mãos e depois, erguendo os olhos por um instante, dissera o nome, enquanto um delicioso rubor lhe coloria as faces:

Franca Jacona di San Giuliano.

Sim, Ignazio havia ouvido falar da Casina dei Nobili, no Foro Italico. Durante uma daquelas conversas ociosas, pontuadas por volutas da fumaça dos charutos e do tilintar dos copos de conhaque, alguém lhe dissera que aquela moça desabrochara de repente e se tornara uma verdadeira beldade. Em seguida, dera-lhe uma piscadela.

Então Ignazio sorrira, um sorrisinho de predador, e disse que constataria pessoalmente quando tivesse a oportunidade.

Ninguém lhe falara daquele longo pescoço ágil, que o colarinho de renda destacava; daqueles seios fartos, que se erguiam e se abaixavam sob o *volant* da blusa; daqueles tornozelos elegantes revelados durante a corrida para recuperar o chapéu. Daqueles grandes olhos verdes, límpidos e cheios de constrangimento, que agora o fitavam.

Haviam sido aqueles olhos que fizeram com que Ignazio perdesse o juízo. Nenhuma mulher o havia olhado daquele modo tão direto e sincero, nem mesmo a mais desinibida. Havia, naqueles olhos, uma promessa de maravilha que parecia se endereçar somente a ele.

Eles não frequentavam o mesmo círculo de amigos, nem os mesmos salões; porém, depois daquele encontro, ele a buscara sem cessar. Tinha começado a andar para cima e para baixo com o landau sob as varandas do palácio Villarosa, onde ela morava; lançara-lhe longos olhares à distância; tinha dado um jeito de encontrá-la na Villa Giulia, onde ela gostava de passear, e lhe mandara cartas apaixonadas. Depois de uma inocente relutância, Franca aceitara aquela corte, primeiro com uma vaga incredulidade, e depois com tal abandono que Ignazio ficara perturbado. Porém, os poucos momentos em que eles conseguiam ficar juntos, sozinhos, eram transcorridos com o coração trêmulo e o medo de serem descobertos, pois os Jacona di San Giuliano nunca aceitariam para a filha deles um pretendente como Ignazio, o mais despudorado rabo de saia de toda Palermo.

Ignazio sempre soubera disso e, de resto, não podia tirar a razão deles. Nunca fora um santo e gostava das mulheres.

Gosta bastante.

Mas ela é diferente. Ela é Franca. E ele — sabe, sente — a amará por toda a vida.

Giulia se aproxima da mãe, dá-lhe notícias do estado de Blasco. A mulher murmura, cansada, um "Seja feita a vontade de Deus", e então sugere à filha que saiam ambas para esperar a noiva. Giulia concorda e sai com Emma. Vincenzino aproveita a distração para sair sorrateiro e se aproximar de Ignazio.

Então Giovanna se volta para dona Ciccia, sentada bem mais atrás, e balança a cabeça. A mulher idosa se persigna. Não precisam mais de muitas palavras, as duas.

Passaram-se menos de dois anos da morte do marido, e Giovanna usa um vestido de luto fechado, elegante, de cetim e veludo, com uma borda de pequenas pérolas nos pulsos. Há uma mancha sombria entre aquelas flores que Ignazio mandou vir das estufas de meia Itália. Sente-se mortificada e deslocada, como se a vida houvesse fugido do controle e ela nada pudesse fazer para segurar os pedaços que voam. Está muito amargurada: esse casamento é bem diferente daquele que esperara para o filho. E não só porque a cerimônia vai acontecer em uma cidade desconhecida, longe de Palermo e dos amigos, e em uma igreja tão nua que, ao entrar, ela sentira o coração se confranger. Remexe-se no banco, desconfortável. *Parece que fugimos de casa*, reflete; e, de certo modo, é assim.

Em Palermo nunca faltam olhos que perscrutam e julgam, os sussurros que se seguem, as palavras ditas como se nada fossem, no momento certo, com desenvoltura e, exatamente por isso, mais pesadas do que uma rocha. Pensar que certas coisas passem despercebidas é uma ilusão, imaginar não ser visto é uma ingenuidade que arrisca-se a pagar caro. E a fofoca é tanto mais saborosa quanto mais ela infla o ego definhado de quem a espalha ou cria.

Então, era inevitável que os rumores sobre a corte de Ignazio a Franca chegassem aos ouvidos de Giovanna, até mesmo através da espessa cortina de dor pela morte do amado marido. E o burburinho a inquietou a ponto de ela suplicar à dona Ciccia que se informasse para saber se não era verdade que aquele flerte estava prestes a se transformar em algo mais sério.

A rapidez com que dona Ciccia havia colhido tagarelices e deduções a respeito da virtude de Franca deixara Giovanna sem palavras. Tinham sido vistos, sim, muitas vezes, e até mesmo com comportamentos inadequados para uma moça de boa família. Porém, ainda mais desconcertante tinha sido a tranquilidade com que Ignazio confirmara estar apaixonado por Franca: eles se viam fazia meses, ainda que os pais da moça fossem contrários.

Ele dissera isso com voz resoluta e um brilho febril nos olhos que perturbaram profundamente a mãe, porque esta, uma vez mais, se dera conta de que o filho era homem feito, e não mais a escutava.

Jurara-lhe que Franca era a pessoa certa — "Eu sinto isso, mãe, ninguém me olha como ela" — e que desejava se casar com a moça, pois com ela sentia-se finalmente feliz e leve. Que estava cansado de viver naquela casa tão lúgubre depois da morte do pai; que desejava se divertir e amar e não pensar apenas no trabalho e nos mortos que, como fantasmas, continuavam a esvoaçar ao redor.

Para ela, tinha sido demais. Como ousava o filho lhe lançar na cara a dor dele? Giovanna protestara, recordando as aventuras galantes dele por toda a Europa, o dinheiro — tanto, excessivo — despendido em festas e viagens, as frequentações pouco dignas, a falta de respeito pela memória do pai, a ingratidão em relação a ele e a ela própria. Chegara mesmo a insinuar que os Jacona estavam se aproveitando dele, já que tinham um título, sim, mas estavam cheios de dívidas; todos sabiam que os negócios do pai de Franca iam mal e que a família não conseguia pagar os fornecedores. Ignazio dera de ombros ao escutar aquela afirmação — "Em Palermo, todos têm dívidas, *maman*" —, continuando a afirmar que Franca era a mulher ideal para ele. Não havia o que discutir.

E assim, Giovanna havia reagido como sabia, ou, melhor dizendo, como era o costume geral. Ganhando tempo, esperando que aquele arroubo passasse. Negando tudo, fazendo circular rumores de que Ignazio era irrepreensível e que, se havia alguém a censurar, era aquela moça, por ter mostrado ser, se não leviana, pelo menos incauta ao dar tanta confiança ao filho que, como se sabia, era um jovem de sangue quente.

Tudo inútil. Palermo havia continuado a espalhar histórias; os nomes de Franca e de Ignazio corriam pela cidade, refugiavam-se nos salões, por trás dos leques, para além dos chapéus erguidos sobre os rostos de quem, entre uma cutucada e uma risadinha, falava até de reuniões clandestinas que se transformavam em encontros audazes.

De repente, porém, acontecera uma coisa imprevisível: a família de Franca fora obrigada a se mudar para Livorno por certo tempo, provavelmente por causa dos credores que se tornaram muito insistentes. Pelo menos, era o que todos diziam.

Giovanna soltara um suspiro de alívio. Esperara que tudo acabasse por ali, como um fogo do qual fosse tirada a lenha, e que Ignazio encontrasse outra com quem se divertir.

Pelo contrário.

— Com certeza, eu preferiria que esse casamento fosse celebrado em Palermo, mas está bem assim. O importante é que minha Franca seja feliz.

Costanza Jacona Notabartolo di Villarosa, baronesa de San Giuliano, segura a mão da sobrinha, Francesca di Villarosa, sentada ao lado dela na carruagem. A moça assente. "É", murmura, fechando os lábios finos e abaixando o rosto, que parece se misturar com a penumbra.

Está usando um vestido preto. De luto.

Ficara viúva antes dos vinte anos. Casara-se com Amerigo Gondi, um nobre toscano, mas uma enfermidade pavorosa o levara embora depois de três meses de casamento; de nada tinham valido as curas ou o ar salubre do interior de Palermo, para onde eles haviam se mudado com a esperança de uma recuperação. Sentindo que o fim se aproximava, Amerigo havia pedido para morrer em Viareggio, e para lá havia sido levado por um dos barcos a vapor dos Florio, por ordens de Ignazio, que sabia bem o afeto que unia Francesca e Franca. E foi justamente por Franca ser como uma irmã para Francesca que esta aceitou tomar parte na cerimônia: o casamento da prima é a única luz na escuridão viscosa em que ela transcorre os dias.

Enxuga as lágrimas com um gesto rápido. Não quer que a tia a veja chorar, ou que sinta pena dela. Não quer trazer a tristeza para o dia de alegria.

Porém, Costanza percebe e morde o lábio, constrangida. Então se volta para Franz, o filho, e arruma a gola do paletó dele. O moço esboça um tipo de careta que deveria ser um sorriso. A mulher suspira e se volta para a dama de companhia.

— Enxugue a boca dele. Está babando — murmura com uma entonação de pena na voz.

Há pena também nos olhos de Francesca, que segue em silêncio os gestos da mulher. Sabe muito bem o que a tia sente por aquele filho que já nasceu doente e sabe o quanto ela sofreu: Costanza perdeu cinco filhos muito pequenos, e apenas Franca e Franz sobreviveram. Agora, finalmente, está chegando um pouco de alegria para ela e para a família: protegeu Franca com uma ferocidade amorosa, rezou para que pelo menos a filha pudesse ser feliz. Esse casamento é a resposta para suas orações.

Quando a carruagem se detém na frente de San Jacopo in Acquasanta, Franca tem um sobressalto. Olha o pai, Pietro Jacona, então abaixa os olhos. Não deveria estar tensa: está muito bela e sabe disso. Teve a confirmação quando se olhou no espelho, pouco antes de sair para ir à igreja. No espelho com moldura de madeira dourada apareceram o rosto harmonioso, os grandes olhos verdes, os longos cabelos escuros penteados em grandes ondas, a figura impetuosa. Está com dezenove anos, é graciosa e elegante, e usa um vestido magnífico, de seda cor de marfim, com um longo véu de tule de seda. Pouco importa que esteja pálida e que esteja se sentindo gelada. Vai se casar com o homem que ama, ela que nunca amou ninguém antes.

Os dedos tremem e o coração bombeia o sangue nas veias em uma velocidade incrível: sente o ronco dele nos ouvidos, tão forte, quase a ponto de superar o barulho das ondas que se chocam no cais, um som surdo que afasta os pensamentos. Sente-se como uma heroína romântica, mas isso, diz a si mesma, não é um final feliz. É o início de uma vida maravilhosa, a dela.

Em seguida, sobrevêm as recordações, as amargas, dos momentos em que ela sofreu, em que acreditara que fosse perder tudo, em que ela e Ignazio haviam sido obrigados a se separar. No início, quando o conhecera, tinha sido como se uma luz violenta rompesse a penumbra em que ela vivera por quase vinte anos. Até então, pouquíssimos haviam notado a pequena baronesa Jacona di San Giuliano, que vivia em um pequeno aposento que mal era decoroso no palácio Villarosa, *u' palazzo cornutu*, o "palácio chifrudo", como o chamavam, talvez por causa das duas chaminés que encimavam a fachada, ou talvez por conta das inúmeras relações extraconjugais do dono dele, Francesco Notarbartolo, duque de Villarosa. Em seguida, havia aparecido Ignazio Florio, com as atenções e a corte dele, e uma cidade inteira se dera conta dela. Fora parar na boca do povo. Não podendo atingir a indiscutível beleza da moça, as críticas — por vezes ferozes — haviam se voltado, sobretudo, para o modo como Franca caminhava, falava, vestia-se. Mas essas críticas tiveram vida curta: ainda que estivessem com dificuldades econômicas, os Jacona di San Giuliano nunca tinham poupado despesas quando se tratava da filha, e não apenas lhe deram uma educação impecável, entregando-a a uma governanta alemã, mas a criaram no amor ao belo e à elegância. Então, com as ondas de acusação a Ignazio — sedutor, superficial, indecente —, as fofocas se voltavam para histórias que a descreviam como "agora comprometida". Mercadoria avariada, mulher pouco cautelosa para ainda ser considerada respeitável, pecadora desavergonhada.

Àquela altura, ela precisara enfrentar a ira do pai, que primeiro a trancara em casa, e depois a levara à força para Livorno, junto com a mãe e o irmão. E de nada haviam valido os protestos de *realmente* estar apaixonada por Ignazio Florio: como uma onda de lodo vomitada em Palermo, fofocas e maldade haviam também conspurcado Livorno, unindo-se aos comentários cruéis sobre o pai e as dívidas não pagas.

Franca examina o portão da igreja. A agitação é uma capa de gelo. Vai conseguir estar à altura da nova família? Os Florio possuem a maior frota naval italiana, a sogra conhece as cabeças coroadas de metade da Europa, a cunhada é uma princesa. Ela se tornará um deles, não a mulher de um barão de província ou de um marquês medíocre.

Uma Florio.

Ela se dá conta, então, de que tudo está para mudar, e esse pensamento lhe dá tonturas, uma vertigem. De repente, o corpete parece lhe cortar a respiração.

E Ignazio? Ele a amará de verdade, para sempre, como repete, ou vai se cansar dela?

Medo.

Por que justo agora?

O pai a observa, com a testa franzida, e parece ler no rosto dela aquele temor, aquela insegurança que faz com que feche os olhos. Circundados pela barba, os lábios são uma linha dura. Desde o início se opusera à união. Tinha tentado dissuadir a filha de todos os modos, primeiro com palavras sensatas, depois com raiva e, por fim, com declarações cruéis: Ignazio não era de confiança, não tinha forças, mimado demais para assumir a responsabilidade de uma família... Um homem incapaz de ser fiel, voltado tão somente para a busca do prazer.

Todas as acusações se chocavam de um lado contra as lágrimas de Franca e, do outro, contra a determinação do jovem que dera provas de uma tenacidade inesperada e que os seguira até a Toscana. A certa altura, Pietro tivera que capitular. Todavia, não se resignara completamente, e no íntimo temia o dia em que a filha perceberia que a recusa tinha motivos bem sólidos. Agora, porém, só pode esperar que as cicatrizes deixadas por aquela luta se curem.

— Você está bem? — pergunta a ela.

Ela tenta responder, não consegue. Então limpa a garganta e murmura:

— Estou.

Ele segura uma das mãos dela.

— Preste sempre atenção, Checchina. Ele é mulherengo, e, mesmo dizendo que gosta muito de você, fique sempre de olhos abertos.

A moça ergue a cabeça de repente, fixa o pai. Todos os sinais de medo sumiram.

— Ele não vai precisar procurar outras mulheres. Ele tem a mim — diz, determinada, quase com raiva. — Ele me prometeu que só vai querer a mim.

Sem esperar que o cocheiro abra a porta da carruagem, Pietro se inclina para a frente e a abre.

— Sei que ele diz que gosta de você, minha Franca, e não duvido disso — responde, ajudando-a a se levantar. — Porém, o homem é caçador... — acrescenta, mas em voz baixa, e o vento leva a frase embora.

Francesca e Emma a ajudam a descer da carruagem, segurando o vestido para não sujar. Costanza procura, em vão, prender o véu, maltratado pelo vento. Poucos passos e já estão na porta da igreja.

As primas dão risada, a beijam e, afoitas, procuram ajeitar as dobras da saia. Alguns passos atrás, Costanza tenta conter as lágrimas, cobre o rosto com as mãos, mas depois exclama em dialeto:

— Como você está bonita, minha filha! — E a abraça rindo e chorando ao mesmo tempo, suscitando protestos de Emma e de Francesca, que dizem que não, não se pode chorar no casamento, porque traz azar.

A mãe segura o rosto dela entre as mãos, beija-a na testa e murmura:

— Você está se casando com alguém que moveu céus e terras para ter você, sabe disso? — Mas não pode esperar a resposta da filha: as duas sobrinhas quase a empurram para dentro e entram na igreja, deixando Franca sozinha com o pai.

Ele se aproxima, pega uma das mãos da filha e a coloca no braço, e ela o segura. Em silêncio. Entre eles, em um relâmpago, passa a recordação das palavras ditas, das berradas, das caladas. Mas agora elas são somente o eco de um passado longínquo, que deixa lugar para o afeto e a esperança.

O portão se escancara. As notas da marcha nupcial alcançam Franca, a envolvem, quase a atraem para a nave cheia de flores. Os primeiros passos são incertos, tanto que Pietro lhe lança um olhar perplexo. No entanto, no instante em que vê Ignazio no altar, Franca se transforma: diminui a pressão sobre o braço do pai, endireita a coluna e segue segura, de cabeça erguida.

Mal se dá conta da presença de Giovanna, toda de preto, rígida e com o rosto cheio de pena; de Vincenzino, que a encara com ar perplexo e inclina a cabeça para vê-la melhor; de Giulia, que lhe endereça um sorriso cheio de doçura. A mãe e as primas estão com os olhos úmidos e seguram os lenços com força. Não há muitas pessoas além dessas.

É um casamento muito diferente daquele que Franca havia imaginado nos sonhos de adolescente: um céu sombrio, um vento gelado, uma igreja desconhecida, nenhum pajem, poucos convidados.

Mas ela não desejaria outra coisa e não precisa de ninguém a não ser do Ignazio dela.

Tudo que deseja, agora, está à frente.

Pietro põe a mão de Franca na de Ignazio, e ele a leva aos lábios.

— Você está belíssima — sussurra, sem fôlego.

Ela gostaria de rir e de gritar de alegria. Sente a vida dançando no peito. É a mais feliz e amada das mulheres, diz a si mesma, e agradece aos céus por isso.

Em vez disso, consegue dizer uma palavra, só uma, que apaga a espera, os sofrimentos, as fofocas, a maledicência, as dúvidas, a distância, as brigas. Franca encara o homem que vai se tornar o marido dela e exclama:

— Finalmente!

A atmosfera, no jantar de núpcias, é serena e relaxada. Franca e Ignazio estão de mãos dadas, dão risada. Estão no mundo deles, imersos em uma felicidade difícil de imaginar: quase parece que o ar ao redor está cheio de luz. Giulia, irmã de Ignazio, os olha e abaixa a cabeça sobre o prato de porcelana ainda cheio de comida que ela mal provou. Não lhe fora concedida a possibilidade de escolher a quem amar, já que o casamento havia sido arranjado. Giulia di Trabia deixa correr o olhar pelos convidados e pensa em como a vida dela, aparentemente invejável, é bem diferente daquilo que aparenta ser: tem um filho gravemente doente, talvez em perigo de morte, uma sogra que a detesta e um marido que a trata com respeito e nada mais. Nunca experimentou aquele ardor que agora percebe no rosto de Franca.

A pouca distância, Pietro a observa. Giulia é bonita, inteligente e fina, sim; mas, com o passar dos anos, está ficando parecida demais com a mãe, a baronesa Giovanna d'Ondes. Tem dela os lábios, duros e severos, a ruga entre as sobrancelhas, permanentemente franzidas, e até o temperamento... Nesse instante, o olhar se detém justamente sobre a sogra, que está alisando uma prega inexistente na toalha, com olhos perdidos no vazio. Pietro não consegue conter um arrepio de inquietação: a esposa ficará assim?

— *Amunì*, o que é isso, por que essa cara triste?

Romualdo Trigona não espera que o garçom lhe traga uma cadeira. Pega uma, aproxima-se de Pietro e senta-se, cruzando as pernas, com a desenvoltura que o caracteriza. Então indica os recém-casados com o queixo e entrelaça as mãos sobre os joelhos.

— Ignazziddu ainda não sabe o que o espera — murmura, com uma risadinha sarcástica.

Romualdo lhe faz eco:

— Está apaixonado...

— Eu sei. E só pensa nisso, mas não pode durar muito. Principalmente porque o mau tempo está chegando...

O outro fecha a cara. Pede a um garçom que lhe traga uma taça de champanhe e então pergunta ao amigo:

— O que você quer dizer?

Pietro se aproxima, abaixa a voz:

— Sabe, depois da prisão de Bernardo Tanlongo, o diretor da Banca Romana, e daquele Cesare Lazzaroni, o tesoureiro-chefe... Bom, resumindo, depois das besteiras que eles fizeram...

Romualdo assente.

— É, sim, mas já em dezembro se sabia que estava acontecendo alguma coisa importante, com aquela briga iniciada por Colajanni na Câmara dos Deputados, quando perguntou por que o governo não havia tornado públicas as investigações das comissões parlamentares sobre as instituições de crédito...

— ...investigações feitas também no período em que Crespi era presidente do Conselho — conclui Pietro. Faz uma pausa, inclina a cabeça na direção de Ignazio. — Os Florio não se preocuparam muito, até porque nosso Ignazio estava e está com a cabeça em outro lugar... mas o fato de Crispi também estar envolvido é muito grave. A verdade é que, infelizmente, ninguém está isento de culpa, nesse caso. — Dá um tapinha no braço dele, fica com expressão tensa. — Se Crispi não denunciou a situação, posso entender: muitas pessoas estavam envolvidas, e muitos bancos. Você se lembra do Banco di Napoli e do processo contra o diretor Cuciniello, que fazia empréstimos a torto e a direito, para pessoas que não tinham títulos para isso? — Inclina-se para a frente. — E nos escritórios da Banca Romana encontraram o diabo a quatro. Documentos falsos, matrizes falsas para impressão e papéis assinados por gente importante, que agora está com medo. Tanlongo administrava o caixa do banco como se fosse seu.

Romualdo assente, bebe um gole de champanhe, depois leva a mão à boca e sussurra:

— Pois é. Na prática, ele e Lazzaroni conservavam as matrizes das cédulas que deveriam ser destruídas e as imprimiam de novo, falsificando a data e a assinatura do velho tesoureiro. Cédulas com o papel novo e o número de série antigo, resumindo, que eles entregavam para quem pedisse empréstimo sem poder oferecer garantia, para amigos e parentes, ou simplesmente para pessoas que não desejavam comparecer nos registros do banco... ou que não deviam aparecer.

Pietro abre a boca para falar, fecha-a por uns instantes e então murmura:

— No Parlamento, agora dizem que todo o sistema está podre. Todo. E até correm rumores sobre o envolvimento do rei.

O outro ergue a mão para detê-lo e afasta o olhar.

— Muito se diz, e você sabe melhor do que eu como isso funciona. No meio de tanto falatório, em algum lugar a verdade está escondida.

Pietro se limita a assentir, mas não comenta. É siciliano e respeita a regra de ouro que na Sicília todos aprendem bem rápido: *a' megghiu parola è chidda ch'un si dice*, "a melhor palavra é aquela que não é dita". Então ergue a cabeça, e a expressão séria some do rosto, apagada por uma risada. Ignazio está se aproximando, de braços dados com Giuseppe Monroy.

— Cá está o maridinho!

Romualdo manda um garçom parar, ordena que outro champanhe seja trazido. Neste momento, chega o som de uma risada: é Franca, que, a pouca distância, conversa alegre com as primas e a cunhada; até Giulia sorri, como se a angústia a tivesse abandonado, pelo menos por uns instantes.

Ignazio tira a garrafa das mãos do garçom, declara que ele próprio deseja abri-la, mas está agitado, zomba, e parte do líquido esguicha sobre ele e os amigos. Dão risada.

Enquanto bebem, Ignazio passa o braço ao redor dos ombros de Romualdo.

— E aí? De que estavam falando? Vocês estavam com uma cara que parecia Dia de Finados...

— Do que aconteceu em Roma e do fato de gente como Crispi estar envolvida nesse desastre — responde Pietro. Ser deputado do reino lhe abriu os olhos para tantas, demasiadas transações obscuras e, ainda que não possa entrar em detalhes, deseja deixar os amigos de sobreaviso.

— Mas porque em Roma deram muita liberdade para Tanlongo e gentalha como ele. Como é possível que, há anos, ninguém controlasse o banco? A ocasião faz o ladrão... e falsário, neste caso — declara Ignazio. Dá um tipo de croque em Romualdo, e este abre espaço para ele na cadeira. Ficam em equilíbrio precário, como dois meninos.

— Não sei. No seu lugar, eu ficaria mais atento. — O cunhado agora está falando sério. Ignora as novas risadas vindas do grupo de mulheres às costas e olha Ignazio com uma expressão na qual se misturam censura e preocupação. — Eu não teria permitido que o Crédito Mobiliário abrisse uma filial na mesma localização do Banco Florio. Nem eles estão livres de suspeitas. Mais prudência teria sido aconselhável.

Poucos anos separam Pietro do cunhado, contudo, o modo de agir é o de um homem muito mais velho. Às vezes, é tão cauteloso e pacato que Ignazio se pergunta como a irmã não morre de tédio. Dá de ombros.

— Eles podem ter defeitos e coisas para esconder, mas o Banco Florio é firme e não tem nada a esconder. Meu pai trabalhou com eles desde os tempos da fusão com Rubattino. O Crédito Mobiliário é um grande banco, administrado por gente honesta. Além do mais, me deram o cargo de vice-presidente da sede de Palermo, e faço parte do conselho administrativo deles... Se alguma coisa não estivesse correndo bem, eu já teria sabido, você não acha? Ofereceram-me garantias o suficiente. Além do mais, em Palermo todos sabem que somos instituições diferentes.

— Pode ser... — murmura Pietro.

Giuseppe se volta, dá uma sacudidela nos ombros de Ignazio.

— Olhe, sua esposa está procurando você. Deixe de lado os negócios, não é justo esquecer-se de uma noivinha assim tão bonita para falar de coisas tão enfadonhas.

Ignazio se vira e encontra o olhar de Franca, apaixonado e adorador. Manda-lhe um beijo com as pontas dos dedos, depois continua a falar com os amigos.

— Vou levá-la a Florença e Veneza, e depois iremos até Paris, sabem? Quero que ela veja os lugares mais bonitos... Ela merece, ou melhor, nós merecemos, ainda mais depois de tudo que passamos para podermos nos casar, depois de todas as fofocas com que nos conspurcaram. Tudo para poder me afastar de Palermo.

Romualdo se levanta, ajeita a gravata.

— Que bom. Partam, divirtam-se e voltem com um pirralho, possivelmente *un masculu*: é preciso sangue novo na família.

Ignazio e Giuseppe dão risada; Pietro bufa. Franca se levanta, vai na direção deles. Segura a mão do marido e ele a aperta, beija-a na frente de todos.

Lá fora, para além das janelas, o vento continua a soprar.

É em Paris, na viagem de núpcias, que Franca entende *de fato*.

Viu nos olhos do vendedor da Cartier, que se adiantou com uma mesura, colocando-se à disposição deles. Viu no gesto negativo seco, quase irritado de Ignazio, seguido pela ordem: *"Appelez-moi le directeur, s'il vous plaît"*. Sentiu no tom obsequioso e cheio de preocupação do gerente, que se desculpou até dizer chega por não ter sido ele a recebê-los, dando-lhes os parabéns, votos de felicidade, fazendo comentários elogiosos à elegância da jovem esposa e à sorte do jovem marido.

Franca compreendeu que Ignazio fala uma língua universal, que abre todas as portas: a linguagem do dinheiro.

Haviam sido conduzidos a uma salinha bem mobiliada com espelhos e sofás de veludo, ele lhes oferecera champanhe — que ela havia bebericado, feliz por provar aquele vinho que, até poucos dias antes, lhe era completamente desconhecido — e, depois, havia começado o desfile de joias: um contínuo abrir de grandes estojos que revelavam uma maravilha após a outra. Franca havia feito alguns comentários em um francês hesitante. Ignazio a escutara sorrindo, corrigira a pronúncia e lhe roçara o colo com carícias, arrancando-lhe mais de um suspiro.

— Escolha tudo o que quiser — ele sussurrara ao ouvido dela. E ela, com dedos trêmulos de emoção, roçara um colar de pérolas que brilhava sobre o veludo vermelho. Adorava pérolas e, até então, não pudera ter nada além de um colar simples.

Franca estava tonta, mas não por causa do champanhe. Tinha sido aquela sucessão de brilhantes, de esmeraldas, de rubis e de pérolas que a perturbara. Porque eram o sinal incontestável e prepotente de uma nova consciência: a família Florio era imensamente rica. E a família Florio, agora, era *sua* família.

Ignazio havia comprado uns esplêndidos brincos de pérola, mas principalmente um colar digno de uma princesa: treze voltas de coral "pele de anjo" provenientes do Japão, esferas ligeiramente róseas que se destacavam sobre a pele cor de mel de Franca. E dera instruções para fazer, sob medida para o pescoço de cisne da esposa, um *collier de chien*, uma gargantilha de pérolas contidaspor fechos de diamantes e com uma volta de pérolas maiores na base.

E cenas parecidas se repetiram com Houbigant, o perfumista da rainha Vitória e do czar; na imensa loja na Rue du Faubourg Saint-Honoré, Franca descobrira o nome do perfume de Ignazio — Fougère — e pudera escolher a colônia pessoal dela. Com Worth, o criador dos vestidos de noite das imperatrizes Eugenia e Elisabete da Áustria, que a recebera ao estilo de uma soberana, mostrando-lhe os modelos que mais destacavam as formas esculturais dela. Com Lanvin, onde comprara dezenas de echarpes para ela e para a mãe. Com Mademoiselle Rebours, que lhe mostrara os leques mais belos, entre os quais o de penas de avestruz que havia feito para Maria de Saxe-Coburgo-Gotha, nova esposa do príncipe herdeiro da Romênia.

— Para mim? — perguntava, com os grandes olhos verdes transbordantes de espanto. E Ignazio sentia o coração se dilatar, acariciava o rosto ou as mãos dela, fazia que sim e a convidava a escolher.

Isso é um sonho, pensara Franca, roçando as joias que o marido lhe dera. E, além do mais, ali estava Paris, com as luzes, os bulevares, os palácios, as mulheres elegantes e as carruagens lustrosas. Cada coisa era fonte de espanto, enchia o coração e os olhos com tal beleza que, em certos momentos, ela se sentia explodir de alegria. E Ignazio, por meio de Franca, via aquela cidade de maneira nova, e se emocionava com a ingenuidade da esposa, com a surpresa, o entusiasmo dela.

Assim como foi um sonho sua chegada à residência da Olivuzza. Ao voltar a Palermo, o casal havia se instalado na Villa ai Colli, mas só enquanto as obras na Olivuzza não estivessem prontas. Ignazio revelara pouquíssimo sobre o que os operários estavam fazendo, explicando apenas que a casa sempre lhe parecera muito sombria, que agora era necessário ampliá-la e permitir que mais luz entrasse nos aposentos. Mas a cada vez acrescentava, com um sorriso:

— Você vai ver, vai ver o que te espera...

Finalmente, o momento chegou.

A carruagem se detém muitos metros antes do corpo principal da Olivuzza, na frente de um grande portão de ferro batido que dá acesso à ala reservada por Ignazio para ele e a esposa.

Ajuda Franca a descer, depois pega a mão dela, entram e ele a conduz ao longo de uma escadaria de mármore vermelho. Atravessam um jardim de inverno, cheio de plantas exuberantes e envolto na luz quente que jorra pelo teto de vidro, seguidos por empregados e por

Giovanna, que tem um sorriso indulgente e leva Vincenzino pela mão. Franca olha ao redor, mais intimidada do que surpreendida, o rosto esculpido pela maravilha.

Em seguida, após terem atravessado um corredor, Ignazio para em frente a uma porta.

— Vocês esperem aqui — ordena aos empregados. Giovanna se coloca de lado, e uma expressão triste, como de arrependimento, suaviza por um instante o rosto pálido.

Franca se vira para olhá-los: rostos sorridentes, olhares maliciosos... Quase fica chateada com o fato de que todos sabem o que a espera, todos menos ela... mas Ignazio se coloca atrás e lhe cobre os olhos com as mãos.

— Não olhe nada. Fique com os olhos fechados — sussurra, abrindo a porta e guiando a esposa para dentro do aposento.

Rindo um pouco, e tropeçando um pouco, Franca obedece e dá alguns passos.

Quando reabre os olhos, tem a impressão de estar suspensa entre céu e terra.

Acima dela, um céu azul e, na sanca, querubins que seguram guirlandas de rosas. Perante seus olhos, um baldaquim cor de marfim sobre um grande leito e móveis em mogno com incrustações douradas. Aos pés, azulejos de majólica cor de marfim cobertos por pétalas de rosa, como se aquelas pétalas jogadas do teto pelos querubins tivessem se espalhado pelo chão.

É o canto pessoal de paraíso dela.

— Para a minha rosa. Tudo para você — murmura Ignazio ao ouvido dela.

Franca se vira para ele, o olha. A felicidade é tão grande que não lhe permite falar.

Beijam-se na frente de todos.

O primeiro vento siroco de primavera em Palermo é um tapa na cara. É calor, é ar que se torna pesado, é incômodo. E se percebe desde a manhã, quando as cobertas parecem esmagar a pessoa e um fio de suor na coluna a obriga a se descobrir e a se abanar com os lençóis. Depois, escancaradas as janelas, a percepção de uma atmosfera nova, quente. O céu parece anuviado, o ar é imóvel.

No habitáculo da carruagem que o leva à praça Marina, Ignazio sente o calor e bufa. Ele se abana com o lenço, depois enxuga o suor. Detesta o calor.

Um dia daqueles, com aquele vento, aquela temperatura, deveria ser dedicado ao mar, talvez no *Fieramosca*, o iate que comprara pouco depois da morte do pai. Não lhe custara pouco — "Uma compra de quem não pensa", a mãe a havia definido assim —, mas havia valido a pena. É verdade, já tinham um iate, o *Sultana* — enorme, com o casco branco —, ao qual levara a belíssima esposa, que se mostrara encantada. Com isso, Ignazio havia substituído o *Queen Mary*, que considerava então datado e que vendera a um marquês toscano.

Na verdade, tinha mandado construir também a *Aretusa*, uma lancha a vapor, de aço, mas, principalmente, tinha comprado o *Valkyrie*, um iate de regata com a proa delgada e com o casco fino: rápido como o vento, uma verdadeira joia. Ele lhe tinha sido vendido pelo primo do imperador Francisco José, o arquiduque da Áustria Carlos Estevão de Habsburgo-Teschen, e com ele tencionava participar das mais importantes disputas náuticas do Mediterrâneo. Não pode viver só de preocupações, mas isso nem a mãe, nem Giovanni Laganà e nem Domenico Gallotti parecem compreender.

Os dois que — justamente — o haviam chamado ao escritório "com urgência".

Ai, mas como esses dois aborrecem!

Laganà e Gallotti não o haviam deixado em paz nem enquanto ele estava na Europa em lua de mel: cartas, bilhetes, telegramas... Mas será possível que eles não entendam que ele precisa de outras coisas, que não consegue estar sempre fechado naquele escritório? Ele quer se sentir livre. Quer viver. Não quer ter o destino do pai, morto com pouco mais de cinquenta anos depois de uma vida de trabalho, diz a si mesmo, com um toque de irritação.

Às vezes, sente uma profunda raiva em relação ao pai: não deveria ter ficado doente tão cedo, não deveria tê-lo obrigado a assumir aquele papel, a assumir aquela responsabilidade, porque com isso o impediu de viver *de verdade*. É uma coisa que não consegue tolerar.

Inquieto, puxa a cortina da carruagem: está atravessando as ruazinhas do Borgo Vecchio e os operários e trabalhadores o cumprimentam com deferência. "*Assabbinirìca*, que Deus o abençoe, dom Ignazio", soa entre as ruazinhas e além das portas dos *catoi*, casebres. Rostos pobres, magros, mulheres precocemente envelhecidas, crianças com olhos grandes e famintos que brincam nas ruas. O cheiro de peixe estragado ofende o nariz e se mistura com o do lixo que fermenta nas esquinas das ruas e nos canais de escoamento, onde se acumulam lama, trapos e restos de comida.

Aquelas pessoas, contudo, não parecem se importar. Algumas delas trabalham para os Florio, diz Ignazio com seus botões; no entanto, não seria capaz de reconhecê-las. O pai, pelo contrário, conhecia todas, uma a uma, e por elas era estimado e apreciado.

Mas a troco de quê?, pergunta-se, e responde com um cumprimento distraído. Não gosta daquele bairro, tão miserável e cheio de desespero. Não gosta de Palermo, *daquela* Palermo, para ser sincero. Ele gosta das residências elegantes que se erguem nos arredores da cidade, dos salões de baile dos palácios aristocráticos e do foyer dos teatros. Ele ama Londres, Paris, a Costa Azul e a tranquilidade das montanhas austríacas.

Ama sentir o vento no rosto quando caminha pelo deque do iate.

Não aquele ar pesado, que fede a podridão.

Não lembra — ou talvez Ignazio não queira lembrar — que, pouco menos de um século antes, o avô Vincenzo morava em um lugar parecido e que, antes dele, o tio, de quem herdou o nome e o anel, viera da Calábria para fugir de uma vida pobre e amarga. Os dois haviam lutado por uma posição melhor naquela cidade tão hostil, tão desagradável. E haviam conseguido, pois tinham conquistado a estima da gente simples, do povo.

Porém, os pais agiram de tal maneira que essa lembrança quase fosse apagada, que em casa ela fosse evocada com a menor frequência possível. Porque se não se fala do passado, ele acaba desaparecendo. E se desaparece, é como se nunca tivesse existido.

É o presente que, hoje, aguarda por ele. E será um dia difícil, Ignazio pressente.

Sobe as escadas, cumprimenta os empregados que o encontram, então vai ao escritório no primeiro andar. Domenico Gallotti, presidente da Navegação Geral Italiana, tem um rosto redondo, emoldurado por espessas costeletas, e um corpo atarracado, com uma barriga que trai a predileção pela boa comida. Já faz uns vinte minutos que ele aguarda, andando pela sala, as mãos cruzadas atrás das costas.

— Peço desculpas pelo atraso — diz Ignazio, entrando.

— Peço desculpas se o fiz se apressar, mas há coisas que não podem mais esperar. — Nenhum preâmbulo, nenhuma gentileza cordial. Gallotti nada faz para esconder a impaciência, pelo contrário: fica em pé e tamborila os dedos sobre uma pasta que colocou na escrivaninha.

— O senhor me escreveu cartas muito preocupantes durante minha viagem de núpcias — retruca o outro, sentando-se à escrivaninha do pai. E se detém, observando o grande número de papéis colocados sobre a mesa de trabalho, que esperam a assinatura dele. Após alguns instantes de silêncio, faz um gesto para o homem se acomodar.

Gallotti senta-se e o observa por sob as pálpebras semicerradas.

— Percebo que dei a impressão de ser muito insistente, mas este é um período delicado. A questão da Banca Romana está trazendo à luz muitos problemas do nosso sistema bancário... e lhe garanto que "problemas" é um eufemismo. Por outro lado, há questões espinhosas que afetam a Casa Florio bem de perto, a começar pela renovação das convenções marítimas. Seu pai, que Deus o tenha em Sua glória, havia estipulado uma convenção decenal e logo, muito em breve, a renovação vai ser decidida... e devemos ter a certeza de que essa renovação seja vantajosa para nós. Lembre-se sempre, dom Ignazio, de que as subvenções estatais são um ponto importante da Navegação Geral Italiana; ou melhor, eu ousaria dizer fundamental, porque nos permitem fazer negócios que, de outro modo, seriam antieconômicos, além de equilibrarem nossas contas.

Ignazio se move na cadeira, desconfortável. Ser tratado como um *picciriddu*, um menino, o irrita.

— Sei muito bem como são importantes, sr. Gallotti. Em vez disso, diga-me como está correndo o processo parlamentar.

Gallotti abre a pasta, tira um memorando.

— Obstáculos, dom Ignazio. Obstáculos principalmente no Parlamento, porque Giolitti e os industriais que estão perto dele não estão vendo com bons olhos uma renovação a nosso favor. Pedirão uma verificação das condições de saúde da companhia, a começar pelas condições da frota que, faz tantos anos, o senhor sabe melhor do que eu, nunca foi modernizada.

— Isso nós podemos remediar. — Ignazio acaba com a objeção com um gesto irritado da mão. — Faremos os consertos mais urgentes, e para o resto levaremos tempo. É o nome dos Florio que garante a solidez da NGI. Não há nada a temer na eventualidade de uma inspeção.

— Verdade. Mas as pessoas ouvem e ficam com medo, e as incertezas a respeito da renovação não ajudam. Há alguns dias, os representantes dos trabalhadores da marinha de Palermo, por meio do Consolato Operario, do qual fazem parte, declararam ao *Giornale di Sicilia* que quatro mil famílias ficariam sem trabalho se as convenções marítimas não fossem renovadas. Já houve uma manifestação debaixo do palácio Villarosa, nos Quattro Canti di Campagna, e existe o risco de que estourem desordens. Ou, pior, que sejam decretadas greves. É bom ter isso em mente.

— Os operários das rampas de lançamento e da Oretea sempre foram cabeça-quente e, na verdade, sei que gostariam de fazer uma greve, mas não farão. Meu pai sabia conversar com eles; eu também farei isso. As greves não nos ajudam, ainda mais se temos que nos preocupar com o que acontece em Roma.

— Pois é, justamente isso. — Da pasta desponta um envelope com folhas. Gallotti o estende na direção dele.

De novo? O que mais?, pensa Ignazio enquanto se inclina para a frente; pega o envelope. É um relatório parlamentar assinado por um deputado do Norte da Itália, Maggiorino Ferraris.

— "Seria, na opinião de mais de uma pessoa, um dia feliz para nosso País aquele em que a Navegação Geral deixasse, por conta própria, de existir" — lê em voz alta. — E que droga quer esse

Ferraris? — exclama, irritado. — Segundo ele, o comércio marítimo italiano seria muito melhor se nós não existíssemos? Mas ele tem ideia do que está dizendo?

Gallotti franze os lábios em uma careta.

— Os parlamentares nossos amigos, que estão perto do advogado Crispi, estão se rebelando. Esse é um raciocínio que pouco tem a ver com a economia e muito com as amizades políticas de Ferraris e, principalmente, do presidente do Conselho.

— Com todos esses problemas surgidos na Banca Romana, vou me surpreender se Giolitti ficar por muito mais tempo. Crispi me falou dele em uma carta. É um burocrata sem experiência e sem a arte de governar. Alguém que ficou na tranquilidade em Turim, estudando, enquanto gente como Crispi combatia pela unidade da Itália...

— Pode ser, mas agora é presidente do Conselho e, para falar claramente, tem que proteger as empresas do Norte porque são as que votaram nele, como Crispi e os amigos, que têm interesse em defender os eleitores deles, que são do Sul, de modo geral, e da Sicília em particular. As palavras de Ferraris são o espelho dos pensamentos de muitas outras pessoas, dom Ignazio. É assim que funciona para esses setentrionais: as pessoas vulgares que trabalham a terra e ficam abaixo de Roma não lhes dão votos. Quanto aos nobres donos de terras, não têm interesse em trabalhar com as indústrias nem em se ocupar do comércio.

O ar parece ficar parado, de repente. Ignazio fixa Gallotti, com a boca fechada, na expectativa.

— Continue lendo — exorta Gallotti, indicando uma passagem no texto. — Ferraris lamenta o fato de os nossos barcos a vapor serem construídos no exterior e sugere favorecer as empresas que usam navios construídos nos estaleiros italianos... obviamente, toscanos e lígures. Além do mais, solicita que sejam feitos leilões para as linhas postais e de transporte, abolindo as convenções como seu pai as desejou.

Ignazio sente a cólera subir da barriga para a garganta.

— Querem puxar nosso tapete. Se eles nos tirarem as convenções, podemos acabar com empregos. — Solta uma respiração longa por entre os lábios finos. Depois, olha para fora da janela. Pergunta-se o que teria feito o pai, como teria reagido, a quem teria recorrido.

— Vamos para Roma — decide, por fim. — Vamos eu, o senhor, e Laganà. Ninguém pode nos obstaculizar. *Ninguém* — repete. Passa uma das mãos no rosto. — E agora é preciso dizer aos operários que não devem fazer tumulto... esses cabeça-dura que fazem propaganda têm más intenções. Não são boa gente.

Ignazio se levanta, enfia as mãos no bolso e se dirige à janela. O siciliano — pelo menos isso Gallotti sabe — é um sinal indiscutível de irritação.

— Em primeiro lugar meu pai, e agora eu, garantimos a eles tudo quanto é necessário: o tratamento quando se machucam, um salário com que outros operários de Palermo só poderiam sonhar, as casas alugadas perto da fundição ou das rampas de lançamento... Meu pai havia até proposto mandar os filhos deles para a escola depois que tivessem parado de *travagghiare*, mas eles não quiseram. No entanto, continuaram a gritar que querem direitos, direitos, direitos! Agora eles até criaram aquela associação... os Fasci Siciliani dei Lavoratori — Ignazio diz isso como se tivesse alguma coisa podre na boca. — Vão difundindo, pelos jornais que devemos diminuir as horas de trabalho, aumentar o dinheiro. O que é que eles estão dizendo? A abundância nunca causou pobreza, isso sim. Eles se esquecem do que significa procurar diária de trabalho na praça Vigliena a torto e a direito, por tudo quanto é canto.

Gallotti assente.

— O senhor tem razão, dom Ignazio, os Fasci poderiam ser um problema, porque acolheram sob uma só bandeira muitas sociedades operárias e de mútuo socorro, dizendo: "Um bastão todo mundo rompe, mas um feixe de bastões, quem o rompe?". Sabe que o chefe deles, Rosario Garibaldi Bosco, participou até da fundação do Partido dos Trabalhadores Italianos, não é? Isso sem falar daqueles treze camponeses de Caltavuturo que queriam ocupar as terras e que foram mortos pelos soldados do reino, uma tragédia que fez com que os olhos da Itália inteira ficassem sobre nós. Está havendo rebuliço, sem dúvida. Mas... — Gallotti abaixa a voz e se aproxima de Ignazio. — Permito-me dar-lhe um conselho, colocar de lado a questão, por enquanto. Graças a Deus, poucos dos nossos operários da Oretea aderiram aos Fasci: a maior parte sabe que é privilegiada, porque outro trabalho fixo não se encontra *accussì*, desse jeito. Creia-me, certamente eles se lembram do que significa esperar ser contratado por dia na praça Vigliena. Agora, pensemos nas convenções, senão aqui, de trabalho, não sobra mais nada.

— Que seja. E também quero ouvir Laganà. Ele tinha me garantido que não haveria problemas no Senado... — Ignazio fala apressado e acompanha a frase com uma sacudida de ombros.

O que não vê — ou não deseja ver — é o olhar cético que Gallotti lhe lançou. E, de fato, logo depois, o presidente da NGI não consegue deixar de acrescentar, em tom cortante:

— São outras coisas que Laganà deveria garantir.

Ignazio franze a testa.

— O que o senhor quer dizer?

Gallotti faz uma pausa, morde os lábios. Não sabe bem como se comportar. Com o senador não teria tido escrúpulos de falar, mas com aquele filho tão arrogante, tão intolerante, sente-se inseguro. Por fim, no entanto, é exatamente o respeito pela memória do pai que o leva a se decidir. A fidelidade àquele homem que morreu muito cedo, cedo demais.

— Então, dom Ignazio, se me posso permitir... Digamos que ele poderia ter mantido uma atitude de menor colaboração com nossos rivais.

Ignazio o encara, atônito. A perplexidade aflora no olhar, transforma-se em uma expressão de suspeita. Depois se lembra vagamente de algumas histórias ouvidas em Livorno, logo após o casamento. Ele as deixara em um canto da memória, pensando que não fossem importantes. Com um arrepio de inquietação que faz a pele dos braços ficar arrepiada, arrisca um:

— Pois é, sim, ouvi alguns comentários pouco elogiosos a respeito dele... — Queria compreender, perguntar, mas são demais as coisas que não sabe ou que deixou de lado e tem medo de parecer superficial, ou, pior, pouco astuto.

Gallotti faz uma careta, acompanhada por um suspiro que é quase um bufo de raiva.

— São bem mais que comentários, dom Ignazio. Disseram-lhe que Laganà é muito próximo de Erasmo Piaggio, que teria todo o interesse em transferir uma boa parte da atividade da NGI para Gênova?

Ignazio fica imóvel. *Laganà?* Aquele Laganà que o pai estimava e apreciava a ponto de nomeá-lo diretor geral da NGI agora se comporta assim? Tudo bem, sempre fora insistente, às vezes enfadonho, mas daí a fazer nascer suspeitas sobre a conduta dele...

Gallotti parece ler sua incerteza.

— Não me compreenda mal; reconheço os méritos dele. Contudo, garanto-lhe que está se comportando de modo no mínimo ambíguo. E não é novato nesses joguinhos, dom Ignazio. O senhor era jovem demais, mas quem tem os cabelos brancos como eu se lembra bem das coisas que fez quando era administrador da Trinacria. E, de fato, seu pai, que o conhecia bem, o tratava como se faria com um cão de guarda particularmente agressivo, ou seja, o segurava pela coleira.

Lentamente, Ignazio diz que sim, que ele também recorda alguma coisa. Quando a Trinacria havia falido, o pai esperara os movimentos de Laganà antes de comprá-la. Em seguida, como administrador da falência, tinha sido sempre Laganà que lhe permitira comprar equipamentos e barcos a vapor a preço irrisório. *Ele o fizera desempenhar o papel de espião, prometendo-lhe um posto na nossa companhia*, compreende em um lampejo de intuição.

E agora... agora estava fazendo o mesmo jogo, à custa da pele *deles?*

— Eu mesmo vou falar com Laganà — diz, indignado. — Ele me deve uma explicação, ainda que seja somente por tudo o que esta família lhe deu.

Gallotti faz um gesto que parece querer dizer: "Não esperava nada menos que isso". Então abre a pasta e tira uns papéis, que estende a Ignazio para que este assine. Por fim, se levanta e se despede.

— Irei a Roma com o senhor, mas antes converse com Laganà. Garanta que ele seja leal.

* * *

Rajadas de vento levam à residência o perfume das flores de laranjeira e da terra revirada, e agitam as cortinas brancas que protegem as grandes porta-janelas que se abrem para o jardim. Em um canto do salão verde, mergulhada na luz rosada da primavera, Franca, em um vaporoso vestido branco e com o *collier de chien* da Cartier no pescoço, está sentada em uma cadeira de espaldar alto, posando para um retrato.

— Por favor, fique imóvel, senhora — admoesta com um suspiro o pintor, quando ela se agita na cadeira. Ettore De Maria Bergler tem cabelos escuros ralos, um nariz imponente e um rosto de corsário em um corpo esguio. Está com um cigarro na boca e tem uma expressão absorta, com alguns gestos de impaciência por conta da modelo indisciplinada. — É verdade que seu marido me pediu para retratá-la do modo mais natural possível, mas assim eu me arrisco a pintar seu rosto com uma careta. O destino concede às deusas e a poucas mulheres afortunadas uma beleza como a sua. Mas a senhora não deve se mover, ou então não conseguirei capturar sua imagem — lhe diz, voltando a se concentrar no desenho com seu pedaço de carvão.

— Ficarei imóvel como uma estátua grega — promete ela, com um sorriso infantil.

— Ah, me custa acreditar... — deixa escapar o pintor, enquanto gotinhas de suor banham a vasta calvície. — *Vous êtes si pleine d'esprit et d'élégance!* É um desafio capturá-los na tela.

Ela lhe lança um olhar de agradecimento, depois umedece os lábios, sente um sabor doce e um arrepio de prazer. Todas as manhãs, o *monsù* prepara os croissants. Ela e Ignazio brincam de colocá-los na boca um do outro, dão risada, e os beijos depois do café da manhã têm sabor de desejo e de açúcar de confeiteiro.

— Dona Franca, bom dia. Peço-lhe desculpas por interromper, mas dona Giovanna mandou chamá-la.

Franca se volta para Rosa, que com Giovanna d'Ondes cuida da escola de bordado, lhe agradece e depois lança um olhar de desculpas ao pintor.

— Nunca vou conseguir terminá-lo... — De Maria Bergler está irritado. — E agora, quem vai ouvir seu marido?

— Eu lhe direi que é tudo culpa da mãe dele. — Em seguida, Franca se levanta de vez e leva a mão ao pescoço. — Seja gentil, mestre, ajude-me a tirar isto...

O pintor se aproxima, abre o fecho do colar e o entrega para ela. Franca acaricia o objeto com uma espécie de ternura, então o coloca no bolso. Deseja poder tocá-lo, senti-lo na pele; a joia lhe recorda a viagem de núpcias.

— Sua sogra não gosta de joias? — pergunta o pintor, enquanto guarda o esboço em uma grande pasta.

— Minha sogra está de luto e, de modo geral, não aprecia o luxo. Eu desejo respeitar a dor dela. Até deveria mudar de vestido, mas não tenho tempo...

De Maria Bergler assente. Não tem como saber que, depois do primeiro encontro com Giovanna, Franca anda sempre prestando muita atenção nas joias que usa em presença da sogra.

Havia acontecido no Hotel Excelsior dell'Abetone, uma localidade mais perto de Siena que de Livorno, escolhida pelos Jacona di San Giuliano por ser tranquila e discreta. Giovanna chegara de carruagem com o filho e as duas famílias haviam se acomodado em um pequeno salão para tomar chá. Franca havia ficado em silêncio, de olhos baixos, intimidada e respeitosa, sabendo do fato de que, sem o consentimento da mãe, Ignazio não se casaria com ela. Escutara a troca de cortesias, a prosa banal — "Como estava o tempo em Livorno? Ah, lá também estava fresco?", "E o pequeno Blasco, como está?" —, observando a guerra silenciosa travada pelas duas mães: Costanza armada de uma nobreza antiga, mas mergulhada em dívidas; Giovanna de uma riqueza imponente, mas com um nome que era, apesar de tudo — apesar dela — ainda o de uma família de comerciantes.

A conversa se arrastara por um tempo que lhe parecera infinito. Depois, de repente, Giovanna lhe fizera um gesto para se aproximar. Incerta, ela obedecera, enquanto Ignazio se agitava na cadeira e Costanza prendia a respiração.

Giovanna a examinara de cima a baixo. Por um bom tempo. Franca achava que aquele olhar lhe revirava a alma, procurando qualidades que pudessem fazer dela uma verdadeira Florio, e estava apavorada com a ideia de que não encontrasse nenhuma. Instintivamente, havia levado uma das mãos ao pescoço, do qual pendia um elegante camafeu.

Dona Giovanna seguira o gesto e tivera um sobressalto quase imperceptível. No pescoço de Franca, semiescondido pelo camafeu, estava o anel do marido. O que ela dera ao filho no dia em que Ignazio havia morrido e que estava com a família Florio havia gerações.

Franca compreendera. Na mente dela, o medo de ter, de algum modo, ofendido dona Giovanna havia superado o constrangimento por ter usado aquele anel sem que ela soubesse. Então, reviu Ignazio no momento em que ele lhe dera o anel: lhe havia dito como era importante para ele e para a família, e que representava a sinceridade do compromisso dele. Tinha sido a marca concreta do amor dele, bem mais precioso que qualquer joia.

Então fixara os grandes olhos verdes nos de Giovanna. Segura, orgulhosa, apaixonada.

No olhar da outra, surgira uma tristeza infinita: a de uma mulher que perdera o marido e que agora via um filho tão amado ser tirado dela.

Giovanna havia afrouxado o aperto das mãos que trazia sobre o ventre e, com um gesto, a convidara a sentar-se ao lado dela. A tristeza não tinha desaparecido, mas a ela se unira uma sutil ameaça: "Eu o entrego a você, mas ai de você se não for digna dele e do nome Florio".

Lembrando-se daquele olhar, Franca se sente inquieta. Giovanna não deixou nunca de a olhar desse modo. Será que um dia se acabará a desconfiança da sogra em relação a ela?, pergunta-se. *Ah, se pelo menos Ignazio não tivesse partido, justo agora que…*

Ignazio está em Roma para cuidar das convenções navais. Explicou para ela que não poderia adiar a viagem e que, por se tratar de negócios, seria melhor que ela ficasse em Palermo. Franca assentira, resignada, tentando entender como é que o amado e sorridente marido havia ficado, de repente, tão perturbado.

Indo para os aposentos da sogra, localizados na parte mais antiga da Olivuzza, ela olha ao redor, perguntando-se se um dia se habituará àqueles aposentos que parecem infinitos, mobiliados com móveis de luxo — cômodas de nogueira em estilo Luís XVI, penteadeiras francesas em estilo Império com tampos em mármore, mesas em madeira entalhada e dourada, guarda-moedas em ébano com placas de pedra e marfim —, com estátuas de porcelana de Capodimonte, prataria entalhada, bronzes e mármores antigos, preciosos tapetes persas, indianos e chineses, e com quadros de todos os tamanhos, das pequenas paisagens marinhas aos retratos seiscentistas, com toques mínimos de luz, das representações mitológicas a paisagens sicilianas tão luminosas que parecem janelas abertas para o mundo. É tudo extraordinário para ela.

As portas se abrem diante dela como por encanto, revelando fileiras de empregados que se curvam à passagem dela e que depois parecem desaparecer nos meandros da casa.

Às vezes, porém, sente um desconforto que a faz ficar pensativa: não pode nem lhes dizer o que fazer, já que todos conhecem as tarefas e as fazem da melhor maneira possível; não deve se vestir ou se pentear sozinha, porque tem Diodata, a camareira pessoal, uma moça de grandes olhos pretos, tímida e silenciosa, sempre à espera de um gesto dela; não pode guardar as roupas, porque dessa tarefa se ocupa outra empregada; não pode pensar em como vai colocar as flores, porque há uma empregada que se ocupa apenas disso e substitui os arranjos todos os dias. Não pode nem escolher os menus para as recepções, porque o *monsù* conhece os gostos dos convidados e os satisfaz à perfeição. A então prefere ficar em silêncio, porque tem medo de errar, de estar deslocada, mostrando, assim, para todos — para a sogra, em primeiro lugar — não estar à altura do nome que traz.

Às vezes tem a sensação de ser hóspede na própria casa.

— Ah, aqui está você.

Giovanna afasta os olhos do tecido que impera no meio do salão em que ela passa os dias, bordando e rezando. Franca fica por uns instantes na soleira, então entra naquela penumbra impregnada de perfume de flores. Atrás da porta, há uma casa imensa, em plena atividade. Ali, pelo contrário, tudo está imóvel. Até as grandes porta--janelas estão encostadas.

Em um canto do aposento, quase invisível, dona Ciccia a cumprimenta. Franca sabe que conquistou a mulher, ainda assim não consegue se sentir totalmente à vontade com ela.

Aproxima-se da sogra, dá-lhe um beijo na face.

Giovanna observa o vestido branco de Franca, franze os lábios. Então pega uma bolinha de coral, enfia-a no fio e dá um ponto.

— Hoje à noite mandaremos celebrar a missa pela alminha santa de Blasco, o filhinho de Giulia. Como você está? Você vai, não é?

Franca prende a respiração. Sabe muito bem que nenhuma mulher da casa Florio se daria ao luxo de deixar de ir a uma missa em intenção de um parente, ainda mais pelo terceiro filho de Giulia, morto logo depois do casamento com Ignazio. De novo, a está colocando à prova.

— Claro... Pobre pequeno. Não teve tempo de crescer — murmura.

As mãos de Giovanna se fecham sobre o tecido.

— Eu sei o que significa ver morrer um filho — diz em siciliano. — Te arrancam a carne dos ossos. O coração parece que explode, você gostaria de dar a sua vida. E a pobre da minha filha está passando por isso.

— Não pense nisso. Agora, são dois anjinhos — intervém dona Ciccia com um suspiro.

Giovanna assente. Enxuga uma lágrima e se cala.

Franca dá um passo para trás e um arrepio lhe percorre a espinha. Furtivamente, leva uma das mãos ao ventre. Por todos os lados, retratos emoldurados do sogro. Na parede, inclusive, há um retrato dele a óleo e, ao lado, ainda maior, um de Vincenzino, o irmão do marido, morto anos antes.

Mais que uma sala, parece um templo dedicado à memória, pensa. Dirige-se à porta, quase sem se dar conta. Sente-se indefesa perante uma angústia tão grande, tem medo de que o sofrimento de Giovanna possa grudar nela como uma sombra, ou, pior, como um feitiço. *Se uma pessoa é tão infeliz assim, provavelmente não consegue nem imaginar que os outros estejam tranquilos; mais do que isso, é possível que sinta a alegria alheia como uma injustiça.* Diz isso no íntimo enquanto se dirige à porta, e a sensação de opressão que sentiu ao entrar no aposento lhe aperta o ventre. Intui, confusa, que tudo isso acontece quando o sofrimento ultrapassa qualquer limite e torna impossível tolerar até mesmo uma pequena luz de esperança.

Por que Ignazio não está aqui para me proteger de tudo isso?

Franca.

A lembrança dela — a boca entreaberta, os olhos iluminados pela paixão, o corpo sinuoso — distrai Ignazio, mas só por uns instantes; é um raio de sol que desaparece na mesma hora. Ali, em Roma, há nuvens cinzentas, homens severos e palácios ministeriais brancos.

À frente, sentado à escrivaninha, está Camillo Finocchiaro Aprile, ministro dos Correios e Telégrafos; um homem de ar tranquilo, com bigodes finos e um pincenê dourado que torna os olhos ainda menores do que já são. Como palermitano, compartilha com o agora ex-presidente do Conselho, Crispi, tanto o passado garibaldino, quanto, obviamente, um olhar de interesse para com todos que representem a Sicília e os seus interesses; acima de todos, Ignazio Florio.

A sala — austera, com tapetes vermelhos e pesados móveis de mogno — está impregnada do perfume de colônia masculina. Ao lado de Ignazio se encontra o alto escalão da Navegação Geral Italiana: o presidente Gallotti e o diretor-geral Laganà. Não obstante as recomendações de Gallotti, Ignazio não havia achado o momento certo para um confronto a sós com Laganà e os boatos que ouvira a respeito dele eram contraditórios: por um lado, parecia ter mesmo "relações muito amistosas" com diversos armadores lígures; por outro, ninguém poderia negar o quanto ele se empenhara pela abertura das portas do Crédito Mobiliário junto ao Banco Florio, desse modo, dando brilho à Casa. Resumindo: não havia dúvida de que ele sabia se movimentar. Ao fim, Ignazio se convencera de saber julgar as pessoas melhor do que quem, como Gallotti, queria bancar a babá dele, levando-o consigo para Roma. Entretanto, a tensão entre os dois homens era palpável.

Até porque a situação é extremamente delicada. Não está garantido, de forma alguma, que as convenções com a NGI sejam renovadas. Há gente demais agindo contra, a começar pelas empresas de navegação lígures, que gostariam de participar do rico banquete das subvenções públicas, apoiadas por um compacto bloco político.

Mas como eles pensam que podem competir com a NGI?, se pergunta Ignazio, passando a mão entre os cabelos. Eles têm a maior frota da Itália, quase cem barcos a vapor.

— A sua frota é uma das mais velhas e menos conservadas do Mediterrâneo: há embarcações que datam da época do seu avô, *recamatierna*, que descanse em paz. O senhor deveria reconhecer isso — pondera Finocchiaro Aprile, arqueando as sobrancelhas.

Ignazio faz um gesto de irritação.

Domenico Gallotti pigarreia e protesta:

— Pouca coisa, nada que não se possa consertar com alguns reparos ou comprando novos vapores, sobretudo se obtivermos o dinheiro das subvenções. Mas daí a nos negarem a renovação... não falemos bobagem!

— O senhor acha? — pergunta o ministro. Na voz, um tantinho de provocação. — Por que já não haviam pensado nisso antes, então?

Laganà se limita a balançar a cabeça. Se prepara para falar, mas Ignazio o detém.

— Porque custa bastante, e o senhor sabe bem disso. A Navegação Geral Italiana segue adiante graças às subvenções, que, contudo, ajudam apenas para que ela esteja à altura das frotas francesas e austríacas, com certeza, não para lucrar. Eis porque eu havia solicitado ajuda para a construção de um canteiro naval: para poder *construir* nossos barcos a vapor, pois para os consertos já temos a rampa de recolhimento dos barcos, onde trabalham os operários da Fundição Oretea. Mas o município não tinha *picciuli* nem chorando; e, de Roma, não chegou sinal algum, nada. O que aconteceu com esse projeto? Certamente, de minha parte, não faltou disposição em levá-lo a termo.

O ministro retorce os lábios, os olhos fixos no tampo da escrivaninha.

— Ajudem-nos. Deem-nos o dinheiro e nós modernizaremos tudo — insiste Ignazio, e agora na voz surge quase uma nota de súplica, que parece contrastar com o olhar ardente e os punhos fechados sobre os joelhos.

— Sim, mas desse jeito não se pode fazer nada — murmura Finocchiaro Aprile, em dialeto. — Temos uma margem de maioria efetivamente muito restrita para conseguir que a renovação seja aprovada. — Ele se levanta e abre a janela. Os ruídos do tráfego de Roma invadem a sala. Gritos, rodas que giram no pavimento, até um realejo. O homem está irritado, encosta as persianas, então se vira e pergunta em voz baixa: — O senhor conversou com Crispi?

Pois é. Crispi.

Os três homens trocam olhares tensos.

Tinha recebido Ignazio no escritório e o olhara longamente, sem falar, como se estivesse sobrepondo a imagem do pai à do filho, talvez na esperança de ter perante si um interlocutor atento e astuto como o senador. Ou, talvez, por ter de fazer acertos com o passar do tempo, porque aquele era o terceiro membro da família Florio que se dirigia a ele. Todos haviam passado por ele: primeiro, Vincenzo, rude e temível; em seguida, Ignazio, tão refinado quanto cruel. E, agora, esse, pouco mais que um rapaz, e que ele ainda não sabia como enquadrar.

Por sua vez, Ignazio havia visto um homem muito diferente daquele — enérgico, sagaz, com um brilho rebelde no olhar — que conhecera em Roma, tantos anos antes. Estavam no imponente saguão do Hotel d'Angleterre, imersos no luxo silencioso daquele hotel cheio de viajantes estrangeiros. Recordava como o advogado Crispi fizera uma mesura para beijar a mão da mãe; em seguida, como o pai o pegara com familiaridade pelo braço, afastando-se com ele a passos largos na direção de um sofá mais afastado. Haviam ficado conversando ali, enquanto ele acompanhava a mãe e a irmã em um passeio de carruagem.

Ignazio não pudera deixar de pensar que aquele homem de setenta anos, pálido e cansado não tivesse mais energia para manobrar o leme da embarcação da política, constantemente à mercê de alguma tempestade.

Talvez não mais tivesse nem a influência para fazê-lo.

Crispi lhe pedira que se sentasse, e ele próprio se acomodara com dificuldade.

— Temos muita confusão por aí, dom Ignazio. Meus inimigos gritam e protestam, e o clima anda pesado — dissera, entre uma baforada e outra de charuto, com a voz rouca devido ao fumo. — Porém, posso dizer o seguinte para o senhor: é verdade que, por ora, o jogo está sendo conduzido por Giolitti e os amigos dele do Norte, mas isso não vai durar por muito tempo. Com esse jeito de santo do pau oco, faz os outros caírem no conto do vigário, confundindo as cartas. Resumindo, ele faz pose de boa pessoa, mas é um vil, pior que os outros, e confunde as cartas na mesa porque está no meio da encrenca. Os episódios vergonhosos que aconteceram com a Banca Romana são a prova de que ninguém é inocente. Ele encobriu pessoas em todos os níveis e, mais cedo ou mais tarde, os vermes irão aparecer... Mas, por agora, é ele quem ocupa o posto, e eu não posso fazer muita coisa — acrescenta em dialeto. — O senhor precisa conversar com Finocchiaro Aprile. Ele é palermitano. Está à sua espera.

— Já havia pensado nisso — respondera Ignazio. — Mas antes eu queria a sua opinião. O senhor foi advogado da Casa Florio por tantos anos e conhece bem a minha família.

Francesco Crispi fecha as pálpebras de leve, um olhar de velho cão de caça, com um sorriso complacente que fizera os olhos brilharem.

— Sorte que eu conheço o senhor, dom Ignazio. Por isso o discurso de Ferraris não causou grandes danos. Se não fosse por mim, outros teriam falado depois dele, e as consequências teriam sido bem piores. Eu agi de modo que as palavras dele... fossem esquecidas, por assim dizer.

— E eu agradeço o senhor por isso.

Crispi agitara uma das mãos, marcada por manchas senis.

— Eu fiz o que pude. Mas agora está por conta de Finocchiaro Aprile.

Ignazio repete para o ministro:

— Crispi fez o possível para limitar os danos — reponde, ressenti-do. — O senhor sabe melhor do que eu que, agora, não há condições de pedir a ele mais do que isso.

— Nós não podemos esperar. Ninguém pode saber quando esse governo vai cair. As alianças políticas são ditadas pelas conveniências do momento, até o senhor sabe disso. — Domenico Gallotti contém a frustração com dificuldade.

Laganà assente, sempre silencioso.

— Infelizmente, estou com as mãos atadas — diz o ministro. — Há muitos protestos pela gestão das rotas da Navegação e...

Ignazio se levanta, caminha pela sala.

— Mas que inferno, precisamos das convenções, o senhor entende? Há uma cidade inteira que vive do dinheiro que a NGI dá para as pessoas. Se essas não forem renovadas, o que iria acontecer? — quase grita, não conseguindo esconder a irritação.

Finocchiaro Aprile suspira. Não pode mais se esconder, não sob os olhares penetrantes daqueles três homens. Cruza os braços no peito.

— *U sacciu*, eu sei. Mas posso fazer muito pouco neste momen-to. Os deputados do Norte mais próximos de Giolitti estão em maior quantidade do que os nossos e mais unidos. — Dirige a eles um olhar eloquente. — Teria de ser o senhor, dom Ignazio, a dar as cartas em Palermo; não as pessoas comuns. Fazer com que fiquem com medo. O senhor sabe bem que não há nada mais... convincente do que o medo.

Ignazio compreende. Finocchiaro Aprile lhe está pedindo para pegar uma realidade difícil e a pintar com cores ainda mais foscas, agitando o espectro de um inimigo traiçoeiro, de uma crise econômica devastadora, a ponto de mudar a opinião pública.

A ideia lhe agrada. O sorriso que lhe move os lábios é leve e pe-netrante ao mesmo tempo.

Finocchiaro Aprile relaxa um pouco na cadeira; Gallotti pisca e, então, fala:

— Manifestações, o senhor quer dizer?

O ministro abre os braços.

— Protestos, passeatas... os seus operários da Oretea estão entre os mais ativos, e em Palermo é forte a presença dos Fasci Siciliani, essas organizações políticas que dizem que defendem os direitos dos trabalhadores...

— Agitadores que não querem saber de *travagghiare* — murmura Laganà.

Gallotti o fulmina com o olhar.

— São operários que pensam em seus postos de trabalho. Se sentirem medo, farão muito barulho.

Ignazio fixa os olhos em Finocchiaro Aprile. Este assente e acrescenta:

— O senhor sabe com quem falar, ou quem em seu lugar. Proceda de modo que eles fiquem com medo e faça com que a ilha toda fique sabendo; porque se o porto de Palermo para de funcionar, a economia de toda a Sicília desaba.

Ignazio lembra o que o pai tinha feito quando se tratara de agitar as águas de modo a facilitar a fusão com Rubattino. Uma manobra com excelentes resultados. *E certas coisas não mudam*, diz para si. *Medo é medo.*

Naquele instante, alguém bate à porta e um rosto arredondado aparece na soleira.

— *Licença?*

Um silêncio constrangedor paira na sala. Ignazio desvia o olhar. O ministro faz um gesto para que o homem entre.

— Não o esperávamos, dom Raffaele. Esta é uma reunião particular — acrescenta, assim que a porta se fecha.

— Eu imaginava. Por isso, esperei lá fora. Não queria ser desrespeitoso — diz Raffaele Palizzolo, em um tom cortês. — Vim como siciliano honesto, mas também como parente de dom Ignazio. A esposa dele, dona Franca, é sobrinha por casamento de minha irmã, a duquesa de Villarosa, os senhores sabem, não é? — Estende a mão para Ignazio, que a aperta com certa hesitação; depois, sem ser convidado, senta-se na cadeira ao lado dele. — E, por isso, estou aqui para dar minha contribuição, porque Palermo não pode perder as convenções.

Na sala, o desconforto se faz quase palpável. Faz anos que em Palermo Raffaele Palizzolo tem a reputação de ser alguém que gosta se meter em todos os cantos: ouve tudo, observa cada coisa e sempre sabe, depois, como tirar vantagem dessas informações. Uma habilidade que certamente lhe serve também em Roma, pelo menos, desde que se tornou deputado. Desde algum tempo, contudo, sobre ele se estende uma sombra longa e ameaçadora, ligada a um delito que abalou as fundações da cidade toda: no dia 1º de fevereiro daquele ano, Emanuele Notarbartolo, ex-diretor do Banco di Sicilia, homem muito íntegro e estimado por todos, foi morto com 27 facadas no trem que o levava de Termini Imerese a Palermo. E murmurava-se com insistência que Palizzolo estivesse envolvido no homicídio, pois era o santo do pau oco: assim, ou mais, do que tantos outros, ou seja, havia feito lambança com as finanças do Banco, e Notarbartolo — diziam sempre os bem-informados — descobrira. Ainda que não passassem de rumores — *é claro*, não havia testemunhas do homicídio —, era difícil para os presentes afastar a sensação de estarem na mesma sala com um criminoso.

O silêncio que se segue à afirmação de Palizzolo é por fim quebrado por Laganà.

— Claro, todos estamos de acordo com isso. O problema é *como* interferir sem causar danos.

— Ouçam o que eu acho — diz Palizzolo em dialeto, inclinando-se na direção da escrivaninha do ministro, com uma confiança que ninguém lhe concedeu. — Temos de fazer essa gente ficar com medo. O senhor sabe, ministro, a Câmara dos Deputados me escuta. Bastaria uma intervenção minha.

O ministro ergue a cabeça, acaricia o queixo. Olha Palizzolo, e este abaixa a cabeça e assente. Implicitamente, está lhe pedindo permissão para agir porque, antes de serem políticos, esses homens são sicilianos e, portanto, se mexem somente quando a pessoa certa foi informada das intenções deles e deu consentimento.

O ministro, agora, o escuta.

— O que o senhor gostaria de fazer?

— Por enquanto, em Palermo, tem agitação. Basta que nós lhes mostremos o que pode acontecer. — O rosto de Palizzolo fica sombrio. Então ele olha para Laganà e Gallotti. — Mas os senhores pensaram no que aconteceria se chegasse a notícia de que as convenções não foram renovadas? No mínimo, haveria barricadas nas ruas. E qual governo pode se dar ao luxo de uma revolta popular? Certamente não *esse* governo, com todos os desastres que já precisa enfrentar.

Ignazio troca olhares com Gallotti, e este ergue os olhos para o céu: sim, Palizzolo deve ter escutado a conversa deles.

Laganà se move, apoiando-se à escrivaninha do ministro. Fala sem esconder a irritação.

— Nós estávamos falando exatamente isso, antes da sua interrupção, mas imagino que o senhor já tenha adivinhado. Que se pode aproveitar o contingente dos operários da Oretea e da rampa de recolhimento dos barcos para os protestos.

Palizzolo balança a cabeça. Se aquela censura pouco disfarçada o irritou, ele não demonstra.

— É preciso ameaçar greve. É preciso alguma coisa que faça *scantare a tutti*, todos terem medo. — Volta-se para o ministro. Ignora a expressão perplexa de Finocchiaro Aprile e prossegue em dialeto, com as mãos nas coxas, o tronco inclinado para a frente. — O senhor é palermitano, sabe o que quero dizer: Giolitti não quer botar as mãos nesse fogo. E nós, pelo contrário, vamos forçá-lo a botar.

Ignazio observa as pontas dos dedos.

— Na prática, o senhor gostaria de botar medo nele e pressionar a ponto de forçá-lo a ignorar os pedidos do grupo dele.

Como confirmação, Palizzolo estende os braços.

— Uma coisa que ainda não entenderam aqui em Roma é que em Palermo se encontram as entranhas da Itália. Qualquer coisa que se decida em Roma tem de passar, primeiramente, por lá.

Gallotti assente e vira-se para Finocchiaro Aprile.

— O que o senhor diz disso, ministro?

Ele dá de ombros.

— Com certeza é mais arriscado do que o que eu havia pensado, mas pode funcionar. Os senhores precisam prestar atenção e não perder o controle da situação na Sicília; eu farei o que puder aqui. Qualquer ajuda que tivermos será boa, seja de onde vier — conclui, eloquente. A voz é como a batida de um pêndulo ressoando em uma sala vazia.

Ignazio assente, satisfeito. Levanta-se, estende a mão ao ministro.

— A NGI e Palermo serão gratas ao senhor por tudo que o senhor puder fazer. — Olha-o intensamente. — A família Florio será pessoalmente grata.

Camillo Finocchiaro Aprile entende. E sorri, de leve.

Incerta, Franca leva uma das mãos à boca. O vestido de cetim verde-escuro destaca os seios. Ao olhar no espelho consegue ver a sogra a mirando, com decepção. Até consegue escutar a voz dela dizendo: "Muito decotada, *figghia mia*, ainda mais no seu estado".

No seu estado.

A mão repleta de joias desce ao ventre, que está começando a ficar arredondado. Está grávida de quase quatro meses. Sorri. Claro, com a chegada do calor de junho, enfrentar a gravidez ficou mais difícil, mas a alegria que sente a ajuda a superar todos os desconfortos. E, além disso, a felicidade de Ignazio, que a cobre de atenções e de presentes esplêndidos, como os brincos de esmeralda e de brilhantes que apareceram, como que por magia, na penteadeira dela, no dia seguinte de ela ter anunciado que esperava um bebê.

Coloca as joias, os braceletes, então chama Diodata e indica um xale no armário. É Lanvin, em seda cor de marfim: drapejando-o sobre as costas, ela faz com que cubra parte do decote.

Ignazio a espera na entrada das carruagens, ao lado da grande oliveira. Com ele, estão Giovanna e dona Ciccia. A mãe beija o filho e coloca a mão em seu peito.

— Não cheguem tarde — recomenda, em siciliano. — Ela não deve se cansar.

— *Maman*, Franca está virando a maior especialista sobre os melhores sofás de Palermo. Desde que se soube que está esperando um bebê, as donas de casa disputam a honra de não a deixar se cansar. E dona Adele de Seta é a mais solícita entre todas.

Giovanna ignora a brincadeira do filho e examina a nora da cabeça aos pés. Franca não consegue se acostumar com aquele olhar severo e triste e, instintivamente, abaixa os olhos. Mas, quase como resposta, a sogra se aproxima dela e ajeita-lhe o xale.

— É mesmo, está fazendo frio, mas se cubra.

Está coberta. E não somente pelo frio.

— *Ne vous inquiétez pas, maman* — responde, inclinando-se para beijá-la no rosto.

Ignazio a ajuda a subir na carruagem, uma mão atrás das costas que desce, deslizando imperceptivelmente. Dentro da cabine, a puxa para perto de si, dá-lhe um beijo.

— Meu Deus, você está um esplendor. A gravidez deixa você ainda mais bonita — murmura, deixando a mão deslizar até os flancos arredondados, livres do espartilho.

Ela enrubesce na escuridão, corresponde ao abraço. Tinham-lhe dito que, quando engravidasse, Ignazio deixaria de ir à cama dela para "não fazer mal ao bebê". Isso não acontecera... mas nem aquele ardor conseguiu fazê-la esquecer que, durante as recepções às quais tinham sido convidados, o marido, com frequência, comportara-se sobremodo desenvolto em relação a algumas convidadas. É por isso que, mesmo estando cansada, prefere acompanhá-lo: porque deseja lembrar a todos — e em primeiro lugar, a ele — que Ignazio Florio não é mais um solteiro à procura de diversão.

Quando chegam ao palácio dos de Seta, os salões já estão lotados. Entre fofocas sussurradas e olhares indagadores, a Palermo das senhoras exibe-se em um turbilhão de sedas e de joias, e a dos homens — com maior discrição — tece novas relações ou consolida velhas alianças. Uma encenação da qual Ignazio e Franca são, a essa altura, os protagonistas. Parece que maledicências e fofocas sobre o casal tenham sido varridas de cena pela evidente felicidade dos dois e pela notícia da gravidez de Franca. Desde que voltaram da viagem de núpcias, eles passaram de uma festa para outra, mas precisaram adiar uma recepção na Olivuzza por causa do estado de Franca. Agora a estação está quase terminando, e a festa dos de Seta é um dos últimos acontecimentos mundanos: logo, as famílias deixarão as residências urbanas para alcançar as estações balneárias francesas, ou, então, os vilarejos alpinos, na Áustria ou na Suíça; outras irão se retirar nas casas de campo. Quanto a Ignazio e Franca, o iate preferido deles, o *Sultana*, os espera para um cruzeiro no Mediterrâneo.

É sobre isso que Ignazio está conversando com Giuseppe Monroy.

— Não há motivos para não partir — diz. — O *Sultana* é muito estável, e o médico de bordo terá todo o necessário para cuidar de Franca.

Giuseppe assente e ergue a taça em um brinde.

— Inclusive, porque espera o herdeiro da família. É bom ser prudente. — Ah, não fale isso para mim. Ainda que minha mãe proteste e... — Ignazio se interrompe, distraído por uma moça de vestido cor-de-rosa claro que passa na frente deles, acompanhada por uma senhora de idade, provavelmente a mãe.

— E ela, quem é? Gostaria de saber onde as escondem — silva Giuseppe, dando risadinhas.

— Bem, é importante que apareçam... na hora certa — conclui Ignazio.

Então, de repente, levanta-se e sai andando atrás da moça, enquanto Giuseppe, divertido, o observa e balança a cabeça.

Após alguns passos, a mulher se detém para conversar com uma amiga, e a moça se vira e olha para ele. E não é um olhar distraído, pelo contrário. Ele consegue ver os olhos escuros e levemente puxados, a boca generosa e o seio cor de leite que parece querer fugir do espartilho. Ele se pergunta se seriam firmes, ou então macios e um pouco caídos. Tantas vezes foi enganado por um vestido "sustentado" nos pontos corretos...

Ela continua a olhá-lo fixamente, agora de modo quase despudorado. Ignazio sente um frêmito, mas hesita. *Primeiro tenho de saber quem é*, pensa. *Queira Deus que não seja uma parente da marquesa de Seta, talvez uma sobrinha...*

Nesse instante, alguém passa do lado dele e, depois de dar-lhe uma palmada nas costas, sussurra:

— Sua esposa está procurando você, Igna...

Ele se vira de repente. Franca vem vindo na direção dele, com o sorriso luminoso e os passos largos. Ela o segura por um braço, entrelaça os dedos nos dele.

— Querido, ajude-me a fugir de dona Alliata. Ela quer me contar o que aconteceu durante os partos dela e os das filhas, e eu já sinto bastante medo do meu. Convide-me para dançar, te imploro: estou grávida, não doente, e posso me dar ao luxo de uma valsa com meu marido.

Ignazio a pega pela mão, levando-a para o centro do salão enquanto a orquestra está começando a tocar. Passa o braço pela cintura dela, e ela ri, ri alto, com força, como lhe ensinaram a *não* fazer.

Ao contrário, ela faz. *E que me vejam*, pensa Franca, fixando os olhos naquela despudorada de vestido cor-de-rosa, porque percebeu como ela olhava para o marido, e como percebeu, e a coisa a deixou não pouco irritada.

A moça vira-se, dá-lhe as costas, se afasta.

Então Franca observa as senhoras sentadas na sala e, como resposta à censura muda delas, sorri. Sabe o que estão pensando: "Uma mulher no seu estado não deveria nem ao menos participar de uma festa, que dirá valsar". Mas ela não se importa. Continua a rodopiar, lançando então olhares desafiadores para as outras, as mulheres ainda belas e desejáveis, e imagina os pensamentos delas: estão convencidas de que logo Ignazio encontrará outra com quem se divertir. Porque isso é o que um marido faz quando a mulher engravida.

Eu tenho tudo aquilo que vocês não podem mais ter, e talvez nunca tenham tido, diz com o olhar para as senhoras. Então se apoia em Ignazio e lhe acaricia o pescoço, em uma silenciosa declaração de posse. E no íntimo, diz: *Os seus maridos se comportam assim. Ignazio não. Ele é meu, e me ama. E eu sou suficiente para ele.*

Julho em Palermo é como uma criança mimada: alterna dias límpidos com outros carregados de umidade que gruda na pele e torna a respiração difícil. Então, chega o vento siroco, trazendo a areia do deserto e transformando os topos das montanhas em manchas escuras contra um céu de marfim.

Naquele dia, contudo, julho resolveu se comportar bem: o dia está límpido, ventilado, e convida a sair ao ar livre. Por isso, Franca mandou preparar o chá no jardim da Olivuzza, sob as palmeiras ao lado do aviário.

Espera a chegada de Francesca e Emma di Villarosa, que virão passar a tarde com ela para lhe fazer companhia. Está sentada na saleta ao lado do quarto de dormir e lê *Marion artista di caffè-concerto*, de Annie Vivanti, um romance que a cunhada Giulia lhe emprestou, dizendo-lhe, no entanto, que não deixasse a sogra vê-lo, porque "tem coisas um pouco… inconvenientes". Agora, a gravidez é visível, ela se sente sempre cansada e, além disso, está sozinha. *Ignazio foi injusto*, pensa, folheando nervosa as páginas. Primeiro lhe prometera que iriam fazer um cruzeiro no *Sultana*; depois, com a desculpa de que ela deveria se resguardar, a fizera entender que ficariam juntos em Palermo. Por fim, tinha mudado de ideia e partira para uma viagem na África, afirmando que precisava mesmo descansar, depois da extenuante espera pela renovação das convenções.

Uma renovação que finalmente fora aprovada: por mais quinze anos, ou seja, até 1908, a Navegação Geral Italiana manteria o monopólio dos serviços subvencionados. Um resultado obtido graças a uma intervenção calorosa de Raffaele Palizzolo na Câmara dos Deputados — "Nós veremos em um dia seis mil famílias ficarem sem pão… seria um desastre nacional" — dirigida ao grupo compacto de membros do parlamento siciliano ao lado de Crispi, que assim demonstrara ainda ser um aliado precioso, e à pressão social gerada pelos artigos do *Giornale di Sicilia*, que retrataram com tons sombrios o destino não apenas de Palermo, mas de toda a Sicilia, se as convenções não tivessem sido renovadas. Aterrorizado com a ideia de perder o trabalho, o povo havia ido às ruas e feito rumorosas manifestações diárias, que se transformaram em verdadeiras celebrações com a chegada da boa notícia. Na rampa de recolhimento dos barcos e na Fundição Oretea, a alegria tinha sido tanta que parecia como se a chuva tivesse chegado após meses e meses de seca. Claro, havia um preço a pagar, porque a NGI precisaria modernizar os antigos barcos a vapor e comprar outros três, mas não eram problemas intransponíveis.

Na Olivuzza, Ignazio resolvera brindar com o melhor champanhe, enquanto contava para Franca como as coisas haviam corrido, imitando ora a voz de Crispi, ora a de Palizzolo. E Franca dera risada quando ele lhe dissera que agora Finocchiaro Aprile finalmente havia podido comprar aquela fazenda na qual havia posto os olhos fazia tempo. E com isso Giovanna balançara a cabeça, pedindo maior discrição.

Mas a euforia evaporara rapidamente, após a partida de Ignazio, e Franca e a Olivuzza haviam caído em um torpor silencioso que pouco tinha a ver com o calor.

Quando a empregada anuncia a chegada das primas, ela se levanta, vai encontrá-las.

— Franca, querida, cada vez mais bonita... — Emma, de chapéu de palha e vestido branco de algodão, dá-lhe um beijo no rosto.

Atrás dela, composta, séria, Francesca faz um gesto a cumprimentando. Sempre tinha sido a mais alegre das três, invejada por todos por conta da beleza dela. Agora, pelo contrário, está... apagada. A viuvez precoce a relegou a um limbo do qual tem dificuldade em sair, principalmente porque muitos a tratam como se fosse a mais infeliz das mulheres.

Franca tenta afastar esse pensamento, abre a porta-janela.

— Venham, vamos para o jardim. Mandei preparar o chá ao lado do aviário — diz, com alegria um pouco forçada.

As duas irmãs trocam um olhar perplexo.

— Mas... não cumprimentamos sua sogra? — pergunta Francesca.

— Não, não precisa incomodá-la. Deve estar bordando na saleta. Depois vamos falar com ela — exclama Franca, impaciente. Segura Emma pela mão e quase a arrasta pelas alamedas do jardim. Nos últimos dias, além de sentir saudades de Ignazio, sente-se irrequieta, tomada por pensamentos desagradáveis, e precisa se movimentar.

Chegando ao aviário, encontram Vincenzino brincando com o bambolê sob o olhar preguiçoso da governanta. O mocinho cumprimenta as três mulheres, beija as mãos das duas irmãs com uma seriedade que arranca um sorriso até de Francesca e depois foge saltitante.

Exatamente como acontecia outrora, Franca senta-se no meio, entre as primas.

— Como você está? — pergunta Emma, em dialeto, segurando-lhe a mão.

— O menino começou a se mexer, e à noite me obriga a dormir de lado. E você? Como está, meu coração? — pergunta à Francesca.

— Eu? Estou muito bem — responde a outra, e na voz se percebe um vago eco do sotaque toscano.

Franca lhe segura a mão envolta na luvinha de renda negra, recebendo em troca um aperto.

— Na verdade, eu gostaria de passear mais; porém, entre o calor e a ausência de Ignazio, não tenho muitas oportunidades para sair... Para minha sogra, sair só significa ir à igreja, portanto, estou enfadada; é isso.

Emma esboça um sorriso, estende a mão na direção da barriga dela, em seguida hesita.

— Posso?

Franca assente, até segura as mãos de Francesca e coloca ambas sobre o ventre.

— Ontem à noite, estava na casa de Robert e Sofia Whitaker. — Emma volta a falar. — Havia um grupinho que falava de vocês dois, de você e de Ignazio.

Francesca a fulmina com o olhar, mas Franca sorri.

— O que inventaram desta vez? Que Ignazio tem uma nova amante? Há algum tempo, chegou até mim o boato de que no *Sultana* estava uma cantora espanhola... — Ergue os olhos para o céu. — Incrível! É tão difícil acreditar que ele me queira bem e que tenha colocado a cabeça no lugar, agora que vai ser pai?

Francesca cerra os lábios.

— Na verdade, Robert afirmou que ele foi muito hábil ao obter a renovação das convenções e Giuseppe Monroy se desmanchou em elogios. Além do mais, é claro que nunca vão faltar fofocas. São o tempero dessas noitadas que, não fosse por isso, seriam para lá de entediantes. Mas você sabe melhor do que eu que são histórias sem fundamento.

Franca assente, subitamente séria.

— Sim, e na verdade eu não costumo lhes dar importância. Mas... — Abaixa a voz. — Às vezes, tenho a sensação de dever prestar contas de cada gesto, e não apenas ao meu marido ou à minha sogra, mas a uma cidade inteira.

— É inevitável que todos observem você, considerando a sua posição — responde Francesca. — A coisa mais importante é que não tem nada para se autocensurar. Você sempre se comportou de modo exemplar.

— Mas se você está grávida e quer dançar uma valsa com seu marido, acaba sob processo — murmura Franca.

— Meu preceptor sempre dizia: "Assim como a ferrugem corrói o ferro, a inveja corrói os invejosos" — comenta Emma.

Franca joga a cabeça para trás e olha para o aviário.

— Além disso, sim, para vocês eu admito: irritou-me o fato de Ignazio ter partido sem mim. Por outro lado, preciso me resguardar. Nem pensar que…

Emma agita uma das mãos para afastar essa ideia, enquanto Francesca passa o braço pelas costas de Franca e lhe dá um beijo.

— Nem diga certas coisas, *ma chère*. E lembre-se sempre de que os homens precisam de liberdade… ou, pelo menos, da ilusão de que são livres. Assim, depois, voltam para casa mais felizes do que antes. — E abre um sorriso malicioso, o primeiro de muitos meses até então.

Franca sorri para ela, diz que tem razão. Inclina-se, serve o chá frio para as primas, lhes oferece biscoitos. Dão risada e brincam como se ainda fossem adolescentes.

No entanto o pensamento, *aquele* pensamento, é uma semente maligna que está crescendo. *Por que Ignazio partiu?*, pensa. Até a mãe dele havia tentado dissuadi-lo: não era o caso de deixar sozinha a esposa naquele estado. E, mesmo que a história das convenções tivesse se encerrado, não era prudente esquecer os negócios.

Por quê?

Giovanna vê a nora se afastando com as primas pelas alamedas do jardim. Ouviu o barulho das rodas da carruagem no chão, depois as vozes que ficavam cada vez mais fracas.

Ficaria feliz se elas tivessem ido cumprimentá-la na hora e, em vez disso, a nora as havia afastado. Bufa baixinho. *Esperta, ela*, pensa. Se ela as tivesse levado na hora até ela, não lhe teria permitido ficar no jardim, não com aquele calor.

Tamborila no peitoril da janela, e dona Ciccia ergue uma sobrancelha.

— O que foi? — pergunta, em siciliano, colocando o fio na agulha.

— Meu filho não devia partir — murmura. — Não era hora de sair daqui, com o que está acontecendo. Os operários ainda estão muito agitados...

É verdade que ela não entende muito de política e de negócios — são coisas da *masculi*, de homens — e que Ignazio lhe dissera tantas vezes para ficar tranquila, porque entre eles não tinha nenhum cabeça quente, e até os Fasci dei Lavoratori que, uns meses antes, haviam realizado uma convenção — *uma convenção! Nem que fossem deputados!* — teriam vida curta. Mas Giovanna, assim como fazia quando era vivo o Ignazio dela, lê o *Giornale di Sicilia* e não encontra notícias tranquilizadoras. Pelo contrário, já fazia certo tempo, tinha surgido aquela história complicada dos bancos que estavam falindo por não terem mais *picciuli*... ou ela achava ter entendido isso. Tinha tentado conversar com Ignazio; mas ele, rindo, lhe dissera que o Crédito Mobiliário e o Banco Florio eram muito sólidos e nada e ninguém podia encostar neles.

E a situação em Palermo não é a única coisa que a preocupa.

Torna a olhar na direção do jardim; ouve as vozes das três mulheres, trazidas por uma rajada de vento, e vê Vincenzino, que corre e dá risada. A contragosto, é levada a admitir que Franca está se comportando como uma boa esposa, come e descansa. Por sua vez, Ignazio...

Um arrepio de inquietação lhe sobe pelas pernas magras, lhe rodeia a cintura. Giovanna esfrega o rosto com as mãos, massageando as rugas que se tornaram mais fundas depois da morte do marido.

De repente, vê que dona Ciccia está ao lado dela. Já idosa, está com todos os cabelos brancos e o rosto, que sempre foi severo, agora, até parece esculpido na pedra.

— Não tenha medo, o Senhor pensa nisso. Você sabe que eu sei certas coisas. Eles se querem bem, e Ignazziddu tem de prestar atenção e não fazer bobagens — diz, em siciliano.

Donna Ciccia não precisa explicar a quais bobagens se refere: a paixão de Ignazio pelas saias é bem conhecida, e ele nunca a escondeu. É verdade, ele se casou e parece sinceramente apaixonado por Franca. Mas ele mudou mesmo? Ou é só a euforia daqueles primeiros meses de matrimônio?

Giovanna sacode a cabeça; dona Ciccia suspira e estende os braços, como para dizer: "Aqui estamos".

Ela também gosta de Ignazio; o viu nascer, crescer e ficar adulto. Mimado, protegido e defendido pela mãe, cresceu como uma planta pronta para ficar selvagem se não for cuidada. Mas como poderia culpar Giovanna? A morte de Vincenzino tinha sido um golpe do qual ela não se recuperara. Havia ficado sozinha com a sua dor, e reagira se apegando a Ignazziddu. Tinha voltado todo o seu amor para aquele filho que, com o passar dos anos, tinha se tornado um jovem elegante e altivo. E, depois da morte do pai, também imensamente rico.

Ignazio está acostumado a ser o primeiro em tudo. Na vida, nos negócios, com as mulheres. *Mas agora que vai ser pai, o que vai acontecer?*, se pergunta dona Ciccia, voltando a sentar-se em frente ao chassis do bordado.

Quando Giovanna lhe dissera que Ignazio queria fazer um encontro deles com os Jacona di San Giuliano em Abetone, "para falar sobre o noivado", dona Ciccia sentira um arrepio de incerteza. Para ela, Ignazio era um cabeça de vento e ainda jovem demais para matrimônio.

Agora, depois de ter pensado no assunto, decidira pedir às alminhas do purgatório qual seria o destino daquele casamento. Sabia que, se perguntasse com pureza de alma e com simplicidade, elas sempre respondiam, para o bem ou para o mal, e não podiam mentir. E paciência se Giovanna não queria que fizesse "aquelas coisas".

Então, em uma noite de verão, tinha saído por uma porta do jardim e fora diretamente ao cruzamento na entrada da casa, porque ali, como em todos os cruzamentos, se encontravam o bem e o mal, vida e morte, Deus e o diabo. Tinha passado por um vigia, mas ele se limitara a fazer-lhe um gesto de cabeça. Havia um vento irritante e rasante, e ela colocara o xale na cabeça para que folhas e areia não entrassem no meio dos cabelos. Chegando ao cruzamento, havia se persignado e dito um *Pater*, uma *Ave* e um *Gloria*, porque o Senhor não poderia se encolerizar se as almas dos mortos fossem chamadas para responder uma pergunta dos vivos.

— Alminhas dos corpos degolados, três enforcados, três mortos, três afogados... — murmurara, em dialeto, continuando depois em um sussurro, porque sabia que aquelas eram coisas que nem todos deveriam ouvir.

Então, tinha esperado. E a resposta chegara.

A princípio, lhe pareceu ouvir alguns badalos de sino, ainda que não tivesse sabido dizer de onde vinham. Então, de uma das estradas, haviam aparecido três gatos. Três fêmeas, a julgar pela cor. Tinham atravessado o cruzamento, então se detiveram para olhá-la com aquele ar de desafio e de indiferença que só as gatas selvagens têm.

Foi então que dona Ciccia compreendeu: um casamento, sim, mas também mulheres; tantas, que atravessariam o caminho. Tinha voltado de cabeça baixa, então indiferente ao vento que lhe despenteava os cabelos. Ficara indecisa a respeito do que deveria fazer; mas, por fim, resolvera não contar nada para Giovanna.

Em seguida, sentira-se tentada em consultar novamente as alminhas do purgatório para saber o que aconteceria com aquela criança que esperava para vir ao mundo, mas algo a reteve.

Olha Giovanna. Ela a ama como se fosse uma filha; e, de certo modo, assim que é. Tinha menos de vinte anos quando começara a cuidar dela. Agora Giovanna está com cinquenta, e ela, setenta. E o fato de estar perto do fim do caminho da vida a assusta, mas não por si própria: porque sente que, quando ela não estiver mais por aqui, outras tempestades irão aparecer, e Giovanna não conseguirá enfrentá-las sem sofrer, talvez mais do que já tenha sofrido.

A volta de Ignazio para a casa provoca um grande tumulto. A Olivuzza é invadida por malas, caixas e baús, mas também por animais esfolados que acabarão em alguma parede ou que serão transformados em tapetes, como a pele de tigre que vai ser exibida em bela mostra, na saleta do *Sultana*. No calor do fim de julho, o cheiro das peles dos animais ocasiona fortes náuseas em Franca — que a essa altura chegou quase no sexto mês de gravidez —, e logo Giovanna ordena que sejam retiradas.

Ignazio voltou da viagem cheio de energia: entra e sai da casa o tempo todo, sobe e desce as escadas, canta. Ele anda pelos aposentos seguido por Saro, seu empregado pessoal, que assumiu o posto de Nanài, e dá instruções, indicando onde colocar caixas e malas; de vez em quando, se detém ao lado de Franca, sentada na saleta ao lado do quarto de dormir, lhe dá um beijo na testa. Das malas surgem estatuetas de osso, pedras esculpidas ou estranhas caixas de madeira entalhada que ele lhe mostra, contando-lhe onde as comprou ou o que fez naqueles dias. Franca escuta o marido com uma alegria que baila nos olhos: está feliz por tê-lo de novo perto de si e admira os estranhos objetos, girando-os entre os dedos, sentindo o cheiro da madeira ou o aroma de especiarias das essências.

Já é o fim da manhã quando Ignazio pega o chapéu e diz, em siciliano, com um suspiro:

— Tenho que ir ao escritório...

Ela assente.

— Volte logo, meu amor. Você precisa continuar a me contar sobre a sua viagem — murmura, dando-lhe um beijo.

Na porta de casa, entretanto, está Giovanna, que o espera com as mãos cruzadas sobre o ventre. Viu a carruagem de Romualdo Trigona parada à entrada e compreendeu as verdadeiras intenções do filho.

— Você não está indo para a Navegação — censura, seguindo-o.

Sem diminuir o passo, Ignazio limita-se em agitar uma das mãos.

— Mas é claro que eu vou, *maman*. Amanhã, com mais calma. Que diferença acha que um dia vai fazer? Agora vou ao círculo com Romualdo; estão me esperando — explica, e se afasta, ansioso para contar aos amigos as aventuras africanas e para ser colocado a par do que aconteceu em Palermo durante a ausência.

Giovanna se detém e balança a cabeça, perplexa. O marido teria ido correndo para a praça Marina e não voltaria para casa sem ter controlado cada registro, cada transação. O filho, por outro lado... Mas o que ela pode fazer? *Ignazziddu é desse jeito*. De cabeça baixa, entra em casa, dirigindo-se aos aposentos. Nesse momento, contudo, do andar de cima, se ouve um barulho de baús sendo arrastados e de passos apressados. Giovanna ergue os olhos para o teto e suspira. Largar a mulher para ir atrás dos amigos nunca é um bom sinal.

No quarto de dormir de Ignazio é quase impossível se mexer, de tantos baús e malas. De um lado, roupas e sapatos, do outro, camisas e gravatas inglesas amontoadas de qualquer jeito. Saro joga a roupa íntima suja em um grande cesto, agora tão cheio que Diodata lhe pede que pare, ou então não vai conseguir levá-lo para a lavanderia. Ele dá um passo para trás, e a moça ergue o cesto, curvando as costas com um gemido, depois tenta se dirigir para a porta, mas tropeça em uma prega do tapete e cai no chão.

— Deus do céu, que tombo... Você se machucou? — Franca se aproxima dela, seguida por Saro. Enquanto Diodata pede milhares de desculpas, com o rosto rubro de vergonha, o empregado recolhe as camisas espalhadas ao redor.

E é ali, no meio do branco, que aparece algo cor-de-rosa.

Franca vê; o empregado também. E tenta cobrir com o pé, mas em vão: um pedaço de pano aparece sob o sapato.

Renda.

Franca não entende na hora. Tem uma sensação de estranheza, um aperto no estômago que lhe corta a respiração.

— Afaste-se — ordena.

Saro é obrigado a se colocar de lado.

Franca inclina-se, recolhe do chão a peça de roupa.

Rosa. De seda. Uma camisola transparente. Um tecido que mostra mais do que esconde. Roupa vistosa, de mulher que deseja expor a mercadoria. E o perfume... Tuberosa. Repugna-a, a faz sentir tonturas.

Cambaleia.

Atrás dela, Diodata coloca a mão na boca. Saro pega uma poltro-ninha para a patroa — que, a essa altura, está tremendo incontrola-velmente — sentar-se.

— Deve ter sido a alfândega, dona Franca. — O empregado se apressa a explicar. Tenta pegar o montinho de seda, mas ela agarra-o com as duas mãos, olhando, atônita.

— Na alfândega abriram todas as malas, deixaram tudo bagunçado. Devem ter misturado as roupas brancas de dom Ignazio com a de alguma senhora. — Saro estende a mão de novo.

Franca ergue os olhos, olha-o e faz que não com a cabeça.

Ela gostaria de se apegar a essa ideia, mas algo desaba no peito. Um pressentimento.

As palavras aglomeram-se na cabeça, tornam-se demônios. As do pai, sempre contrário a Ignazio. As de Francesca e de Emma, discretas, mas claras. As da sogra, pontuadas por suspiros impacientes. E então surge o coro de Palermo: os sussurros das fofocas escondidas por trás de leques, as frases alusivas das senhoras que lhe lançam olhares compadecidos e as das jovens, acompanhadas por olhares arrogantes; os murmúrios insinuantes dos homens que, com a passagem dela, sorriem e se dão cotoveladinhas. Vozes agudas, dissonantes, mas que contam a mesma história.

Franca olha a roupa íntima que ainda segura nas mãos e a ergue. Nunca teve nada parecido, ela; roupa de *cocotte*, de mulher desvergonhada, diria a mãe. Sempre pensara que, para Ignazio, a beleza e o amor dela fossem suficientes. E, em vez disso...

Abaixa os olhos para o ventre, que agora lhe parece enorme. Está com as mãos inchadas, o rosto arredondado. Sente-se monstruosa, deformada. Tudo o que a gravidez lhe havia dado de belo agora parece-lhe o sinal de uma transformação irreversível.

Talvez Ignazio também me veja assim, e então...

Leva as mãos ao rosto e desata a chorar, sem vergonha.

— Saiam daqui. Sumam! — grita com uma voz tão aguda que nem parece a dela.

Enquanto Saro e Diodata saem em silêncio, Franca se entrega a um longo pranto, abalada no íntimo por aquela emoção violenta. Gasta vários minutos para se acalmar. Então enxuga as lágrimas com gestos raivosos e, com as mãos agarrando aquele montinho de seda cor-de-rosa, senta-se na poltroninha, endireita a coluna e, com o maxilar rígido, fixa a porta, à espera. *Tem* de saber. Tem direito a isso.

É assim que Ignazio a encontra ao voltar, à noite. Entra cantarolando no quarto de dormir, invadido por sombras longas e ligeiras, nota que ainda está bagunçado e se pergunta o motivo. Então percebe a mulher, sorri e se aproxima dela.

— Franca, meu amor, o que você está fazendo aqui? Não se sente bem? E que caos é este? Eu tinha mandado Saro...

Ela se limita a estender a mão que segura com força a roupa íntima.

— *Isto*. De quem é isto?

Ignazio empalidece.

— Não sei... o que é?

— Coisa de mulher! — grita Franca, em dialeto, e com voz trêmula. Então se levanta da poltroninha, fica na frente dele. — Estava no meio das suas camisas! O que isto estava fazendo no meio das suas roupas brancas?

— Mas... deve ter sido um mal-entendido. Fique calma — diz Ignazio, e se afasta um passo. — Com certeza uma confusão no hotel, ou talvez as camareiras tenham misturado a minha roupa branca com a sua...

— Como? Eu não tenho essas coisas de... de... — A voz de Franca se eleva de novo e, como se respondesse a uma chamada, Saro sai do quarto de vestir e entra correndo no quarto.

— Senhora, por favor! Eu lhe disse, foi uma confusão na alfândega — exclama.

— Mas, sim, é claro, *accussì è*, é isso! — as palavras de Ignazio ecoam. — Abriram as bagagens de todos, houve uma grande confusão.

— Não acredito em você — diz Franca. A voz se ergue de novo. Está a ponto de voltar a chorar. — Você... você... — balbucia, e torna a apresentar aquele amontoadinho de seda, mas, então, a mão passa a tremer.

E então vê.

O olhar trocado entre Saro e Ignazio. Um olhar de cúmplices, de homens unidos na mentira.

Entende.

Deixa a roupa cair no chão, se vira, agarra na penteadeira o vidro de Fougère e o joga na direção de Ignazio.

— Você! Mentiroso nojento! Traidor!

Ele inclina-se para o lado, evita o choque; o vidro cai no chão e se quebra, liberando no quarto um perfume penetrante, no qual a lavanda se mistura com toques de especiarias. Ignazio não tem tempo de se endireitar, e é atingido no braço por uma escova de prata; depois, é um pote de brilhantina, que se quebra aos pés dele.

— Meu amor, o que você está fazendo? Calma! É assim que se comporta? — Tenta segurar-lhe o braço, mas ela se afasta e bate a mão no peito dele.

— Porco! Como você foi capaz?

— Vai prejudicar o bebê, Franca, acalme-se!

— Desgraçado!

Franca grita. Os hormônios da gravidez e a raiva se apossaram da mente dela; o medo e a vergonha fazem o resto. Ele a traiu, é verdade, e todos sabem. *Sempre* souberam que ele a traía. A humilhação é venenosa, terrível, e encobre tudo, até o amor, até a alegria da maternidade.

Barulho de passos no corredor. Na porta aparece Giovanna; ao lado dela, Vincenzino, em camisola de dormir, observa a cena com um olhar covarde.

— O que está acontecendo, *si sciarriano*, estão brigando? — pergunta, dando risadinhas. A sogra o detém à porta, então entra e se aproxima de Franca.

— O que houve? — pergunta baixinho em dialeto, severa.

— Ele! — grita Franca, indicando o marido. — Me traiu! A mim, que estou grávida do filho dele! — Os soluços são mais fortes, o rosto está quase deformado pela raiva.

Giovanna se vira, rápida, para o filho. Ignazio tenta falar; estende os braços, como se fosse se desculpar, mas ela o silencia com um olhar que é um tapa no rosto e que diz: "Calado, se não quiser causar mais estragos". Então se volta para Saro, que está escondido em um canto do quarto:

— Você, venha cá. Acompanhe o senhorzinho Vincenzo ao quarto dele e fique com ele até eu voltar.

Enquanto o menino é levado embora, Franca se deixa cair na poltroninha, em lágrimas. *Ela chora tanto que dói o coração ouvi-la*, pensa Giovanna, enquanto fecha a porta à chave. Então solta um longo suspiro, a mão apoiada no batente. Sabia que aquele momento chegaria.

Ignazio está parado no meio do quarto, os braços pendendo ao longo do corpo, e olha alternadamente para a mãe e a esposa com ar de quem sabe que vai ser condenado, mas ignora qual a pena que lhe caberá descontar.

Giovanna vira-se, cruza as mãos na frente do corpo e examina os dois. Desde o início do casamento, tinha intuído que Ignazio e Franca nunca teriam a força de espírito necessária para se unirem de verdade. Porque os dois tinham se casado sem nunca ter exercitado a paciência, sem que se dessem conta do que fosse o espírito de sacrifício. Acreditavam que "para sempre" significasse viajar por toda a vida em um rio largo e plácido, quando, ao contrário, queria dizer evitar os rochedos, evitar os bancos de areia e os rodamoinhos, fazer de tudo para jamais encalhar. E tudo isso só se conseguia se os dois remassem juntos na mesma direção, se olhassem para o mesmo horizonte.

Ela o desejara tanto, sacrificara tudo àquele ideal de amor. Mas, por fim, tivera de se resignar com o fato de que, em um casal, não é raro que um ame pelos dois. Porque tem quem não queira amar, ou, simplesmente, não saiba amar. E então havia aprendido que o amor pode continuar a viver ainda que a outra pessoa se esqueça de alimentá-lo. Tinha aprendido que, para não se entregar ao desespero, se pode até aceitar pagar a cada dia o preço de uma mentira. Tinha aprendido que se contentar com as migalhas é melhor do que morrer de fome.

Agora era a vez de eles aprenderem. De compreenderem como fazer bastar aquele pouco que tinham em comum.

O filho chega perto.

— Mãe, diga para ela que deve haver um erro. Eu juro, eu nunca faria nada desse tipo...

— Ora, fique quieto!

Espantado, Ignazio recua um passo. A mãe nunca lhe falara com aquele tom de voz. Sempre ficara do lado dele, sempre o defendera. E agora, o que está acontecendo?

Giovanna se inclina, pega a roupa de baixo entre o indicador e o polegar, a ergue, depois a deixa cair e pisa nela.

— Eu sempre achei que vocês se casaram sem compreender o que estavam fazendo. Agora eu tenho certeza disso.

— Eu sabia muito bem, *maman* — retruca Franca, irritada. — Ele, por outro lado...

— Você está fazendo um drama por nada, só se trata de um... — Ignazio quase grita.

— Quietos. Os dois. — Giovanna encara a nora, ergue o rosto dela com dois dedos. — Minha filha, me olhe. É hora de você aprender que sempre cabe à mulher carregar o peso maior. — Fala com tom quieto, quase doce. — É a lei da natureza, pelo menos até que o mundo vire de ponta-cabeça e nós usemos calças. Você tem de ficar muda e, se for o caso, fingir não ver. O que quer que aconteça, agora você é a esposa dele, e assim é. Não importa se o seu coração irá sangrar; há coisas mais importantes que o seu orgulho, e uma delas é o nome da família. A outra é o seu filho.

Franca leva uma das mãos ao ventre, como se desejasse proteger o bebê daquilo que está acontecendo. Virar o rosto? Aceitar? Aguentar em silêncio? Nem a mãe dela ousaria lhe dizer algo parecido. Queria se rebelar, dizer que ela tem dignidade, mas depois ergue o olhar, lê *algo* nos olhos de Giovanna.

Aquela mulher não está simplesmente defendendo as aparências; está lhe explicando como *ela* conseguiu sobreviver à dor de ser colocada de lado, de não valer tanto quanto vale um homem, à humilhação de não ser *verdadeiramente* considerada. É um sofrimento distante, mais ainda vivo, ardente. E Franca sente, compreende a mulher que lhe fala. E a reconhece.

— Eu me casei com ele porque o amo, *maman*, e não por causa do nome, a senhora sabe — murmura então, enxugando as lágrimas com o dorso da mão. Endireita o corpo. — Eu quero o respeito que mereço.

— Ele não tem condição de lhe dar — responde Giovanna, seca. — Meu filho tem de mostrar para todos que as *fimmine* caem aos seus pés. Não sabe quantas vezes o pai dele o repreendeu e quanto ele nos fez gastar. Ele gosta de você, dá para ver isso, ou então ele já teria passado pela porta e fugido para o mundo. Porque ele é alguém que foge — continua, enquanto Ignazio a fixa, atônito, a boca aberta. — Se ele está aqui tentando convencer você de que não traiu, é porque você é a mulher dele. Mas não pense que ele vai deixar de correr atrás de um rabo de saia porque se casou. Ele é assim, e não consegue mudar a natureza dele.

Ignazio não consegue acreditar nessas palavras. Claro, a mãe faz bem em lembrar à Franca como ela deve se comportar; mas, ao mesmo tempo, nunca teria pensado que ela tivesse uma estima, assim, tão baixa, dele, ou, que pudesse desmascará-lo com tanta facilidade.

— Não, de jeito nenhum! — protesta, andando pelo quarto. — Mãe, a senhora fala das mentiras que as pessoas contam e, mesmo assim, lhes dá atenção? Você não sabe o que eu sinto… E por outro lado, como poderia saber? A senhora e o meu pai nunca se amaram. Acha que eu não sei? Que eu não via como andava atrás dele e ele nem a olhava?

Giovanna parece conter a respiração; as faces pálidas mancham-se de vermelho.

— E o que você sabe sobre mim e seu pai? — A voz parece um arranhão. Está amarga, cheia de despeito. Ela coloca uma das mãos no peito do filho, parece querer empurrá-lo para longe. No quarto, tomba o silêncio. — Nenhum de vocês dois sabe o que significa ficar ao lado de alguém por toda a vida — volta a falar. — Vocês são apenas duas crianças, com a boca ainda suja de leite. Amor! — Ri, mas é uma risada feita de pedras e de vidro. — Vocês enchem a boca com essa palavra e nem sabem o que significa. Você — diz para o filho, apontando-lhe o dedo — sempre teve tudo e nunca fez nada para merecer alguma coisa. E ela — continua, apontando para Franca —

é uma *picciridda* que viveu sob uma redoma de vidro, protegida de tudo e de todos... O amor é muito bom para os *cunti*, as histórias de Orlando e Angelica, porque é isso que é: um *cunto*, uma fábula. Vocês não sabem o que é penitência e sacrifício. Vocês não são capazes de renunciar a nada, e nem sua mulher, a julgar pelo que diz. — Abaixa a voz, como se falasse para si mesma. — Foi esse o nosso erro: não te ensinamos que a pessoa, primeiro, precisa ganhar as coisas e, depois, precisa, também, saber conservá-las.

Aproxima-se de Franca.

— Você se casou com ele. Ele é assim e você nada pode fazer — lhe diz, a um palmo do rosto da nora. — Pode trazer escândalo para esta casa, e então vai ter a mim como inimiga, e eu não lhe darei sossego. Ou, então, pode ser forte e suportar, porque ele, do jeito dele, gosta de você. — A voz torna-se um sopro. — Somente uma coisa é importante. Deixa te dizer como se eu fosse a sua mãe: ele sempre deve voltar para você. Não importa como, ou depois de quanto tempo. Se você quiser conservá-lo, ele deve saber que você sempre o perdoará. Feche os olhos e os ouvidos e, quando ele voltar, fique calada.

— Com toda a dor que ele me causou? — Até a voz de Franca é um sussurro, agora. As lágrimas voltam. — Após ter visto... aquilo? — acrescenta, indicando o amontoadinho de seda cor-de-rosa no chão.

Giovanna se inclina, recolhe, esconde-o entre as mãos.

— Agora não existe mais — murmura, com uma nota quase de cumplicidade na voz. Depois, inesperadamente, lhe faz uma carícia; o primeiro e verdadeiro gesto de afeto desde que Franca entrou naquela casa. — *Figghia mia*... Você ainda não sabe o que é ser casada com um Florio. Quando se der conta, vai se lembrar de tudo o que eu disse e vai entender. — Endireita o corpo. — Vou jogar no lixo esta imundície — diz, agitando a roupa de baixo. — Não deem mais motivos para os *cammareri* ficarem falando agora. E você não cause mais estragos do que já causou — conclui, acenando com o queixo para o filho.

Ignazio assente, murmura um sim.

Giovanna abre a porta e sai do quarto. Sente-se exausta, como se aquele pressentimento de infelicidade então se tivesse transformado em algo concreto. O sofrimento, o *seu* sofrimento, volta a lhe morder as carnes.

Anda pelo corredor. A seda entre as mãos parece abrasadora. Não vê a hora de se livrar dela e esperar que, com ela, certas recordações sumam.

Tinha amado Ignazio, o *seu* Ignazio, cegamente, como aqueles cães que voltam para os donos mesmo quando apanham. E, após muitos anos, quando *aquela outra* tinha desaparecido talvez até dos pensamentos dele, ele, também, lhe quisera bem: um afeto simples, claro, feito de confiança, de cumplicidade. Afeto, e não amor, mas para ela bastara, porque compreendera que só aquilo poderia ter, e que Ignazio não podia lhe dar outra coisa. Tinham sido necessários tempo e lágrimas, mas havia compreendido.

E agora só pode esperar que esses dois compreendam qual é o destino deles. E o aceitem.

Naquela noite, Ignazio, sozinho no escritório do pai, dá uma olhada nas cartas que se acumularam durante a ausência. Da cantina de Marsala chegam prestações de contas falando de uma diminuição da produção da uva por causa de alguns surtos de filoxera. Ele dá de ombros, pensando que ainda não há notícias de contágio na zona de Trapani, mas que vai ser preciso prestar atenção, porque seria um golpe duro. Depois, lê reinvindicações promovidas pelos proprietários das minas de enxofre: pedem que ele intervenha para que seja feita uma diminuição nos impostos. Por fim, com a pele que formiga devido à ansiedade e ao nervosismo, solta um "Papelada!". Levanta-se e começa a andar pela sala. O pai tinha criado uma sociedade para reunir os produtores de enxofre e os ajudara a obter uma taxa mais favorável; porém, ao que parecia, para eles ainda não era o bastante. Queixavam-se disso e dos custos excessivos em face da receita da venda do produto. No entanto...

Ignazio torna a sentar-se e relê a papelada com mais calma. Não, o mercado italiano não é suficiente para absorver o enxofre siciliano: talvez fosse conveniente alugar alguma mina, como a de Rabbione ou a de Bosco... Ou então poderia recorrer ao exterior, aos franceses e ingleses, principalmente. Estes haviam até colocado em prática um sistema mais rápido e econômico para a produção do enxofre... Poderia entrar em contato com Alexander Chance, o industrial que patenteou o sistema na Grã-Bretanha. É possível que esteja interessado em comprar a produção deles a um preço vantajoso.

São muitas as coisas em que pensar e muitas são as perguntas que lhe são feitas. Pela enésima vez, se pergunta como o pai fazia para não deixar escapar nada... Mas logo pensa que, afinal de contas, não tem nada de que se autocensurar, porque está agindo do melhor modo possível. *E, de qualquer forma, quais são os problemas? Nada de sério*. Não percebe rachaduras, nem vê sinais de crise. A casa comercial é sólida, firme como a casa construída sobre as rochas de que fala o Evangelho. Além do mais, tem as costas protegidas também pelo Crédito Mobiliário, com quem fez uma associação muito frutífera: tem uma entrada no Banco Florio, uma participação nas ações da sociedade e está disposto a garantir ao governo que a companhia vai modernizar os navios e comprará barcos a vapor novos. Resumindo, tem *picciuli*, dinheiro.

Sim, os bancos ainda estão sendo abalados por contínuos terremotos. O processo contra os responsáveis pela Banca Romana apenas começou e as acusações são muito graves: de peculato à corrupção, da impressão de moeda falsa à apropriação indébita. Murmuram até mesmo que, na casa de Bernardo Tanlongo, tenham sido encontradas notas promissórias com assinatura do rei, que precisava de dinheiro para satisfazer os caprichos das "amigas" dele. É inevitável que um escândalo desses tenha algumas consequências, mas daí a se preocupar com o futuro da Casa Florio...

Ignazio se levanta de novo. Primeiro vai à janela, afasta as cortinas e fica um tempo olhando a praça vazia. Em seguida, vira-se de repente e aproxima-se do gabinete, onde, em uma bandeja de prata, estão alinhadas garrafas de conhaque, *armagnac* e brandy, alguns de produção própria. Serve-se de um dedo de conhaque, o saboreia.

Mas o verdadeiro motivo da inquietação não diminui.

Idiota, diz para si, e dá um soco na parede.

Deveria ter tomado mais cuidado com as bagagens. Mas como a roupa *daquela mulher* tinha ido parar entre as camisas?

Aquela mulher.

Ele a revê no hotel em Túnis. Uma simples recordação, mas que lhe dá arrepios de prazer: cabelos loiros, pele muito clara e dois olhos azuis e frios que se fixaram nele, cheios de promessas, mantidas com fartura.

Tinha passado com ela dois dias de loucura e de despreocupação, mandando servir almoço e jantar no quarto e bebendo champanhe. Tinha saído do quarto só uma vez, para voltar à zona do bazar onde se encontravam os joalheiros, e comprara para Franca um colar formado por uma fileira de corações de ouro unidos por um fio e, para *ela*, um bracelete, também de ouro, com uma esmeralda no centro.

É, provavelmente foi então que ela trocou de roupa e a roupa íntima foi parar no meio das minhas camisas. No dia da partida, eu estava com tanta pressa, que joguei tudo de qualquer jeito nos baús, sem nem pedir a ajuda de Saro. Mas o que importa? Por que eu deveria me sentir culpado por uma aventura sem importância? Não lembro nem o nome dela.

Bebeu outro gole de conhaque. Não bastam as responsabilidades ligadas aos negócios, só faltava que a esposa começasse a fazer drama. E ela deveria entender, maldição, que ele tem certas necessidades. *As mulheres grávidas são sempre tão delicadas, até parece que são todas como Nossa Senhora*, reflete, acariciando os lábios. E ele precisa se sentir livre. Fazer o que quiser, se divertir, não ter preocupações.

Ela continua sendo a sua esposa, não? É a sua casa. A rainha do seu coração. A mãe dos seus filhos. No fim, ele vai voltar, sempre. E ela terá de perdoá-lo.

Ignazio vestiu o terno de Meyer & Mortimer e a gravata de seda, presa com um alfinete de brilhantes, e agora está tomando o café da manhã, com café e croissants, na sala de almoço virada para o jardim de inverno, no primeiro andar da Olivuzza. Choveu naquela noite, e a balaustrada resplandece com gotas d'água, cuja luz cinzenta parece querer misturar gestos e pensamentos. Novembro sacudiu o ouro daquele outono e o escondeu sob uma manta leitosa.

Giovanna entra, envolta em um xale preto. Manda o empregado reforçar o fogo na lareira e depois pede o café da manhã: chá com um pouco de pão. Franca não está. *Talvez ainda esteja dormindo*, pensa Giovanna. *E faz bem, já que cada dia agora pode ser o dia esperado.* Ela observou a nora com atenção, nos últimos tempos. Ou melhor, observou ela e o filho, para entender quais haviam sido as consequências do litígio dos dois. Ele vinha sendo atencioso e cheio de cuidados com a esposa: buquês de flores, pequenas joias, uma tarde inteira passada juntos... Ela, frequentemente, estivera de bom humor, tranquila, mas Giovanna não deixara de perceber certos olhares lançados a Ignazio, às vezes, apenas tristes, outras, severos, quase de censura. *É preciso dar tempo a ela*, dissera a si mesma.

Enquanto um empregado traz um bule com o chá, Nino, o mordomo, aproxima-se de Ignazio com uma bandeja, na qual se encontra um cartão de visitas. Absorto na leitura do jornal, a princípio, ele nem se dá conta. Depois, de repente, vê o cartãozinho cor de creme. Ele o pega, franze a testa.

— Gallotti? A esta hora? — exclama. — Mande-o entrar.

Giovanna olha para o filho, depois volta a beber o chá.

Domenico Gallotti aparece no vão da porta: está com os cabelos despenteados, a gravata amarrada de qualquer jeito e parece perturbado. Ignazio examina-o com ar perplexo: Gallotti nunca foi desleixado com a vestimenta e o comportamento dele sempre se distinguiu por uma compostura senhoril.

— O que está acontecendo, sr. Gallotti? Sente-se, por favor. Aceita um café?

O outro balança a cabeça, nervoso. É como se junto com ele houvesse entrado uma névoa escura que se escondesse nos cantos, enchendo a sala de sombras.

— Dom Ignazio, me perdoe, mas tenho notícias muito urgentes e... — Vira-se, somente nesse instante, ele parece se dar conta da presença de Giovanna. De repente, titubeia, então abaixa a cabeça, em sinal de cumprimento. — Dona Giovanna, não vi a senhora antes. Bom dia — murmura, e lança um olhar hesitante para Ignazio.

Este, porém, agita uma das mãos, como se dissesse: "É minha mãe, pode ficar".

— Sente-se, Gallotti, e me conte o que está acontecendo. Um barco a vapor afundou? Houve um terremoto, um incêndio? — acrescenta com um sorriso irônico, enquanto o empregado puxa a cadeira, para permitir que o presidente da Navegação Geral Italiana se acomodasse.

Uma xícara de café é colocada na frente de Gallotti e ele e a olha como se fosse algo repugnante. Então, passa a mão na testa. Não são gotas de chuva; é suor.

— Não, dom Ignazio. E, permita-me acrescentar, teria sido melhor se fosse.

Ignazio pega um croissant, tira uma ponta e a mergulha no café.

— Mesmo?

— Sim — Ele faz uma longa pausa, pesada.

Ignazio, agora, olha para ele com atenção.

— Ontem à noite, encontrei Francesco La Lumia... Sabe, um dos caixas do Crédito Mobiliário, um bom rapaz. Eu o vi crescer... Eu lhe arrumei esse emprego depois da morte do pai, um homem muito íntegro, a quem tive a honra de conhecer desde a infância. É uma pessoa de muita confiança, sabe o que diz...

Ignazio pressiona-o com uma olhada. A agitação se apoderou dele também, e está se transformando em ansiedade.

— Chegue ao ponto, Gallotti. O que houve?

— Permita-me contar. Ontem à tardinha, ele veio se encontrar comigo na saída da NGI, na praça Marina, me dizendo que precisava muito falar comigo. Me pediu isso com uma voz que me surpreendeu deveras, porque costuma ser pessoa bastante cordata. Pensei que tivesse arrumado algum problema, então aceitei. Tornei a entrar, disse ao vigia que eu mesmo fecharia a porta... e Francesco vinha atrás de mim, com uma expressão que metia medo, acredite em mim... Mal entramos no meu escritório, ele começou a chorar muito. E me disse que... que... — Passa a mão na testa. Os dedos tremem.

— Mãe Santíssima, parece que o senhor está contando um romance em capítulos. O que aconteceu? — Ignazio afasta a xícara com mau humor. As migalhas se espalham ao redor, enquanto Giovanna, que até então havia ficado imóvel, levanta a cabeça e olha Gallotti.

Ele engole em seco, leva a mão ao rosto.

— Até o fim do mês, o Crédito Mobiliário vai fechar as portas. Nos próximos dias vai declarar falência.

Ignazio leva as mãos à boca, como se quisesse sufocar um grito.

— Como... falência? — diz, no entanto, com um tom de voz quase lamentoso.

Giovanna, apavorada, olha o filho e depois o presidente da NGI. Não entende. Falência? E o que eles têm a ver com isso?

— Tudo culpa daquele megalomaníaco do Giacinto Frascara! — Gallotti se levanta de um salto, quase grita. — Que, na verdade, agora quer se demitir do cargo de diretor-administrativo, porque está com medo. E para as pobres das pessoas que vai mandar para a ruína, ele vai dizer o quê? Foi ele que quis aumentar as operações, porque tinha resolvido transformar o Crédito Mobiliário no maior de todos os bancos. Francesco me disse que havia boatos correndo, fazia algum tempo, que tinham começado a negar empréstimo porque não havia liquidez, mas ninguém imaginava que a crise fosse tão grave. *Ele*, Frascara, foi falar com todos, de Giolitti a Gagliardo, o ministro das Finanças, e procurou até envolver a Banca Nazionale... Mas o problema é que não há mais *picciuli*. Se tudo correr bem, consegue uma moratória, mas nada mais.

Ignazio também se levanta. Mas o faz devagar, quase como se temesse que as pernas não fossem capazes de sustentá-lo, e olha ao redor. De repente, aquela sala com pesados móveis de mogno, em estilo neorrenascimento, de que ele se lembra desde a infância, lhe parece um lugar desconhecido. Aproxima-se da mãe, que agora o fixa, apavorada, e lhe acaricia o rosto. Em seguida, se dirige à janela.

— A entrada... Mandei colocar os escritórios deles ao lado dos nossos... — murmura, e a voz treme, fica entrecortada. — Porta com porta, literalmente. As pessoas iam depositar lá *i picciuli* porque mesmo que estivesse escrito Crédito Mobiliário, os escritórios eram nossos. Eu tinha ouvido alguns rumores de preocupação, com todas as bobagens que fizeram em Roma... Mas não pensava que eles estivessem assim expostos. Sempre disse para mim mesmo que não estávamos muito envolvidos nisso... e, no entanto... — Passa a mão no rosto. — As pessoas confiaram no nosso nome, porque somos os Florio. Só que nós, também, fomos afetados. E sim, eu tinha investido no Crédito Mobiliário, achando que era sólido...

O silêncio que se segue é gélido como o vento invernal. *E assim é*, pensa Ignazio.

Quase como resposta a esse pensamento, chega um súbito, violento rugido de chuva. As persianas rangem, as portas batem. Os empregados correm para fechar as janelas, mas é tarde demais, o frio penetrou na sala.

Tudo parece ranger ao redor dele.

Giovanna se vira, faz um gesto para os empregados. Nino assente, sinaliza que saiam e, então, fecha a porta ao sair.

— Assim, agora, as pessoas vão pensar que foram os Florio que pegaram o dinheiro, e tirarão, também, os depósitos do nosso Banco, que, na verdade, não tem nada a ver com isso. — A voz de Giovanna é aguda, límpida. As mãos acariciam a toalha que ela própria bordou, anos antes. — *Accussì è.*

Gallotti torna a sentar-se, lentamente, lhe lançando um olhar espantado. Assente. Nunca teria pensado que dona Giovanna Florio conhecesse certos mecanismos dos negócios.

Ignazio, por sua vez, anda pela sala com o olhar perdido no vazio.

— Não posso permitir que nosso nome acabe na lama por culpa desses que comeram até o reboco da parede. E me irrita profundamente que o justo tenha de pagar pelos pecadores. — Esfrega os olhos, como se desejasse acordar de um pesadelo. Volta para a cadeira e dá um tapa com a mão aberta na mesinha. A prataria e as porcelanas de Limoges balançam. — Esses desgraçados... tinham me dito para não lhes dar muita atenção, que eu estava errado, mas como eu poderia saber? Quem poderia saber?

Gallotti olha para ele e balança a cabeça. "Ao que parece, todos sabiam, menos o senhor", gostaria de responder. Mas não pode. Não adiantaria de nada, agora.

Ignazio cobre o rosto com as mãos.

— E agora? O que devo fazer? — pergunta.

Não obtém resposta a não ser o silêncio, interrompido apenas pelo som da lenha queimando na lareira e da chuva que bate nas janelas.

Giovanna respira apressada; Ignazio quase ofega.

Gallotti se levanta, fazendo a cadeira guinchar sobre o piso. Então passa a mão pelos cabelos.

— Dom Ignazio, se me permite, farei uma visita a alguns amigos que talvez saibam algo mais — diz, constrangido. — Assim, poderemos entender de quanto tempo dispomos.

Ignazio levanta a cabeça, faz um gesto assentindo, que pode ir. Não tem forças para responder. Gallotti estende os braços, resignado, depois faz uma mesura para Giovanna.

Ela agradece, lhe pede para trazer notícias o mais rápido possível, mas permanece imóvel, até a porta se fechar atrás de Gallotti. Então, se levanta de um salto, agarra o braço do filho e o sacode.

— Agora chega. Não fique assustado — diz. É peremptória. — Agora você vai ao Banco Florio. Ouça os empregados, calcule os danos. São problemas deles, não nossos; veja se há dívidas com eles, e quantas são. Olhe todas as coisas pessoalmente, com os próprios olhos. — Faz uma pausa, se inclina na direção dele. — Seu pai agiria assim — conclui. Não é uma censura, mas um encorajamento, um chamado ao orgulho. — Não fique com essa cara de um cachorro que apanhou. Nós somos os Florio, e só isso tem valor.

Ignazio solta um suspiro pesado. Busca apoio na mesa, se levanta. Giovanna lhe permite sair quando vê que, finalmente, o pânico diminuiu, que ele está voltando ao controle de si. Só então se permite esboçar um sorriso.

— Tudo bem, mãe — responde. — Mas se Franca…

Giovanna assente, encoraja-o com o olhar.

— Mando te chamar, sim. Não se preocupe.

Quando a porta se fecha atrás do filho, Giovanna deixa-se cair na cadeira, novamente. Os pensamentos se voltam para o Ignazio dela. Com ele, nada disso teria acontecido, tem certeza. Os olhos se enchem de lágrimas, porque agora, mais do que nunca, sente falta do aperto forte dele, do olhar calmo e frio.

— O que faremos, meu coração? — pergunta, com o rosto voltado para a janela. — Como faremos?

O Crédito Mobiliário fecha as portas no dia 29 de novembro de 1893.

Uns dias antes, Franca dá à luz.

Giovannuzza.

Uma menina.

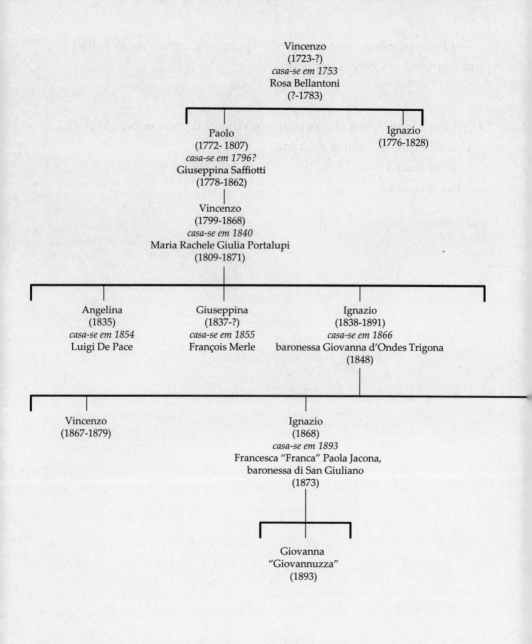

ÁRVORE GENEALÓGICA
DA FAMÍLIA FLORIO

(1723-1893)

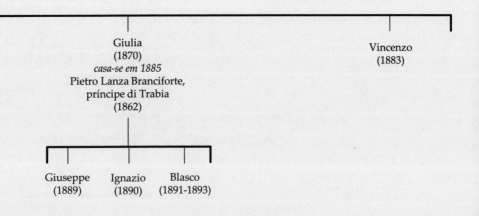

Este livro foi impresso pela Lisgráfica, em 2023, para a HarperCollins Brasil. A fonte do miolo é Palatino LT Std. O papel do miolo é pólen natural 70g/m², e o da capa é cartão 250g/m².